이탈로 칼비노 1923년 쿠바에서 농학자였던 아버지와 식물학자였던 어머니 사이에서 태어나 어린 시절부터 자연과 가까이하며 자랐다. 토리노 대학교에 입학해 공부하던 중 이탈리아 공산당에 가입해 레지스탕스 활동에 참여했다가, 2차 세계 대전이 끝난 뒤 조셉 콘래드에 관한 논문으로 졸업했다. 1947년 레지스탕스 경험을 토대로 한 네오리얼리즘 소설『거미집으로 가는 오솔길』을 발표해 주목받기 시작했다.『반쪼가리 자작』,『나무 위의 남작』,『존재하지 않는 기사』로 이루어진 '우리의 선조들' 3부작과 같은 환상과 알레고리를 바탕으로 한 철학적, 사회참여적인 작품,『우주 만화』같이 과학과 환상을 버무린 작품, 이미지와 텍스트의 상호 관계를 탐구한『교차된 운명의 성』과 하이퍼텍스트를 소재로 한『어느 겨울밤 한 여행자가』같은 실험적인 작품, 일상 가운데 존재하는 공상적인 이야기인『마르코발도 혹은 도시의 사계절』,『힘겨운 사랑』등을 연이어 발표하면서 이탈리아뿐만 아니라 세계 문학계에서 독보적인 위치를 차지하게 되었다. 1972년 후기 대표작인『보이지 않는 도시들』을 발표해 펠트리넬리 상을 수상했다. 1981년에는 프랑스의 레지옹 도뇌르 훈장을 받았다. 1984년 이탈리아인으로서는 최초로 하버드 대학교의 '찰스 엘리엇 노턴 문학 강좌'를 맡아 달라는 초청을 받았으나 강연 원고를 준비하던 중 뇌일혈로 쓰러져 1985년 이탈리아의 시에나에서 세상을 떠났다.

어느
겨울밤

한 여행자가

이탈로 칼비노 전집

10

어느
겨울밤

한 여행자가

이현경 옮김

SE UNA NOTTE
D'INVERNO UN
VIAGGIATORE

민음사

ITALO CALVINO

SE UNA NOTTE D'INVERNO UN VIAGGIATORE
by Italo Calvino

다니엘레 폰키롤리를 위하여

차례

I

당신은 지금 이탈로 칼비노의 새 소설 『어느 겨울밤 한 여행자가』를 읽을 참이다. 긴장을 풀라. 주의를 집중하라. 다른 생각은 모두 떨쳐 버려라. 당신을 둘러싼 세상이 흐릿해지도록 내버려 두라. 문은 닫는 게 좋으리라, 문밖에는 항상 텔레비전이 켜 있으니까. 당장 사람들에게 이렇게 말하라. "아니, 텔레비전은 안 보겠어!" 사람들이 당신 말을 듣지 못했다면 더 큰 소리로 말하라. "난 독서 중이야! 방해받고 싶지 않다고!" 시끄러운 소리 때문에 사람들이 당신 말을 못 들었을지도 모른다. 더 크게 외쳐라. "난 지금 이탈로 칼비노의 새 소설을 읽으려고 한다고!" 말하고 싶지 않다면 아무 말 하지 않아도 된다. 사람들이 당신을 가만히 두기만 하면 된다.

앉든, 몸을 쭉 펴고 눕든, 웅크리든, 옆으로 눕든, 가장 편안한 자세를 취하자.

등을 대고 누워도 되고 옆으로 누워도 되고 엎드려도 좋다. 소파에, 안락의자에, 흔들의자에, 접의자나 쿠션 의자에 앉아도 상관없다. 물론 침대 위에 누워도 좋고 이불 속으로 들어가도 된다. 머리를 밑으로 하고 요가 자세를 취해도 좋다. 당연히 책은 거꾸로 놓아야 하리라.

물론 이상적인 독서 자세 같은 건 따로 없다. 한때 사람들은 독서대를 앞에 두고 서서 책을 읽었다. 가만히 서 있는 자세가 몸에 뱄던 것이다. 말을 타고 다니느라 피곤할 때도 그렇게 휴식을 취했다. 그 누구도 말을 타고 다니면서 책을 읽을 생각은 하지 못했다. 그렇지만 말안장에 앉아 갈기 위에 책을 올려놓거나 특별히 제작한 마구를 이용해 말의 귀에 걸어 놓고 독서를 하는 것도 매력적인 아이디어인 듯하다. 두 발을 등자에 거는 것도 책 읽기엔 아주 그만인 자세일 것이다. 어쨌든 독서를 위해서는 제일 먼저 두 발을 올리는 게 중요하다.

자, 무엇을 기다리는가? 두 다리를 펴고 두 발이 한두 개의 쿠션에, 아니면 소파 팔걸이에, 안락의자 끝 부분에, 티 테이블에, 책상에, 피아노에, 세계 지도에 닿을 정도로 쭉 펴라. 먼저 신발을 벗어라. 두 발을 높이 올리고 싶다면 말이다. 그럴 게 아니라면 다시 신발을 신어라. 한 손에 신발을 들고 다른 손에 책을 들고 있을 순 없으니.

눈이 피로하지 않도록 불빛을 조절하라. 지금 당장. 독서에 푹 빠지면 다시 움직이고 싶지 않을 테니까. 책장에 그늘이 지게 해서는 안 된다. 검은색 글자들을, 회색 종이 위에 얌전히 모인 생쥐 떼처럼 보이게 해서는 안 된다. 그러나 빛이 너무 밝은 것도 좋지 않다. 남쪽 지방의 정오경처럼, 종이 위에 하얀빛이 잔인할 정도로 밝게 비쳐서 글자들의 음영을 갉아먹게 해서는 안 된다. 이제 독서가 중단되는 것을 막아 줄 모든 조치를 취하라. 담배를 피운다면 손 닿는 곳에 담배와 재떨이를 갖다 놓도록. 아직도 할 일이 더 남아 있을까? 화장실에 가야 하는 건 아닐까? 자, 당신이 알아서 하시길.

이 책에서 특별한 무언가를 기대해서는 안 된다. 당신은 원칙적으로 그 어떤 것에도 기대를 갖지 않는 사람이다. 당신보다 젊거나 그렇지 않은 수많은 사람들이 책을 통해, 사람들을 통해, 여행을 통해, 어떤 사건을 통해, 미래가 준비해 놓은 것을 통해 특별한 경험을 기다리며 살아간다. 그러나 사람들이 기대할 수 있는 최선은 바로 최악의 상황을 피하는 것임을 당신은 잘 알고 있다. 개인적인 삶뿐 아니라 보편적인 문제, 그리고 세계적인 문제를 겪으며 당신이 도달한 결론이다. 그렇다면 책은 어떤가? 당신은 책처럼 매우 제한된 영역에서는 젊은이가 누릴 수 있는 기쁨, 바로 기대가 허용되어야 한다고 생각한다. 책은 당신의 기분을 상하게 할 수도 있고 좋게 할 수도 있다. 그러나 실망케 할 위험은 크지 않다.

그러니까 당신은 여러 해 동안 작품을 발표하지 않던 이탈로 칼비노가 신간 『어느 겨울밤 한 여행자가』를 출간했다는 신문 기사를 보았다. 당신은 서점에 들러 그 책을 샀다. 잘한 일이다.

서점 진열장에서 벌써 당신은 그 책의 제목이 적힌 표지를 찾아냈다. 눈에 보이는 표지를 따라, **아직 읽지 않은** 책들이 빼곡히 들어찬 서점에서 **당신**은 장벽을 비집고 걸어간다. 책들은 당신을 위협하려고 판매대와 서가에서 잔뜩 성난 얼굴로 노려본다. 하지만 당신은 곤혹스러워할 필요가 전혀 없다는 것을, 그 책들 중에는 **당신이 읽지 않아도 되는 책**, 독서가 **아닌 다른 용도**를 위해 **만들어진 책**, 이미 읽었기에 **펼쳐 볼 필요**조차 없는 **책** 들이 몇 헥타르나 된다는 사실을 잘 안다. **쓰이기 전**부터 **벌써 읽은 책**의 범주에 **들기** 때문이다. 그렇게 당신은 요새의 첫 번째 외벽을 지나 책의 보병들을 향해 돌진한다. **당신이 여러 생을 살 수 있다면 분명** 이런 **책들도 기꺼이 읽겠지만 안타깝게도 당신이 살아갈 날은 지금 있는 이날들뿐이다.** 빠른 동작으로 그 책들을 지나 책이 밀집한 보병대 속으로 들어간다. 이 구역의 책들은 읽을 의향은 있지만 먼저 읽어야 할 다른 책들 때문에 순위에서 밀린다. 너무 비싸서 반값 할인할 때를 기다리는 책, 같은 이유로 포켓 판으로 재출간되기를 기다리는 책, 누군가에게 빌려 달라고 부탁해 볼 수 있는 책, 모두가 읽었기 때문에 당신도 읽은 것 같은 기분이 드는 그런 책 들이다. 당신은 이런 책들의 공격을 피해 요새의 탑 밑으로 달려간다. 그 요새에는

오래전부터 당신이 읽으려고 계획한 책,

몇 년 전부터 구하고 있었지만 찾지 못했던 책,

지금 당신이 열중하고 있는 무언가와 관련이 있는 책,

어떠한 상황에서든 손에 닿을 수 있는 곳에 두고 싶은 책,

이번 여름에 읽으려고 한쪽에 놓아둘지도 모를 책,

당신의 서가에 다른 책들과 나란히 꽂아 두어야 할 책,

갑자기, 미친 듯이, 분명한 이유를 댈 수는 없지만 왠지 호기심을 불러일으키는 책 들

이 버티고 있다.

바로 여기서 당신은 계산할 수 없는 무한수를, 매우 방대하지만 어쨌든 계산은 가능한 유한수로 축소할 수 있다. 이런 상대적인 위안은, 아주 오래전에 읽었기 때문에 지금 다시 읽어야 하는 책, 늘 읽은 척했는데 이제 정말 읽어야겠다고 결심한 책 들이라는 복병에 의해 위태로워지지만 말이다.

당신은 지그재그로 그곳을 벗어나 순식간에 작가나 주제로 인

해 마음이 끌리는 신간의 요새로 들어간다. 이 요새 안에서도 요새를 방어하는 대열을 뚫고 지나며 새롭지 않은 작가나 주제(당신에게 혹은 모두에게)와 완전히 낯선 작가나 주제(적어도 당신에게)로 대열을 나눈다. 그리고 새로운 욕망과 필요와, 새롭지 않은 욕망과 필요 위에서 그 책들의 무엇이 당신을 사로잡는지 정의한다.

이 모든 게 서점에 진열된 책들의 제목을 눈으로 재빨리 훑어본 당신이 갓 나온 신간 『어느 겨울밤 한 여행자가』가 쌓여 있는 쪽으로 곧장 향했음을 말해 준다. 당신은 책을 한 권 집어 들고 그 책의 소유권을 확실히 하기 위해 계산대로 간다.

그리고 주변의 책들을 향해 다시 한 번 당혹스러운 눈길을 던진다.(아니, 더 정확히 말하자면 책들이 당신을 당혹스러운 눈으로 보았다고 하는 게 맞다. 주인이 찾아와 그 손에 이끌려 멀어져 가는 친구를 바라보는 유기견 보호소의 개들처럼 말이다.) 그리고 당신은 서점을 나온다.

갓 출간된 책은 당신에게 특별한 기쁨을 준다. 당신은 책뿐 아니라 그것의 새로움까지 가져가는 중이다. 그것은 어쩌면 공장에서 방금 나온 물건의 새로움, 그 책을 장식하고 있는 젊음의 아름다움, 쏜살같이 지나가 버리는 가을에 도서관에서 표지가 누렇게 변하기 전까지, 뽀얀 먼지 층이 가장자리에 쌓이고 모퉁이가 닳아 버릴 때까지만 지속될 젊음의 아름다움에 불과할 수도 있다. 아니, 당신은 늘 진짜 새로운 것, 한번 새로웠으므로 영원히 새로울 수 있는 그런 것과의 만남을 기대하고 있다. 방금 출간된 책을 읽기 때문에 당신은 첫 순간부터 이 새로움을 누릴 수 있고 나중에 그 새로움을 추적하거나 뒤쫓지 않을 수 있다. 이번에도 그럴까? 아무도 알 수 없는 일이다. 소설이 어떻게 시작되는지 보도록 하자.

어쩌면 벌써 서점에서 책장을 넘겨 보았는지 모른다. 아니, 책이 비닐에 싸여 있어서 불가능했을까? 지금 당신은 버스를 타고 사람들 속에 서서 한 손으론 손잡이를 잡은 채 자유로운 한 손으로, 마치 바나나 껍질을 벗기는 동시에 나뭇가지를 잡고 있으려는, 약간은 원숭이 같은 동작으로 책의 포장을 벗기기 시작했다. 이런! 옆 사람들을 팔꿈치로 툭툭 치기도 한다. 적어도 사과는 해야 할 것 같은데.

어쩌면 서점 주인이 책을 포장하지 않고 봉투에 담아서 줬을 수도 있다. 이 경우엔 일이 훨씬 간단하다. 당신은 직접 차를 운전하고 있는데 신호에 걸려 정차 중이다. 봉투에서 책을 꺼내 비닐을 벗겨 내고 첫 줄을 읽기 시작한다. 뒤에서 경적 소리가 폭풍우처럼 쏟아진다. 초록 불인데 당신이 주행을 막고 있었던 것이다.

당신은 사무실 책상에 앉아 있다. 그리고 우연인 듯, 서류 사이에 책을 올려놓는다. 어느 순간 서류를 들추다가 책을 발견하고는 건성으로 책을 펼쳐 본다. 책상에 팔꿈치를 대고 주먹을 쥐어 관자놀이에 댄다. 마치 서류 검토에 몰두한 듯이 보인다. 하지만 지금은 소설의 시작 부분을 탐색하는 중이다. 의자 등받이에 천천히 등을 대고 코앞으로 책을 들어 올리고 의자를 뒤로 기울여 의자 뒷다리로 균형을 잡는다. 다리를 올려놓으려고 책상 옆에 달린 서랍 하나를 연다. 독서를 하는 동안은 발의 위치가 가장 중요하다. 책상 상판, 미결 서류들 위로 다리를 뻗는다.

그런데 너무 무례한 건 아닐까? 물론 일에 대해서가 아니라(누구도 당신의 직업적인 능력을 판단하겠다고 주장할 수는 없다. 우리는 당신이 국가 경제와 세계 경제의 많은 부분을 차지하는 비생산적 활동 시스템에서 규칙적으로 일하는 책임을 맡았다고 가정한다.) 책에 대해서 하는 말이다. 노동이란 진지하게 일하는 것, 무언가 필요한 일을 완수하는 것, 적어도 자기 자신뿐 아니라 다른 이들에게 유용한 일을 하는 것을 의미한다고 생각하는 사람들 틈에 당신이 강제로든 좋아서든 포함되어 있을 경우 상황은 더 안 좋다. 이 경우 일종의 부적처럼 일터에 가지고 갔던 책은 당신을 간간히 유혹한다. 책은 한 번에 몇 초씩, 당신이 관심을 쏟는 주요 대상, 그것이 카드 천공기이든, 부엌의 오븐이든, 불도저의 운전 장치이든, 내장을 드러낸 채 수술대에 누워 있는 환자이든 그 대상에게서 관심을 빼앗는다.

한마디로 초조함을 누르고 집에 도착해 책을 펼칠 수 있을 때까지 기다리는 게 낫다는 말이다. 그렇다. 당신은 그렇게 할 수 있다. 당신은 방에서 조용히 책의 첫 페이지를 펼친다. 아니, 소설의 분량이 얼마나 되는지 보고 싶어 마지막 페이지를 펼친다. 다행히 그리 길지 않다. 오늘날 같은 시대에는 장편소설이 적합하지 않은 것 같기도 하다. 시간의 차원이 산산이 부서졌기에 우리가 경험하고 생각할 수 있는 것은 자신의 궤도를 따라 멀어졌다가 곧 사라져 버리는 파편화된 시간뿐이다. 시간의 연속성은, 시간이 멈추지도, 아직 폭발하지도 않았던 시대의 소설, 대략 백여 년 정도 지속되었던 그 시대의 소설에서만 찾아볼 수 있다.

당신은 책을 이리저리 돌려 보다가 특별한 내용 없이 두루뭉술한 뒤표지와 책날개의 문장을 재빨리 훑어본다. 차라리 이게 낫다. 책이 직접 전달해 주어야 할 메시지에, 크든 작든 책에서 당신이 얻게 될 그 어떤 것에, 어떤 식으로든 의미를 더해야 한다고 주장할 필요는 없다. 물론 이렇게 책 주변을 살피고, 책을 읽기 전에 겉표지를 읽어 보는 것도 새로운 책이 주는 기쁨의 일부이다. 그러나 준비 과정에서 맛보는 기쁨이 모두 그렇듯이 이렇게 책을 살펴보는 시간이 행위를 완성시키는, 즉 책 읽기를 완성시키는 아주 커다란 기쁨을 향해 가는 데 이용되길 원한다면 이 시간은 최고의 시간이 될 것이다.

이제 당신은 첫 번째 페이지의 첫 번째 줄을 공략할 준비를 마쳤다. 당신은 작가의 독특한 어조를 찾아내기 위해 준비한다. 없다. 전혀 식별할 수가 없다. 하지만 잘 생각해 보면 이 작가에게 독특한 어조가 있다고 말한 사람은 아무도 없다. 오히려 책마다 어조가 다양하게 변하는 작가라고 알려져 있다. 그리고 바로 이런 변화를 통해서만 그를 식별할 수 있다. 그런데 이 책은 정말 그 작가가 쓴 다른 작품들과 전혀 상관이 없는 듯이 보인다. 적어도 당신이 기억하기로는 그렇다. 실망스러운가? 한번 보도록 하자. 아마 처음엔 다소 어리둥절할 것이다. 오랜만에 어떤 사람이 나타나 자신을 소개하는데, 당신이 기억하고 있던 윤곽과 눈앞에 있는 사람의 얼굴이 잘 일치되지 않을 때 느끼는 것과 비슷한 기분일지도 모른다. 그러나 당신은 계속 읽어 나간다. 그리고 어쨌든 책이 읽힌다는 것을 알아차린다. 이 작가에게서 기대했던 것과는 별개로 책 자체가 흥미롭다. 뿐만 아니라 잘 생각해 보면 당신은 이런 책, 아직 잘 모르는 어떤 것을 마주하는 게 좋다.

어느 겨울밤 한 여행자가

소설은 철도역에서 시작된다. 기관차가 증기를 뿜어낸다. 피스톤에서 나오는 증기가 첫 장(章)의 시작 부분을 뒤덮는다. 증기 구름에 가려 첫 문장이 보이지 않는다. 역의 냄새 속으로 역 안 카페의 냄새가 물결처럼 지나간다. 누군가 뿌연 유리를 통해 안을 들여다보다가 카페 문을 연다. 카페 안도 뿌옇기는 마찬가지이다. 시력이 나쁜 사람이나 석탄 가루 때문에 눈이 충혈된 사람 눈에 비친 것처럼. 책의 페이지들이 낡은 기차의 유리창처럼 뿌옇다. 증기 구름이 문장 위로 내려앉는다. 비가 내리는 저녁이다. 한 남자가 카페로 들어선다. 축축한 겉옷의 단추를 푼다. 증기 구름이 그를 감싼다. 빗물에 젖어 반짝이는, 까마득히 멀어져 가는 선로를 따라 기적 소리가 사라진다.

신호를 보내듯 늙은 바리스타가 작동시킨 커피 머신에서, 기관차의 기적 소리만큼이나 요란한 소리와 증기 구름이 올라온다. 적어도, 곧 이어지는 두 번째 문단의 문장을 보면 그렇게 보인다. 두 번째 문단에서, 테이블에 앉아 카드 게임을 하는 남자들은 카드를 가슴 쪽으로 향하게 하여 부채처럼 펴 들고 있다가 목과 어깨와 의자를 모두 비틀어서 새 손님을 돌아본다. 반면 카운터에 앉아 있던 손님들은 커피 잔을 들고 실눈을 뜬 채 커피를 후후 불거나, 넘실넘실 잔을 채운 맥주가 넘치지 않도록 최대한 조심스럽게 맥주를 마신다. 고양이가 등을 구부리고, 여자 계산원이 따릉 소리를 내며 금전 등록기를 닫는다. 이 모든 신호들이 이 역이 작은 시골 역, 누군가 도착하면 금방 주목을 받는 그런 역이라는 사실을 말해 준다.

역은 어디나 비슷비슷하다. 뿌연 전등이 전구 밖으로 밝은 빛을 비추느냐 아니냐는 중요하지 않다. 그러니까 이곳은 당신이 기억하는 분위기, 기차가 모두 떠난 뒤에도 기차 냄새가 나고 마지막 기차가 떠나고 나면 역 특유의 냄새가 남는 그런 곳이다. 역의 불빛과 당신이 읽고 있는 문장들은 어둠과 안개의 베일 너머에서 어렴풋이 모습을 드러내는 사물을 가리키기보다는 그것들을 해체할 임무를 지닌 듯이 보인다. 나는 오늘 밤 난생처음 이 역에 내렸다. 그런데 벌써 이 카페를 드나들며, 차양 밑의 냄새부터 화장실의 축축한 톱밥 냄새까지 기다림이라는 것 안에 모두 하나로 섞여 버린 냄새, 번호를 눌렀지만 신호가 가지 않기 때문에 동전을 되찾아야만 하는 전화 부스의 냄새를 맡으며 한평생을 보낸 것 같은 기분이 든다.

나는 카페와 전화 부스 사이를 왔다 갔다 하는 남자다. 아니, 이렇게 말할 수 있으리라. 그 남자는 '나'라고 불리며 당신은 이 역이 '역'이라 불리는 것 말고는 아무것도 모르듯 그에 대해서도 아는 게 없다. 그리고 이 역 외에는 머나먼 도시의 어두운 방에서 울리는 대답 없는 전화벨 소리뿐, 그 무엇도 존재하지 않는다. 나는 수화기를 다시 내려놓고 금속 몸통을 타고 딸그랑거리며 내려올 동전 소리를 기다린다. 다시 카페의 유리문을 밀고 들어가 켜켜이 쌓여 증기 구름 속에서 건조되는 컵 쪽으로 향한다.

역마다 있는 카페의 에스프레소 머신은 기관차와 친척 관계임을 자랑한다. 어제와 오늘의 에스프레소 머신은 어제와 오늘의 기관차, 그리고 어제와 오늘의 증기 기관과 한식구다. 나는 정신없이 이리저리 왔다 갔다 하며 초조해한다. 나는 함정에, 그것도 역이면 어디나 존재하는 시간을 초월한 함정에 빠졌다. 선로가 모두 전화(電化)된 지 수십 년이 지난 지금도 역의 공기 중에는 석탄 가루가 떠다닌다. 그런데 기차와 역에 대해 이야기하는 소설은 이 연기 냄새를 전할 수가 없다. 당신은 벌써 이 소설을 두 페이지 가까이 읽는 중이다. 그러니 나도 이제 연착한 기차에서 내린 이 역이 과거의 역인지 혹은 현재의 역인지를 당신에게 분명하게 말해 주어야 할 듯하다. 하지만 문장들은 여전히 불명확한 회색빛으로, 최소 공분모로 축소된, 일종의 경험의 무인 지대에서 움직이고 있다. 조심해야 한다. 이것은 서서히 당신을 끌어들이고, 당신이 눈치채지 못하게 사건에 붙잡아 두기 위한 방법(함정)이 분명하다. 아니 어쩌면 작가는 아직 결정을 못 내렸을 수도 있다. 독자인 당신 역시 어떤 소설이 더 읽고 싶은지 확신하지 못하고 있을 수 있다. 낡은 역에 도착하여 과거로 돌아가는 느낌을 주고 잃어버린 시간과 공간을 되찾는 기분을 느끼게 해 주는 소설이 좋은지, 환한 불빛과 소리가 들려, 모든 사람들이 현대에 살고, 또 그것을 기뻐하는 것처럼 보이는 현대적인 느낌의 소설이 좋은지 말이다. 이 카페(혹은 '역 식당'이라고도 불리는)가 안개가 낀 것처럼 흐릿하게 보이는 것은 내 시력이 나쁘거나 눈이 충혈되어서인지도 모른다. 반면 전등에서 쏟아져 나온 빛이 거울에 반사되어 통로와 틈새를 구석구석 밝히는 곳일 수도 있다는 사실 또한 배제해서는 안 된다. 그리고 침묵을 깨고 장비에서 터져 나오는, 최대 볼륨으로 틀어 놓은 음악이 그늘 하나 없는 공간에 흘러넘칠 수도 있고 테이블 축구 게임기나 경마와 인간 사냥 게임을 할 수 있는 다른 전자 게임기가 모두 작동 중일 수도 있다. 총천연색 형상들이, 투명한 텔레비전 표면과, 수직으로 흘러 내려오는 공기 방울 때문에 신이 난 열대어들이 있는 수족관 표면에서 유영 중일 수도 있다. 그리고 나는 물건을 잔뜩 넣은 낡은 접이식 가방을 손에 들고 있는 게 아니라 작은 바퀴가 달린 단단한 플라스틱 재질의 캐리어, 크롬으로 도금하고 접고 펼 수 있는 긴 손잡이로 움직이는 캐리어를 미는 중일 수도 있다.

독자인 당신은 내가 바로 거기, 플랫폼 차양 밑에서 오래된 둥근 시계 위에 미늘창처럼 세공된 작은 바늘을 바라보고 있다고 생각한다. 시곗바늘을 뒤로 돌리고, 그 둥근 신전에서 활기 없이 누워 있는 지나간 시간의 무덤을 되돌아보려 부질없는 노력을 계속하면서 말이다. 하지만 시계의 숫자들은 직사각형 창문 때문에 보이지 않고 일분이 흐를 때마다 내가 단두대의 칼날이 목으로 떨어지는 듯한 기분을 느끼고 있음은 그 누가 말해 줄 것인가? 어쨌든 결과는 큰 차이가 없을 것이다. 매끄럽고 유연한 세계에서 앞으로 걸어 나가면서도 바퀴 달린 여행 가방의 가벼운 손잡이를 잡고 있는, 긴장한 내 손은 계속해서 내적인 거부를 드러낼 것이다. 그 자연스러운 가방이 내게는 불쾌하고 피곤한 무게로 느껴진다는 듯이.

뭔가 잘못된 게 틀림없었다. 정보가 잘못 전달되었거나 시간이 늦었거나 접선이 실패한 것이다. 어쩌면 도착과 동시에 이 가방과 관련해서 접선을 했어야 했는지도 모른다. 나는 이 가방에 몹시 신경을 쓰는 듯한데, 잃어버릴까 봐 두려워서인지, 아니면 빨리 짐에서 해방되고 싶어서인지는 잘 모르겠다. 확실해 보이는 사실 하나는 이 가방이 수하물 보관 센터에 맡기거나 대합실에서 잃어버린 척할 수 있는 보통 가방은 아니라는 것이다. 시계를 봐도 별 도움이 안 된다. 누군가 나를 마중 나왔더라면 벌써 떠나 버렸을 것이다. 일어나서는 안 될 무슨 일인가가 일어나기 전의 순간으로 돌아가고 싶어 초조하게 시계와 달력을 되돌리려고 발버둥 치지만 소용없는 일이다. 이 역에서 내가 누군가를 만났어야 한다면, 그리고 그 누군가가 이 역과는 전혀 상관없이, 나처럼 그저 기차에서 내렸다가 다른 기차를 타고 다시 떠나기로 되어 있었고, 그와 나, 둘 중 하나가 상대에게 무언가를 건네주었어야 한다면, 예를 들어 내가 그에게 이 가방을 맡겼어야 하는데 그게 아직 내게 남아 있어 내 손에 땀이 난다면, 지금 해야 할 일은 실패한 접선을 다시 시도하는 것뿐이다.

이미 나는 두 번이나 카페를 가로질러 가서 잘 보이지 않는 광장 쪽으로 난 문밖을 내다보았다. 그리고 매번 어둠의 장벽에 밀려, 캄캄한 두 개의 선로와 안개 낀 도시 사이에 정지해 있는 불빛이 환한, 일종의 림보 속으로 쫓겨나듯 물러섰다. 어디로든 가기 위해 밖으로 나가야 하는 걸까? 나는 아직 밖에 있는 도시의 이름조차 모른다. 우리는 그 도시가 소설 밖에 남아 있을지 아니면 소설의 검은 잉크 속에 포함될지 알지 못한다. 내가 아는 것은 이 첫 장(章)에서 역과 카페가 사라지는 게 늦어지고 있다는 사실뿐이다. 누군가 이곳으로 나를 찾아올 수도 있으니 이곳을 떠나는 것은 신중치 못한 행동이다. 이 거추장스러운 여행 가방을 가지고 다른 사람들의 눈에 띄는 것 역시 마찬가지이다. 그래서 나는 동전을 넣을 때마다 뱉어 내는 공중전화에 계속 동전을 집어넣는다. 아주 먼 곳으로 전화를 하려는 듯 아주 많은 동전들을. 지금 내게 지침을 내려야 할 사람들, 명령을 내린다고 말해도 되겠지만, 그 사람들이 어디 있는지는 아무도 모른다. 분명한 사실은 내가 다른 사람들에게 종속되어 있다는 점이다. 나는 개인적인 용무 때문에 여행을 하거나 자기 사업을 하는 사람의 분위기가 아니다. 오히려 어떤 일을 수행하는 사람, 아주 복잡한 게임의 졸, 거대한 장치의 아주 작은, 눈에 보이지도 않을 정도로 작은 바퀴라고 할 수 있다. 사실은 아무런 흔적도 남기지 않고 이 역을 지나가기로 되어 있었다. 하지만 여기서 보내는 일 초, 일 분마다 흔적이 남는다. 입을 열고 싶어 하지 않는 인물로 나 자신을 설정했기 때문에 사람들과 일절 대화는 나누지 않지만 그래도 흔적은 남는 법이다. 한번 뱉은 말은 그대로 남아서 나중에 다시, 쉼표가 있거나 없는 상태로 튀어나올 수 있기 때문에 내가 말을 하면 흔적이 남는다. 바로 이 때문에 작가는 대화도 없는 긴 문장 속에 가정과 가정을 겹겹이 쌓고 있는지도 모른다. 문장은 납덩이처럼 두껍고 불투명해서 나는 눈에 띄지 않게 지나갈 수도, 사라질 수도 있다.

　나는 눈에 띄는 사람이 전혀 아니다. 아직도 뚜렷한 형체를 드러내지 않는 배경 위에 등장한 익명의 인물이다. 독자인 당신이, 기차에서 내리는 여러 사람 중에서 나를 발견하지 않을 수 없었고, 그래서 카페와 전화 사이를 계속 오가는 나를 쫓을 수밖에 없었다면, 그건 내가 나 자신을 '나'라고 불렀기 때문이다. 이것이 당신이 나에 대해 아는 전부이다. 그러나 당신은 이미 이것만으로도 충분히, 이 익명의 나 속에 당신 자신의 일부를 투영시켜야 한다고 느끼고 있다. 이와 마찬가지로 작가 역시, 자신에 대해 이야기할 의향이 전혀 없기 때문에, 이 '나'라는 수식 없는 대명사가 그 어떤 호칭이나 특징보다 자신을 잘 정의해 주기 때문에, 자신의 모습을 시야에서 감추고 자신의 이름을 부르거나 묘사하지 않기 위해 등장인물을 '나'로 부르기로 결정했지만, 그래도 '나'라고 썼다는 사실 하나로 인해 '나' 속에 자신의 일부분, 자신이 느끼거나 느낀다고 생각한 부분을 집어넣어야 한다고 생각한다.

작가가 스스로를 나와 동일시하는 건 대단히 쉬운 일이다. 지금 내가 하고 있는 행동은 환승 기차를 놓쳐 버린 여행자의 행동으로, 누구나 한 번쯤 경험해 봤음 직한 상황이다. 하지만 소설의 초반에 증명되는 상황은 이미 일어났던 혹은 일어나려 하는 다른 무언가를 가리킨다. 그러니까 이것은 독자인 당신과 작가인 그를 나와 동일시하는 것을 위험하게 만드는 다른 무언가이다. 소설의 시작이 잿빛이고, 일반적이고, 뚜렷한 구별점이 없이 흔하면 흔할수록 당신과 작가는 등장인물인 '나' 속에 부여했던 단편적인 '나'의 위에 위험의 그림자가 점점 더 크게 드리우는 것을 느낀다. 당신은 이 등장인물이 어떤 이야기를 끌어갈지 알지 못한다. 그가 그렇게 치워 버리고 싶어 하는 그 가방에 무엇이 들어 있는지 모르는 것처럼.

이전 상황을 복구하기 위해선 제일 먼저 가방을 처분해야 한다. 뒤이어 일어날 일들이 모두 일어나기 전에 말이다. 내가 이런 말을 하는 것은 내가 시간의 흐름을 거스르고 싶어 한다는 의미이다. 나는 어떤 사건의 결과들을 지워 버리고 초기 상황을 복구하고 싶어 한다. 하지만 내 삶의 매 순간은 새로운 사건을 축적하며, 그 사건들은 각기 나름의 결과를 가져온다. 따라서 출발했던 제로의 상황으로 돌아가려 애쓰면 애쓸수록 나는 거기서 멀어지게 된다. 이전 행위의 결과를 지우는 데 모든 행동을 집중하지만, 그리고 이러한 삭제를 통해 즉각적인 위안을 줄 만한 훌륭한 결과를 얻을 수도 있다는 희망을 가져 보지만, 이전의 사건을 모두 지우려는 내 모든 행동이, 이전보다 상황을 더 복잡하게 만드는 새로운 사건들을 소나기처럼 불러와서 다시 그 상황을 지우려 애써야만 할지도 모른다는 점에 주의해야 한다. 그러므로 나는 사건의 복잡성을 최소화하며 최대의 삭제 결과를 얻을 수 있도록 계산을 철저히 해야 한다.

모든 일이 어그러지지 않았다면 내가 잘 모르는 한 남자는 방금 기차에서 내려 나를 만났어야 했다. 내 것과 똑같은, 바퀴 달린 빈 여행 가방을 가진 남자. 두 가방은 아마 인도에서, 기차를 갈아타느라 분주히 오가는 여행객들 사이에서 우발적인 듯 충돌했을 것이다. 우연히 일어날 수 있는 일이고, 우연히 일어날 수 있는 일과 잘 구별되지 않았을 일이다. 하지만 암호가 있어서 그 남자가 내게 말을 걸었을 것이다. 암호는 내 호주머니 밖으로 불쑥 나와 있는 신문 제목, 경마 대회 결과에 대한 코멘트이다. "아, 엘레아의 제논이 우승했군요!" 그러면서 우리는 금속 손잡이를 움직여 각자의 가방에서 해방되었을 것이다. 경주마나 경기 예측, 판돈에 대해서 몇 마디 나눴을 수도 있다. 그러고는 각자의 가방을 자신이 가는 방향으로 끌며 다른 방향으로 갈라지는 기차 쪽으로 멀어져 갔을 것이다. 아무도 눈치채지 못했겠지만 나는 그 남자의 가방을, 그 남자는 내 가방을 가지고 말이다.

완벽한 계획이었다. 너무나 완벽해서 별것 아닌 사소한 사건이 그 계획을 수포로 만들 수 있을 만큼. 지금 나는 어찌해야 할지 모른 채 이곳에 있다. 나는 내일 아침이 될 때까지 떠나는 기차도 도착하는 기차도 없는 이 역에서 기차를 기다리는 마지막 여행자이다. 지방의 소도시가 자신의 껍질 속에 모습을 감추는 시간이다. 역의 카페에는 자기들끼리 잘 알고 지내는 이 고장 사람들이 남아 있는데 역에 볼 일이 전혀 없는 그들이 이곳에 있는 것은 주변에 문을 연 다른 카페가 없어서일 수도 있고, 아니면 아직도 지방 소도시에서 역이 행사하는 매력, 역에서 기대할 수 있는 새로움 때문일 수도 있다. 아니면 역이 여타의 세상과 유일한 접촉 지점이었던 시대에 대한 추억 때문에 어두운 광장을 가로질러 여기까지 온 건지도 모른다.

나로서는 충분히, 지방의 도시들은 이제 더 이상 존재하지 않는다고, 그리고 어쩌면 한 번도 존재한 적이 없었는지도 모른다고 말할 수 있다. 장소와 장소는 즉시 소통한다. 고립감은 한 장소에서 다른 장소로 이동할 때, 그러니까 그 어떤 장소에도 머물지 않을 때에만 느끼는 감정이다. 나는 다른 어느 곳도 아닌 바로 이곳에 있으며, 적어도 이방인이 아닌 사람들, 이방인이 아님을 인정할 수밖에 없고, 그래서 질투가 느껴지는 사람들의 눈에 이방인으로 보일 것이다. 그렇다. 나는 질투를 느끼고 있다. 나는 흔히 볼 수 있는 작은 도시의, 흔히 볼 수 있는 어느 밤에 외부에서 삶을 바라보는 중이다. 그리고 나는 지금 이 도시와 같은 수천 개의 다른 도시들, 불빛이 환한 수천 개의 다른 카페들을 생각한다. 지금 이 시간쯤이면 그런 곳에 있는 사람들은 어둠이 밤을 덮도록 허락할 것이다. 그리고 지금 내가 하는 생각 같은 것은 전혀 떠올리지 않을 것이며, 전혀 부러워할 것 없는 다른 생각들을 하고 있을 것이다. 하지만 지금 이 순간 나는 어떤 사람의 삶이라도 살 준비가 되어 있다. 예를 들어 시청에 네온사인 세금에 관련된 탄원서를 제출하기 위해 가게 주인들의 서명을 받으러 돌아다니고, 지금은 이 카페의 바리스타에게 그 탄원서를 읽어 보게 하는 젊은이 중 한 사람이 될 수도 있다.

소설은 지방 소도시의 일상을 보여 주는 것 외에는 특별한 기능이 없는 듯 보이는 그들의 대화 일부분을 여기에 옮겨 놓으려 한다. "그런데 아르미다, 서명은 하셨나요?" 젊은이들이 한 여인에게 물어보는데, 내 눈에 보이는 건 그 여인의 등과, 가장자리와 옷깃에 털이 달린 긴 외투 밖으로 나온 가느다란 벨트, 긴 술잔을 잡은 손가락에서 흘러나오는 담배 연기 한 줄기가 전부다. "누가 그래? 내가 우리 가게에 네온을 달고 싶어 한다고." 여자가 대답한다. "시에서 돈을 아끼려고 가로등을 끈다는데 내 돈을 들여서 거리를 밝힐 이유는 없지! 그리고 아르미다 가죽 제품 가게가 어디 있는지는 다들 알잖아. 그러니 내가 셔터를 내린 다음 거리가 깜깜해지면 그걸로 그만이라고."

"바로 그래서 당신도 서명을 해야 하는 거라고." 다른 사람들이 말한다. 그녀에게 반말을 한다. 모두들 서로에게 반말을 한다. 반은 사투리다. 언제부터인지 모르지만 모두들 매일 얼굴을 보는 게 익숙한 사람들이다. 그들이 나누는 대화는 예전에 하던 대화의 연속이다. 그들은 농담을 던진다. 때로는 진한 농담까지도. "어디 솔직히 말해 봐. 어두운 게 도움이 되는 거지? 남자가 당신을 만나러 와도 전혀 눈에 안 띌 테니 말이야! 셔터를 내린 다음 상점 뒷방으로 불러들이는 남자가 누구야?"

구별되지 않는 목소리들이 웅성웅성 그런 대화를 나누는데, 그 웅성거림 속에서 그다음 이어질 말에 결정적일 수 있는 단어나 문장이 모습을 드러내기도 한다. 책을 잘 읽기 위해 당신은(그리고 나 역시) 아직은 포착할 수 없는 숨겨진 의도가 만들어 내는 효과뿐 아니라 이 웅성거림의 효과도 기록해 두어야만 한다. 그러니까 당신은 글을 읽을 때, 대략적으로 그러면서도 매우 주의를 집중하며 읽어야 한다. 카페 카운터에 팔꿈치를 올려놓고, 주먹을 뺨에 대고, 귀를 기울이며 집중하듯이. 그리고 이제 소설이, 안개가 긴 듯한 불명료함에서 벗어나 인물들의 외모를 약간 자세히 묘사하기 시작했다면 이는 당신에게, 처음 보았지만 이미 수천 번은 본 것 같은 얼굴에 대한 느낌을 전하기 위함이다. 이런 도시에서는 길에서 늘 같은 얼굴을 만날 수 있다. 그 얼굴들은 이 도시에 한 번도 와 본 적 없는 나 같은 사람에게도 전달되는 습관의 무게를 담고 있다. 서로에게 익숙한 얼굴이고, 카페의 거울에 비쳤던 둔탁해지거나 축 처진 윤곽, 하룻밤이 지날 때마다 주름이 지거나 살이 오르는 얼굴이라는 것을 나 같은 사람도 알 수 있다. 이 여자는 이 도시에서 제일 아름다운 여자였는지도 모른다. 처음 본 내 눈에는 지금도 매혹적으로 보인다. 하지만 이 카페에 있는 다른 손님들의 눈으로 본다고 상상하면 그녀의 얼굴 위에는 일종의 피로 같은 게 쌓여 있다. 그것은 어쩌면 그들이 느끼는 피로(혹은 나의 피로, 혹은 당신의 피로)의 그림자에 불과할 수도 있다. 그들은 젊었을 때부터 여자를 알아 왔다. 그녀의 삶과 기적에 대해서도 안다. 이들 중 누군가는 그녀와 한 번쯤 사귀었을 수도 있다. 흘러가 잊힌 물이다. 간단히 말해, 그녀의 이미지 위에는 그 이미지를 흐릿하게 만드는 다른 이미지의 베일, 처음 본 사람이 그녀를 볼 수 없게 가로막는 기억의 무게, 램프 밑의 연기처럼 공중에 떠도는 다른 이의 기억이 쌓여 있다.

이 카페에 있는 손님들이 가장 즐기는 여가는 내기인 듯하다. 일상의 사소한 사건에 관한 내기 말이다. 가령, 한 사람이 이렇게 말한다. "오늘은 누가 먼저 올지 내기해 보지. 의사 선생 마르네일까, 경찰서장 고린일까?" 그러자 다른 사람이 말한다. "마르네 선생이 여기 와서 전처와 마주치지 않으려면 어떻게 해야 하지? 테이블 축구를 할까, 아니면 축구 복권에 숫자를 채워 넣을까?"

나 같은 사람은 전혀 예측할 수 없는 내기다. 나는 앞으로 삼십 분 동안 무슨 일이 벌어질지 알지 못한다. 대체할 수 있는 일들이 아주 제한적인 삶, 얼마 안 되는 대안을 놓고 내기를 할 수 있는 삶이 상상이 되지 않는다. 이것이든 저것이든 말이다.

"모르겠군요." 내가 작은 소리로 말한다.

"모르겠다니, 뭘 말이죠?" 그녀가 물었다.

이런 생각을 입 밖으로 낼 수도 있을 것 같았다. 내 속의 다른 생각들처럼 혼자서 간직하는 게 아니라 여기 카페 카운터 옆에 앉은 여자, 가죽 제품 가게를 운영하는 여자에게 건넬 수도 있을 것 같다. 나는 조금 전부터 이 여자와 이야기를 나누고 싶었다.

"원래 이렇습니까, 이 도시에서는?"

"아니요, 그렇지 않아요." 그녀가 대답했다. 나는 그녀가 그렇게 대답할 것이라는 사실을 알았다. 그녀는 다른 곳에서와 마찬가지로 여기서도 아무것도 예측할 수 없다고 주장한다. 물론 매일 밤 이 시간이면 의사 마르네가 병원 문을 닫고 경찰서장 고린은 경찰서에서 근무를 마치고 항상 이곳에 들르는데 어떤 때는 마르네가, 또 어떤 때는 고린이 먼저 온다. 그런데 그게 무슨 의미란 말인가?

"어쨌든, 의사 선생이 전처인 마르네 부인과 마주치지 않으려 애쓰리라는 건 아무도 의심하지 않는 것 같군요." 내가 여자에게 말한다.

"그 마르네 부인이 바로 나예요. 사람들이 하는 말에 신경 쓰지 마세요." 그녀가 대답한다.

이제 독자인 당신의 관심은 완전히 여자에게로 향한다. 이미 몇 페이지 전부터 당신은 그녀 주위를 맴돌고 있다. 나는, 아니 작가는 이 여성 등장인물의 주위를 맴돌고 있다. 몇 페이지 전부터 당신은, 이 여성의 모습이 쓰인 페이지 위에서 여성의 여러 그림자가 모습을 갖춰 가듯 구체화되기를 기대하고 있다. 독자인 당신의 기대는 작가를 그녀 쪽으로 향하게 만든다. 그리고 머릿속에 수만 가지 생각을 가지고 있는 나 역시 그녀가 입을 열어 대화를 시작하게 놔둔다. 나는 되도록 빨리 그 대화를 중단하고 이곳을 나가 사라질 수도 있다. 당신은 물론 그녀가 어떻게 생겼는지 더 알고 싶을 것이다. 하지만 쓰인 페이지 위에 드러나는 것은 몇 가지 요소뿐이다. 그녀의 얼굴은 담배 연기와 머리카락 속에 숨겨져 있다. 씁쓸하게 일그러진 입 너머에 씁쓸하게 일그러지지 않은 게 뭐가 있는지 알아야 한다.

"사람들이 지금 무슨 말을 하는 건가요? 저는 통 모르겠군요. 당신이 네온 간판이 없는 가게를 하나 가지고 있다는 건 알겠습니다. 하지만 전 그 가게가 어디 있는지 모릅니다." 내가 묻는다.

그녀가 내게 설명을 해 준다. 그녀의 가게에서는 가죽 제품과 가방과 여행 용품을 판다. 역 광장이 아니라 옆길, 화물역 건널목 근처에 있다.

"그런데 왜 관심을 갖는 건가요?"

"이곳에 좀 더 일찍 도착하지 못한 게 아쉽군요. 그랬다면 어두운 밤거리를 지나 불빛이 환한 가게를 보고 안으로 들어가서 당신에게 이렇게 말했을 텐데요. '괜찮으시다면 셔터 내리는 걸 도와드리겠습니다.'"

셔터는 벌써 내렸지만 재고 목록을 정리하기 위해 가게로 돌아가야 하고, 늦게까지 그곳에 있을 거라고 그녀가 말한다.

카페의 손님들은 농담을 주고받고 등을 두드려 주기도 한다. 내기는 결론이 났다. 의사가 바로 들어온다.

"경찰서장이 오늘 밤 늦네. 무슨 일이 있나?"

의사가 안으로 들어와서 두루두루 인사를 한다. 그의 시선은 전처에게 단 한 번도 머물지 않지만 그녀가 어떤 남자와 이야기를 나누고 있다는 것은 분명 마음속에 기록했을 것이다. 의사는 카운터를 등지고 구석으로 걸어간다. 테이블 축구 기계에 동전을 집어넣는다. 사람들의 눈에 띄지 않게 지나가야 했던 내가 바로 여기서, 어떤 눈길에 의해 관찰당하고 사진 찍히게 된다. 내가 그 눈길을 피했다고 해서 속일 수는 없다. 질투와 고통의 대상과 관련되어 있는 한 그런 눈길은 그 어떤 것도, 그 어떤 사람도 잊지 않는다. 약간 무겁고 약간 축축한 그 눈길만으로도 나는 이 두 사람의 이야기가 아직 끝나지 않았다는 걸 충분히 알 수 있다. 의사는 매일 밤 전처를 보기 위해, 그녀의 오래된 상처를 다시 헤집기 위해 계속 카페에 들르는 것이다. 어쩌면 오늘 밤 그녀를 집에 데려다 주는 남자가 누구인지 확인하기 위해서 오는 걸 수도 있다. 그리고 여자는 어쩌면 일부러 그를 괴롭히러 매일 밤 이 카페에 들르는 것일지 모른다. 아니면 다른 습관과 마찬가지로 고통스러워하는 게 그의 또 다른 습관이 되길 바라는 마음에서, 그 습관에 몇 년 전부터 그녀의 입과 삶을 뒤덮어 버린 허무의 느낌이 담기길 바라는 마음에서.

"이 세상에서 내가 무엇보다 바라는 일은" 하고 내가 그녀에게 말한다. 이제 내 쪽에서 말을 계속하는 게 좋을 듯하다. "시간을 되돌리는 겁니다."

여자가 뻔한 대답을 한다. "시곗바늘을 돌리면 되죠." 그 말에 내가 답한다. "아니요. 생각으로 말입니다. 시간을 되돌릴 수 있을 때까지 생각을 집중해서요." 나는 좀 더 정확히 말한다. 내가 진짜로 그렇게 말한 건지, 아니면 그렇게 말하고 싶은 건지 혹은 작가가 내가 우물거리며 분명하게 말하지 못한 문장을 그렇게 해석한 건지 분명하지 않다. "이곳에 도착했을 때 제일 먼저 이런 생각이 들었습니다. 시간이 완전히 순환했다는 생각 때문에 내가 그렇게 애를 썼는지도 모른다고. 나는 처음 떠났던 역에 다시 와 있는 겁니다. 역은 떠날 때와 똑같습니다. 아무것도 변한 게 없지요. 내가 경험할 수 있었을 모든 인생이 바로 여기서 시작됩니다. 내 애인이 되었을 수도 있었는데 그렇게 되지 못했던 아가씨가 똑같은 눈빛으로, 똑같은 머리 모양으로 여기 있는 겁니다……."

여자가 나를 놀리는 듯한 분위기로 주위를 둘러본다. 나는 턱으로 여자를 가리키는 시늉을 한다. 그녀의 입꼬리가 미소를 지을 것처럼 위로 올라간다. 그러다가 입의 움직임이 멈춘다. 생각이 바뀐 것이다. 아니면 웃을 때 모습이 원래 그런 걸 수도. "칭찬인지 뭔지 잘 모르겠네요. 어쨌든 칭찬으로 받아들일게요. 그리고요?"

"그리고 나는 이 자리에 있습니다. 지금 여기 이 여행 가방을 가지고 말이죠."

머릿속에서 지워 본 적은 한 번도 없지만 내 입으로 여행 가방을 언급한 건 처음이다.

그러자 그녀가 말한다.

"오늘은 바퀴 달린 사각 여행 가방의 밤이군요."

나는 차분하고 태연하게 묻는다. "무슨 뜻입니까?"

"오늘 여행 가방을 하나 팔았어요. 꼭 그렇게 생긴 걸요."

"누구에게요?"

"이 지방 사람이 아니었어요, 당신처럼. 역에 왔다가 떠났거든요. 금방 산 빈 가방을 가지고 말이지요. 당신 것하고 똑같은 가방이었어요."

"뭔가 이상하군요. 당신 가게에서는 여행 가방을 안 팔잖습니까?"

"전에 팔던 재고가 많이 남아 있어요. 여기 사람들은 아무도 그런 가방을 사지 않지만요. 좋아하지 않거든요. 아니, 필요가 없어요. 아니, 그런 가방을 아예 몰라요. 그렇지만 틀림없이 아주 편리할 거예요."

"나는 그렇지 않습니다. 가령, 오늘 밤이 더없이 아름다운 밤이 될 것 같은 예감이 든다 해도 동시에 이 여행 가방을 가져가야 한다는 사실도 함께 기억해야 합니다. 다른 건 전혀 생각할 수가 없습니다."

"그러면 그 가방을 어딘가에 두는 건 어때요?"

"가방 가게 같은 곳에 말이지요." 내가 그녀에게 대답한다.

"그래도 되죠. 하나가 나가고 하나가 들어오고."

그녀가 의자에서 일어난다. 거울을 보며 외투 깃과 벨트를 매만진다.

"조금 뒤에 그 가게 앞을 지나다가 셔터 문을 두드리면 당신이 들을까요?"

"한번 두드려 보세요."

그녀는 아무에게도 인사를 하지 않는다. 그녀는 벌써 광장에 나가 있다.

의사 마르네가 테이블 축구 기계를 떠나 카운터 쪽으로 나온다. 그는 내 얼굴을 보고 싶어 한다. 어쩌면 다른 이들로부터 뭔가 힌트가 될 만한 말을 듣고 싶은지도 모른다. 아니면 낄낄거리는 비웃음 소리라도. 하지만 사람들은 온통 내기에 대해서만 이야기한다. 의사가 듣는 줄도 모르는 채 그에 대한 내기 이야기만 한다. 의사 마르네를 둘러싸고 유쾌하고 허물없이, 어깨까지 툭툭 치며, 떠들썩한 분위기가 만들어진다. 오래된 농담과 놀림이 뒤섞인 말들이 오간다. 하지만 이런 소동의 와중에도 절대 넘어서는 안 되는, 존중의 영역이 있다. 마르네가 의사, 검역관이나 뭐 그 비슷한 것일 뿐만 아니라 그들의 친구이기도 하기 때문이다. 아니, 어쩌면 불행을 등에 진 채 친구로 남은 불행한 남자이기 때문일 수도 있다.

"고린 서장이 오늘은 생각보다 훨씬 늦는군그래." 바로 그때 경찰서장이 카페에 들어오는 걸 보고 누군가 이렇게 말한다.

서장이 들어온다. "친구들 다들 잘 있었나!" 그가 내 옆으로 온다. 내 여행 가방과 신문을 내려다본다. 그리고 이를 악물고 조그만 소리로 말한다. "엘레아의 제논." 그러고 나서 담배 자판기로 간다.

그들이 나를 경찰에 넘긴 걸까? 우리 조직을 위해 일하는 경찰인가? 나도 담배를 살 것처럼 자판기로 다가간다.

그가 말한다. "얀이 살해됐소. 떠나시오."

"그럼 여행 가방은?" 내가 묻는다.

"다시 가져가요. 이제 우린 더 이상 알고 싶지 않소. 11시 급행열차를 타요.

"그렇지만 그 기차는 여기 안 서지 않습니까……."

"설 거요. 6번 플랫폼으로 가요. 화물역 근처로. 삼 분의 시간이 있소.”

“그렇지만⋯⋯.”

“빨리, 안 그러면 당신을 체포해야 하오.”

조직은 강력하다. 경찰과 철도청까지 주무를 만큼. 나는 선로 사이에 난 통로로 여행 가방을 밀고 6번 플랫폼으로 간다. 플랫폼을 따라 걷는다. 화물역은 저쪽 끝에 있고 안개와 어둠에 싸인 교차로가 있다. 경찰서장은 역 카페의 문에 서서 나를 지켜본다. 급행열차가 전속력으로 도착한다. 기차는 속도를 늦추었다가 멈춰 서더니 내 시야에서 경찰을 지워 버리고 다시 떠난다.

2

당신은 벌써 30페이지를 넘게 읽었고 사건에 흥미를 느끼고 있다. 그러다 어느 순간 이렇게 말한다. "그런데 이 문장이 낯설지가 않아. 게다가 이 구절은 이미 읽은 것 같은데." 틀림없다. 주제가 되풀이되고 본문이 반복적으로 뒤섞여 있는데, 이런 뒤섞임은 시간의 변동을 표현하는 데 이용되고 있다. 이런 세밀한 부분을 민감하게 읽어 내는 것으로 보아 당신은 작가의 의도를 포착할 준비가 되어 있다. 당신은 무엇 하나 놓치지 않는다. 하지만 그와 동시에 어떤 실망감을 느끼기도 한다. 이제 막 흥미를 느끼기 시작했는데 작가는 현대 문학의 흔한 기교 중 하나를 과시하고, 이렇게 서두를 되풀이하는 걸 의무라고 믿는 것이다. 서두, 라고 했나? 그렇지만 이건 한 페이지 전체이다. 다시 비교해 본다. 쉼표 하나 다르지 않다. 계속 읽다 보면 뭔가 다른 게 나올까? 아무것도 없다. 소설은 이미 읽은 페이지와 똑같이 되풀이될 뿐이다.

잠깐, 책 페이지를 보라. 이럴 수가! 32페이지부터 당신은 다시 17페이지로 돌아가 있었다! 당신이 작가의 세련된 문체라고 생각했던 그 부분이 사실은 제본의 실수였던 것이다. 같은 페이지가 두 번

들어간 것이다. 책은 '16절지'로 이루어졌는데, 16절지는 아주 큰 종이여서 각 16절지마다 16페이지가 인쇄되고 그것을 여덟 번 접는다. 16절지를 모두 함께 제본할 때 한 책에 같은 16절지가 들어가는 경우가 있다. 이따금 일어나는 사고이다. 당신은 33페이지가 있으리라 믿으며 초조하게 페이지를 넘긴다. 16절지가 두 번 제본된 것은 그리 큰 문제가 아니다. 그러나 있어야 할 16절지가 다른 책 속으로 들어가 버려 이 책에 그 페이지가 없다면 어쩐다? 어쨌든 당신은 다시 독서의 흐름을 찾고 싶다. 다른 건 전혀 중요하지 않다. 지금은 단 한 페이지도 진도를 나갈 수 없는 상황이다.

다시 31, 32페이지다……. 그다음은 어떻게 될까? 다시 17페이지, 세 번째다! 대체 어떤 책을 사 왔단 말인가? 책은 똑같은 16절지가 수도 없이 중복 제본되었다. 나머지 부분에도 제대로 된 페이지가 없다.

당신은 책을 바닥에 던진다. 창밖으로 던질 수도 있다. 창문이 닫혀 있는데도 블라인드 살 사이를 통과한다. 그 살이 이 말도 안 되는 책을 갈가리 찢고 문장, 단어, 형태소, 음소 들이 더 이상 담화를 구성하지 못하도록 흩뜨려 버린다. 유리창으로 책을 던진다. 깨지지 않는 안전유리여야 할 텐데. 책은 광자(光子)로, 파동으로, 극성을 띤 스펙트럼으로 축소된다. 벽에 집어던지면 책은 철근 콘크리트의 원자와 원자 사이를 지나 분자로 부서지며 전자로, 중성자로, 중성 미자로, 아주 작은 기본적인 입자로 분해되어 버린다. 전화선을 타고 가게 되면 여분의 정보와 소음에 뒤흔들려, 전자식 충격파로, 정보의 흐름으로 축소되고 현기증 나는 엔트로피 속에서 품위를 잃게 된다. 당신은 집 밖으로, 블록 밖으로, 구역 밖으로, 도시 밖으로, 지역의 경계 밖으로, 주의 행정권 밖으로, 국가 경계 밖으로, 유럽 공동체 밖으로, 서양 문화권 밖으로, 대기권, 생물권, 성층권, 중력장, 태양계, 은하, 은하의 적운 밖으로 책을 집어던지고 싶을 것이다. 은하들이 확장할 때 도달하는 지점 너머로, 공간과 시간이 아직 도달하지 않는 장소, 이전에도 존재한 적 없고 이후로도 절대 존재할 리 없는 비존재에게 환영받을 수 있는 장소로도 그것을 던져, 완벽하게 보장된 부정성(否定性) 속으로 사라지게 만들고 싶을지 모른다. 그 이상도 그 이하도 아닌 정말 꼭 그런 대접을 받을 만한 책이니까.

하지만 그러지 않는다. 당신은 책을 집어 들고 먼지를 턴다. 그리고 다시 서점으로 가서 책을 교환하기로 한다. 우리가 알듯이 당신은 약간 충동적이다. 하지만 당신은 자신을 통제하는 법을 배웠다. 인간의 일과 행동에서 우연이나 우발적인 사태, 혹은 임의성에 의해 당신이나 다른 사람의 부주의함, 애매모호함, 부정확함 같은 것들을 발견했다는 사실이 화가 날 뿐이다. 그와 같은 임의성이나 부주의로 인해 발생하는 혼란스러운 결과를 지워 버리고 한시바삐 사건의 정상적인 흐름을 재구성하고 싶다. 이미 읽기 시작했던 책과 똑같은, 제본이 제대로 된 책을 빨리 다시 손에 넣고 싶다. 서점 문이 닫힐 시간만 아니었다면 당신은 당장 서점으로 달려갔을 것이다. 하지만 일단은 내일까지 기다려야 한다.

당신은 계속 똑같은 내용이 되풀이되는 것 같은 꿈을 꾸며 어수선한 밤을 보낸다. 당신의 수면은 소설을 읽을 때처럼 간헐적으로 끊기고 막혀 버린다. 당신은 의미도 형식도 없는 삶과 투쟁하듯 꿈과 투쟁하며 그 틀, 어쨌든 마땅히 있어야 할 흐름을 찾아본다. 책을 읽기 시작하여 아직 그 소설이 어떤 방향으로 진행될지 모를 때처럼. 정확하고 팽팽한 궤도를 따라 움직일 수 있는 추상적이고 절대적인 공간과 시간이 열리기를 당신은 원한다. 하지만 그럴 수 있을 것 같아 보이던 순간 당신은 자신이 정지해 있고, 차단당하고 처음부터 반복할 수밖에 없다는 사실을 알아차린다.

다음 날, 당신은 짬이 나자마자 서점으로 달려간다. 가게 안으로 들어서며 벌써 책을 활짝 편 채 한 손가락으로 페이지를 가리킨다. 그 한 페이지만 가리켜도 이 책 전체가 뒤죽박죽이라는 것을 분명히 보여 줄 수 있다는 듯이. "대체 어떤 책을 파셨는지 알아요? 여기 좀 보세요…… 막 재미를 느끼던 참인데……."

서점 주인은 전혀 당황하지 않는다. "이런, 손님 책도 그런가요? 벌써 여러 번 항의를 받았습니다. 바로 오늘 아침에 출판사에서 회람이 왔어요. 보이시죠? '우리 출판사 목록에 있는 최신 작품을 배포하던 중에 이탈로 칼비노의 『어느 겨울밤 한 여행자가』의 제본 일부분에 결함이 생겨 유통 중인 책을 회수해야만 합니다. 제본소의 실수로 앞에 말한 책의 속지가 폴란드 작가 타지오 바자크발의 다른 신작 소설 『말보르크 마을을 벗어나』와 뒤섞여 버렸습니다. 유감스러운 불상사에 사과드리며 가능한 한 조속한 시일 내에 파본을 새 책으로 교체하도록 준비하겠습니다, 기타 등등.' 가엾은 책 장수가 다른 이의 태만까지 책임져야 하는 건지 말씀 좀 해 주십시오. 우리도 하루 종일 미칠 지경이었어요. 칼비노의 책들을 한 권 한 권 확인했습니다. 다행히 제대로 제본된 책들이 상당히 있었어요. 그래서 우리는 즉시 파본이 된 『여행자』를 상태가 완벽한 새 책으로 바꿔 놓았습니다."

잠깐. 집중해야 한다. 한꺼번에 쏟아진 이 많은 정보들을 머릿속에서 재정리해야 한다. 폴란드 소설이라니. 그러니까 당신이 그렇게 열심히 읽었던 소설이 원래 읽으려 했던 그 소설이 아니라 폴란드 소설이었던 것이다. 지금 그렇게 서둘러서 손에 넣고 싶어 하는 책이. 바보 취급을 당해서는 안 된다. 어떤 상황인지 분명하게 설명하도록 하라. "아니, 이보세요. 이탈로 칼비노의 소설이건 아니건 상관없습니다. 폴란드 작가의 소설을 읽기 시작했으니 계속 그 소설을 읽고 싶어요. 바자크발이라는 작가의 책이 이 서점에 있습니까?"

"원하시는 대로 하십시오. 방금 전에 똑같은 문제로 여자 손님 한 분이 오셨어요. 그 손님도 폴란드 작가의 책으로 교환하고 싶어 했지요. 저기 저쪽 판매대에 바자크발의 책이 쌓여 있습니다. 바로 손님 눈앞에 있어요. 직접 찾아보십시오."

"그런데 저 책은 제대로 됐겠지요?"

"들어 보십시오. 지금 저는 더 이상 아무 말씀도 드릴 수가 없습니다. 평판이 제일 좋은 출판사들도 이런 실수를 하니, 이제 어느 출판사를 신뢰할 수 있겠습니까. 이미 저 여자분께도 말씀드렸지만, 손님에게도 같은 말씀을 드릴 수밖에 없습니다. 만일 반품 사유가 또 생긴다면 책값을 돌려 드리겠습니다. 저도 더 이상은 어쩔 도리가 없거든요."

서점 주인이 한 아가씨를 가리킨다. 그녀는 저쪽, 두 줄로 늘어선 서가 사이에 있다. 펭귄 모던 클래식 사이에서 책을 찾고 있는 그녀는 부드러우면서도 단단해 보이는 손가락으로 연가지 색의 책등을 살며시 훑고 있다. 신속하게 움직이는 큰 눈에, 투명하고 혈색 좋은 살결, 풍성하게 구불거리는 머리카락.

그러니까 남성 독자인 당신의 시야에, 아니 당신의 관심 영역에 여성 독자가 행복하게 등장을 한 것이다. 아니, 벗어날 수 없는 그 끌림의 자기장 속으로 들어가는 것은 바로 당신이다. 그러니 시간을 허비하지 마라. 당시에겐 훌륭한 대화 주제, 공통의 영역이 있다. 조금만 생각해 보라. 당신은 당신의 방대하고 다양한 독서를 자랑할 수 있다. 앞으로 나서라, 뭘 망설이는가.

"그러니까 당신도, 하하, 폴란드 작가의 작품을." 당신은 단숨에 말해 버린다. "그런데 그 책은 시작하자마자 거기서 중단되지요. 사기 아닙니까? 당신도 똑같은 일을 당했다고 들었어요. 나도 그랬답니다. 아세요? 읽어 보고 또 읽어 보다가 그 책을 포기하고 이 책을 집었습니다. 그런데 이건 정말 굉장한 우연의 일치군요."

으흠, 이보다는 조금 더 멋지게 말할 수 있었을 텐데. 어쨌든 기본적으로 할 말은 했다. 이제 그녀가 말할 차례이다.

그녀가 미소를 짓는다. 보조개가 들어간다. 더 마음에 든다.

그녀가 말한다. "아, 정말 그래요. 난 정말 멋진 책을 읽고 싶었어요. 처음에는 별로였지만 차츰 마음에 들기 시작했는데……. 이야기가 중단된 걸 발견하고 얼마나 화가 났는지 몰라요. 게다가 작가가 그 사람이 아니었어요. 사실은 벌써 그 작가의 다른 책과 뭔가 좀 다르다고 생각은 하고 있었어요. 알고 보니 바자크발의 작품이더라고요. 그런데 이 바자크발이라는 작가도 훌륭하네요. 그의 작품은 한 번도 읽은 적이 없어요."

"나도 그렇습니다." 안도한 당신이 자신감을 얻어 말한다.

"이야기를 너무 모호하게 전개하는 것 같아요. 내 취향에는요. 난 책을 읽기 시작했을 때 소설이 주는 당혹감이 전혀 싫지 않거든요. 하지만 첫 번째 느낌이 안개일 경우엔, 이 안개의 사라짐과 동시에 독서의 기쁨도 사라져 버릴까 봐 두려워요."

당신이 생각에 잠겨 고개를 젓는다. "사실, 그럴 위험이 있는 책이지요."

"난 소설을 좋아해요." 그녀가 덧붙였다. "소설은 모든 것이 정확하고 구체적이고 매우 상세한 것들의 세계로 금방 들어갈 수 있게 해 주죠. 모든 것이, 심지어 살면서 내가 무관심했던 것들까지, 다른 어떤 방식이 아니라, 그렇게 분명한 방식으로 만들어졌다는 사실을 알게 되는 게 무엇보다 즐거워요."

당신도 동의하는가? 그러면 그녀에게 그렇다고 말하라. "아, 저기 있는 저 책들은 정말 읽어 볼 만해요."

서둘러라. 대화가 중단되게 하지 마라. 무슨 말이든 하라. 말을 하기만 하면 된다. "소설을 많이 읽으시나요? 그렇죠? 저는 논픽션에 더 흥미를 느끼는 편이지만 소설도 꽤 읽는다고 할 수 있습니다……." 고작 한다는 말이 그건가? 그다음은? 여기서 끝낼 참인가? 안녕! 이런 질문은 어떤가? '이 책 읽으셨나요? 그럼 저 책은요? 둘 중 어느 책이 더 마음에 드셨습니까?' 이런, 당신들은 지금 삼십여 분째 이야기를 나누고 있다.

문제는 그녀가 당신보다 소설을, 그것도 특히 외국 소설을 훨씬 많이 읽었다는 것이다. 그리고 기억력이 아주 좋아서 상세한 일화를 넌지시 언급하며 이렇게 묻는다는 것이다. "……그때 헨리의 아주머니가 뭐라고 했는지 기억나세요?" 그 책의 제목을 화제로 꺼낸 당신은 사실 아는 게 제목밖에 없다. 그녀가 당신이 그 책을 읽었다고 생각하게 내버려 두고 싶다. 그러려면 일반적인 평으로 잘 얼버무려야 한다. 다소 타협하기 힘든 평가를 내리면서 당신은 모험을 감행하기도 한다. "제가 읽기에는 조금 느리게 전개되더군요." 혹은 "풍자적이어서 마음에 듭니다." 그러자 그녀가 대답한다. "아, 정말 그렇게 생각하세요? 전 그렇게 생각되지 않던데……." 당신은 당황한다. 다시 한 유명 작가를 화제에 올려 보려 한다. 그 작가의 작품은 한 권, 최대두 권까지 읽은 적이 있다. 그녀는 머뭇거리지 않고 그 작가의 작품 전집까지 단숨에 공략한다. 완벽하게 안다고 할 수 있다. 문제는 거기에다 약간의 의문까지 느끼고 이렇게 묻는다는 것이다. "그런데 잘려나간 사진에 관한 유명한 일화가 그 책에 나오나요, 아니면 다른 책에 나오나요? 항상 헷갈려요……." 그녀가 혼동하고 있으니 당신이 추측을 해 본다. 그러자 그녀가 말한다. "왜 그런 거죠? 뭐라고 했어요? 그럴 리가요……." 으흠, 당신들 둘 다 헷갈리고 있다고 할 수 있겠지.

어젯밤의 독서로 인해 지금 둘 다 손에 들고 있는, 가장 최근의 실망을 배상해 줘야만 하는 그 책으로 화제를 돌리는 게 좋을 것 같다. "이번에는 제본도 제대로 되고 페이지도 차례대로여서, 책을 읽다가 한참 흥미로운 순간에 중단하는 일이 없기를 바라자고요. 혹시 또……."(혹시 또라니, 언제? 무슨 뜻이지?) 당신이 말한다. "간단히 말해서 만족스럽게 끝까지 읽을 수 있기를 바라자는 겁니다."

"아, 그래요." 그녀가 대답한다. 들었는가? 그녀가 '아, 그래요.'라고 대답했다. 이제 말을 이어 갈 사람은 당신이다.

"그런데 당신도 여기 자주 오시는 것 같으니 여기서 다시 만나 뵈었으면 좋겠습니다. 그럼 책을 읽은 뒤의 느낌을 서로 나눠 볼 수 있잖아요." 그러자 그녀가 대답한다. "좋아요."

당신은 자신이 어느 지점으로 가고 싶은지 잘 안다. 당신은 아주 조밀한 그물망을 짜 나가고 있다. "우리가 이탈로 칼비노의 책을 읽었다고 생각했는데 그게 바자크발의 책이었듯이, 이제 바자크발의 책을 읽고 싶어서 책을 펼쳤는데 그게 이탈로 칼비노의 책이라면 정말 황당하겠죠."

"아, 안 돼요! 만일 그렇다면 함께 출판사를 고소해요!"

"있잖아요, 우리 서로의 전화번호를 갖고 있으면 어떨까요?"(오, 독자여, 이게 바로 당신이 방울뱀처럼 그녀 주위를 맴돌며 도달하고 싶어 하는 지점이다!) "그렇게 하면 우리 중 한 사람이 책에서 뭔가 이상한 점을 발견했을 경우 서로에게 도움을 청할 수 있잖아요……. 둘이서 완벽한 책을 손에 넣을 가능성이 훨씬 높아질 겁니다."

자, 당신은 이렇게 말했다. 남성 독자와 여성 독자가 책을 통해 연대하고 공모하고 결속하는 것만큼 자연스러운 일이 어디 있겠는가?

삶으로부터 무언가를 기대할 수 있는 시대가 끝났다고 믿었던 당신은 행복한 기분으로 서점을 나선다. 즐거운 희망의 날들을 약속해 줄 전혀 다른 두 가지 기대가 당신을 설레게 한다. 하나는 책에 담긴 기대로, 원하는 대로 빨리 다시 독서를 시작함으로써 얻을 수 있다. 다른 하나는 전화번호에 대한 기대이다. 이것은 당신이 그리 오래지 않아, 아니, 당장 내일, 빈약한 핑계를 대며, 예컨대 책이 마음에 드는지 아닌지, 당신이 몇 페이지를 읽었다든지 아니라든지, 다시 만나자든지 등등의 이유로, 처음 전화를 걸었을 때 전화를 받을 목소리, 때로는 날카롭게, 때로는 허스키하게 떨리는 이 목소리를 다시 듣게 되리라는 기대이다.

독자여, 당신이 누구인지, 나이가 어떻게 되는지, 결혼은 했는지, 직업은 무엇인지, 수입은 얼마인지를 묻는 건 지각없는 행동이리라. 그건 당신의 문제이니 스스로 알아서 하시라. 중요한 것은 지금 사적인 공간인 집에서 책에 빠져들기 위해 완벽한 평온을 되찾으려 애쓰며, 다리를 뻗었다가 다시 오므리고 또 뻗고 있는 당신의 정신 상태이다. 그렇지만 어제와는 다르다. 당신의 독서는 이제 외롭지 않다. 당신은 지금 이 순간 책을 펴 들고 있을 여성 독자를 생각한다. 이 지점에서 당신이 읽어야 할 소설과 살아 있을 소설, 당신과 여성 독자의 계속되는 이야기가, 더 정확히 말하자면 가능한 이야기의 시작이 중첩된다. 거기 있는 구체적인 어떤 것, 항상 사라지는 실제 경험과 비교하면 분명하게 정의되고 아무 위험 없이 이용할 수 있는 책을 좋아한다고 생각했던 어제의 당신은 지금 얼마나 변했는지. 책이 소통의 도구와 채널, 만남의 장소가 되었다고 할까? 하지만 그런 이유들이 당신의 독서를 방해하지는 않는다. 아니 무엇인가가 독서의 힘에 첨가된다.

이 책의 속지들은 잘려 있지 않다. 빨리 책을 읽고 싶은 당신을 가로막는 첫 번째 장애물이다. 당신은 잘 드는 종이칼로 무장하고 책의 비밀 속으로 들어갈 준비를 한다. 정확하게 칼을 움직여 책 제목이 적힌 페이지와 첫 번째 장의 첫 페이지 사이를 가른다. 그리고 이제 바로…….

바로 첫 페이지에서 당신은 지금 손에 쥔 책이 어제 읽었던 책과는 아무 상관도 없다는 것을 알아차린다.

말보르크 마을을 벗어나

튀김 냄새가, 아니 약간 탄 양파 소테[1] 냄새가 페이지 시작 부분에 감돌고 있다. 양파 속의 결들이 보랏빛이 되었다가 갈색이 되어 버렸기 때문에, 그리고 특히 잘라 놓은 양파 조각의 가장자리가 노랗게 되기도 전에 시커멓게 되어 버렸기 때문이다. 양파 즙은, 방금 튀긴 기름 냄새에 뒤덮인 후각과 색채의 미묘한 차이를 거치면서 시커멓게 변해 갔다. 유채 기름. 본문에는 정확히 그렇게 밝혀져 있다. 본문에는 모든 게 아주 정확하다. 사물에는 그 명칭과 그것이 전하는 느낌이 모두 담겨 있다. 부엌의 오븐에서 동시에 조리되고 있는 모든 음식들, 그 음식들 각각이 담긴 용기에는 냄비, 팬, 솥처럼 정확한 이름이 붙어 있다. 모든 요리의 준비 작업도 마찬가지이다. 밀가루를 입히고 계란을 휘젓고 예리한 칼로 오이를 자르고 구워야 할 어린 암탉에 라드 조각들을 집어넣는다. 이 모든 게 아주 구체적이고 치밀하고 아주 전문적으로 묘사되어 있다. 아니, 어쨌든, 독자인 당신이 받는 인상은 이런 전문적인 인상이다. 당신이 모르는 음식들인데, 번역

---

1 채소나 잘게 썬 고기류 등을 고온에서 살짝 볶는 방법.

자가 원래 언어로 남겨 두어야겠다고 생각한 이름을 가진 음식들도 있지만 말이다. 예를 들면 schoëblintsjia² 같은 것이다. 하지만 당신은 schoëblintsjia를 읽으면서 schoëblintsjia가 진짜 존재한다고 굳게 믿는다. 본문에서 그 맛을 언급하지 않더라도 그 신맛을 분명하게 느낄 수 있다. 단어가 그 음을 통해 혹은 시각적인 인상을 통해 신맛을 어느 정도 암시했기 때문일 수도 있고 냄새와 맛과 단어의 조화 속에서 시큼한 느낌의 필요성을 느꼈기 때문일 수도 있다.

잘게 썬 고기와 계란을 넣은 밀가루를 뒤섞느라, 노란 주근깨가 박힌 브리그트의 불그레하고 튼튼한 두 팔은 밀가루에 뒤덮여 하얗게 변해 버렸고 여기저기 생고기 조각들을 붙이고 있다. 대리석 식탁에서 브리그트의 상체가 앞뒤로 움직일 때마다 뒤쪽 속치마가 몇 센티미터씩 올라가서 종아리와 넓적다리 사이에 옴폭 들어간 부분이 드러난다. 유난히 하얀 그 살 위로 가늘고 푸르스름한 정맥이 가로지른다. 차츰 사소한 세부 사항들과 정확한 행동들뿐 아니라 말과, 훈데르 노인의 경우에서처럼 단편적인 대화들이 축적되면서 등장인물들이 차츰 구체적인 모습을 드러낸다. 훈데르 노인은 이렇게 말한다. "올해 것은 작년 것만큼 그렇게 펄펄 뛰게 두지 않겠어." 몇 줄을 읽고 나면 당신은 그게 붉은 고추 이야기라는 것을 알게 된다. "해가 갈수록 펄펄 뛰는 정도가 줄어드는 건 당신이잖아요." 우구르트 숙모가 나무 수저로 냄비 속의 음식을 떠서 맛보고는 계피를 한 줌 더 넣으면서 말한다.

매 순간 당신은 새로운 인물이 등장하는 것을 발견할 것이다. 이

---

2 번역이 되지 않는 단어로 남겨 두도록 작가가 의도적으로 사용한 단어.

넓은 부엌에 대체 몇 명이 있는지는 분명치 않다. 그 수를 헤아리는 건 부질없는 짓이다. 쿠드지바에 드나드는 사람은 늘 셀 수 없이 많다. 같은 인물이 경우에 따라 세례명으로 지칭되기도 하고, 별명으로 불리기도 하고, 성이나 아버지 이름에 접사를 붙여 불리기도 하고, 또 '얀의 미망인'이나 '옥수수 가게 점원' 같은 이름으로 다양하게 불리기 때문에 정확하게 숫자가 나오지 않는다. 중요한 것은 소설에서 강조하는 신체적인 세부 사항, 예를 들어 이빨로 물어뜯은 브론코의 손톱, 브리그트의 뺨에 난 솜털 같은 것이다. 그리고 이런저런 사람들의 행동과 그들이 다루는, 고기를 부드럽게 두드리는 망치, 야채를 담는 소쿠리, 버터 컬러[3] 같은 도구도 중요하다. 그래서 모든 등장인물은 제일 먼저 이런 행동이나 특징에 의해 정의된다. 하지만 우리는 좀 더 알고 싶은 생각이 든다. 버터 컬러의 성격과 첫 장에서 버터 컬러를 이용하며 등장한 인물의 운명이 이미 정해져 있듯이 말이다. 그리고 독자인 당신은 소설이 진행되는 도중 그 인물이 다시 등장할 때마다 이렇게 소리칠 준비가 되어 있다. "아, 그 버터 컬러군!" 이렇게 작가는 처음의 버터 컬러와 조화되는 행동과 사건을 모두 그와 연결시킨다.

쿠드지바의 우리 부엌은 언제든, 자신을 위해 요리할 생각이 있는 사람들이 마음껏 모일 수 있도록 일부러 크게 만든 것처럼 보인다. 이집트 콩 껍질을 벗기는 사람도 있고 잉어를 소금에 절이려는 사람도 있다. 모두 무언가에 양념을 하거나 조리를 하거나 먹고 있다. 새벽부터 늦은 밤까지, 몇 사람이 떠나면 또 다른 사람이 온다. 그날 아

---

3 톱니 모양의 고리가 달린 주방 기구. 차가운 버터의 표면을 긁어 둥근 모양으로 만든다.

침 나는 아주 일찍 부엌으로 내려갔다. 그날은 특별한 날이어서 부엌은 이미 완전히 가동 중이었다. 전날 저녁 카우데레르 씨가 아들을 데리고 왔다. 아마 오늘 아침 아들 대신 나를 데리고 다시 떠날 것이다. 나는 지금까지 한 번도 집을 떠난 적이 없다. 나는 페트크보에 있는 카우데레르 씨의 농지에서, 벨기에에서 새로 수입한 건조기 작동법을 배우면서 호밀 수확 때까지 한 계절을 보낼 것이다. 한편 그 기간 동안 카우데레르 씨의 막내아들인 폰코도 우리 집에서 마가목 접목 기술을 배우게 된다.

그날 아침 집 안의 냄새와 늘 들려오던 소음이 작별을 고하듯 내 주위로 몰려들었다. 그때까지 내가 알던 모든 것을 나는 아주 오랫동안 잃게 될 것이다. 그런 생각이 들었다. 그리고 다시 돌아왔을 때는 모든 게 예전과는 다를 것이고 나도 더 이상 나 자신이 아니리라. 그러니까 오늘의 작별은 영원한 이별과 같은 것이다. 부엌과 집과 우구르트 숙모의 크뇌델과. 그러니까 첫 페이지부터 당신을 사로잡은 이런 구체적인 느낌은 그 안에 상실감, 현기증 나는 분리감을 담고 있다. 그리고 주의 깊은 독자인 당신은 첫 페이지에서부터 그 점을 감지했다. 그 순간 이런 정확한 글쓰기에 만족을 느끼긴 했지만 솔직히 말하면 모든 게 당신의 손에 잡히지 않는다는 것을 알아차렸다. 어쩌면 번역 탓일 수도 있다고 생각했다. 번역은 아주 충실했지만, 그 언어가 어떤 것이든 원래의 언어가 가지고 있는 밀도 있는 실체를 대체하지 못한 게 분명하다고. 간단히 말해 모든 문장은 쿠드지바 집과 나의 관계가 단단했음을 전달할 뿐만 아니라 그것을 잃게 되는 데서 오는 애석함도 전달했어야 한다. 그뿐 아니라 그러한 것들을 떨쳐 버리고, schoëblintsjia의 시큼한 냄새에서 멀어져 낯선 곳으로 달려가고, 새로운 장(章)을 시작하기 위해 페이지를 넘기도록 나를 떠미는 충동성도 전달했어야 한다. 그 새로운 장에서는 끝없이 되풀이되는 아그트의 석양 녘에, 페트크보의 일요일에, 시드로 저택의 파티에서 이루어지는 새로운 만남들이 펼쳐질 것이다. 당신은 아직 이 문제를 알아차리지 못했겠지만 잘 생각해 보면 정말 그렇다는 것을 알게 되리라.

짧게 자른 머리에 얼굴이 긴 아가씨의 초상화가 폰코의 트렁크에서 잠시 삐져나왔는데 폰코는 그것을 얼른 방수 작업복 속에 숨겼다. 지금까지 내 방이었고 앞으로는 그의 방이 될 비둘기장 아래 방에서 폰코는 자기 물건들을 꺼내서 내가 방금 비운 서랍에 집어넣었다. 나는 이미 뚜껑을 닫은 내 트렁크에 앉아서 약간 비뚤게 튀어나온 장식 못을 말없이 기계적으로 박아 넣으며 조용히 그를 지켜보았다. 우물우물 인사를 나눈 것 말고 우리는 서로에게 아무 말도 하지 않았다. 나는 지금 일어나고 있는 일을 이해해 보려고 애쓰며 그의 동작 하나하나를 눈으로 좇았다. 그러니까 이방인이 내 자리를 차지하는 중인 것이다. 그가 내가 되고 새들이 들어 있는 새장은 그의 것이 되며 입체경, 못에 걸려 있는 창기병이 쓰는 진짜 투구, 내가 가져갈 수 없어 남겨 두고 가는 모든 것을 그가 차지하게 된다. 좀 더 정확히 말하자면 사물, 장소, 사람 들과의 내 관계가 그의 것이 되고 그와 마찬가지로 나는 그가 되어 그의 물건과 그의 인생에 속한 사람들 속에서 그의 자리를 차지하려는 중이다.

그 아가씨⋯⋯. "그 아가씨는 누구야?" 내가 물었다. 그리고 조각된 나무 액자 속에 담긴 사진 쪽으로 성급하게 손을 내밀었다. 한결같이 동글동글하고 노르스름한 머리를 땋은 이 지방 아가씨들과는 완전히 분위기가 다른 아가씨였다. 브리그트가 생각난 건 바로 그 순간이었다. 폰코와 브리그트가 산타테로 축제에서 함께 춤추는 모습, 폰코의 양모 장갑을 꿰매 줄 브리그트, 내가 덫을 놓아 잡은 담비를 브리그트에게 선물할 폰코의 모습이 번개처럼 스쳐 갔다. "초상화 건드리지 마!" 폰코가 소리를 지르더니 무쇠 같은 손가락으로 내 두 팔을 잡았다. "손 떼! 당장!"

'즈비다 오즈카르트를 잊지 않지 마.' 나는 때를 놓치지 않고 초상화에 적힌 글을 읽었다. "즈비다 오즈카르트가 누구야?" 내가 물어보았다. 그런데 벌써 주먹이 내 얼굴 한가운데를 가격했고 나 역시 두 주먹을 불끈 쥐고 폰코에게 달려들었다. 우리는 바닥에 나뒹굴며 서로의 팔을 비틀고 무릎으로 치고 갈비뼈를 부러뜨리려 했다.

뼈가 단단한 폰코가 팔과 다리로 예리하게 공격을 했다. 머리채를 잡아 그자를 쓰러뜨려 보려 했지만 머리카락이 개털만큼이나 뻣뻣해서 마치 솔 같았다. 이렇게 뒤얽혀 싸우는 동안 변신이 진행된 기분이 들었다. 그래서 우리가 다시 일어났을 때 그는 내가 되고 나는 그가 된 것 같았다. 하지만 어쩌면 그때 일을 생각하는 지금에야 드는 생각일 수도 있다. 아니면 그렇게 생각하는 건 내가 아니라 독자인 당신일 수도 있다. 뿐만 아니라 그 순간 그와 싸운다는 것은 내가 그만큼 나 자신, 내 과거와 밀착되어 있다는 의미였다. 내 과거가 파괴되어 버릴지라도 나를 그의 수중에 떨어뜨리지 않게 하기 위해서였다. 폰코의 손에 들어가지 않도록 파괴하고 싶었던 것은 브리그트였다. 단 한 번도 사랑한다고 생각해 본 적이 없는 브리그트. 그리고 그때도 나는 브리그트를 사랑한다고 생각하지 않았다. 하지만 그녀와 딱 한 번, 지금 폰코와 뒹굴듯이, 난로 뒤 갈탄 더미 위에서 서로를 물어뜯으며 뒹군 적이 있었다. 이제 생각해 보니, 그때 이미 나는 미래의 폰코와 그녀를 놓고 겨루고 있었던 것 같다. 브리그트와 즈비다를 함께 놓고 그와 겨루고 있었다. 그때 이미 나는 내 경쟁자에게, 개털 머리를 가진 이 새로운 나 자신에게, 내 과거를 남겨 놓지 않기 위해 내 과거에서 무엇이든 떼어 내려 애쓰고 있었다. 어쩌면 그때 이미 나는 내가 모르는 나 자신의 과거로부터, 과거 혹은 미래와 결부된 비밀을 떼어 내려 애쓰고 있었는지도 모른다.

지금 당신이 읽고 있는 페이지는 이런 둔탁하고 고통스러운 공격과 잔인하고 예리한 반격으로 이루어진 폭력적인 접촉을 표현해야 한다. 자신의 몸이 다른 사람의 몸 위에서 어떻게 움직이는지를 밀도 있게 표현하고 고유한 노력의 무게, 그 노력이 어떻게 정확히 수용되는지를 형상화해서 상대방이 당신에게 반사하는 거울의 이미지에 그것들을 적용해야 한다. 그렇지만 독서가 불러일으키는 느낌이 실제 경험한 어떤 느낌과 비교했을 때 보잘것없는 것은, 내 가슴으로 폰코의 가슴을 누르는 동안 혹은 팔이 등 뒤에서 뒤틀린 채 저항하는 동안 내가 느낀 것이 내가 주장하고 싶은 것을 확언하는 데 필요한 느낌이 아니었기 때문이다. 말하자면 억세고 단단한 폰코와는 너무나도 다르게 아가씨 특유의 단단함과 충만함을 가진 브리그트를 소유하고 싶은 열정, 지독한 부드러움을 가졌으리라 상상되는 즈비다를 소유하고 싶은 열정, 이미 상실감을 느끼고 있는 브리그트와 실체 없는 농도만을 가진 유리 속 사진의 즈비다를 소유하고 싶은 마음을 분명하게 표현하고 싶었다. 우리 두 남자의 팔다리가 뒤얽혀 있는 가운데 나는 대립하고 있지만 동일한 두 여자의 환영을 움켜쥐어 보려 했으나 부질없었다. 환영은 손에 잡기 어려운 각자의 차이에 의해 사라져 버렸다. 그리고 나는 나 자신을 공격하는 동시에 어쩌면 지금 우리 집에서 내 자리를 차지하려 하는 또 다른 나 자신을, 혹은 그 다른 나로부터 빼내고 싶은 더욱 나다운 나 자신을 공격하려 애쓰는 중이다. 하지만 또 다른 나의 낯설음이 내 안으로 스며들고 있음을 느낄 뿐이다. 이미 다른 사람이 내 자리와 다른 모든 자리를 차지해 버려 내가 세상에서 지워진 것처럼.

마침내 적을 격렬하게 밀어붙이고 적에게서 떨어져 나와 마룻바닥을 딛고 다시 일어났을 때 내 눈에 비친 세상은 낯설어 보였다. 내 방이 낯설어 보였고 내 트렁크, 작은 창으로 보이는 풍경이 낯설어 보였다. 나는 이제 다시는 그 어떤 사람과도, 그 무엇과도 관계를 맺지 못할까 봐 두려웠다. 브리그트를 보러 가고 싶었지만, 그녀에게 무슨 말을 하고 싶은 건지, 어떻게 하고 싶은 건지, 무슨 말을 듣고 싶은 건지, 어떻게 행동해 주길 바라는 건지 알 수 없었다. 나는 즈비다를 생각하면서 브리그트 쪽으로 갔다. 내가 찾았던 여자는 둘로 분열된 인물, 브리그트이자 즈비다였다. 폰코에게서 멀어져 비로드 옷에 묻은 피를, 나의 피인지 그의 피인지, 내 이에서 난 피인지 폰코의 코에서 난 피인지 모를 그 피를 침을 묻혀 가며 지우고자 애쓰는 나 역시 그렇게 분열된 것 같았다.

그리고 그렇게 분열된 내 귀에 어떤 소리가 들렸고 넓은 응접실 문 너머에 서 있는 카우데레르 씨가 보였다. 그는 가로로 크게 팔을 움직여 자기 앞쪽 공간을 가늠했다. "그러니까 스물두 살, 스물네 살 먹은 카우니와 피투가 내 앞에 있었어요. 총알들이 가슴에 박힌 채 말입니다."

"대체 언제 그랬다는 건가?" 우리 할아버지가 말했다. "금시초

문인걸."

"출발하기 전에 팔 일간의 축제에 참가했더랬지요."

"우리는 자네 집안과 오즈카르트 집안의 일이 얼마 전에 다 정리
되었다고 생각했네. 세월이 많이 흘러서 자네들 두 집안의 그 끔찍한
이야기는 묻혔다고 생각했지."

카우데레르 씨가 속눈썹이 없는 눈으로 허공을 응시했다. 구타
페르카[4]처럼 누런 얼굴이 미동도 하지 않았다.

"카우데레르 집안과 오즈카르트 집안의 평화는 장례식과 장례
식 사이에만 유지되었어요. 그리고 망자들의 묘비엔 이런 글이 새겼
지요. '이것은 오즈카르트 집안의 짓이다.'"

"그러는 당신네들은?" 브론코가 평소처럼 직설적으로 물었다.

"오즈카르트 집안도 자기들 묘지에 '이것은 카우데레르 집안의
짓이다.'라고 새겼지요." 그러더니 한 손가락으로 수염을 쓰다듬었다.
"폰코는 여기서 안전할 겁니다, 마침내."

어머니가 두 손을 꽉 쥔 건 바로 그때였다. "세상에, 우리 그리츠
비가 위험한 거 아니에요? 애한테 해코지하지 않을까요?"

카우데레르 씨는 고개를 저었지만 엄마의 얼굴은 쳐다보지 않았
다. "그리츠비는 카우데레르 집안이 아니잖아요! 늘 위험에 노출된
사람들은 우리라고요!"

문이 열렸다. 마당에 쏟아지는 뜨끈한 말 오줌 때문에 얼음처럼
찬 공기 중으로 구름 같은 김이 올라왔다. 마구간을 돌보는 아이가
빨갛게 상기된 얼굴을 집 안으로 들이밀며 말했다. "마차 준비 다 됐

---

4 천연 고무.

습니다!"

　"그리츠비! 어디 있냐? 서둘러라!"

　나는 외투 단추를 잠그는 카우데레르 씨 쪽으로 한 걸음 나아
갔다.

3

　　종이칼은 촉각, 청각, 시각 그리고 무엇보다 정신에 기쁨을 준다. 무형의 실체에 접근하도록 해 주는, 책이라는 견고한 물질을 가로지르는 움직임. 그 뒤를 이어 독서가 진행된다. 칼날은 책장과 책장 사이로 들어가 아래에서 위로 거침없이 올라간다. 그리고 섬유질 하나하나와 매끄럽고 연속적으로 충돌하면서 그것을 베어 버리고 책장을 길게 가른다. 경쾌하고 친숙하며 예리한 소리와 함께 훌륭한 종이는 첫 방문객을 맞는다. 이 첫 방문은 앞으로 바람이나 독자의 눈에 의해 수도 없이 책장이 넘겨지리라는 것을 예고한다. 특히 종이가 두 겹일 경우 저항력이 아주 커서 가로로는 잘 잘리지 않을 것이다. 손을 뒤집어 움직이기가 쉽지 않기 때문이다. 그 지점에서는 종이 찢어지는 소리가 상당히 묵직하고도 약하게 난다. 들쭉날쭉 잘린 종이의 가장자리에 섬유 질감이 그대로 노출된다. 떨어져 나오는 가느다란 부스러기('퀼'로도 알려진)가 해변에 부딪혀 부서지는 파도 거품처럼 사랑스럽다. 칼날을 따라 종이들의 장벽에 틈이 벌어지면서 당신은 그 속에 얼마나 많은 단어가 숨어 있는지를 생각하게 된다. 숲 속에서처럼 독서에 길을 낸 것이다.

지금 읽고 있는 소설은 당신에게 구체적이고 치밀하고 세밀한 세계를 보여 주고 싶어 한다. 독서에 빠진 당신은 종이칼을 두꺼운 책 속에 넣고 기계적으로 움직인다. 아직 첫 장의 끝부분도 다 읽지 않았는데 어느새 훨씬 앞쪽까지 잘라 놓았다. 그런데 주의력이 자꾸 떨어지는 바로 그 순간, 당신은 완전한 문장을 반쯤 읽다가 페이지를 넘긴다. 그러자 하얗게 비어 있는 두 페이지가 나타난다.

　당신은 깜짝 놀라 상처처럼 잔인한 그 페이지를 물끄러미 바라본다. 책 위로 빛이 반사돼서 착시 현상이 일어난 것이기를 바라며. 그래서 서서히 잉크로 찍은 글자들이 만들어 내는 네모난 줄무늬가 모습을 드러내길 바라며. 아니다. 서로 마주 보고 있는 그 두 페이지는 정말 얼룩 하나 없는 순백색이다. 다시 페이지를 넘겨 본다. 당연히 인쇄되어 있는 두 페이지가 나타난다. 계속 책장을 넘겨 본다. 비어 있는 페이지, 인쇄된 페이지, 비어 있는 페이지. 책은 계속 그런 식으로 끝까지 이어졌다. 종이의 한 면만 인쇄가 되어 있었는데, 완벽하게 인쇄된 것처럼 그것을 접어 제본한 것이다.

　온갖 감각으로 촘촘히 짜인 이 소설이 갑자기 끝도 없는 심연을 당신 앞에 제시하는 순간이다. 마치 충만한 생명력을 표현하겠다는 주장 밑에 숨겨져 있던 텅 빈 공간을 드러내듯이 말이다. 당신은 공백을 건너뛰고 소설을 다시 읽기 위해서, 종이칼에 잘린 종이의 가장자리처럼 너덜너덜해진, 그다음에 나오는 문장의 가장자리 쪽으로 서둘러 눈길을 돌린다. 아까 읽었던 소설을 찾을 수가 없다. 등장인물, 배경이 바뀌어 버렸다. 무슨 말인지 알 수가 없다. 헬라, 카시미르같이, 누군지 알 수 없는 인물들의 이름만 나올 뿐이다. 이게 진짜 폴란드 소설 『말보르크 마을을 벗어나』일지도 모른다. 당신이 읽었던 초반부는 대체 어떤 책일지 모를, 또 다른 책의 일부분일 수도 있다.

그러고 보니 브리그트, 그리츠비 같은 이름이 벌써 폴란드와는 상관없는 이름 같기도 하다. 당신은 매우 상세한 지도를 가지고 있다. 지명 색인을 찾아보러 간다. 페트크보는 중요한 중심지가 틀림없고 아그트는 강이나 호수인 듯하다. 여러 나라에서 전쟁과 평화 조약이 계속해서 이루어졌던, 멀리 떨어진 북쪽의 넓은 평원에서 그 이름들을 찾아본다. 혹시 폴란드도 그렇지 않았을까? 당신은 백과사전과 역사 지도책을 찾아본다. 아니, 폴란드와는 전혀 관련이 없다. 양차 세계 대전 당시 이 지역은 킴메르⁵라는 독립 국가를 이루고 있었다. 수도는 오르코, 국어는 보트노-우그리크 어족이다. 백과사전에서 '킴메르'에 대한 항목은 다소 맥이 빠지는 문장으로 마무리된다. '주변 강대국들의 지속적인 영토 분쟁 속에서 신생 국가는 곧 지도에서 사라지게 되었다. 킴메르의 언어와 문화는 발달하지 못했다.'

당신은 서둘러 여성 독자와 연락을 취해 그녀의 책도 이런 상태인지를 물어보고, 당신의 추측과, 수집한 자료를 전해 주고 싶다······. 당신은 수첩에서, 여성 독자와 서로를 소개할 때 이름 옆에 적어 두었던 전화번호를 찾는다.

"여보세요, 루드밀라? 이건 또 다른 소설인 거 알죠. 그런데 이것도, 적어도 내 책은······."

수화기 너머에서 무뚝뚝하고 약간 빈정거리는 듯한 목소리가 들려온다. "아니에요, 이봐요, 난 루드밀라가 아니에요. 그 애 언니, 로타리아예요.(루드밀라는 이미 당신에게 "내가 전화를 못 받으면 우리 언니

---

5 기원전 8세기와 9세기에 코카서스와 흑해 북쪽(현재의 우크라이나와 러시아)에 살던 유목민 부족을 일컫는 이름이나, 이 소설의 설정과는 직접적인 관련이 없다.

가 받을 거예요."라고 말했다.) 루드밀라는 없어요. 무슨 일이죠? 왜 통화하려는 거죠?"

"그냥 책에 대해 할 말이 있어서요……. 별거 아닙니다. 다시 전화드리죠……."

"소설인가요? 루드밀라는 항상 소설책에 코를 박고 살죠. 작가가 누구예요?"

"아, 루드밀라도 아마 폴란드 소설을 읽고 있었을 겁니다. 우리 둘이 서로 느낌을 교환하기로 했거든요. 바자크발의 소설입니다."

"폴란드 소설이라고요, 어떻던가요?"

"음, 저는 그렇게 나쁘지 않았습니다……."

아니, 당신은 로타리아의 말을 제대로 이해하지 못했다. 로타리아가 알고 싶은 것은 작가가 **현**대 **사**상의 **흐**름과 **해**결책을 **요**구하는 **문**제에서 어떤 입장을 취하고 있느냐였다. 이 임무를 쉽게 수행할 수 있도록 그녀는 당신에게 위대한 거장들의 이름을 나열하는데, 그 가운데에서 바자크발의 자리를 찾으라는 의미이다.

종이칼로 잘라 낸 자리에 새하얀 백지가 나타났을 때와 같은 기분이다.

"뭐라고 말씀드려야 할지 잘 모르겠습니다. 사실은, 이 책의 제목도 저자도 정확히 알 수가 없습니다. 나중에 루드밀라에게 들으세요. 이야기가 약간 복잡해서요."

"루드밀라는 소설을 연달아 읽지만 문제점을 명확히 밝히는 적이 없어요. 내가 보기에는 독서로 시간을 낭비하는 것 같더군요. 당신은 그런 인상 안 받았나요?"

토론을 시작했다간 당신을 놔주지 않을 테세다. 로타리아는 벌써 당신을 대학 세미나에 초대하는 중이다. 그 세미나에서는 **의식, 무**의식의 모든 **코드**에 따라 책을 분석하며 **성, 계급, 지배 문화**에 의해 부여된 모든 **터**부를 제거한다고 했다.

"루드밀라도 참석하나요?"

아니란다. 루드밀라는 언니의 활동에 관여하지 않는 모양이다. 하지만 로타리아는 당신이 올 거라고 믿는다.

당신은 타협하고 싶지 않다. "봐서요. 결근을 할 수 있는지 볼게요. 그렇지만 약속은 할 수 없습니다. 그건 그렇고 루드밀라에게 제가 전화했더라고 전해 주시면……. 아니면 됐습니다, 제가 다시 전화할게요. 고맙습니다." 이 정도면 충분하다. 이제 전화를 끊어도 될 것 같다.

하지만 로타리아가 당신을 잡는다. "이봐요, 여기로 다시 전화해도 소용없어요. 여긴 루드밀라 집이 아니라 내 집이에요. 루드밀라는 잘 모르는 사람한테는 우리 집 전화번호를 알려 주죠. 그런 사람들과 거리를 유지하려면 내가 필요하다면서요……."

당신은 기분이 나쁘다. 다시 찬물을 뒤집어쓴 기분이다. 기대해도 좋을 것 같던 책은 중단되었다. 무언가의 시작이라고 믿었던 전화번호는, 당신을 못 믿은 거라고 우기는 로타리아 때문에 막다른 골목으로 변해 버렸다.

"아, 알았어요……. 그럼, 실례했습니다."

"여보세요? 아, 당신이군요. 지난번 서점에서 만났던 분?" 다른 목소리, 그녀의 목소리가 수화기를 차지했다. "그래요, 루드밀라예요. 당신 책에도 빈 페이지가 있나요? 예상했던 일이에요. 이것도 함정이에요. 점점 흥미가 생기기 시작해서 폰코와 그리츠비에 대해서 빨리 더 읽고 싶어지는 바로 지금 말이에요……"

당신은 너무 행복해서 말을 제대로 잇지 못한다. 당신이 말한다. "즈비다……"

"뭐라고요?"

"그래요, 즈비다 오즈카르트! 난 그리츠비와 즈비다 오즈카르트 사이에 무슨 일이 일어났는지 알고 싶어요……. 정말 당신이 이런 소설 좋아하는 거 맞나요?"

잠시 침묵. 잠시 후 루드밀라의 목소리가 천천히 다시 들려왔다. 마치 제대로 정의하기 힘든 무언가를 말하려 애쓰는 것 같았다. "맞아요. 그래요. 아주 좋아해요……. 그렇지만 내가 읽는 것들이 모두 소설에 들어 있고, 손으로 만질 수 있을 정도로 너무 거대하지 않은, 아직 뭔지 모를 어떤 것의 존재를 그 주위에서 느낄 수 있었으면 좋겠어요. 내가 모르는 표시를……."

"맞아요. 그 점에 있어서는 나도 그래요……."

"그렇기는 하지만 이 책도 미스터리한 요소가 부족한 것은 아니에요……."

그래서 당신이 말한다. "좋아요, 한번 보세요. 내 생각에는 미스터리는 이것인 듯해요. 이 소설은 폴란드 소설이 아니라 킴메르 소설인 거죠. 그래요, 킴메르요. 저자와 제목에서 이걸 알려서는 안 되었던 겁니다. 전혀 모르시겠어요? 잠깐만 제가 말씀드리지요. 킴메르는 인구 34만 명에 수도는 오르코이고, 주 자원은 이탄과 역청으로 이루어진 부산물 같은 것이지요. 아니요, 소설에 쓰여 있지는 않아요……."

당신도, 그녀도 잠시 말이 없다. 어쩌면 루드밀라가 손으로 수화기를 가리고 언니에게 조언을 구하는 중일 수도 있었다. 수화기 너머에 있는 그녀는 이미 킴메르에 대해 아는지도 모른다. 무슨 말을 할지는 아무도 모르는 법. 주의를 기울이자.

"여보세요, 루드밀라……."

"여보세요."

당신의 목소리는 뜨겁고 부드럽고 절박하다. "이봐요, 루드밀라, 당신을 만나야겠어요. 이 일에 대해 이야기를 나눠야 해요. 이런 상황, 우연의 일치나 불일치에 대해서 말입니다. 당신을 당장 만나고 싶어요. 지금 어디죠? 어디서 만나면 편하시겠습니까? 제가 당장 그곳으로 가겠습니다."

그녀는 계속해서 냉정을 유지한다. "대학에서 킴메르 문학을 가르치는 교수님을 한 분 알고 있어요. 그 교수님에게 조언을 구할 수있을 거예요. 언제 우리를 만나 줄 수 있는지 전화해서 물어볼 테니잠깐만 기다리세요."

당신은 대학에 와 있다. 루드밀라는 연구실에 있는 우치투치 교수에게 당신과 함께 방문하겠다고 알렸다. 전화기 너머에서 교수는 킴메르 작가에게 관심을 가진 사람이라면 누구든 기꺼이 도와주겠다고 알려 왔다.

당신은 어디서든 루드밀라를 먼저 만나고 싶었다. 집으로 그녀를 데리러 가서 대학교까지 같이 갈 수도 있을 것이다. 그녀에게 전화로 제안을 해 보았다. 하지만 그녀는 됐다고 했다. 당신을 성가시게 하고 싶지 않다는 것이다. 그리고 그 시간쯤이면 자기도 다른 볼일을 보러 벌써 대학교 쪽에 가 있을 거라고 했다. 당신은 그쪽 지리를 잘 몰라서 대학의 미로에서 헤매지 않을까 걱정이라고 계속 주장했다. 십오분 전쯤 카페에서 만나는 게 더 낫지 않을까요? 그녀는 이것도 싫다고 했다. 당신들은 직접 그곳, '보트노-우그리크 어문학과'에서 만나게 될 것이다. 누구든 다 아는 장소이니 물어보기만 하면 된다. 당신은 루드밀라가 아주 부드러운 그 태도로, 자신이 상황을 주도하고 모든 걸 직접 결정하기를 좋아한다는 걸 벌써 알아차렸다. 당신이 할 일은 그녀를 따르는 것이다.

당신은 정각에 대학에 도착한다. 계단에 앉아 있는 젊은 남녀 학생들 사이로 조심스레 걸어간다. 그리고 당혹감을 느끼며 장식 없는 벽 사이를 돌고 또 돈다. 학생들은 과도하게 큰 대문자 문장과 자잘한 낙서 들로 그 벽을 장식했다. 불안감을 주는 이질적인 광물을 지배하고, 그것들과 친숙해지고, 자신의 내면 공간에서 그것들을 전복시켜 삶의 물리적 실체와 연결시키기 위해, 차가운 동굴 벽에 낙서를 해야 했던 원시인들처럼. 남성 독자여, 나는 당신에 대해 아는 게 거의 없다. 때문에 당신이 무심하고 자신 있게 대학 안을 돌아다니는지, 아니면 오래된 트라우마나 심사숙고해서 내린 결정들로 인해, 학생과 교수의 우주가 당신의 예민하고 사려 깊은 영혼에 악몽처럼 보이는지 알 수가 없다. 어쨌든 당신이 찾는 과를 아는 사람은 아무도 없다. 당신은 사람들의 말을 듣고 지하로 갔다가 5층으로 올라간다. 열어보는 문마다 그 학과가 아니다. 당신은 혼란에 빠져 뒤로 문을 닫는다. 새하얀 페이지로 된 책 속에서 길을 잃어, 다시는 거기서 빠져나오지 못할 것 같은 기분이 든다.

긴 스웨터를 입은 젊은 남자 하나가 건들건들 걸어온다. 당신을 보자마자 한 손가락을 겨누며 말한다. "루드밀라를 기다리고 있군!"

"그걸 어떻게 알았죠?"

"알지. 대번에 알 수 있어."

"루드밀라가 보낸 사람인가요?"

"아니, 난 늘 여기저기 돌아다니며 이 사람도 만나고 저 사람도 만나. 여기에서 하나, 저기에서 하나를 듣고 보지. 그리고 자연스럽게 그것들을 연결해."

"내가 어디로 가야 하는지 압니까?"

"원한다면 우치투치 교수에게 데려다 주지. 루드밀라는 벌써 왔을 수도 있고 늦게 올 수도 있어."

이렇게 사교적이고 아는 것 많은 이 젊은 남자의 이름은 이르네리오였다. 이 젊은이가 벌써 반말을 하고 있기 때문에 당신도 반말을 한다.

"당신 우치투치 교수 제자인가?"

"난 누구의 제자도 아니야. 루드밀라를 여러 번 데리러 갔기 때문에 그 연구실이 어디인지 알 뿐이지."

"그럼 루드밀라가 그 과에서 공부하나?"

"아니야. 루드밀라는 늘 몸을 숨길 자리를 찾았어."

"누구에게서?"

"아, 모두에게서."

이르네리오의 대답은 계속 어딘가 애매했다. 무엇보다 루드밀라는 자기 언니를 피하려고 애쓰는 것 같았다. 루드밀라가 약속 시간에 맞춰서 오지 않는다면, 그건 그 시간쯤에 세미나가 있는 로타리아와 복도에서 마주치지 않기 위해서일 것이다.

하지만 당신이 보기에 자매 사이의 불화에는 예외도 있는 것 같다. 적어도 전화 문제와 관련해서는 말이다. 당신은 이르네리오에게 좀 더 말을 시켜 보고, 루드밀라에 대해 어느 정도 아는지 알아보고 싶다.

"그런데 당신은 루드밀라의 친구야, 로타리아의 친구야?"

"물론 루드밀라의 친구지. 그렇지만 로타리아와도 얘기는 나눠."

"당신이 읽은 책들을 루드밀라가 비판하지는 않나?"

"나? 난 책을 안 읽어!" 이르네리오가 말한다.

"그럼 뭘 읽는데?"

"아무것도 안 읽어. 어쩌다 눈앞에 놓인 것도 읽지 않지. 글을 읽지 않는 게 버릇이 됐어. 쉬운 일은 아냐. 우린 어릴 때부터 읽는 법을 배우고 평생 눈앞에 던져진 글의 노예로 살잖아. 나도 처음에는 읽지 않는 법을 배우기 위해 제법 노력을 해야 했지만 이제는 정말 자연스러워. 비결은 쓰인 글을 보는 걸 거부하지 않는 거야. 아니, 그 글자들이 보이지 않을 정도로 뚫어지게 바라보는 거지."

이르네리오의 눈동자는 크고 연했으며 눈매가 날렵했다. 사냥과 수확에 몰입하는 산사람의 눈처럼, 무엇 하나 놓치지 않을 것 같은 눈이었다.

"그런데 대학엔 뭐하러 오는 건지, 말해 줄 수 있어?"

"내가 대학에 오면 안 되는 이유라도 있나? 대학엔 여러 사람들이 오가잖아. 만나고 이야기도 나누고. 그래서 오는 거야. 다른 사람은 왜 오는지 모르겠지만."

당신은 읽지 않는 법을 배운 사람의 눈에, 사방에서 우리를 에워싼 이 촘촘한 글쓰기의 세계가 어떻게 비칠지 그려 보려 한다. 그리고 그와 동시에 여성 독자와 책을 읽지 않는 남자가 어떤 관계일지 자문해 본다. 그러다 보니 갑자기 그러한 거리가 바로 둘을 연결해 주는 것 같아 보여서 질투심을 누를 수가 없다.

이르네리오에게 묻고 싶은 게 더 있었지만, 당신들 두 사람은 작은 계단을 통해, '보트노-우그리크 어문학과'라는 팻말이 붙은 낮은 출입문 앞에 도착해 있다. 이르네리오가 힘차게 문을 두드린 후 작별 인사를 한 뒤, 당신을 그곳에 두고 떠난다.

문이 힘겹게 빼꼼 열린다. 석회가 떨어져 나간 자국들이 남은 문설주 사이로, 베레모와 양털을 넣은 작업복이 보인다. 리모델링을 하기 위해 폐쇄한 장소에 온 듯한 기분이다. 이 안에 있는 사람은 도장공이나 청소부뿐일 것 같다.

"여기 우치투치 교수님 계십니까?"

베레모 밑에서 전해지는 긍정의 눈길은 도장공에게서 기대할 수 있는 눈길과는 완전히 달랐다. 절벽을 뛰어넘을 준비가 된 사람의 눈길, 바로 앞쪽만 바라보며, 아래와 옆 쪽으로는 눈길도 주지 않으려 애쓰면서 머릿속으로 건너편 절벽의 가장자리로 자신을 던질 준비를 마친 사람의 눈길이다.

"교수님이십니까?" 그가 교수일 수밖에 없다는 것을 알면서도 당신이 묻는다.

작은 남자는 문을 더 열지 않는다. "무슨 일입니까?"

"실례합니다, 여쭤 보고 싶은 게 있어서 왔습니다……. 저희가 교수님께 전화를 드렸는데요……. 루드밀라 양이…… 루드밀라 양이 와 있습니까?"

"루드밀라 양은 여기 없습니다." 교수가 뒤로 물러서면서 말한다. 그리고 바늘 하나 꽂을 틈 없는 수풀처럼 빼곡히 늘어선 선반과 책등과 표지에 적힌 읽을 수 없는 이름과 제목 들을 가리킨다. "왜 루드밀라 양을 내 연구실에서 찾는 겁니까?" 루드밀라에게 이곳은 몸을 숨기는 장소라고 했던 이르네리오의 말을 떠올리는 동안 우치투치 교수는 자신의 협소한 연구실을 가리킨다. 마치 이렇게 말하는 듯한 몸짓이다. '이 안에 있다고 생각한다면 찾아봐요.' 그 안에 루드밀라를 숨겨 놓았다는 의심으로부터 자기를 방어할 필요성을 느끼는 듯이.

"같이 왔어야 하는데 말입니다." 모든 게 명백해지자 당신이 말한다.

"왜 같이 오지 않은 겁니까?" 우치투치 교수가 되묻는다. 당연히 던지는 이 질문엔 의심이 묻어 있다.

"늦지는 않겠지요……." 당신이 말하지만 어쩐지 거의 물어보는 듯한 어투다. 마치 우치투치 교수가 루드밀라의 버릇을 확인해 주길 바라는 듯하다. 당신은 루드밀라의 버릇을 전혀 모르지만 교수는 훨씬 많은 것을 알고 있을 것이다. "교수님께서는 루드밀라에 대해 알고 계시죠, 안 그렇습니까?"

"압니다……. 그런데 그건 왜 물어보시는 겁니까……. 뭘 알고 싶은 거요……." 교수가 신경질을 낸다. '당신은 킴메르 문학에 관심이 있는 거요, 아니면…….' 이렇게 말하고 싶은 듯하다. '……아니면 루드밀라에게 관심 있는 거요?' 하지만 마지막 말은 하지 않는다. 솔직해지고자 했다면 킴메르 문학에 대한 관심과 여성 독자에 대한 관심을 더 이상 구별할 수 없게 됐다고 대답했어야 했다. 그리고 지금 루드밀라의 이름을 들은 교수의 반응은, 이르네리오가 루드밀라와 친한 듯이 굴던 것과 더불어, 불가사의한 섬광을 던지며 여성 독자와 관련된 불안한 호기심을 만들어 낸다. 그것은 당신이 읽고 있는 소설에서 당신과 즈비다 오즈카르트를 연결해 주는 호기심, 또 전날 읽기 시작했다가 잠시 한 켠으로 밀어 둔 소설에서 마르네 부인과 당신을 연결해 주는 호기심과도 유사하다. 그리고 당신은 바로 여기서 그 모든 그림자, 가상의 의혹과 삶의 의혹을 추적하는 중이다.

"저는…… 저희는 교수님께 킴메르 작가에 대해서 여쭤 보고 싶어서……."

"앉으시지요……." 갑자기 차분해진, 좀 더 정확히 말하자면, 우발적이고 일시적인 불안감이 사라지면서 다시 나타난, 보다 확고하고 고집스러운 불안감에 사로잡힌 교수가 말한다.

연구실은 협소했다. 책장이 벽을 완전히 뒤덮었고, 거기다 책장 하나는 방 한가운데에 놓여 그 좁은 공간을 갈라놓고 있었다. 그렇게 해서 교수의 책상과 당신이 앉은 의자는 일종의 가리개 같은 것으로 분리되었다. 두 사람이 서로의 얼굴을 보려면 목을 길게 빼야만 했다.

"우리는 이렇게 창고 같은 곳에 유폐되어 있소이다……. 대학은 확장되고 있지만 우리는 축소되고 있지요……. 우리는 현용 언어의 신데렐라요……. 킴메르어를 아직 현용되는 언어로 간주할 수 있다면 말이오……. 하지만 그게 또 킴메르어의 가치지요!" 갑자기 단호하게 외치다가 곧 풀이 죽었다. "현대 언어이며 동시에 사어(死語)라는 사실이…… 특권을 가진 위치인 거죠. 아무도 그걸 알아차리지는 못하지만 말이오……."

"학생 수가 적습니까?" 당신이 묻는다.

"누가 오고 싶어 하겠소? 킴메르 사람들을 기억하고 싶어 하는 사람이 누구겠소? 지금 억압된 언어 분야에서 훨씬 더 매력적인 언어들이 많은걸요……. 바스크어…… 브르타뉴어…… 집시어……. 학생들은 모두 이런 언어에 등록을 한다오……. 학생들은 언어를 공부하지 않아요. 이젠 아무도 그러고 싶어 하지 않지요……. 토론할 수 있는 문제, 다른 보편적인 사상들과 연결되는 보편적인 사상들을 공부하고 싶어 한답니다. 내 동료들은 이런 흐름에 자신을 맞춰 자신들의 강좌에 '웨일스어의 사회학', '프로방스어의 심리언어학' 같은 이름을 붙입니다……. 킴메르어로는 아무것도 할 수가 없어요."

"왜요?"

"킴메르인들이 사라졌으니까. 대지가 삼켜 버린 듯이 사라졌죠." 교수가 고개를 저었다. 인내심이란 인내심을 모두 끌어모아 수백 번은 했던 말을 되풀이하는 듯 보였다. "이곳은 사어로 쓰인, 죽은 문학을 가르치는 죽은 학과요. 오늘날엔 킴메르어를 공부할 이유가 없지 않습니까? 그 사실을 제일 먼저 이해한 사람도 나고 처음으로 입 밖에 낸 사람도 나요. 이 학과에 오고 싶지 않다면 오지 않으면 돼요. 내 생각에는 학과를 닫을 수도 있어요. 하지만 하러 온다면……. 아니, 이건 너무 지나치군요."

"무얼 하러 온다는 겁니까?"

"전부요. 나는 전부 다 봐야 한다오. 몇 주 동안 아무도 찾아오지 않는데 누군가 찾아오면 그건 무언가를 하러 오는 거요……. 당신은 이 책들을 멀리할 수 있습니다. 보세요, 죽은 자들의 언어로 쓰인 이 책들 속에 흥미로운 게 있을 리 없잖습니까? 하지만 그들은 일부러 그렇게 하는 겁니다. 우리 보트노-우그리크어 한번 해 보자. 우치투치에게 가 보자. 그래서 난 어쩔 수 없이 그 한가운데서 보고 관여하고……."

"……무엇을 말입니까?" 당신이 루드밀라를 생각하면서 묻는다. 루드밀라가 여기에 왔었을 테고 어쩌면 이르네리오나 다른 사람들과 숨어 있었을지 모른다.

"전부 말입니다……. 어쩌면 그들을 유혹하는 뭔가가 있을 수도 있겠지요. 삶과 죽음 사이의 불확실함 같은 것 말이오. 이런 불확실함을 느끼면서도 그게 뭔지 이해하지 못할 수도 있고요. 그들은 자신들이 해야 할 일을 하러 오지만 강좌에는 등록하지 않아요. 수업에 나오지 않는다 말이오. 공동묘지의 무덤에 묻히듯 이 책장의 책 속에 묻힌 킴메르인들의 문학에 흥미를 느끼는 사람은 아무도 없소이다."

"저는 정말 흥미로웠습니다……. 여기 온 건 이렇게 시작하는 킴메르 소설이 있는지 여쭤 보기 위해서입니다. 아니, 등장인물의 이름을 직접 말씀드리는 게 더 나을 것 같군요. 그리츠비와 즈비다, 폰코와 브리그트입니다. 사건은 쿠드지바에서 시작됩니다. 그런데 이건 그냥 농장 이름일 수도 있어요. 그 뒤에는 아그트에 있는 페트크보로 옮겨 가게 될 것 같습니다……."

"아, 금방 찾을 수 있소!" 교수가 외쳤다. 그리고 순식간에 우울함이 사라지고 얼굴이 전등불처럼 밝아졌다. "틀림없이 『가파른 해변에서 몸을 내밀고』일 겁니다. 20세기 초반 가장 촉망받던 킴메르의 시인 중 한 사람인 우코 아흐티가 남긴 유일한 소설이지요……. 여기 있군요!" 그러더니 급류를 거슬러 올라가는 물고기처럼 순식간에 펄쩍 뛰어 책장의 정확한 한 지점으로 가서 초록색으로 제본된 얇은 책을 빼내더니 먼지를 탁탁 털었다. "다른 언어로 번역된 적은 한 번도 없소. 물론 누구라도 자신감을 잃게 할 만큼 어렵지요. 봐요. '나는 지금 확신을 향해 가는 중이다.' 아니 '나는 전달할 행위에 대해

나 자신을 납득시키는 중이다.' 두 동사 모두 현재 진행형이라는 점에 주목하게 될 겁니다."

당신은 곧 한 가지 사실을 분명히 알게 된다. 그러니까 이 책은 당신이 읽기 시작했던 그 책과 전혀 상관이 없다는 점이다. 고유명사 몇 개만 동일할 뿐, 구체적인 내용은 아주 상이하다. 하지만 당신은 그 점에 대해 곰곰이 생각하지 않는다. 우치투치가 즉석에서 해 나가는 힘겨운 번역으로부터 서서히 사건의 개요가 잡히고, 숨 가쁘게 해석하는 말 덩어리에서 풍부한 서사가 탄생했기 때문이다.

가파른 해변에서 몸을 내밀고

세상이 내게 무언가를 말하기 위해 메시지와 경고와 신호를 보내고 싶어 한다는 확신이 든다. 페트크보에 머문 이래 늘 그런 생각이 들었다. 나는 아침마다 습관처럼 항구까지 산책을 가기 위해 쿠드지바 여관에서 나온다. 나는 기상 관측대 앞을 지나면서 다가오는, 아니 오래전부터 진행 중인 세상의 종말에 대해 생각한다. 세상의 종말이 정확히 한 지점에서 일어난다면 아마도 페트크보의 기상 관측대일 것이다. 약간 흔들리는 네 개의 나무 기둥 위에 양철 지붕이 얹혀 있고, 그 지붕 밑의 선반에는 기압 기록계, 습도계, 온도 기록계, 그리고 각각의 기구 옆에 줄쳐진 종이 두루마리들이 있다. 두루마리들은 느릿느릿 째깍거리는 시계태엽 소리와 함께 흔들거리는 펜촉을 향해 빙빙 돌아간다. 키 큰 안테나 꼭대기에 달린 풍속계와 커다란 깔때기 모양의 우량계가 기상 관측대의 보잘것없는 장비를 보충해 준다. 시 공원 가장자리 벼랑 끝에, 구름 한 점 없이 정지된 진주 빛 하늘을 배경으로 홀로 선 기상 관측대는 태풍을 위한 함정처럼 보이기도 하고, 이미 성난 폭풍우에 딱 맞는 잔여물로서, 머나먼 열대의 바다에서 불어오는 강풍을 끌어들이는 미끼로 자신을 바치고 있는 듯 보이기도 한다.

눈에 비치는 모든 것에 의미가 가득 담긴 것처럼 보이는 날들이 있다. 전해진 메시지는 다른 사람들에게 전달하고 정의하고 단어로 번역하기 어렵지만 바로 그렇기 때문에 내게는 결정적으로 보인다. 그것들은 나, 그리고 동시에 세상과 관련된 일들을 알리거나 예언한다. 나와 관련해서는 내 존재의 외적인 사건들이 아니라 내면 깊은 곳에서 일어날 일들을, 세상과 관련해서는 몇 가지 특별한 사실이 아니라 모든 것의 일반적인 존재 방식을. 그러니 여러분은 암시적인 방식으로 이야기할 수밖에 없는 나의 어려움을 이해해 주리라.

월요일. 오늘 감옥 창문에서 바다 쪽으로 손이 나와 있는 것을 보았다. 나는 평소 습관대로 항구 방파제를 따라서 낡은 요새 뒤까지 걷는 중이었다. 비스듬한 벽이 요새를 완전히 에워싸고 있었다. 이중, 삼중으로 철창이 쳐진 창문들은 꽉 막힌 것처럼 보였다. 죄수들이 갇혀 있다는 것은 알았지만 난 항상 그 요새를 무기력한 자연, 광물계의 한 요소로 보아 왔다. 그래서 그 손을 보았을 때 마치 절벽에서 튀어나온 것이라도 본 듯 깜짝 놀랐다. 손의 위치는 어딘가 부자연스러웠다. 내 추측으로는 창문이 감옥 높은 곳에 있고 벽을 뚫어 만든 것 같았다. 죄수는 아마도 자유로운 공중에서 손을 흔들어 보려고 쇠창살 사이로 팔을 뻗으며 줄타기 광대 같은, 아니 곡예사 같은 노력을 한 게 틀림없었다. 죄수의 신호는 나를 향한 것도 다른 누구에게 보낸 것도 아니었다. 어쨌든 나는 그것을 신호로 받아들이지 않았다. 뿐만 아니라 그 순간 나는 죄수들 생각을 전혀 하지 않았다. 하얗고 섬세한 그 죄수의 손은 내 손과 다르지 않았고 으레 생각하듯 거칠

지도 않았다고 해야 하리라. 내게는 오히려 돌이 더 신호처럼 보였다. 돌은 우리의 본질이 동일하다는 것을, 그래서 내 개인을 구성하는 것 중 무언가가 남겨진다면 세상에 종말이 와도 사라지지 않을 것임을 알려 주고 싶어 했다. 의사소통은 생명이 없는, 내 삶이 없는, 내 모든 기억이 없는 사막에서도 계속해서 가능할 것이다. 나는 내가 기록한 첫인상을 말하는 중이다. 중요한 인상들이다.

오늘 전망대에 갔는데 그 밑으로 잿빛 바다와 마주한 한적한 해변 일부분이 보였다. 등받이가 바구니처럼 뒤로 구부러진 큰 버들고리 의자들이 바람을 막기 위해 반원형으로 놓여 있었다. 마치 인류가 사라진 그곳에서 사물들은 그저 인류의 부재뿐인 세계를 보여 줄 뿐인 것 같았다. 이 세계에서 저 세계로 뚝 떨어진 듯, 그리고 세계의 종말이 온 직후에 그 세계에 떨어진 듯 현기증이 났다.

삼십 분 후 다시 전망대에 들렀다. 내 쪽으로 등을 보인 의자에서 라일락 색 리본이 나부꼈다. 나는 가파른 곳의 오솔길을 따라 테라스까지 내려갔다. 그 테라스에 이르자 시야의 각도가 바뀌었다. 예상했던 대로 즈비다 양이 하얀 밀짚모자를 쓰고, 무릎에 스케치북을 펴 놓은 채 버들고리 의자의 보호를 받아, 완전히 몸을 파묻고 앉아 있었다. 조개를 그리는 중이었다. 그런 그녀의 모습을 보는 게 반갑지 않았다. 오늘 아침의 부정적인 신호들이 그녀에게 말을 걸지 말라고 내게 충고를 했다. 벌써 이십여 일 전부터 절벽이나 언덕으로 산책할 때를 제외하곤 그녀를 만날 수 없었다. 내가 바라는 것은 그녀에게 말을 거는 것뿐이었다. 매일 여관에서 내려오는 것도 바로 그러기 위해서다. 하지만 매일 무언가 때문에 단념을 하게 된다.

즈비다 양은 바다나리 여관에 묵고 있다. 여관 문지기에게서 그녀의 이름을 들었다. 어쩌면 그녀도 그 사실을 알지 모른다. 이 계절에 페트크보에 묵는 휴양객은 정말 몇 명 없었다. 게다가 젊은이들은 손가락에 꼽을 정도였다. 나와 그렇게 자주 마주쳤으니 그녀도 어쩌면 어느 날쯤은 내가 자기에게 인사를 건네지 않을까 기대하고 있을지 모른다. 우리의 만남을 방해하는 것은 한두 가지가 아니었다. 무엇보다 먼저, 즈비다 양은 조개를 수집하고 그렸다. 여러 해 전 청소년이었을 때는 나도 아름다운 조개 수집품을 가지고 있었다. 하지만 어쩌다 그것을 잃어버린 후로는 다양한 종의 분류, 형태, 지리적 분포에 대해서 완전히 잊고 말았다. 즈비다 양과 대화를 하다 보면 불가피하게 조개 이야기가 나올 텐데 그때 어떤 태도를 취해야 할지 결정할 수가 없었다. 조개에 대해 아무것도 모르는 체해야 하는지, 아주 오래되어 희미하게 남아 있는 경험에 의지해야 하는지 말이다. 조개라는 이야깃거리로 인해 내가 생각할 수밖에 없는 것은, 매듭지어지지 않은 채 거의 지워져 버린 사물들과 내 삶의 관계이다. 그러므로 불편함으로 인해 결국 나는 도주를 하고 말 것이다.

　여기에 더해서 조개를 그리는 이 아가씨의 모습은 그녀의 내부에 완벽한 형태를 탐구하려는 마음이 있음을 보여 준다. 그 형태는 세상이 도달할 수 있는, 그러니까 도달해야만 하는 형식이었다. 이와 반대로 나는 오래전부터 완벽함이란, 부차적으로 우연히 만들어지는 것이라고만 믿고 있었다. 그러니까 그에 대해 아무리 관심을 가져 봐야 소용도 없고, 사물의 진정한 성질은 붕괴에서만 드러나게 된다고. 즈비다 양에게 다가가면서 나는 그녀의 그림에 대해 약간의 칭찬 비슷한 말을 해야만 할 것이다. 게다가 내가 보기에 그녀의 그림은 아주 섬세했다. 그래서 처음에는 최소한 이상적인 아름다움과 도덕적인 아름다움에 동의하는 척이라도 해야 했다. 나는 그런 아름다움을 거부하는데 말이다. 아니면 처음부터 내 느낌을 말해 그녀에게 상처를 줄 수도 있었다.

세 번째 걸림돌은 내 건강 상태이다. 의사들이 시키는 대로 바닷가에 머물면서 많이 좋아지긴 했지만 외출을 하고 다른 사람을 만나는 건 바로 내 몸 상태가 결정했다. 아직도 간헐적으로 위기 상황이 찾아오고 있으며, 무엇보다 습진이 곧잘 심해져서 사교적인 계획 같은 건 되도록 멀리하게 된다.

나는 이따금 기상학자인 카우데레르 씨를 관측대에서 만나 몇 마디 이야기를 주고받곤 한다.

카우데레르 씨는 자료를 기록하기 위해 정오에 관측소에 들른다. 그는 키가 크고 마른 남자로 미국 인디언처럼 얼굴이 약간 까무잡잡하다. 자전거를 타고 관측소로 오는데, 마치 자전거에 앉아 균형을 유지하는 일에 온 신경을 집중해야만 한다는 듯, 앞만 뚫어지게 바라보며 달려온다. 자전거를 관측소에 기대어 놓고 자전거 핸들에서 가방을 풀고 가방에서 폭은 넓고 길이는 짧은 종이 장부를 꺼낸다. 단의 계단을 올라가서 관측기에 표시된 숫자들을 기록하는데, 단일 초도 한눈을 팔지 않으면서 어떤 것은 연필로, 어떤 것은 큰 만년필로 기록을 한다. 그는 긴 외투 밑에 폭이 넓은 반바지를 입고 있었다. 옷은 모두 회색이거나 흰색과 검정색 체크무늬였다. 챙이 달린 베레모도 마찬가지였다. 일을 모두 끝내고 나서야 자기를 지켜보는 나를 발견하고는 상냥하게 인사를 한다.

나는 카우데레르 씨가 내게 아주 중요한 존재임을 알아차렸다. 아직도 누군가 그런 세밀함과 규칙적인 관심을 보여 준다는 사실이

(이 모든 게 불필요하다는 건 나도 잘 알지만) 나를 안도하게 한다. 어쩌면 모호한 나의 생활 방식을 보완해 주기 때문일 수도 있다. 내가 도달한 결론에도 불구하고, 나는 이런 생활 방식 때문에 계속 죄책감을 느낀다. 그래서 걸음을 멈추고 기상학자를 바라보며 심지어 그와 이야기를 나누기도 한다. 물론 대화 자체에 관심이 있는 것은 아니지만. 그는 당연히 세부적인 기술 용어들을 사용해서 날씨 이야기를 하고 널뛰는 기압이 건강에 미치는 효과에 대해서 말한다. 뿐만 아니라, 지방 생활에서 벌어진 일화나 신문에서 읽은 뉴스들을 인용해 우리가 생활하고 있는 이 불안정한 시대에 대해서도 이야기한다. 이런 이야기를 나눌 때면 그의 성격이 첫인상보다 훨씬 개방적임을 알 수 있다. 게다가 그는 많은 사람들의 행동 방식이나 사고방식을 못마땅해하면서, 흥분을 하고 말이 많아지는 경향도 있다. 말하자면 불만이 많은 그런 유형의 남자이다.

오늘 카우데레르 씨는 내게, 며칠 동안 이곳을 비울 계획이라 자기 대신 자료를 기록해 줄 사람을 찾아야 하는데 누구에게 믿고 맡겨야 할지를 전혀 모르겠다고 말했다. 그렇게 이야기를 하다가 내게 혹시 기상 관측 도구 읽는 법을 배우는 데 흥미가 없는지 물어 왔다. 혹시 흥미가 있다면 자기가 가르쳐 주겠다며. 나는 그에게 좋다고도 싫다고도 대답하지 않았다. 아니, 적어도 정확한 대답을 해 주고 싶은 생각이 없었다. 하지만 그사이 그는 단 위에서 그의 옆에 서 있던 내게 최고 온도와 최저 온도, 기압의 변화, 강수량, 풍속을 어떻게 확인하는지 설명했다. 그러고는 순식간에, 나도 모르는 사이에 앞으로 며칠 동안 자신의 임무를 내게 맡겨 버렸다. 첫 임무는 내일 오전 12시에 시작되었다. 생각해 볼 시간도 없었고, 그렇게 즉시 결정할 수 있는 문제가 아니란 것도 알리지 못한 채 약간은 마지못해 받아들였지만, 그 임무가 아주 마음에 들지 않은 것은 아니었다.

화요일. 오늘 아침 처음으로 즈비다 양과 이야기를 나누었다. 기상 자료를 기록하는 임무는 나의 우유부단함을 극복하는 데 일정한 역할을 했다. 페트크보에 머무는 동안 처음으로 하루 중 내가 피할 수 없는 어떤 일이 미리 정해져 있다는 점에서 말이다. 우리들의 대화가 어떻게 진행되든 11시 45분이면 나는 이렇게 말해야 한다. '아, 잊고 있었습니다. 서둘러 기상 관측소에 가 봐야겠습니다. 기록을 할 시간이거든요.' 그리고 나는 어쩌면 마지못해, 어쩌면 안도감을 느끼며, 그러나 어쨌든 달리 어떻게 할 수 없다는 확신을 가지고 그녀와 헤어질 것이다. 어제 카우데레르 씨의 제안을 받았을 때 나는 이미 막연하게나마, 이러한 임무가 내게 즈비다 양과 이야기를 나누도록 용기를 주리란 걸 알고 있었다. 그리고 이제 그 점이 분명해졌다.

즈비다 양은 부두에 접의자를 놓고 앉아 성게를 그리고 있었다. 성게는 바위에서 뒤집힌 채로 벌어져 있었다. 가시를 수축시키며 몸을 똑바로 세워 보려 했지만 소용없었다. 즈비다 양의 그림은 늘어났다가 줄어드는 연체동물의 축축한 발에 대한 연구라 할 수 있었다. 단색의 명암을 넣고 주위에 비스듬한 사선을 가시처럼 촘촘히 꼼꼼하게 그려 넣은 그림이었다. 내가 머릿속으로 생각하던 조개의 형태에 대한 화제, 즉 기만적인 조화라든가 자연의 진정한 성질을 숨기는 껍질로서의 그 형태에 대한 화제는 이제 이 상황에 적절하지 않았다. 성게의 모습과 마찬가지로 그림 역시, 눈앞에 내장이 그대로 노출되어 있는 듯 불쾌한 느낌과 잔인함을 전했다. 성게를 그리는 게 다른 어떤 일보다 힘들어 보인다는 말로 대화를 시작해 보았다. 위에서 내려다본 성게는 가시로 뒤덮인 껍질이든, 뒤집힌 몸체이든, 방사상의 균형이 잡혀 있는데도 직선으로 표현할 만한 명목이 거의 없었다. 그녀는 성게를 그리는 게 재미있다고 대답했다. 꿈속에 자주 나타나는 이미지라 거기서 해방되고 싶다는 말도 했다. 작별 인사를 하면서 나는 그녀에게 내일 아침 이 장소에서 만날 수 있는지 물어보았다. 그녀는 내일은 다른 약속이 있다고 대답했다. 하지만 모레 아침에는 다시 스케치북을 가지고 나올 예정이니 쉽게 만날 수 있을 거라고 했다.

내가 바로미터를 확인하는 동안 관측소에 두 남자가 다가왔다. 한 번도 본 적 없는 사람들이었다. 검은 양복에 두꺼운 외투 차림으로 코트 깃을 세우고 그들은 내게 카우데레르 씨가 있는지 물었다. 그러더니 어디로 갔는지, 그의 집을 아는지, 언제 돌아오는지도 물었다. 나는 모른다고 대답했다. 그리고 그들에게 누구냐고, 왜 내게 그런 것들을 꼬치꼬치 캐묻느냐고 물었다.

"아무것도 아닙니다, 아무것도." 그들은 이렇게 말하고 멀어져 갔다.

수요일. 즈비다 양에게 주려고 제비꽃 한 다발을 여관으로 가져갔다. 문지기는 즈비다 양이 일찌감치 나갔다고 말해 주었다. 나는 우연히 그녀를 만날 수 있기 바라며 한참을 이리저리 돌아다녔다. 요새 앞 광장에는 죄수의 친지들이 길게 줄을 서 있었다. 오늘이 교도소 면회 날이었다. 머리에 스카프를 두른 여자들과 울고 있는 아이들 틈에서 나는 즈비다 양을 발견했다. 모자 챙 밑의 검은 베일 때문에 얼굴은 보이지 않았지만 그녀의 자태는 다른 누구와도 혼동되지 않았다. 머리를 똑바로 들고 목을 꼿꼿하게 그리고 당당하게 세우고 있었다.

광장 한쪽 모퉁이에, 어제 관측소에서 내게 이것저것을 물어보던 검은 양복의 남자 둘이 있었는데 마치 감옥 입구에 늘어선 줄을 감시라도 하는 것 같았다.

성게, 베일, 낯선 두 남자. 검은색이 자꾸 내 주위에 맴도는 게 신경이 쓰였다. 그 메시지들을 한밤의 암호로 해석해 본다. 나는 내가 오래전부터 내 삶에서 어둠의 존재를 축소시키려는 경향이 있다는 걸 알아차렸다. 의사들이 해가 진 후의 외출을 금지했기 때문에 몇 달 전부터 나는 낮의 세계 안에만 머물렀다. 그런데 그게 다가 아니었다. 한낮의 빛 속에서, 사방으로 창백하게, 거의 그림자 하나 없이 퍼진 그 밝음 속에서 한밤보다 더 짙은 어둠을 발견한 것이다.

수요일 밤. 매일 밤 나는 누가 읽어 주기나 할지 모를 이 글을 쓰면서 초저녁 시간을 보낸다. 쿠드지바 여관의 내 방에 있는 공 모양 유리 스탠드가 내가 쓰는 글을 비추는데, 미래의 독자가 해석하기에는 너무 예민한 글이 아닐지 모르겠다. 어쩌면 이 일기는 내가 죽고 나서 많은 세월이 흐른 뒤에 빛을 볼 수도 있다. 그때 우리들의 언어는 어떤 식으로든 변형을 겪을 테고 내가 사용한 어휘와 어지러운 문장 중에도 시대에 뒤떨어지거나 의미가 불분명한 것들이 있으리라. 어쨌든 이 일기를 찾는 사람은 나보다 훨씬 확실한 고지에 설 것이다. 글로 쓰인 언어는 항상 어휘와 문법이 추론되고 문장이 분리되고 다른 언어로 옮겨지거나 의역될 가능성이 있다. 반면 나는 매일 내 앞에서 벌어지는 일련의 여러 사건들 속에서 나를 향한 세상의 의도를 읽기 위해 애쓴다. 그리고 존재하지 않는다는 걸 알면서도, 이러한 사건들 속에 숨어 있는 어두운 암시의 무게를 적합한 어휘로 옮기기 위해 고심한다. 이렇게 맴도는 예감과 의심 들이 내 글을 읽고 이해하려는 사람들에게 걸림돌이 아닌, 그것의 본질 자체로 도달했으면 좋겠다. 만약 근본적으로 변화하는 정신의 습관에서 출발하여 그 흐름을 따라오려고 애쓰는 사람들에게 내 생각의 흐름이 뜬구름처럼 보인다면, 중요한 것은, 사건들의 행간에 묻힌 모호한 의미를 읽기 위해 내가 얼마나 노력했는지가 이 글을 읽는 사람에게 전해지는 것이리라.

목요일. 교도소장의 특별 허가 덕분에 면회 날 교도소에 들어가서 스케치북과 목탄을 들고 면회실 책상에 앉아 있을 수 있어요, 라고 즈비다 양이 설명했다. 죄수의 친지들이 보여 주는 단순한 인간미가 인생을 연구하는 데 흥미로운 주제를 제공한다는 것이다.

나는 그녀에게 아무것도 물은 적이 없었다. 하지만 그녀는, 내가 어제 광장에서 자기를 보았다는 걸 알아차리고, 자기가 왜 거기 있었는지를 설명해야 한다고 생각하는 것 같았다. 나는 그녀가 내게 아무 말도 하지 않기를 바랐다. 난 인물화에 아무런 매력도 느끼지 않았고, 그래서 그녀가 그런 그림을 보여 주면 무슨 말을 해야 할지 막막했다. 어쨌든 그런 일은 일어나지 않았다. 어쩌면 그 그림들을 특별한 앨범에 보관해 놓았거나, 가끔 교도소 사무실에 두고 다닐지도 모른다고 생각했다. 어제 그녀는 늘 가지고 다니던 잘 제본된 스케치북도 필통도 가지고 있지 않았던 것이다. 분명히 그렇게 기억한다.

"제가 그림을 그릴 줄 알았다면 저는 아마 무생물의 형태를 연구하는 데 집중했을 겁니다." 내가 약간 단호하게 말했다. 화제도 바꾸고 싶고, 정말 자연스러운 성향으로 인해 사물의 정지된 고통 속에서 내 정신 상태를 인식할 수 있기 때문이기도 했다.

곧 즈비다 양도 그렇다고 대답했다. 자기가 정말 그리고 싶은 대상은 네 개의 닻혀가 있는 작은 닻이라고 했다. 고기잡이배에서 사용하는 '네 갈고리 닻'이라고 부른다던가. 그녀는 부두에 정박된 선박들 옆을 지나며 내게 그런 닻 몇 개를 가리켰다. 그리고 네 개의 닻혀는 그리기가 아주 어렵다고 설명을 했다. 나는 그 대상 안에 나에게 보내는 메시지가 담겨 있고, 그래서 내가 그것을 해독해야 한다는 것을 알아차렸다. 닻, 나를 고정시키고, 내 몸을 묶고 매달아 깊은 바닷속에 던짐으로써 내 불안한 상태, 표피적인 삶을 끝내라는 권고. 하지만 완벽한 해석이라고는 할 수 없었다. 단순히 배를 타고 바다로 나가라는 권유일 수도 있었다. 닻의 형태 속에 있는 무언가가, 네 개의 갈고리가, 깊은 바닷속 바위를 스치며 마모된 그 네 개의 쇠 혀가, 어떤 결정을 내리든 괴로움과 고통이 따를 거라고 내게 경고했다. 먼바다에서 사용하는 무거운 닻이 아니라 작고 날렵한 닻이라는 사실이 내게 위안을 주었다. 그러니까 젊음의 자유로움을 포기하라고 요구하는 게 아니라, 잠시 멈춰 서서 나 자신의 어둠을 깊이 탐구하라고 요구할 뿐이었다.

"닻을 다양한 각도에서 편하게 그리려면 하나 가지고 있어야 해요. 그래서 눈에 익어야 하지요. 제가 어부에게서 직접 닻을 구입할 수 있을까요?" 즈비다가 말했다.

"물어보시면 되죠." 내가 말했다.

"당신이 하나 구입해 주면 안 될까요? 직접 말할 용기가 나지 않아요. 도시 아가씨가 어부들이 쓰는 투박한 장비에 관심을 보이면 다들 놀랄 테니까요."

나는 마치 꽃다발을 바치듯 그녀에게 닻을 바치는 나 자신을 보았다. 부조화스러운 그런 이미지 속에는 뭔가 기이하고 잔인한 게 들어 있었다. 물론 내가 포착할 수 없는 의미가 숨어 있었다. 그리고 그 문제에 대해서 차분하게 생각을 해 보기로 마음먹고, 그렇게 해 주겠다고 대답했다.

"닻에 계류 밧줄도 달려 있으면 좋겠어요." 즈비다가 분명하게 말했다. "똬리를 튼 밧줄 뭉치를 그리면 피곤한 줄 모르고 시간을 보낼 수 있을 것 같아요. 그러니까 밧줄이 아주 긴 걸로 달라고 하세요. 10미터, 아니 12미터 정도요."

목요일 밤. 의사들이 알코올이 든 음료를 적당히 마셔도 좋다고 허락해 주었다. 이 소식을 축하하려고 해 질 녘에 따뜻한 럼주 한 잔을 마시기 위해 선술집 '스웨덴의 별'에 들어갔다. 카운터 주변에 어부와 세관원과 일용직 노동자 들이 있었다. 교도소 간수복을 입은 노인의 목소리가 떠들썩한 다른 목소리들을 압도했다. 그는 술이 거나하게 취해 이 수다의 바다에서 자랑을 늘어놓았다. "수요일마다 좋은 냄새가 나는 젊은 아가씨가 100크라운짜리 지폐를 슬쩍 준다니까. 죄수와 단둘이 있게 해 달라고 말이야. 그런데 목요일이면 그 100크라운이 어느새 엄청난 맥주 값으로 다 사라져 버리는 거야. 면회 시간이 끝나면 그 아가씨는 고급스러운 옷에 감방 냄새를 묻히고 면회실을 나가지. 죄수는 죄수복에 아가씨의 향기로운 냄새를 묻힌 채 감방으로 돌아가고. 그리고 난 맥주 냄새를 맡으며 여기 있지. 사는 건 그저 냄새의 교환이라고."

"사는 것도 그렇고 죽는 것도 그렇다고 할 수 있지." 다른 취객이 끼어들었다. 무덤 파는 일을 하는 남자라는 걸 금방 알아보았다. "나는 맥주 냄새로 내 몸에 밴 죽은 사람의 냄새를 지워 버리지. 그리고 죽은 사람의 냄새만이 자네 몸에서 맥주 냄새를 없애 줄걸. 내가 무덤을 파게 될 다른 술꾼들도 모두 마찬가지야."

나는 이런 대화를 주의해서 들어야 할 경고로 받아들였다. 세상이 해체되고 있고 그 해체 속으로 나를 끌어들이려 하는 것이다.

금요일. 어부가 갑자기 수상하다는 듯 말했다. "어디에 쓰시려고요? 선생님이 네 갈고리 닻을 뭐하시게요?"

주제넘은 질문이었다. 나는 '그림을 그리려고요.'라고 대답해야 했지만 즈비다 양이 자신의 예술적 활동을 평가할 줄 모르는 환경에 그것을 드러내기를 꺼린다는 걸 알고 있었다. 그리고 내 입장에서 대답을 하라면 이렇게 해야 할 것이다. '생각을 하려고요.' 알아듣거나 말거나 알게 뭔가.

"그건 내 일이오." 내가 대답했다. 어제 선술집에서 알게 되었기 때문에 허물없이 대화를 시작했지만 갑자기 우리 사이에서 대화가 중단되었다.

"선박 용품 가게에 가 보시구려." 어부가 잘라 말했다. "내 닻은 안 팔아요."

선박 용품 가게 주인도 마찬가지였다. 내가 물어보자 그의 얼굴이 곧 어두워졌다. "타지 분에게는 그런 물건을 팔 수 없습니다." 그가 말했다. "경찰과 얽히고 싶지도 않고요. 게다가 12미터 길이의 밧줄은……. 손님을 의심하는 건 아닙니다. 그렇지만 교도소에서 탈출하기 위해 쇠창살 너머로 네 갈고리 닻을 던진 일이 없었던 것도 아니어서요⋯⋯."

'탈출하다.'라는 말은 한 번만 들어도 끝없이 반추하게 되는 그런 말 중의 하나였다. 지금 몰두하고 있는, 닻을 구하는 일이 내게 탈출의 길을, 아마도 변신과 부활을 길을 알려 줄 것 같은 기분이 들었다. 감옥은 유한한 나의 육체이고, 거기서 탈출하기를 기다리는 건 영혼이며, 저승에서 삶이 시작될 거라는 생각을 하자 전율이 일었다. 그 생각을 떨쳐 냈다.

토요일. 여러 달 만에 처음으로 밤에 외출을 했는데, 그 때문인지 적잖이 불안했다. 내가 특히 코감기에 잘 걸리기 때문이었다. 나는 나가기 전에 귀까지 덮는 따뜻한 털모자를 쓰고 그 위에 양모 베레모를 쓰고 거기다 펠트 모자를 더 썼다. 그렇게 중무장을 한 뒤에도 목과 허리에다 목도리를 두르고 털 재킷과 가죽 외투를 입고 솜이 들어간 장화를 신고서야 어느 정도 마음을 놓을 수 있었다. 곧 확인했지만 밤은 따뜻하고 고요했다. 하지만 카우데레르 씨가 비밀리에 내게 이상한 메모를 보내 한밤중에 묘지에서 만나자고 한 이유는 여전히 알 수가 없었다. 돌아왔다면 왜 예전처럼 만날 수 없는 것일까? 그가 돌아온 게 아니라면 나는 지금 누구를 만나러 묘지로 가는 것일까?

선술집 '스웨덴의 별'에서 만난 적 있는 무덤 파는 사람이 묘지의 철책 문을 열어 주었다. "카우데레르 씨를 찾아왔습니다."

그가 대답했다. "카우데레르 씨는 없습니다. 하지만 묘지는 이 세상에 없는 사람들의 집이니 어쨌든 들어오시지요."

묘비 사이를 걷고 있을 때 그림자 하나가 휘익 소리를 내며 재빠르게 내 곁을 스쳐 갔다. 그 그림자가 브레이크를 걸고 자전거에서 내렸다. "카우데레르 씨!" 전조등을 끈 채 자전거를 타고 무덤 사이를 돌아다니는 그를 보고 깜짝 놀라 내가 소리쳤다.

"쉬잇!" 그가 아무 말도 못 하게 했다. "대단히 경솔한 짓을 했더군요. 관측소를 당신에게 맡길 때만 해도 난 당신이 탈옥 시도에 동조할 거라고는 상상도 못 했어요. 알아 두시오. 우리는 개인의 탈옥엔 반대하오. 기간을 아주 오래 잡아, 보다 광범위한 계획을 실행할 생각이오."

손동작을 크게 하여 '우리'라고 말하는 것을 들으며, 나는 그게 죽은 사람들을 가리킨다고 생각했다. 카우데레르 씨는 죽은 사람들의 대변인이 분명했는데 그들은 나를 아직 받아들이고 싶어 하지 않는 것이다. 한결 마음이 놓였다.

"당신 때문에 자리를 더 오래 비우게 됐소." 그가 덧붙였다. "내일이나 모레쯤 당신은 경찰서에 소환될 거요. 그들은 네 갈고리 닻에 대해 물을 거요. 이 일에 나를 끌어들이지 않도록 조심해요. 경찰의 질문은 모두 나라는 개인과 관련된 무언가를 당신에게 확인받으려는 것임을 명심해요. 당신은 나에 대해 아는 게 아무것도 없는 거요. 내가 여행 중이라는 것과 언제 돌아올지 모른다고 말한 것 말고는 말이오. 며칠 동안만 자료 기록을 대신해 달라고 부탁했다는 말은 해도 돼요. 말이 났으니 말인데, 내일부터는 관측소에 가지 않아도 됩니다."

"안 돼요! 그건 안 돼요!" 갑작스러운 절망감에 사로잡혀 내가 외쳤다. 마치 그 순간에 처음으로 그 관측 기기들을 확인하면서 내가 우주의 힘을 지배하고 거기서 질서를 발견했다는 것을 깨달았다는 듯.

　일요일. 이른 아침 나는 기상 관측소로 갔다. 단 위로 올라가서, 마치 천구의 음악이라도 듣는 듯 기기들이 움직이는 소리를 가만히 들었다. 아침 하늘로 바람이 불어 구름들이 살며시 움직였다. 구름들은 꽃줄 장식처럼 흩어졌다가 다시 모였다. 9시 30분경 소나기가 쏟아졌고 우량계에 몇 센티리터의 물이 고였다. 그 뒤 아주 잠깐 동안 부분적으로 무지개가 떴다. 그러더니 하늘이 다시 어두워졌고 기압 기록계의 바늘이 거의 수직선을 그리며 내려갔다. 천둥소리가 들리고 우박이 후두둑 떨어졌다. 그 꼭대기에서 나는 맑은 하늘과 폭풍우와 번개와 안개를 모두 손에 쥐고 있는 것 같은 기분을 느꼈다. 신이 된 기분은 아니었다. 내가 미쳤다고 생각하지 마시라. 번개의 신 제우스가 아니라, 이미 완성된 악보를 눈앞에 두고 있어서, 악기에서 나는 음들을 악보와 일치시킬 줄 아는 지휘자가 된 듯한 기분이었다. 양철 지붕 위로 쏟아지는 우박 때문에 북소리가 났다. 풍속계는 회오리치듯 돌았다. 완전히 파괴되고 급변하는 그 우주는 내 기록부에 줄과 기둥으로 표시되는 기호로 번역할 수 있을 것이다. 극도의 차분함이 대격변의 구조를 관장한다.

　조화와 충만함의 그 순간 삐거덕거리는 소리가 들려 아래를 내려다보았다. 단의 계단과 관측소 기둥 사이에 수염이 텁수룩한 남자가 웅크리고 앉아 있었다. 입고 있는 초라한 줄무늬 옷은 비를 맞아 흠뻑 젖어 있었다. 그는 움직임이 없는 맑은 눈으로 나를 보았다.

　"탈옥했소." 그가 말했다. "신고는 하지 마시오. 어떤 사람에게 가서 알려 주실 수 있겠소? 바다나리 여관에 묵고 있는 사람에게 말이오."

나는 그 즉시 우주의 완벽한 질서 속에 틈새가, 메울 수 없는 틈새가 벌어지는 것을 느꼈다.

4

누군가 큰 소리로 책을 읽어 주는 것과 조용히 눈으로 책을 보는 것은 사뭇 다르다. 당신이 책을 읽을 때는 읽다가 중단할 수도 있고 문장을 건너뛸 수도 있다. 다른 사람이 책을 읽어 줄 때는 그 사람이 읽는 속도와 당신의 관심을 일치시키기가 어렵다. 목소리는 너무 빠르거나 너무 느리다.

게다가 한 언어에서 다른 언어로 번역하며 낭독하는 것을 듣다 보면 그 속에 언어를 둘러싼 불안한 망설임, 주저와 불안감의 여백이 담겨 있음을 알게 된다. 직접 눈으로 읽을 때의 텍스트는 눈앞에 있는 어떤 것, 당신이 어쩔 수 없이 부딪혀야 하는 무언가이지만, 직접 소리를 내서 번역해 줄 때의 텍스트는 있기도 하고 없기도 한, 손댈 수 없는 무언가이다.

게다가 우치투치 교수는 단어들을 나란히 배열할 수 있다고 확신하는 듯 말로 번역을 시작했다. 교수는 혼란스러운 문장들을 다듬기 위해 모든 문장을 한 번 더 읽었고 그것들이 완전히 헝클어지지 않게 조정했으며, 문장을 헝클었다가 자르기도 했다. 단어 하나하나에 멈춰서서 그것의 관용적인 사용법과 함축적인 의미를 설명했고 그런 설명과 더불어 마치 대략 비슷한 뜻이니 만족하라고 권유하는 듯 큰 제스처를 취했으며, 문법 규칙, 어원, 고전의 인용 들을 알리기 위해 중단하기도 했다. 그럴 때면 당신은 이 교수가 소설이 들려주는 이야기보다 문헌학과 지식을 더 중시한다는 확신을 갖게 되었지만 곧 사실은 정반대라는 것을 알아차린다. 그 학문적인 껍질은 소설이 말하는 것과 말하지 않는 것, 공기와의 접촉으로 금방이라도 사라져 버릴 내적인 감흥, 모호하게, 그리고 의도적인 암시를 통해 사라진 지식의 메아리를 보호하기 위해서만 사용되고 있었다.

텍스트가 지닌 의미의 다양성을 명백하게 표현하도록 자신의 해석으로 개입해야 할 필요성과 모든 해석이 텍스트에 폭력과 월권을 행사한다는 의식 사이에서 고민했던 교수는 매우 복잡한 문장 앞에서, 원전으로 그것을 읽는 것 말고는, 당신을 이해시킬 수 있는 방법을 달리 찾지 못했다. 개인적인 억양이 있는 목소리를 통해 전달된 게 아니라 이론적 규칙에 의해 추론되고, 사용을 통해 형성되고 변형된 흔적이 전혀 강조되지 않은, 낯선 그 언어의 발음은 대답을 기대하지 않는 소리의 절대성을 획득했다. 그것은 마치 멸종된 종의 마지막 새가 우는 소리나 방금 발명된 제트기가 하늘에서 첫 시험 비행 중에 폭발하며 내는 날카로운 굉음과도 같았다.

그러다가 낭독되는 당혹스러운 문장들 사이에서 무언가가 서서히 움직이고 흐르기 시작했다. 소설의 문장이 확신 없는 목소리를 눌러 버렸다. 문장은 매끄럽고 투명해졌으며 연속성을 얻었다. 우치투치 교수는 제스처를 쓰고(두 손을 지느러미처럼 펼쳤다.) 입술을 움직이고(말들이 입 밖으로 공기 방울처럼 나오게 만들었다.) 눈을 움직이며(그의 눈은 바닷속을 살피는 물고기의 눈처럼, 불이 환히 켜진 수족관에서 움직이는 물고기를 좇는 수족관 방문객의 눈처럼 페이지를 훑었다.) 물고기처럼 그 문장들 속에서 헤엄쳤다.

이제 학과 사무실이나 책장, 교수 같은 건 당신 주위에 없다. 당신은 소설 속으로 들어가 그 북유럽 해안을 바라보고 섬세한 신사의 발걸음을 좇는다. 너무나 열중한 탓에 옆에 누가 와 있는 것도 알아차리지 못한다. 슬쩍 옆을 본 당신은 루드밀라를 발견한다. 그녀는 쌓아 놓은 2절판 책 더미에 앉아 있다. 그녀 역시 소설을 마저 듣느라 열중해 있었다.

지금 도착한 걸까? 아니면 처음부터 소설 읽는 것을 들은 걸까? 문을 두드리지 않고 소리 없이 들어온 걸까? 이미 이곳에, 이 책장들 사이에 숨어 있던 걸까?(이르네리오는, 그녀가 몸을 숨기러 이곳에 오곤 한다고 했다. 그들은 말할 수 없는 일들을 하러 이곳에 온다오, 우치투치는 그렇게 말했다.) 아니면 교수이자 마법사의 말에서 발산되는 마법이 불러낸 환영일까?

우치투치 교수는 낭독을 계속했다. 새로운 청중이 등장했는데도 놀라는 기색은 전혀 없었다. 마치 그녀가 계속 그곳에 있었다는 듯. 읽기가 중단된 시간이 보통 때보다 훨씬 길어지자 그녀가 이렇게 물었을 때도 마찬가지였다. "그다음은요?"

교수가 갑자기 책을 덮었다. "그다음은 아무것도 없소. 『가파른 해변에서 몸을 내밀고』는 여기서 중단됩니다. 우코 아흐티는 소설 초반부를 쓰고 우울증에 걸려서 몇 년 동안 세 번의 자살 시도를 했지만 성공하지 못하다가 그다음에야 성공했소. 이 단편은 흩어져 있던 시와 개인의 일기 그리고 부처의 현신을 다룬 논문에 관한 메모를 모은 사후 작품집에 실렸다오. 안타깝게도 아흐티가 어떻게 이 사건을 진행시킬 생각이었는지를 설명해 줄 계획이나 습작의 흔적은 찾을 수 없소. 이렇게 불완전하기는 하지만, 아니, 어쩌면 그 때문일지도 모르지만, 『가파른 해변에서 몸을 내밀고』는 킴메르의 가장 대표적인 산문 텍스트요. 이 소설이 보여 주는 것과, 보여 주는 것 이상으로 숨기고 있는 것 그리고 스스로 제어하고 중단되고 사라져 버리는 것 때문이지요……"

교수의 목소리가 사그라지는 것 같다. 당신은 그가 계속 그 자리에 있는지 확인하기 위해 시야를 가리는 칸막이 책장 너머로 고개를 내민다. 하지만 이제 당신은 그를 알아볼 수가 없다. 그는 먼지를 빨아들이는 틈새 속으로 들어갈 만큼 몸이 얇아져서 학술 출판물과 잡지 들의 숲으로 사라져 버렸는지도 모르고, 사라질 운명 앞에 놓인 자신의 연구 대상처럼 그 자신이 압도되어 버렸는지도 모르며, 어쩌면 갑작스레 중단된 소설의 텅 빈 심연에 빨려 들어갔는지도 모른다. 당신은 이 심연의 가장자리에서 루드밀라를 부축하거나 그녀에게 매달려서 버티고 싶어 한다. 당신은 그녀의 손을 잡으려 애쓴다……

"이 책의 뒷부분이 어디 있는지는 묻지 마시오!" 책장들 사이 알 수 없는 어느 지점에서 날카로운 고함 소리가 들렸다. "책은 모두 저 너머에서 계속되니까……" 교수의 목소리가 오르락내리락했다. 대체 어디에 있는 걸까? 몸을 구부리고 책상 밑에 들어가 있을 수도 있고 천장의 전등에 매달려 있을 수도 있었다.

"어디서 계속됩니까?" 당신과 루드밀라가 벼랑 끝에 매달려 묻는다.

"책은 입구의 계단이오……. 킴메르의 작가들이 모두 그 입구를 지나갔어요……. 그리고 죽은 자들의 언어로만 말할 수 있는 언어, 죽은 자들의 말 없는 언어가 시작되었소. 킴메르어는 산 사람들의 마지막 언어요……. 그리고 입구의 언어요! 사람들은 저 너머의 소리에 귀를 기울이기 위해 이곳에 오는 거요……. 들어 봐요……."

하지만 당신 둘에게는 아무 소리도 들리지 않는다. 당신들도 사라져 한쪽 귀퉁이에 납작하게 달라붙어 있다. 이게 당신들의 대답인가? 당신들은 산 사람도 말 없는 언어를 가지고 있다는 것을 보여 주고 싶다. 그 언어로 책을 쓸 수는 없지만, 기록도 기억도 하지 않고 순간순간 살아가는 것도 가능하지 않을까? 먼저 살아 있는 육체의 말없는 언어가 생기고 그다음에 책을 쓸 수 있는 말들이 생겨나며 이말들은 처음의 언어를 번역해 보려 애쓰지만 성과를 얻지 못한다. 당신들은 이런 전제를 우치투치가 고려해 주길 바라는 것 아닌가? 그리고…….

"킴메르의 책은 모두 미완성이오……." 우치투치가 한숨을 쉬었다. "저 너머에서…… 다른 언어로, 우리가 읽는다고 믿는 책들의 모든 말들과 관련된 소리 없는 언어로 계속되어야 하기…… 때문이오."

"읽는다고 믿는다……. 믿는다니, 그게 무슨 말이에요? 전 책 읽는 것을 좋아해요. 읽는 것을 정말……." 확신과 열정을 가지고 이렇게 말한 사람은 루드밀라였다. 그녀는 단순하면서도 우아한 밝은 색 옷을 입고 교수 앞에 앉아 있다. 세상이 자신에게 줄 수 있는 것에 관심이 많은 그녀가 이 세상에 존재하는 방식은, 결국 그 속으로 떨어지고 마는 자살 소설의 자기중심적 심연을 멀리하는 것이다. 그녀의 목소리 속에서 당신은 존재하는 사물과 연결되어 있어야 하고 쓰인것을 읽을 뿐, 손에서 빠져나가는 환영들을 멀리하려 하는 당신의 필요를 확인하려 애쓴다.(당신 둘의 포옹이, 솔직히 말하라, 당신의 상상 속에서만 일어났다 하더라도, 그 포옹은 언제든 실현될 수 있다.)

하지만 루드밀라는 항상 한 걸음 이상 당신을 앞서고 있다. "내가 읽을 수 있는 책들이 아직 존재하는지 알았으면 좋겠어요……." 비록 알려지지는 않았지만, 존재하는 물체들은 자기가 가진 욕망의 힘과 부합한다고 확신하며 그녀가 말한다. 항상 다른 책을 읽는 이 여자, 눈앞에 있는 책뿐 아니라, 아직 존재하지 않지만 그녀가 원하기 때문에 존재할 수밖에 없는 책을 읽는 이 여자를 당신이 어떻게 따라가겠는가?

교수는 거기 자기 책상에 있었다. 원뿔 모양으로 비치는 책상용 스탠드 불빛에 그의 손이 드러나는데, 허공에 떠 있는 듯도 하고, 덮어 놓은 책 위에 살며시 얹혀 그것을 쓸쓸히 쓰다듬는 듯도 하다.

그가 말한다. "읽는다는 것은 항상 이런 거라오. 거기엔 글로 쓰인 것, 변화할 수 없을 만큼 견고하고 물질적인 것, 그리고 이것을 통해 존재하지 않는 어떤 것과 비교할 수 있는 무언가가 존재하지요. 생각이나 상상만 할 수 있기 때문에, 혹은 존재했는데 지금은 존재하지 않기 때문에, 비물질적이고 비가시적인 세계의 일부분을 이루는 다른 어떤 것, 지나가고 사라져 버려 도달할 수 없는 것, 죽은 자들의 세계에 있는……."

"……혹은 아직은 없기 때문에 존재하지 않는 것, 원하는 어떤 것, 두려워하는 것, 가능한 것과 불가능한 것이라고도 할 수 있지요." 루드밀라가 말한다. "독서는 이제 막 생겨나려고 하지만 아직은 아무도 뭔지 모르는 어떤 것을 만나러 가는 거예요……."(바로 여기서 당신은 인쇄된 페이지의 가장자리 너머로 몸을 내민 여성 독자를 본다. 그녀는 수평선 너머에서 모습을 보이기 시작하는 게 구조선인지, 침략자들의 배인지, 폭풍우인지를 자세히 살펴보고 있다.) "지금 제가 읽고 싶은 책은 아직 분간이 잘 안 되는 천둥소리처럼 이제 막 시작하는 이야기라고 생각되는 소설이에요. 개인의 운명과 함께 역사적인 이야기가 담긴 이야기, 아직 이름도 없고 형태도 없는 격변을 겪고 있다는 느낌을 주는 소설 말이에요……."

"훌륭해, 동생. 많이 발전한 것 같은데!" 책장 사이에서 목이 길고 새 같은 얼굴에 안경을 낀 단호한 눈빛의 여자가 나타났다. 구불구불한 머리가 날개처럼 양옆으로 펴져 있고 품이 큰 블라우스에 몸에 딱 붙는 바지를 입고 있었다. "네가 찾던 소설을 내가 발견했어. 그걸 알려 주려고 왔지. 여성 혁명에 관한 우리 세미나에서 필요로 하던 바로 그 책이야. 우리 세미나에 와서 함께 분석하고 토론해 보지 않을래?"

"로타리아, 언니도 킴메르 출신 작가 우코 아흐티의 미완성 작품 『가파른 해변에서 몸을 내밀고』를 읽었다는 말은 아니겠지!"

"아직 모르는구나, 루드밀라. 바로 그 소설을 말하는 거야. 하지만 미완성이 아니라 완결이 됐지. 킴메르어로 쓰인 게 아니라 킴브리어[6]로. 제목은 나중에 『바람도 현기증도 두려워하지 않으며』로 바뀌었어. 작가는 보르츠 빌란디라는 가명으로 서명을 했지."

"그건 위작이야!" 우치투치 교수가 외쳤다. "너무나도 유명한 위작이오! 진위를 알 수 없는 작품으로 1차 세계 대전이 끝날 무렵 반킴메르 선전 활동 중에 킴브리 국수주의자들이 유포시킨 거요!"

로타리아의 뒤에서 맑고 침착한 눈, 너무 맑고 침착해서인지 약

---

6 고대 한 게르만족을 가리키는 명칭이나 이 소설에서 직접적인 관련은 없어 보인다.

간 경계심도 불러일으키는 눈빛의 젊은 아가씨들이 밀집 부대를 이루어 전초기지를 압박한다. 그 여자들 사이로 얼굴이 창백하고 수염이 텁수룩한 남자가 나타났다. 남자의 눈빛은 비웃는 듯했고 환멸스럽다는 듯 규칙적인 간격으로 입꼬리를 실룩거렸다.

"고명하신 동료의 의견에 반박해서 미안하네." 남자가 말했다. "그렇지만 이 텍스트가 진짜라는 건 킴메르인들이 숨겨 왔던 원고가 발견되면서 증명되었어!"

"놀랍군, 갈리가니." 우치투치가 신음하듯 말했다. "자네가 에룰로-알타이 어문학 강의의 권위를 그런 저속한 속임수에 사용하다니. 게다가 그 속임수는 문학과 아무 상관도 없는, 영토에 대한 권리 주장과 맞닿아 있지!"

"우치투치, 제발 부탁이네." 갈리가니 교수가 반박했다. "논쟁의 수준을 낮추지 말게. 자네는 내가 킴브리의 민족주의엔 아무 관심도 없다는 걸 잘 알잖나. 자네가 킴메르의 쇼비니즘[7]과 상관없기를 내가 바라듯이 말이야. 두 문학의 정신을 비교하면서 들었던 의문은 바로 가치를 부정하는 데서 어느 쪽이 더 멀리 가 있을까 하는 거였네."

킴브리 대 킴메르의 논쟁은, 중단된 소설이 계속될 수 있을 것인가라는 생각에 사로잡혀 있는 루드밀라에게 아무런 영향도 미치지 않는 것 같았다. "로타리아 언니가 한 말이 정말일까요?" 루드밀라가 작은 소리로 당신에게 묻는다. "이번에는 언니 말이 맞았으면 좋겠어요. 교수가 우리에게 읽어 줬던 시작 부분에 이어지는 소설이 있다는 것 말이에요. 어떤 언어로 쓰였느냐는 중요하지 않아요."

---

7 광신적인 애국주의.

"루드밀라." 로타리아가 말했다. "우리는 공부 모임에 갈 거야. 빌란디의 소설 토론에 참여하고 싶으면 와. 친구도 관심 있으면 같이와도 좋아."

당신은 여기서, 로타리아의 깃발 아래로 들어간다. 공부 모임의 구성원들은 어느 강의실 테이블에 둘러앉아 있었다. 당신과 루드밀라는 로타리아 앞에 놓인 원고 뭉치, 문제의 소설이 들어 있는 것 보이는 그 비망록에 되도록 가까이 앉고자 한다.

"우리는 킴브리 문학을 연구하시는 갈리가니 교수님께 감사를 드려야만 합니다." 로타리아가 말문을 열었다. "교수님께서는 친절하게도 희귀본인 『바람도 현기증도 두려워하지 않으며』를 마음껏 읽게 해 주셨고, 우리 세미나에도 직접 참석하고 싶어 하셨습니다. 교수님의 이런 개방적인 태도는, 유사한 학문을 하는 다른 교수님들의 이해할 수 없는 태도와 비교할 때 매우 높이 평가할 만하다고 생각합니다……." 그러더니 로타리아는 동생을 응시했다. 이 말이 우치투치를 암시적으로 공격하고 있다는 걸 분명히 알리기 위해서였다.

텍스트를 역사적 상황 속에서 살펴보기 위해 갈리가니 교수는 역사적인 사실 몇 가지를 알려 달라는 청을 받았다. 그가 설명을 시작했다. "2차 세계 대전 후 킴메르의 지방들이 어떻게 킴브리 인민 공화국의 일부가 되었는지만을 상기해 보도록 하겠습니다. 전선이 이동할 때 뒤죽박죽된 킴메르 기록 보관소의 자료들을 재정리하면서, 킴브리인들은 보르츠 빌란디 같은 작가의 복합적인 개성을 재평가할 수 있게 되었습니다. 보르츠 빌란디는 킴메르어뿐 아니라 킴브리어로도 글을 썼지만 킴메르인들은 그 작품들 중 자신들의 언어로 된 작품만, 게다가 아주 소수의 작품만을 출판했습니다. 『바람도 현기증도 두려워하지 않으며』를 비롯해, 킴메르인들이 감춰 버린, 킴브리어로 된 그의 작품들이 질적으로나 양적으로 훨씬 더 중요합니다. 『바람도 현기증도 두려워하지 않으며』의 시작 부분은 초고를 킴메르어로 쓰고 우코 아흐티라는 가명으로 서명을 한 것처럼 보입니다. 어쨌든 이 소설을 보면, 킴브리어로 완전히 선택을 하고 나서야 작가가 진정한 영감을 찾은 게 분명해 보입니다……."

"지금 나는 킴브리 인민 공화국에서 이 책이 겪은 여러 운명의 역사를 이야기하는 게 아닙니다." 교수가 말을 계속했다. "이 책은 처음에 고전으로 출판되었고 외국에 널리 알리기 위해서 독일어로도 번역되었는데(지금 우리가 이용하는 건 바로 이 번역본입니다.) 사상 교정을 위한 선전 활동 중에 금서가 되어 유통되던 책들마저 회수되었습니다. 심지어 도서관에서조차 사라졌지요. 하지만 우리는 이 책의 혁명적인 내용이 시대를 상당히 앞섰다고 생각합니다……."

당신과 루드밀라는 사라졌던 이 책이 재 속에서 되살아나는 것을 어서 보고 싶다. 하지만 그 모임의 젊은 남녀들이 각기 임무를 배분할 때까지 기다려야 한다. 강독을 진행하는 동안 작품 생산 방식에 대한 숙고를 요약할 사람, 작품이 구체화되는 과정, 굴욕적인 탄압 과정, 성적인 의미를 담은 기호, 육체의 메타언어, 정치적이고 사적인 역할의 위반을 요약할 사람을 정해야만 했다.

그리고 드디어 로타리아가 파일을 열고 읽기 시작한다. 가시 철사 울타리가 거미줄처럼 펼쳐진다. 당신 둘과 다른 젊은이들이 모두 조용히 듣는다.

당신들은 곧 『가파른 해변에서 몸을 내밀고』와도, 『말보르크 마을을 벗어나』와도 연결점이 전혀 없는 어떤 소설을 듣고 있다는 것을 알아차린다. 당신과 루드밀라는 눈길을 한 번, 아니 두 번 주고받는다. 처음에는 의아해하는 눈길이고 다음은 동의의 눈길이다. 어찌 됐든 한번 읽기 시작하면 멈추지 않고 계속 읽고 싶은 소설이라고.

바람도 현기증도 두려워하지 않으며

군용차량들이 아침 5시에 도시를 관통했다. 식료품 가게 앞에 수지 랜턴을 든 여인들이 길게 줄을 서기 시작했다. 지난밤 임시 위원회 소속 여러 분과의 조직원들이 벽에 써 놓은 선전 문구들은 아직 페인트도 마르지 않은 채였다.

악단원들이 악기를 케이스에 다시 집어넣고 지하에서 올라왔을 때 대기는 초록빛이었다. 거리에 나선 뒤 한참 동안, '신(新)티타니아'의 단골들이 무리를 지어 연주자들 뒤를 따라 걸었다. 지난밤 우연히, 혹은 습관적으로 '신티타니아'에 모였던 사람들 사이에 형성된 공감대를 깨고 싶지 않다는 듯이. 그래서 외투 깃을 높이 세운 남자들, 마치 사천 년 동안 보존되어 있다가 가루로 변해 버린 석관에서 빼낸 미라처럼, 시체 같은 분위기를 풍기는 남자들이 하나의 무리를 이뤄 걸음을 옮겼다. 하지만 흥분의 바람은 여자들에게도 전염되어 여자들은 목이 깊게 파인 야회복 사이로 드러난 가슴을 외투로 가리지도 않고, 긴 치마를 흔들며 불안한 춤 동작으로 물웅덩이를 건너면서 각자 노래를 불렀다. 이전의 행복은 희미하고 둔감하게 만들고 새로운 행복은 활짝 꽃피우게 하는 도취의 과정이 낳은 결과였다. 그리고 그들 모두는 이 축제가 아직 끝나지 않기를, 악단이 갑자기 길 한가운데서 걸음을 멈추고 악기 케이스를 다시 열어 다시 색소폰과 콘트라베이스를 꺼내기를 얼마쯤은 바라는 듯했다.

총검을 단 총을 들고 모자에 계급장을 단 민병대의 정찰대가 감시하고 있는 구(舊)레빈슨 은행 앞에서, 올빼미 무리들은 마치 약속이라도 한 듯이 흩어져 인사도 없이 각자 제 갈 길로 갔다. 이제 남은 사람은 우리 셋뿐이었다. 발레리아노와 나는 이리나의 팔을 한 짝씩 잡았다. 나는 벨트에 걸려 있는 육중한 권총집이 이리나에게 닿지 않게 하려고 계속 이리나의 오른쪽에 있었다. 반면 중공업 위원회에 속해 있기 때문에 사복을 입고 있는 발레리아노는 분명 주머니에 쏙 들어가는 납작한 권총을 가지고 있을 것이다. 권총을 가지고 있다면 말이다.(그리고 나는 그가 권총을 가지고 있으리라고 생각한다.) 그 시간쯤 이리나는 말이 없고 표정이 어두웠다. 때문에 우리 두 사람에게는 일종의 두려움 같은 게 파고들었다.(나는 그랬는데, 발레리아노도 내 마음과 같았을 거라 확신한다. 물론 우리가 그 점에 대해 마음을 터놓고 얘기해 본 적은 없지만.) 그때 우리는 그녀가 우리 둘을 진짜로 소유하고 있다고 느꼈다. 그녀가 만든 마법의 원 안에 갇혔을 때 우리가 했던 많은 일들이 미친 짓이었다 해도, 그녀가 지금, 어떤 과격한 행동 앞에서도 걸음을 멈추는 일 없이, 감각을 탐험하며 흥분된 정신으로 잔인하게 자신의 환상 속에서 만들어 가고 있는 일에 비하면 그런 건 아무것도 아닐 것이다. 진실은 우리가 그런 일을 경험하기에는 모두 너무 젊다는 것이었다. 내 말은 우리 남자들이 그렇다는 뜻이다. 이리나는 우리 셋 중에 제일 나이가 어렸지만 그런 유형의 여인들 특유의 조숙함을 지니고 있었다. 그래서 자기가 하고 싶은 대로 행동했다.

이리나가 자기에게 떠오른 생각을 미리 맛보듯이 웃음기 어린 눈으로 조용히 휘파람을 불기 시작했다. 잠시 후 그녀의 휘파람 소리가 울려 퍼졌다. 그 당시 인기 있던 경가극에 나오는 익살스러운 행진곡이었다. 준비하는 일에 대해 다소 두려움을 느끼던 우리는 그녀를 따라 휘파람을 불었다. 그리고 우리 모두가 희생자이자 승리자가 된 것 같은 기분을 느끼며, 저항할 수 없는 팡파르 소리에 맞춰 행진하듯 걸었다.

지금은 콜레라 환자들을 수용하는 격리 병원으로 사용되는 성 아폴로니아 교회 앞을 지나고 있다. 교회 앞에는 묘지로 갈 수레를 기다리는 관들이 나무 받침대에 올려진 채 즐비하게 서 있었고, 관 주위에는 사람들이 접근하지 못하도록 석회로 큰 원이 그려져 있었다. 한 노파가 교회 입구에서 무릎을 꿇고 기도를 하고 있었다. 저항할 수 없는 행진곡 소리에 맞춰 당당하게 걷던 우리는 하마터면 그 노파를 밟을 뻔했다. 노인이 마른 밤처럼 메마르고 누렇고 주름진 작은 주먹 하나를 우리 쪽으로 휘두르며, 다른 주먹으로는 포장도로를 짚으며 소리쳤다. "천벌받을 양반들!" 아니. "천벌받을! 양반들!" 점점 강도가 세지는 그 외침은 마치 두 개의 저주처럼 들렸다. 그는 양반이라고 부름으로써 우리를 두 배로 저주한다고 생각하는 것 같았다. 이 지방 방언으로 양반이란 말은 '사창가 사람들'을 뜻했다. 그리고 또 이런 뜻이기도 했다. '끝장이 날걸⋯⋯.' 하지만 노파는 내가 군복을 입고 있는 것을 보더니 바로 입을 다물고 고개를 숙였다.

이 사건을 자세히 이야기하는 이유는(그 당장이 아니라 그 후에) 이것이 그 뒤에 일어난 모든 일을 예언한 듯했기 때문이다. 그리고 그 시대의 이런 모든 이미지들이, 군용차량이 도시를 가로지르듯이(물론 군용차량이라는 말이 약간 근접한 이미지를 불러일으키기는 하지만, 바로 시대의 혼돈처럼 어느 정도의 불분명함이 공기 중에 남아 있는 게 나쁘지는 않다.) 국민들에게 국고 차입금에 동의하도록 권유하기 위해 건물과 건물 사이에 가로질러 걸어 놓은 현수막처럼, 서로 적대 관계에 있는, 그러니까 한쪽은 카우데레르 군수 공장에서 철저하게 파업을 지속하자고 주장하고, 다른 한쪽은 도시를 포위해 오고 있는 반혁명군에 대항해서 시민군의 무장을 지지하기 위해 파업을 중지하자고 하는, 중앙 조합들이 조직했기 때문에 그 노선이 일치하지 않는 노동자들의 행렬처럼 페이지를 가로질렀기 때문이기도 하다. 교차하는 이런 모든 사선들이 나와 발레리아노와 이리나가 움직이는 공간, 우리 이야기가 무(無)에서 떠오를 수 있는 공간, 출발점, 방향, 플롯을 찾을 수 있는 공간의 경계를 그어 주어야만 할 것이다.

나는 전선이 동쪽 문에서 12킬로미터 못 미처에서 무너지던 날 이리나를 만났다. 시민군(18세 이하의 소년과 예비군 노인)이 도살장(이 이름을 입에 올리는 것만으로 이미 불길했지만, 아직은 누구에게 불길할지 알 수 없었다.)의 낮은 건물 주위에 정렬해 있었다. 사람들은 시내의 철교 쪽으로 방향을 바꿔 강물처럼 흘러들었다. 시골 아낙들이 머리에 인 바구니에서 오리가 머리를 내밀었고, 돼지들이 흥분해서 사람들 다리 사이로 달아나면 아이들이 소리를 지르며 그 뒤를 쫓았다.(시골에 사는 가족들은 군대의 징발에서 뭐 하나라도 구해 낼 희망으로 되도록 자식과 가축 들을 뿔뿔이 흩어지게 했다.) 자신의 부대에서 탈영했거나 흩어진 대대로 가 보려는 군인들은 걷거나 말을 타고 갔으며, 나이 많은 귀부인은 하녀들과 함께 짐 행렬 맨 앞에 있었고, 들것을 든 운반병, 병원에서 쫓겨난 환자, 행상인, 공무원, 수사, 집시, 공무원 자녀, 기숙학교 여학생 들이 여행복 차림으로 행렬을 이루었다. 그들은 찢어진 지도 위, 전선과 국경을 갈기갈기 찢어 놓은 참호에서 불어오는 것 같은 축축하고 차가운 바람에 끌려가듯, 모두 철교를 지나갔다. 그날 도시에서 피신처를 찾은 사람은 아주 많았다. 반란과 약탈이 확산될까 봐 두려움에 떠는 사람이 있는가 하면, 수복군이 행군 중에 자신의 모습을 발견하지 않길 바라는 사람도 있었다. 언제 깨질지 모를 불안한 합법성을 지닌 임시 위원회의 보호를 받으려 애쓰는 사람들과 낡은 법이든 새 법이든, 법에 배치되는 행동을 하려고 혼란 속에 그저 몸을 숨기고 싶어 하는 사람도 있었다. 각자 자신의 생존이 위태롭다는 것을 느끼고 있었다. 그리고 바로 연대감을 이야기하는 곳이 가장 비상식적으로 보인다고 느꼈다. 중요한 것은 주먹을 쥐고 필사적으로 길을 뚫는 것이었기 때문이다. 어쨌거나 일종의 공감대나 이해 같은 것이 자리하고 있었다. 이 때문에 장애물 앞에서 힘을 합쳤고 많은 말을 하지 않고도 서로를 이해했다.

그랬을 것이다. 혹은 그런 전반적인 혼란 속에서 청춘은 자기 자신을 발견하고 즐겼을 것이다. 사실 그날 아침 군중 속에 섞여 철교를 건너면서 나는 만족스러움과 가벼움을 느꼈고 다른 사람들뿐 아니라 나 자신, 그리고 세상과 화해를 한 듯한 기분을 느꼈다. 오랜만에 느껴 보는 기분이었다.(잘못된 표현을 하고 싶지 않으니 좀 더 정확히 말해 보겠다. 난 다른 이들, 나 자신, 그리고 세상의 불화와 화해를 한 듯한 기분이었다.) 어느새 나는 계단 하나가 강가에 닿아 있는 다리 끝에 와 있었다. 강물같이 밀려들던 사람들의 속도가 느려졌고, 앞으로 나아갈 수 없자 몹시 느리게 다리를 내려가는 사람들을 떠밀지 않기 위해 뒷사람을 밀치며 물러서야 했다. 느릿느릿 내려가는 사람들은 다리가 없는 퇴역 군인들로, 그들은 목발을 꽉 잡고 목발에 달린 쇠가 철 계단에 미끄러지기 않도록 계단을 비스듬하게 짚으며 내려갔다. 그리고 몸체를 들어 올려야 하는, 사이드카가 달린 오토바이들이 있었다.(오토바이들은 화물교로 갔어야 했다. 행인들은 물론 이 때문에 오토바이에 욕설을 퍼부었다. 하지만 그 다리로 간다는 것은 족히 1.6킬로미터는 더 행군해야 한다는 뜻이었다.) 한 여자가 내 옆에서 다리를 내려가고 있었다.

옷깃의 가장자리와 손목 부분에 털을 댄 외투를 입고 장미가 꽂힌, 테가 넓은 베일 모자를 쓰고 있었다. 한눈에 봐도 젊고 매력적일 뿐만 아니라 세련된 여자였다. 옆에서 지켜보는데 그녀의 눈이 커지더니 갑자기 입을 딱 벌리고 공포의 비명을 지르면서 장갑 낀 손으로 입을 가리고 뒤로 휘청거렸다. 내가 재빨리 팔을 잡지 않았다면 아마 쓰러져서, 코끼리 떼에 밟히듯 군중에게 짓밟혔을 것이다.

"어디 안 좋으십니까?" 내가 그녀에게 말했다. "저에게 기대세요. 괜찮아질 겁니다."

그녀는 몸이 딱딱하게 굳어서 한 발짝도 떼지 못했다.

"허공이, 허공이, 저 밑에," 그녀가 말했다. "도와주세요, 현기증이……."

주변에는 현기증을 일으킬 만한 것이 전혀 보이지 않았지만 여자는 정말 공황 상태에 빠져 있었다.

"아래를 내려다보지 말고 제 팔을 잡으세요. 다른 사람들을 따라가세요. 다리 끝에 다 왔습니다." 이런 말이 그녀를 진정시키는 데 효과가 있기를 바라며 내가 말했다.

그러자 그녀는 "걸음을 뗄 때마다 계단에서 떨어져 허공 속으로 걸어가 밑으로 추락하는 것 같은 기분이 들어요. 사람들이 허공으로 추락하고⋯⋯." 하면서 여전히 걸음을 옮기지 못했다.

철 계단과 계단 사이의 공간으로 저 아래, 무채색으로 흐르는 강물이 보인다. 하얀 구름 같은 얼음덩이들이 강물에 실려 간다. 잠시 당황스러운 순간이 지속되면서 나 역시 그녀와 비슷한 기분을 느낀다. 모든 허공이 허공 속에서 이어지고 모든 경사는 아주 경미하게라도 다른 경사로 이어지며 모든 현기증은 끝없는 심연으로 흘러든다. 내가 그녀의 어깨를 팔로 감싼다. 밑으로 내려가려고 우리를 떠밀며 욕설을 퍼붓는 사람들에게 밀리지 않기 위해서다. "이봐, 비켜! 포옹은 다른 데 가서 하라고, 뻔뻔스러운 것들!" 우리에게 밀려드는 그런 인간 사태를 피하려면 공중으로 발을 내밀고 날아가는 길밖에 없을 것이다⋯⋯. 그렇다. 나 역시 심연의 가장자리에 서 있는 기분이 든다⋯⋯.

어쩌면 허공에 있는 다리가 이 소설이 될지도 모른다. 그리고 이 소설은 집단의 혁명이든 개인의 혁명이든 혁명을 배경으로 하기 위해, 뉴스와 느낌과 감정을 던져 버리며 진행될지도 모른다. 역사적이거나 지리적인 상황은 알 수 없겠지만, 그 혁명의 한가운데로 길이 열릴 것이다. 나는 알아차리고 싶지 않은, 허공을 뒤덮은 지나치게 세세한 사항들 사이로 길을 내고 서둘러 앞으로 나아간다. 하지만 여성 등장인물은 사람들에게 떠밀리면서도 계단 가장자리에 꼼짝 않고 서 있다. 나는 그녀를 업다시피 해서 한 계단 한 계단 내려와 강가의 포장도로 위에 데려다 놓는다.

그녀가 다시 정신을 차린다. 거만한 눈길로 자기 앞을 바라본다. 멈추지 않고 다시 걷기 시작한다. 주저 없이 걷는다. 물리니 가 쪽으로 걸어간다. 나는 가까스로 그녀의 뒤를 쫓는다.

이 소설도 우리의 뒤를 따르고 허공에 관해 나누는 대화를, 한마디 한마디 전하려면 필사적인 노력을 해야만 할 것이다. 소설에서 다리는 완성되어 있지 않다. 모든 단어 밑에는 무(無)가 있다.

"현기증은 가라앉았습니까?" 내가 묻는다.

"괜찮아요. 예상치 못한 순간에 현기증이 일곤 해요. 눈앞에 아무런 위험이 없을 때도……. 높고 낮은 건 중요하지 않아요……. 밤에 하늘을 보면서 별들의 거리를 생각해요……. 아니면 낮에도……. 이를 테면 여기 드러누워 하늘을 올려다봐도 현기증이 날 거예요……." 그러면서 바람에 실려 빠르게 흘러가는 구름을 가리킨다. 마치 자신을 사로잡는 매혹적인 무언가에 대해 이야기하는 듯하다.

내게 감사의 인사를 한마디도 건네지 않는 건 약간 실망스럽다. 내가 말한다. "낮이든 밤이든, 여기는 누워서 하늘을 바라보기에 좋은 장소가 아닙니다. 제가 좀 아니까 제 말 잘 들으십시오."

철교의 계단에서처럼 대화에서, 문장과 문장 사이에 틈이 열린다.

"하늘을 볼 줄 아신다는 거예요? 왜요? 천문학자세요?"

"아닙니다. 관측소와는 다른 종류요." 나는 내 옷깃에 있는 작은 포병대 배지를 가리킨다. "포격이 있는 낮에는 유산탄들이 날아다니는 걸 보게 될 겁니다."

그녀의 시선이 배지에서 내게는 없는 견장 위치로 갔다가, 별로 눈에 띄지 않는, 소매에 꿰매 놓은 계급장으로 옮겨 간다. "전선에서 오셨나요, 중위님?"

"알렉스 진노버입니다." 내 소개를 한다. "중위로 불려도 되는 건지 잘 모르겠습니다. 우리 연대에서는 계급이 폐지됐습니다. 하지만 규정은 계속 바뀌니까요. 지금은 소매에 두 줄이 박힌 군인입니다. 이게 전부죠."

"저는 이리나 피페린이에요. 혁명 전에도 이 이름이었죠. 앞으로는 잘 모르겠어요. 직물 디자인을 했어요. 이렇게 계속 직물이 부족하면 아마 허공에 대고 디자인을 할 거예요."

"혁명 때문에 알아볼 수 없게 변한 사람도 있고 그 어느 때보다 본연의 모습을 찾았다고 느끼는 사람도 있습니다. 그 사람들이 새로운 시대를 미리 준비하고 있었다는 신호가 틀림없겠지요. 그렇지 않습니까?"

그녀는 아무 대답도 하지 않는다. 내가 덧붙인다. "자신을 지키기 위해 변화를 전적으로 거부하지만 않는다면 말입니다. 당신은 어떤 경우입니까?"

"저는…… 당신이 먼저 말씀해 주세요. 얼마나 변했다고 생각하시는지."

"그렇게 많이 변하지 않았습니다. 저는 예전의 체면 문제를 버리지 못한 것 같습니다. 예를 들면 쓰러지는 여자를 부축하는 일 같은 거지요. 이젠 아무도 그런 일에 감사 인사를 하지 않지만요."

"여자든 남자든 모두 약해지는 순간들이 있어요. 그건 있을 수 있는 일이지요. 중위님, 조금 전에 보여 주신 친절에 감사의 인사를 전하지 못했군요."

그녀의 목소리에는 차가운 기운이, 거의 분노에 가까운 불쾌감이 실려 있었다.

이 지점에서 대화가(대화에 집중하느라 혼란스러운 도시 광경을 거의 잊고 있었다.) 중단된다. 늘 보이는 군용차량들이 광장과 페이지를 가로지르면서 우리를 갈라놓는다. 아니면 상점 앞에서 항상 볼 수 있는 길게 늘어선 여자들이나 피켓을 든 노동자 행렬이. 이리나는 이제 저 멀리 가 있다. 장미가 꽂힌 모자가 회색 베레모, 철모, 수건을 두른 머리들의 바다로 항해를 떠난다. 나는 그 뒤를 쫓으려 애쓰지만 그녀는 돌아보지 않는다.

포격과 전선에서의 후퇴, 위원회를 대표하는 당들 사이의 분열과 통합에 관련된 장군들과 국회의원의 이름들이 빼곡한 단락 몇 개가 이어지는데, 그 중간중간 폭우, 서리, 구름의 이동, 석양 녘의 눈보라 같은 기후에 관한 정보가 삽입되어 있다. 어쨌든 이 모든 게 내 정신 상태의 장식품 같을 뿐이다. 때로는 사건의 물결에 기분 좋게 나 자신을 맡기기도 하고 때로는 편집적인 방식에 집중하듯 나 자신의 내면으로 숨어들기도 한다. 마치 주위에서 일어나는 모든 일이 내 정체를 가리고 감추는 용도로만 필요하다는 듯이 말이다. 방어를 위해 여기저기 쌓아 올려놓은 모래 자루 방책(도시는 시가전을 준비하고 있는 것처럼 보인다.)도, 매일 밤 여러 당파의 담당자들이 붙여 놓은 대자보도, 곧 비에 젖어 종이는 물을 흠뻑 먹고 잉크가 번져 읽을 수 없는 대자보에 뒤덮인 나무 울타리도.

중공업 위원회가 자리 잡은 건물을 지날 때마다 나는 '내 친구 발레리아노를 만나러 가야 하는데.' 하고 중얼거린다. 이곳에 도착한 날부터 늘 되뇌던 말이다. 발레리아노는 이 도시에서 가장 가까운 친구이다. 하지만 매번 서둘러 처리해야 할 임무가 생겨 방문을 미뤄 왔다. 그리고 복무 중인 군인으로서는 내가 보기 드물게 자유를 즐기고 있는 것 같은 기분도 든다. 내 임무는 분명하지 않다. 나는 사령부의 다양한 사무국을 오가며 일하고 있다. 마치 소속 부대가 없는 것처럼 막사에 모습을 드러내는 일도 거의 없고, 게다가 책상 앞에 꼭 붙어 있는 일도 없다.

자기 책상에서 꼼짝도 하지 않는 발레리아노와는 달리 말이다. 내가 그를 찾아 올라간 날도 그는 책상에 앉아 있었다. 하지만 정부의 임무에 집중하는 것 같지 않았다. 리볼버의 몸통을 닦고 있었다. 나를 보고 낄낄거리는 그의 수염이 제대로 깎지 않아 텁수룩하다. "그러니까 자네도 우리하고 같이 함정에 빠지려고 왔군그래."

"아니, 다른 사람들을 함정에 빠뜨리려고 왔지." 내가 대답한다.

"함정은 서로의 안에 들어 있다가 한꺼번에 모습을 드러낸다네." 그는 내게 뭔가를 알려 주고 싶어 하는 것 같았다.

위원회 사무실들이 자리 잡은 건물은 전쟁으로 부자가 된 가문의 집이었는데 혁명이 일어나면서 건물을 몰수당했다. 저속하면서도 화려한 가구 일부가 어두운 사무 용품들과 뒤섞여 있었다. 발레리아노의 사무실은 여자 침실에서 쓰는, 용이 그려진 도자기, 칠기 상자, 비단 가리개 같은 중국풍 물건들로 정신이 없었다.

"자네는 이 탑 안에 누구를 빠뜨리고 싶은 건가? 동양의 왕비?"

가리개 뒤에서 여자가 나온다. 짧은 머리에 회색 옷을 입고 우윳빛 스타킹을 신고 있다.

"남자들의 꿈은 혁명으로도 바뀌지 않네요." 그녀가 말한다. 그리고 나는 도발적으로 빈정거리는 그 목소리를 듣고 그녀가 철교에서 만났던 여자임을 알아차린다.

"봤지? 사방에 우리 말을 엿듣는 귀가 있다니까……." 발레리아노가 웃으면서 내게 말한다.

"혁명은 꿈을 재판하는 게 아닙니다, 이리나 피페린." 내가 그녀에게 대답한다.

"우리를 악몽에서 구해 주지도 않지요." 그녀가 반박한다.

발레리아노가 끼어들었다. "두 사람이 아는 사이인 줄 몰랐네."

"꿈속에서 만난 적이 있지." 내가 말한다.

그러자 그녀가 말한다. "아니요. 사람들은 모두 다른 꿈을 꾼답니다."

"그리고 여기처럼 안전한 곳에서 잠을 깨고, 현기증을 걱정하지 않아도 되고……." 내가 지지 않고 말한다.

"현기증은 어디에서든 느낄 수 있어요." 그러더니 막 조립을 마친 발레리아노의 리볼버를 집는다. 그것을 열어서, 권총이 잘 닦였는지 살펴보려는 듯 총신에 눈을 댄다. 약실을 돌려 구멍 하나에 총알을 넣고 방아쇠를 잰다. 그리고 다시 약실을 돌리며 총을 자기 눈에 겨누어 든다. "끝이 없는 웅덩이 같거든요. 무에서 부르는 소리가 들려요. 떨어지라고, 어둠 속으로 오라고 유혹하는 것 같아요……."

"이봐요, 총 가지고 장난하지 마요!" 내가 이렇게 말하며 한 손을 내민다. 하지만 그녀가 내게 총구를 겨눈다.

"왜죠?" 그녀가 말한다. "왜 여자들은 안 되고, 당신들은 되나요? 여자들이 무기를 손에 쥘 때 진짜 혁명이 일어날 거예요."

"그럼 남자들은 무장해제되고? 당신은 이게 옳다고 생각하오, 동지? 여자들은 무엇을 위해 무장하는 거요?"

"당신들의 자리를 차지하기 위해서죠. 우리가 위에 있고 당신들이 밑에 있는 거예요. 여자가 되면 어떤 기분을 느낄지 당신들이 시험을 좀 해 봐요. 자, 움직여요, 저쪽으로 가요. 당신 친구 옆으로 가요." 여자가 계속 내게 총을 겨누며 명령한다.

"이리나가 좀 집요한 면이 있지." 발레리아노가 내게 알려 준다. "반박해도 소용없어."

"그럼 이제?" 나는 이렇게 물으며 이런 장난을 멈추도록 발레리아노가 중재해 주기를 기다린다.

발레리아노가 이리나를 바라본다. 하지만 그의 시선은 멍하고, 마치 최면에 걸린 듯, 완전히 항복을 한 듯 보인다. 그녀의 의지에 복종할 때만 느낄 수 있는 쾌락을 기다리는 사람 같다.

군 최고 사령부의 오토바이 운전수가 서류 묶음을 가지고 들어온다. 열린 문 뒤로 숨는 바람에 이리나가 시야에서 사라져 버린다. 발레리아노는 마치 아무 일 없다는 듯 서둘러 자신의 임무를 수행한다.

"그런데 말 좀 해 보게⋯⋯." 다시 이야기를 할 수 있게 되자 내가 곧 그에게 묻는다. "자네가 보기엔 장난 같지 않나?"

"이리나는 장난을 하지 않아." 그가 서류에서 눈을 들지 않은 채 말한다. "두고 봐."

바로 그때부터 시간의 형태가 변했다. 밤이 길어졌고 이미 떼려야 뗄 수 없는 3인조가 된 우리가 가로지르는 도시에서의 밤은 다시 찾아오지 않을 단 한 번뿐인 밤이 되었다. 이리나의 방에서 펼쳐지는, 은밀해야 하지만 또 과시와 도전이 되기도 할 장면 속에서, 비밀스럽고도 희생적인 그 신앙 의식이 그 밤의 절정을 장식했다. 그 의식에서 이리나는 의식의 집행자이자 여신이고 희생자였다. 이야기가 다시 중단되었다가 이어진다. 이제 소설이 지나가야 할 공간이 중첩되면서, 기하학적 무늬가 있는 커튼과 베개와 우리의 알몸 냄새, 해골처럼 마른 상체에 봉긋한 이리나의 가슴, 풍만한 가슴에 훨씬 더 어울릴 만한 갈색 유두, 이등변 삼각형 모양의(이리나의 음부와 결합해서 쓰는 '이등변'이라는 말은 너무도 육감적이어서 이 단어를 발음할 때마다 이가 떨린다.) 좁고 날카로운 음부 냄새가 밴 공간은 허공의 공포에 어떤 틈도 주지 않는다. 그 장면의 중심에 가까이 다가가면 선들이 꼬이고, 아르메니아인 상점에 남아 있는 싸구려 향이 타는 화로의 연기처럼 쉽게 곡선으로 변한다. 아편굴이라는 오명을 쓴 그 상점은 도덕성을 이유로 군중에게서 보복적 약탈을 당했다. 그리고 선들은 우리 셋을 묶어 놓은, 그리고 우리가 거기서 벗어나려고 발버둥 치면 칠수록 더욱 세게 우리를 옭아매고 매듭이 우리 살로 파고드는 눈에 보이지 않는 밧줄처럼 계속해서 꼬이는(계속 한 줄로) 경향이 있었다. 이렇게 선들이 뒤얽힌 그 한가운데에, 우리의 비밀스러운 결속으로 이루어진 드라마의 중심에 그 누구에게도, 특히 이리나와 발레리아노에게도 밝힐 수 없는 비밀이 있었다. 내가 맡은 비밀 임무였다. 혁명 위원회에 잠입해서 백당(白黨)의 손에 도시를 넘기려는 스파이가 누구인지 밝혀내는 임무.

바람이 많은 그 겨울 북쪽에서 불어오는 강풍처럼 대도시의 거리를 휩쓸던 혁명의 한가운데에서, 육체와 성의 권력을 바꿔 놓을 비밀스러운 혁명이 탄생하는 중이었다. 이리나는 그렇게 믿었고, 지방 법원 판사의 아들이며, 정치경제학 학위가 있고 인도 현자들과 스위스 신지론자들의 추종자로 상상 가능한 범위 내에 있는 모든 이론을 추종할 준비가 된 발레리아노뿐만 아니라, 훨씬 더 급진적인 학교 출신인 나까지, 미래는 혁명 재판소와 백당의 군법회의 사이에서 벌어지는 짧은 놀이라는 것을, 그리고 양편의 총살 집행대가 총을 장전하고 대기하고 있다는 것을 알고 있는 나까지도 그렇게 믿었다.

나는 달아나서 소용돌이의 중심 쪽으로 기어 들어가려 했다. 그 속에서 선들은 마치 뱀처럼 빠져나가, 유연하면서도 불안하게 느릿느릿 춤을 추는 뒤틀린 이리나의 팔다리를 좇는다. 그 춤에서 중요한 것은 박자가 아니라 구불구불한 선을 매듭짓고 푸는 일이다. 이리나가 양손에 잡고 있는 것은 두 마리 뱀의 머리이다. 그리고 이 뱀들은 꽉 잡은 그녀의 손에 반응을 하며 자신들은 직선적인 삽입에 익숙하다고 떠벌린다. 반면 그녀는, 자신이 보유하고 있는 힘의 최대치는 뱀의 유연성과 일치하는데, 그러한 유연성은 뱀이 불가능할 정도로 몸을 뒤틀면서 획득할 수 있다고 주장했다.

이것이 이리나가 창조한 신앙의 첫 번째 항이기 때문이다. 우리는 수직성, 직선, 우리가 한 여자의 노예로 사는 상황을 받아들이면서 아직도 따르고 있는 부적절한 남성적 자존심의 유물을 무조건 포기해야 했다. 그 여자는 우리 사이의 질투나 어떤 종류의 우월감도 용납하지 않았다. "숙여." 이리나가 말했다. 그리고 손으로 발레리아노의 머리 뒷부분을 꽉 누르고 젊은 경제학자의 양털 같은 담황색 머리카락 속으로 손가락을 집어넣더니 그가 자신의 배 쪽으로 얼굴을 들지 못하게 했다. "더 숙여!" 그러면서 다이아몬드같이 빛나는 눈으로 나를 보았다. 그녀는 내가 자기를 봐주기를 원했다. 우리의 시선 역시 구불구불하게 이어지는 길을 따라가기를 원했다. 나는 내게서 단 한 순간도 떠나지 않는 그녀의 시선을 느꼈다. 그리고 그사이 나를 향하고 있는 또 다른 시선을 느꼈는데, 매 순간, 어느 곳에서든 나를 좇는 눈길이었다. 내게서 단 하나만을 기대하는 보이지 않는 시선. 바로 죽음이었다. 내가 다른 사람들에게 가져다줄 죽음인지 아니면 나 자신에게 가져다줄 죽음인지는 중요하지 않았다.

올가미 같은 이리나의 시선이 느슨해지는 순간을 기다렸다. 이제 그녀가 반쯤 눈을 감는다. 나는 어둠 속으로, 쿠션, 소파, 화로 뒤로, 발레리아노가 평소 습관대로 반듯하게 자기 옷을 개켜 놓은 곳으로 기어 들어간다. 나는 내리뜬 이리나의 눈썹 그늘 속으로 기어든다. 발레리아노의 주머니를, 지갑을 뒤진다. 꼭 감은 그녀의 눈동자에 깃든 어둠 속에, 그녀의 목에서 나오는 비명의 어둠 속에 나를 숨긴다. 나는 네 번 접은 종이를 찾아낸다. 그 종이에는 반역죄에 대한 사형 선고 서식 안에 만년필로 내 이름이 적혀 있고, 규정된 도장을 찍어야 하는 칸 밑에는 서명과 부서(副署)가 되어 있었다.

5

이 지점에서 논쟁이 벌어졌다. 사건, 등장인물, 배경, 느낌이 밀려 나고 대신 보편 개념에 대한 토론이 그 자리를 차지했다.

"다형 도착적 욕망……."

"시장 경제의 법칙……."

"의미 구조의 상응……."

"거세……."

당신만 가만히 있을 뿐이다. 당신과 루드밀라만. 그사이 책을 다시 읽으려는 사람은 아무도 없다.

당신은 로타리아에게 다가가서 그녀 앞에 놓여 있는 종이 쪽으로 손을 뻗는다. 그리고 묻는다. "실례 좀 할까요?" 당신은 소설을 집으려 한다. 하지만 그것은 책이 아니다. 둘로 접은 종이 다섯 장으로, 뒷부분은 찢겨 나가고 없다. 나머지는 어디 있지?

"미안하지만 다른 페이지들, 뒷부분을 찾고 있는데요." 당신이 말한다.

"뒷부분이오? ……오, 이 정도만 가지고도 한 달은 토론할 수 있어요. 이걸로는 부족해요?"

"토론을 하려는 게 아니라 읽으려는 겁니다……." 당신이 말한다.

"이봐요. 토론 동아리는 아주 많은데 에룰로-알타이 어문학과 도서관에 소장된 이 소설은 딱 한 권뿐이에요. 그래서 우리가 나눴지요. 분책을 할 때 약간 논쟁이 있긴 했어요. 책은 여러 부분으로 나뉘었지만 내가 제일 훌륭한 부분을 가져왔다고 생각해요."

당신과 루드밀라는 카페에 앉아 이 사태를 연구한다. "요약을 해보죠.『바람도 현기증도 두려워하지 않으며』는『가파른 해변에서 몸을 내밀고』가 아니에요.『가파른 해변에서 몸을 내밀고』는『말보르크 마을을 벗어나』가 아니고 이건 또『어느 겨울밤 한 여행자가』와는 전혀 다른 작품이지요. 우리가 할 수 있는 일은 이 모든 혼란의 출발점으로 거슬러 올라가는 것뿐이에요."

"그래요. 우리에게 이런 좌절을 겪게 한 건 출판사예요. 그러니까 출판사가 보상을 해 줘야 해요. 그들에게 보상을 요구하러 가요."

"아흐티와 빌랸디가 동일인일까요?"

"무엇보다 먼저『어느 겨울밤 한 여행자가』를 달라고 해야 돼요. 제대로 된 책을 한 권 받는 거예요. 그리고『말보르크 마을을 벗어나』도 완전한 걸로 받고요. 말하자면, 우리가 그런 제목인 줄 알고 읽기 시작했던 소설들을 완전한 걸로 받자는 거예요. 그 책들의 진짜 제목과 저자가 다르다면 출판사가 우리에게 그 사실을 알리고 이 책 저 책으로 변하는 이 페이지들 아래 어떤 비밀이 있는지 설명해 주겠죠."

"그리고 이런 식으로 하면" 하고 당신이 덧붙인다. "미완성이든 아니면 끝을 맺었든『가파른 해변에서 몸을 내밀고』로 이어지는 단서를 찾을 수 있을 겁니다."

"뒷부분을 찾았다는 소식에 속아 넘어갔던 것을 부인할 수가 없군요." 루드밀라가 말한다.

"……하지만 지금은 『바람도 현기증도 두려워하지 않으며』를 한 시라도 빨리 찾아 계속 읽고 싶어요……."

"그래요, 나도 그래요. 이상적인 소설이라고 생각하는 건 아니지만요……."

자, 또다시 같은 상황이다. 제대로 길을 찾았다고 생각하는 순간, 곧바로 다시 길이 끊기거나 갈림길이 나와 걸음을 멈춰야 하는 것이다. 당신이 책을 읽는 중에, 사라진 책을 찾는 중에, 루드밀라의 취향을 확인하는 중에 말이다.

"지금 내가 읽고 싶은 소설은" 하고 루드밀라가 설명한다. "이야기하고자 하는 바람, 이야기를 계속 축적하고자 하는 바람을 원동력으로 하는 소설이에요. 세상을 보는 철학을 강요하는 대신, 나무의 성장과 같은 그 이야기의 성장을, 무성한 가지와 이파리들처럼 뒤얽히는 광경을 바라볼 수 있게 해 주는 소설 말예요." 루드밀라가 설명한다.

여기서 당신은 곧 그녀의 의견에 동의한다. 학술적인 분석으로 갈기갈기 찢긴 책들을 뒤로하고, 자연스럽고 순수하고 원시적인 독서의 상태로 되돌아가고 싶은 것이다…….

"잃어버린 맥락을 되찾아야 해." 당신이 말한다. "당장 출판사로 가자."

그러자 그녀가 말한다. "둘 다 갈 필요는 없어. 당신이 갔다 와서 말해 줘."

당신은 기분이 좀 좋지 않다. 당신이 이런 추적에 열중하는 이유는 그녀가 있기 때문, 그렇게 추적을 함께하는 동안 그에 대해 의견을 나눌 수 있기 때문이다. 이제, 두 사람의 의견이 같고 서로에게 반말을 해서만이 아니라 어쩌면 다른 사람은 전혀 이해하지 못할 모험의 공범자로서 서로를 신뢰하는 사이가 된 것 같은 기분이 들기 때문이다.

"당신은 왜 안 가려는 거야?"

"원칙상."

"무슨 말이야?"

"경계선이 있어. 그 선을 사이에 두고 한쪽에는 책을 만드는 사람들이 있고 다른 쪽에는 책을 읽는 사람들이 있지. 나는 책을 읽는 사람들 편에 있고 싶어. 그렇게 해야 항상 선 너머를 조심하게 되지. 그렇지 않으면 독서의 순수한 기쁨을 잃게 돼. 아니, 어쨌든 다른 것으로 변해 버리지. 하지만 그건 내가 원하는 게 아니야. 그 선은 희미해서 쉽게 지워질 수 있어. 책과 관련된 일을 전문적으로 하는 사람들의 세계는 항상 사람들로 붐비고 독자들의 세계와 동일시되는 경향이 있지. 물론 독자들도 점점 늘고 있어. 하지만 책을 이용해서 또다른 책을 만들어 내는 사람이 독서를 좋아하는 사람보다 훨씬 많아지는 추세야. 우연히라도 내가 이 경계선을 넘으면 밀려오는 그 물결에 뒤섞여 버릴 위험이 있지. 그래서 잠깐이라도 출판사에 발을 들여놓고 싶지 않은 거야."

"난 그럼?" 당신이 반박한다.

"그건 내 알 바 아냐. 당신이 알아서 해. 각자 행동 방식이 다르니까."

이 문제에 대해서는 루드밀라의 생각을 바꿀 방법이 없다. 당신

혼자 탐험을 한 뒤 6시에 이 카페에서 다시 만나기로 한다.

"원고 때문에 오셨습니까? 읽고 있는 중입니다, 아니, 제가 잘못 알았군요. 흥미롭게 읽었습니다. 물론 기억하지요! 뛰어난 언어의 혼용을 보여 주었지요. 거절해서 유감입니다. 편지 못 받으셨습니까? 출간할 수 없다는 사실을 알리게 돼서 유감입니다. 편지에 전부 설명드렸습니다. 편지를 보낸 지 벌써 꽤 됐는데요. 편지 배달이야 늘 늦으니까요. 틀림없이 받으실 겁니다. 우리 출판사 출간 계획이 너무 많아서요. 재정 상태가 좋지 않아요. 보셨죠? 편지 받으셨죠? 달리 하실 말씀은 없으신 거죠? 원고를 돌려드리면서 읽게 해 주셔서 감사하다는 인사를 하는 건 우리 출판사의 배려라고 할 수 있습니다. 아, 선생님, 원고를 찾으러 오셨습니까? 아니요, 원고를 찾지 못했습니다. 조금만 기다려 주십시오. 나올 겁니다. 걱정하지 마세요. 여기서는 절대 아무것도 사라지지 않습니다. 십 년 전부터 찾고 있던 원고도 방금 전에 찾아냈는걸요. 아, 십 년 후는 아닙니다. 선생님 원고는 그 전에 찾을 수 있어요. 당연히 그래야죠. 우리 출판사에 원고가 너무 많아서요. 저렇게 높이 쌓여 있잖습니까. 원하신다면 보여 드릴 수 있습니다. 물론 선생님은 선생님 원고를 보고 싶으시겠지요, 다른 사람의 원고가 아니라. 당연하지요. 저는 우리가 전혀 중요하게 생각하지 않는 원고들도 저곳에 저렇게 많이 보관하고 있다는 말씀을 드리고 싶은 겁니다. 그러니 우리가 신경 쓰는 선생님 원고를 버렸을 리가 있겠습니까. 아, 출판하기 위해서가 아니라 선생님에게 돌려드리려고 신경을 썼다는 말씀입니다."

이런 말을 하고 있는 사람은 체구가 작고 몹시 마르고 몸이 구부정한 남자였는데 누군가 그를 부르고 소매를 잡아당기고 문제를 제기하고 품에 원고를 집어던질 때마다 더 구부정해지는 것 같았다. "카베다냐 씨!" "이것 봐요, 카베다냐 씨!" "카베다냐 씨에게 물어봅시다!" 그러면 그는 그때마다 눈동자를 움직이지 않고 턱을 떨며, 최대한 가만히 있으려 애썼는데 그러면서도 목을 꼬며 제일 나중에 말을 건 상대의 문제에 집중했다. 성미가 너무나 급해 절망적일 정도로 인내심이 부족한 사람들과 지나치게 참을성이 많은 사람들의 신경질 때문에 다른 문제들은 하나도 해결하지 못한 게 분명했다.

당신이 출판사에 들어가서 페이지가 제대로 제본되지 않은 책들의 문제를 말하며 책을 교환하고 싶다고 하자 수위들은 맨 처음 영업부 사무실로 가라고 말해 주었다. 그다음 단순히 책만 교환하려는 게 아니라 이 사건에 대해 설명을 듣고 싶다고 덧붙이자 이번에는 제작부 사무실로 가라고 알려 주었다. 그러고 나서 당신이 중요하게 생각하는 것은 중단된 소설의 뒷부분이라고 정확히 말하자, "그럼, 카베다냐 씨와 이야기해 보시는 게 좋겠군요."라고 결론을 내렸다. "대기실로 가세요. 벌써 여러분이 대기하고 있습니다. 차례를 기다리세요."

그렇게 해서 당신은 다른 방문객들 사이를 뚫고 들어가다가 카베다냐가 찾지 못한 원고에 대한 이야기를, 당신을 포함한 각기 다른 사람들에게 여러 차례 다시 시작하는 것을 듣게 된 것이다. 자신의 실수를 알아차리기도 전에, 카베다냐의 이야기는 매번 방문객이나 다른 편집자, 사원 들에 의해 중단되었다. 당신은 곧 이 카베다냐가 이 회사에서 절대적으로 필요한 인물이라는 것을 알아차린다. 그의 동료들은 본능적으로 복잡하고 성가신 모든 업무를 그의 어깨에 얹어 주고 있었다. 당신이 카베다냐에게 막 이야기를 시작하려 할 때 누군가 그에게 와서, 새롭게 업데이트해야 할 향후 오 년간의 작업 계획을 가져다주기도 하고 페이지 숫자를 모두 바꿔야 하는 인명 목록, 혹은 Maria라고 쓰인 부분은 Mar'ja라 고치고 Pyotr라고 적힌 곳은 Pëtr로 고쳐야 하기 때문에 처음부터 끝까지 다시 교정을 봐야 하는 도스토옙스키의 작품을 건네기도 한다. 그는 또 다른 방문객과의 대화를 중단했다는 생각에 계속 걱정을 하면서도 여전히 모든 사람의 말을 들어 준다. 그리고 할 수 있으면 몹시 화가 난 사람들을 진정시켜 보려 애쓰며 당신들을 잊지 않았다고, 당신들의 문제에 신경을 쓰고 있다고 안심시키려 애쓴다. "우리는 정말 환상적인 분위기를 높이 평가했습니다……."("뭐라고요?" 뉴질랜드에서의 트로츠키파 분열을 연구한 역사학자가 화들짝 놀란다.) "외설적인 이미지들을 좀 완화시켜야 할 것 같습니다……."("대체 무슨 소리를 하시는 겁니까!" 독과점을 연구하는 거시경제학자가 항의한다.)

갑자기 카베다냐가 사라진다. 출판사 복도에는 함정이 가득하다. 정신병원에서 온 연극단원들과 집단 심리를 분석하는 그룹과 페미니스트 게릴라 대원들이 복도를 서성인다. 걸음을 옮길 때마다 카베다냐는 그들에게 잡히고 포위되고 그 속에 빠져 버릴 위험에 처했다.

시인이나 소설가 지망생, 여류 시인이나 여류 작가 지망생 들이 출판사 주위로 몰려드는 게 옛날 일이 되어 버린 이 시기에 당신은 여기, 출판사에 와 있다. 지금은 (서양 문화사에서) 종이 위에서 자신을 실현해 보려 한다면 고립된 개인이 아니라 집단으로 해야 하는 시절이다. 고독하게 수행하기에는 너무나 고통스러운 일이라는 듯 지적인 작업은 그룹 세미나, 그룹 창작, 연구 팀에 의해 이루어진다. 작가라는 인물은 이제 다수가 되었고 항상 그룹으로 활동한다. 한 명의 탈옥수가 포함된 과거의 죄수 네 명이 그룹으로 글을 쓰거나, 과거 환자였던 세 사람과 자신의 원고가 있는 남자 간호사가 팀을 이루기도 한다.

이런 인물들 각각이 어떤 부서의 책임자, 혹은 어떤 분야의 전문가와 면담을 청했다. 그러나 결국은 모두 카베다냐와 면담을 하게 되고 만다. 대단히 전문적이고 배타적인 이론과 철학 사상의 용어들로 넘쳐 나는 담화의 물결이, 당신이 첫눈에 '체구가 작고 몹시 마르고 몸이 구부정한 남자'라고 정의했던 이 늙은 편집자에게 밀려든다. 당신이 그렇게 정의했던 것은 그가 다른 사람들보다 훨씬 체구가 작고 말랐기 때문이거나 '체구가 작고 몹시 마르고 몸이 구부정한 남자'라는 말이 그가 자신을 표현하는 방식의 일부이기 때문이어서가 아니라, 그가 아직도 바로 그런 세계, 그러니까 '체구가 작고 몹시 마르고 몸이 구부정한 남자'들을 만날 수 있는 책을 아직도 읽는 그 세계에서 온 것처럼 보였기 때문이다. 아니다, 아직도 그런 사람들을 만날 수 있는 어떤 책에서 방금 나온 것처럼 보였다.

그는 한눈을 팔지 않은 채 문제들이 자신의 대머리 위로 흘러가게 내버려 둔다. 고개를 젓다가 가장 실제적인 면에 대해서만 질문을 하려고 애쓴다. "그럴 리가 없는데요, 실례지만 아십니까? 페이지 밑에 달리는 각주는 본문 각 장에 다 들어가게 했습니다. 어쩌면 본문을 약간 많이 압축시켰는지도 모르지요. 선생님이 한 번 보십시오. 각주를 어떻게 넣을까요?"

"저는 독자입니다. 그냥 독자라고요, 작가가 아닙니다." 당신은 마치 발을 잘못 디딘 사람을 구하러 달려가듯 급하게 말한다.

"아, 그렇습니까? 훌륭해요. 좋아요. 정말 기쁩니다!" 정말 호감과 감사를 담은 눈길로 당신을 바라본다. "정말 기쁩니다. 사실 독자를 만날 기회가 점점 줄어들고 있었습니다……."

그는 마음을 털어놓고 싶어서 어쩔 줄 모른다. 그 갈망에 자신을 맡긴다. 그는 자신의 다른 임무를 잊어버리고 당신을 옆으로 부른다. "전 이 출판사에서 일한 지 아주 오래됐습니다. 수없이 많은 책들이 제 손을 거쳐 갔어요……. 하지만 제가 그 책을 읽었다고 말할 수 있을까요? 제가 독서라고 부르는 건 그런 게 아닙니다. 제 고향 마을에는 책이 많지 않았습니다. 하지만 저는 책을 읽었습니다. 그렇습니다. 그 당시에는 책을 읽었어요……. 저는 정년퇴직을 하면 고향으로 돌아가서 옛날처럼 다시 독서를 시작하겠다고 항상 생각하고 있습니다. 가끔씩 책 한 권을 따로 둡니다. 이 책은 정년퇴직을 하면 읽어야지, 하면서요. 하지만 이제는 예전과 다를 거라는 생각이 듭니다……. 지난밤에 꿈을 꿨어요. 저는 고향 마을 우리 집 닭장에 있었는데, 닭들이 알을 낳는 바구니에서 무언가를 찾고 있었습니다. 제가 뭘 찾았을까요? 책 한 권이었습니다. 어릴 때 읽던 책이었지요. 문고판으로, 책장이 너덜너덜하고 흑백의 그림들은 크레용으로 알록달록 칠해져 있었어요……. 아십니까? 제가 어릴 때 닭장에 숨어서 책을 읽곤 했거든요……."

당신은 출판사를 찾아온 이유를 설명해 보려고 한다. 그는 즉시 그 이유를 알아차린다. 그래서 당신에게 말할 기회를 주지 않는다. "선생님도 16절판이 뒤섞인 거군요. 잘 압니다. 책들을 읽기 시작했는데 계속 이어지지 않는 거지요. 출판사의 최신작이 전부 엉망이 되어 버렸습니다. 이해하시겠습니까, 선생님? 이제는 어떻게 할 도리가 없습니다, 선생님."

그는 교정쇄 뭉치를 잔뜩 안고 있었다. 조금만 흔들려도 인쇄된 활자들의 순서가 엉망이 된다는 듯, 조심스럽게 원고를 내려놓았다. "출판사는 허술한 조직입니다, 선생님." 그가 말한다. "뭐 하나가 제 자리를 벗어나서 무질서가 확장되면 순식간에 우리 발밑에 카오스가 열리지요. 실례지만, 아십니까? 그 생각만 하면 현기증이 납니다." 그러더니 마치 수십억 장의 페이지, 열, 작은 입자로 회오리치는 단어들을 보는 게 고통스러운 듯 눈을 가렸다.

"자, 자, 카베다냐 선생님, 이러지 마세요." 이제 당신은 그를 위로하는 입장이 된다. "저는 그저 단순히 독자의 호기심으로……. 그런데 선생님께서 아무 말씀도 해 주실 수 없다면……."

"아는 건 뭐든지 말씀드리지요." 편집자가 말한다. "좀 들어 보십시오. 이 모든 일은 그 뭐라더라, 거 있잖습니까, 그 무슨 언어인지를 번역한다는 젊은이가 나타나면서 시작됐습니다."

"폴란드어입니까?"

"아니요, 절대 폴란드어가 아닙니다! 어려운 언어였어요. 그 언어를 아는 사람은 별로 많지 않습니다……."

"킴메르어인가요?"

"킴메르어도 아닙니다. 그보다 더 희귀한 거예요. 뭐라고 하더라? 그 사람은 희귀한 언어를 여러 개 할 줄 아는 체했지요. 모르는 언어가 없다고 했어요. 심지어, 그 뭐라더라, 킴브리, 그래요, 킴브리어까지 알고 있었지요. 그 언어로 쓴 책을 우리에게 가져왔어요. 아주 크고 두꺼운 소설이었는데, 제목이 뭐더라, 여행자, 아니야, 여행자는 다른 사람 거지. 말보르크 마을……."

"타지오 바자크발 겁니까?"

"아닙니다. 바자크발은 아니에요. 이 사람은 가파른 해변, 뭐 그런……."

"아흐티인가요?"

"맞습니다, 바로 그 사람이에요. 우코 아흐티."

"그런데, 죄송한 말씀이지만 우코 아흐티는 킴메르 작가 아닌가요?"

"아, 잘 알다시피 처음에는 아흐티가 킴메르 작가였어요. 그렇지만 전쟁 중이나 전쟁이 끝난 뒤에 무슨 일이 일어났는지 아시지 않습니까. 국경이 재조정되고, 철의 장막이 생기고, 사실 예전 킴메르 땅이었던 곳이 지금은 킴브리 땅이 됐습니다. 그리고 킴메르의 국경은 조금 더 위로 옮겨졌지요. 그렇게 해서 킴브리 사람들이 킴메르 문학을 전쟁배상금으로 차지하게 됐지요."

"그건 갈리가니 교수의 논지인데 우치투치 교수는 그 논지에 반박하셨습니다……."

"아, 대학에서 두 학과가 적대 관계에 있고, 두 학과장이 경쟁하고, 두 과 교수가 서로 얼굴도 보려 하지 않는다고 생각해 보십시오. 우치투치 교수가 자신이 전공한 언어의 걸작을 동료가 전공한 언어로 읽어야 한다고 상상해 보세요……."

"사실은 이렇습니다." 당신이 주장한다. "『가파른 해변에서 몸을 내밀고』는 미완성 소설입니다. 아니, 이제 막 시작한 소설입니다……. 전 원본을 봤어요……."

"내밀고라……. 혼란스럽군요. 비슷한 제목이지만 우코 아흐티의 작품은 아닙니다. 현기증과 관련된 책이 있습니다. 여기 있군요. 빌랸디의 현기증입니다."

"『바람도 현기증도 두려워하지 않으며』 말씀이십니까? 말씀해 주세요. 번역이 됐습니까? 출판을 하셨나요?"

"잠깐만요. 번역자는 적법한 서류를 모두 구비한 듯 보이던 에르메스 마라나라는 젊은이였어요. 번역 샘플까지 한 권 가져왔지요. 우리는 미리 제목까지 정해 놨습니다. 그 사람은 정확하게 우리에게 번역 원고를 넘겼습니다. 한 번에 100페이지씩 말입니다. 선금도 챙겼어요. 우리는 시간을 낭비하지 않으려고 그 원고를 인쇄하고 준비하기 시작했어요……. 그런데 그런 다음 교정하던 중 앞뒤가 맞지 않는 부분을 발견한 겁니다. 이상한 점이 있었어요……. 우리는 마라나를 불렀습니다. 그 사람은 당황해서 횡설수설했지요……. 우리는 그 사람에 눈앞에 원본 텍스트 한 부분을 펼쳐 놓고 직접 번역해 보라고 했습니다……. 그러자 자기는 킴브리어를 한마디도 모른다고 털어놓는 겁니다!"

"그럼 여러분에게 넘긴 번역은?"

"고유명사를 킴브리어로 썼다는군요. 아니, 킴메르어였다고 했나. 전 잘 모르겠습니다. 어쨌든 그가 번역한 텍스트는 다른 소설이었습니다."

"어떤 소설이었습니까?"

"어떤 소설이었냐고요? 우리가 물어봤습니다. 마라나는 타지오 바자크발이라는 폴란드, 드디어 선생님이 말한 폴란드가 나오네요, 작가의 소설이라고 했습니다……."

"『말보르크 마을을 벗어나』……."

"바로 그겁니다. 그런데 잠깐만 더 들어 보십시오. 그 사람이 그렇게 말했을 때 우리는 바로 그 말을 믿었습니다. 책은 벌써 인쇄 중이었지요. 우리는 전부 중단시키고 속표지와 겉표지를 바꿨습니다. 손해가 막대했지만 어쨌든, 이런 제목이든 저런 제목이든, 이 작가든 저 작가든 소설은 이미 번역되고 편집되고 인쇄되었으니까요……. 우리는 인쇄소와 제본소를 수없이 왔다 갔다 해야 하고, 새 속표지로 바꾸려면 잘못 인쇄된 속표지와 함께 인쇄된 초반부의 16절판을 모두 새로 바꿔야 한다는 것은 계산하지 못했습니다. 간단히 말해 대혼란이 일어났고 그 혼란은 우리가 작업하던 모든 책으로 확산되어서 제본된 책들을 파지로 만들어야 했고, 이미 배포한 책들은 서점에서 회수해야 했습니다……."

"이해가 안 되는 게 하나 있습니다. 지금 어떤 소설을 말씀하시는 건가요? 역이 등장하는 소설인가요, 아니면 농장을 떠나는 청년 이야기가 나오는 소설인가요? 아니면……."

"제 얘기 좀 계속 들어 보십시오. 정작 중요한 이야기는 아직 꺼내지도 않았는걸요. 왜냐하면 그사이, 자연스러운 일이지만, 우리는 이제 더 이상 그 번역가를 신뢰하지 않게 됐습니다. 그리고 분명하게 하기 위해 원본과 번역본을 대조하고 싶었어요. 어떤 결과가 나왔는지 아십니까? 그건 바자크발의 작품도 아니었어요. 별로 알려지지 않은 베르트랑 반데르벨데라는 프랑스 작가의 작품을 번역한 소설이었어요. 제목이…… 보여 드릴 테니 잠깐만 기다려 보세요."

카베다냐가 자리에서 일어났다가 다시 돌아와 당신에게 작은 복사용지 한 묶음을 내민다. "여기 있군요. 제목이 『어둠이 짙어지는 아래를 내려다본다』군요. 이건 이 프랑스 소설의 처음 부분입니다. 직접 보십시오. 그리고 얼마나 사기인지 한번 판단해 보세요! 에르메스 마라나는 이 얇은 소설을 문자 그대로 번역한 겁니다. 그리고 그게 킴메르어로, 킴브리어로, 폴란드어로 쓰인 소설이라며 우리에게 건네진 거죠."

당신은 복사본을 넘겨 본다. 그리고 첫 부분을 보자마자 베르트랑 반데르벨데의 『어둠이 짙어지는 아래를 내려다본다』가 당신이 읽다가 중단해야 했던 네 개의 소설과 아무 관련이 없다는 것을 알아차린다. 당신은 곧 이 사실을 카베다냐에게 알려 주고 싶지만 그가 묶음에 첨부되어 있던 종이 한 장을 떼어 내서 조심스럽게 보여 준다. "자기가 저지른 사기 사실을 통보했을 때 마라나가 얼마나 뻔뻔하게 굴었는지 보시겠습니까? 여기 그 사람의 편지가 있습니다……." 카베다냐가 당신이 읽을 수 있도록 편지의 서두를 가리킨다.

표지에 적힌 작가의 이름이 뭐 그리 중요합니까? 우리는 생각을 통해 지금부터 삼천 년 전으로도 이동할 수 있습니다.(삼천 년 뒤를 생각해 보도록 합시다.) 우리 시대의 책 중에서 어떤 것이 살아남을지, 어떤 작가의 이름이 기억될지 누가 알겠습니까. 유명한 책으로 남는 것도 있겠지만, 우리가 길가메시 서사시를 작자 미상으로 여기듯, 그렇게 될 수도 있습니다. 이름은 계속 유명한데 작품은 전혀 남아 있지 않은 작가도 있습니다. 소크라테스처럼 말이지요. 남아 있는 모든 책들이 호메로스같이 신비한 한 작가의 작품으로 간주될 수도 있고요.

"이게 말이 된다고 생각하십니까?" 카베다냐가 크게 소리쳤다. 그러더니 덧붙여 말했다. "이 사람 말이 맞을 수도 있어요. 정말 대단한 사람이죠……."

카베다냐가 고개를 젓는데, 자기 생각에 빠져 있는 듯하다. 슬쩍 킬킬거리기도 하고 한숨을 조금 쉬기도 한다. 어쩌면 남성 독자인 당신은 이마에 나타난 그의 생각을 읽을 수 있을지도 모른다. 오래전부터 카베다냐는 자기가 만드는 책과 함께 살아왔다. 서서히, 매일매일 책이 탄생하고 죽는 것을 바라보았다. 하지만 그에게 진짜 책은 다른 것들이다. 바로 다른 세계의 메시지 같은 그 옛날의 책들이다. 작가도 그렇다. 그는 매일 작가들과 관계를 맺는다. 그는 작가들의 고정 관념, 우유부단함, 민감함, 자기중심주의를 잘 안다. 하지만 그에게 진짜 작가는 표지의 이름, 제목과 완전히 하나가 된 사람들뿐이다. 등장인물이나 책에 거명된 장소와 똑같이 실체를 가지고 있으며, 그 등장인물과 그 장소처럼 존재하기도 하고 동시에 존재하지 않기도 하는 사람들 말이다. 작가는 책에 나오지만 눈에 보이지 않는 한 지점, 환영들이 지나가는 빈 공간, 어린 시절의 닭장이 있는 다른 세계들과 소통하게 해 주는 지하 터널이다…….

누군가 카베다냐를 부른다. 그는 복사본을 가져가야 할지, 당신에게 주고 가야 할지 잠시 망설인다. "명심하셔야 하는데 이건 아주 중요한 자료입니다. 출판사 밖으로 유출되면 안 됩니다. 범죄의 증거니까요. 표절 소송에 걸릴 수도 있어요. 보고 싶으면 여기, 이 책상에 앉으세요. 그리고 잊지 마시고 제게 돌려주고 가세요. 제가 혹시 잊어버리더라도 꼭 부탁합니다. 잃어버리면 큰일 납니다……."

당신은 카베다냐에게 이 소설엔 전혀 관심이 없다고, 당신이 찾고 있던 소설이 아니라고 말할 수도 있었다. 하지만 서두가 마음에 들었기 때문이기도 하고 카베다냐가 더욱 걱정스러운 얼굴로 출판사의 업무 회오리 속으로 빨려 들어갔기 때문이기도 해서 그냥 『어둠이 짙어지는 아래를 내려다본다』를 읽기로 했다.

어둠이 짙어지는 아래를 내려다본다

비닐봉지 주둥이를 힘껏 위로 끌어올렸다. 봉지가 조조의 목까지밖에 닿지 않아 머리는 그냥 밖에 나와 있었다. 머리에 봉지를 뒤집어씌우는 방법도 있지만 그렇게 하면 다리가 밖으로 나오기 때문에 문제가 해결되지 않았다. 조조의 무릎을 구부리는 게 해결책이겠지만 발로 차서 그렇게 만들어 보려 해도 뻣뻣하게 굳은 다리는 꿈쩍을 하지 않았다. 그리고 마침내 성공을 거두었을 때는 두 다리와 비닐봉지가 함께 구부러져서 운반하기가 더 어려웠고 머리는 아까보다 더 밖으로 튀어나와 있었다.

"언제나 돼야 너한테서 진정으로 자유로워질 수 있지, 조조?" 내가 그에게 말했다. 그리고 봉지를 돌릴 때마다 그의 멍청한 얼굴, 멋진 콧수염, 포마드를 잔뜩 바른 머리, 스웨터 밖으로 삐져나온 것처럼 봉지 밖으로 나온 넥타이 매듭과 마주할 수밖에 없었다. 내가 말하는 스웨터는 그가 유행을 좇을 때 입던 것이다. 조조가 몇 년 뒤에 알게 돼서 그 유행을 따랐을 때는 이미 세상 어느 곳에서도 그런 스타일은 찾아볼 수 없었을 것이다. 하지만 젊은 시절 그는 그런 스타일로 옷을 입고 머리를 빗는 것을, 머리에 포마드를 바르고 벨벳 끈 장식이 달린 검은 에나멜 가죽 구두를 신는 것을 부러워하며 그런 모습을 성공과 동일시했다. 그리고 성공을 거둔 뒤에는 거기에 도취되어 주변을 돌아보지 못했고, 자신이 닮고 싶어 했던 사람들이 이제 완전히 다른 모습을 하고 있다는 것을 알아차리지 못했다.

포마드는 지속력이 좋았다. 봉지 속에 그를 밀어 넣으려고 머리를 짓눌렀는데도 정수리 부분은 여전히 둥글게 올라와 있었고 단단한 끈처럼 삐져나온 머리카락 몇 가닥만이 둥글게 뻗어 있었다. 넥타이 매듭은 약간 삐뚤었다. 나는 본능적으로 그것을 바로 매 주려 했다. 넥타이가 삐뚤어진 시체가 넥타이를 가지런히 맨 시체보다 더 시선을 끌기라도 한다는 듯.

"머리까지 집어넣으려면 비닐봉지가 하나 더 필요해요." 베르나데트가 말했다. 나는 이 여자가 자기가 살아온 사회적 환경에 비해 무척이나 총명하다는 점을 다시 한 번 인정하지 않을 수 없었다.

문제는 그만한 크기의 비닐봉지를 다시 구할 수가 없다는 점이었다. 부엌 쓰레기통에 조조의 머리를 가릴 만한 작은 오렌지 봉지가 하나 있었지만, 비닐봉지에 온몸이 들어가 있는 남자의 몸을 숨기는 데는 도움이 되지 않았다.

사실 어쩔 도리가 없었다. 그 지하에서 우리는 더 이상 버틸 수 없었다. 조조를 날이 밝기 전에 처리해야 했다. 그를 산 사람처럼 내 컨버터블8에 태우고 이리저리 돌아다닌 지 벌써 두 시간째였다. 우리는 벌써 여러 사람들의 눈길을 끌었다. 조조를 강에 던지려고 했을 때는(베르시 다리에는 방금 전까지 아무도 없는 것 같았다.) 자전거를 탄

---

8 지붕을 따로 떼어 내거나 접을 수 있도록 만든 자동차.

경찰 둘이 소리 없이 다가오더니 자전거를 세우고 가만히 우리를 지켜보았다. 그래서 나와 베르나데트는 조조의 등을 툭툭 쳤다. 조조의 머리는 푹 수그러졌고 두 손은 다리 난간에 덜렁덜렁 매달렸다. 내가 "영혼까지 토해 버려요, 선배. 그러면 머리가 맑아질 거요!" 하고 소리를 질렀다. 그런 다음 그의 팔을 어깨에 얹고 부축하듯이 해서 자동차까지 옮겼다. 바로 그때 대개 시체의 배에 가득 차곤 하는 가스가 요란하게 터져 나왔다. 두 경찰은 웃음을 터뜨렸다. 나는 죽은 조조의 성격이, 지나치다 싶을 만큼 까다롭게 예의를 차리던 살아서의 조조와는 완전히 다르다고 생각했다. 그가 살아 있었다면 자신을 살해한 죄로 단두대에 오를 수도 있는 두 친구를 이렇게 너그럽게 구해 주지는 않았을 것이다.

우리는 비닐봉지와 휘발유 통을 찾기 시작했다. 이제 남은 일은 장소를 찾는 것뿐이었다. 파리 같은 대도시에서는 시체를 태울 만한 장소를 찾을 수 없을 것 같았고, 자칫 그런 장소를 찾는 데만 몇 시간을 허비할 수도 있었다. "퐁텐블로에 숲이 없었던가?" 시동을 걸면서, 나는 옆에 와서 다시 앉는 베르나데트에게 말한다. "길을 알려 줘. 당신이 잘 알잖아." 그리고 어쩌면 햇살이 하늘을 잿빛으로 물들일 때 우리는 채소를 실은 트럭들과 함께 줄지어 도시로 다시 돌아올 수 있을 것이라고 생각했다. 그리고 조조는 서어나무들이 자라는 빈터에서 불에 탄 뒤 악취 나는 잔여물로 남을 것이다. 나의 과거도 마찬가지리라. 분명히 그렇게 되리라고 말할 수 있다. 이번이야말로, 내 모든 과거는 불타고 잊혔다고 나 자신을 설득할 수 있는 좋은 기회일 것이다.

내 과거가 나를 짓누르고 내가 자신들에게 물질적, 정신적으로 빚을 지고 있다고 생각하는 사람들이 수도 없이 많다는 것을 느낄 때가 얼마나 많았는지 모른다. 가령 마카오에서 만난 '제이드 가든' 아가씨들의 부모들이 그렇다.(이 세상에 중국의 친인척만큼 나쁜 사람들은 없어서 나는 그 아가씨들을 해고할 수 없었다.) 아가씨들을 고용할 때 나는 그녀들 그리고 그 가족들과 확실하게 계약을 했고 돈도 현금으로 지불했다. 흰 양말을 신은 깡마른 어머니와 아버지 들이 생선 냄새가 밴 대나무 바구니를 들고, 마치 시골에서 온 것처럼 어리둥절한 얼굴로 딸들을 찾아오지 않도록 하기 위해서였다. 간단히 말해 내 과거가 무겁게 나를 짓누른 게 몇 번인지 모르며, 그럴 때면 나는 그 과거와 깨끗이 단절할 수 있다는 희망 따위 조금도 가질 수가 없었다. 직업, 아내, 도시, 대륙(대륙을 차례로 옮기며 전 세계를 돌 때), 습관, 친구, 사업, 고객 들을 바꿀 수 있다는 희망 같은 것 말이다. 실수였다. 그것을 알아차린 건 모든 게 너무 늦은 뒤였다.

이런 식으로는 내 등 뒤에 과거를 켜켜이 쌓고 과거를 증식시킬 수밖에 없었다. 하나의 인생이 지나치게 밀도가 높고 이리저리 갈라지고 뒤섞여서 늘 거기서 벗어날 수 없다면, 수많은 인생이야 말할 것도 없으리라. 각각의 인생에 과거가 있을 테고 다른 과거들과 계속 연결되는 다른 인생의 과거들이 있을 테니. 나는 매번 이렇게 말하곤 했다. 얼마나 다행이야, 킬로미터 측정기를 제로로 돌려 놓을 수 있으니, 지우개로 칠판을 지울 수 있으니. 내가 새로운 도시에 도착한 다음 날 이미 이 제로는 측정기를 더 이상 돌릴 수도 없이 많은 수, 칠판 꼭대기부터 아래까지를 빼곡하게 메울 숫자가 되어 있었다. 사람, 장소, 호감, 비호감, 실수 들. 전조등으로 나무와 바위 사이를 비추며, 조조를 불태워 버릴 만한 장소를 물색하고 있었고 베르나데트가 계기판을 가리키며 이렇게 말하던 그날 밤처럼. 그때 베르나르트가 계기판을 가리키며 말했다. "이봐요, 기름이 떨어진 건 아니겠죠." 그랬다. 머릿속에 온갖 생각이 맴돌아 기름을 채워야 한다는 것을 잊고 있었다. 그래서 이제 우리는 주유소도 다 문을 닫을 시간에, 기름이 바닥난 차를 탄 채 위험스럽게도 주거지에서 멀리 떨어진 곳에 있게 되었다. 아직 조조를 불태우지 않은 게 천만다행이었다. 화염에서 얼마 떨어지지 않은 거리에서 오도 가도 못하게 되었다고 생각해 보라. 게다가 내 자동차라는 게 금방 밝혀질 텐데 차를 거기 놔둔 채 걸어서 달아날 수도 없었을 것이다. 간단히 말해, 우리는 조조의 푸른 양복에 뿌리려고 준비한, 통 속의 휘발유를 연료 통에 붓고 되도록 빨리 시내로 돌아가서 조조로부터 벗어날 방법을 다시 궁리하는 수밖에 없었다.

나는 지금 내가 처해 있는 이런 수많은 곤경들을 항상 잘 헤쳐 왔다고 말할 수 있다. 운이 좋은 상황에서든, 운이 나쁜 상황에서든 말이다. 과거는 내 몸속에 똬리를 틀고 앉아, 점점 자라나는 촌충과도 같다. 촌충의 몸통은, 영국식 또는 터키식 화장실에서, 아니면 감옥의 변기통에서, 병원의 휴대용 변기에서, 병영의 변소에서, 아니면 단순히 전에 베네수엘라에서처럼 수풀에서 뱀이 튀어나오지 않을지 잘 살핀 다음 수풀 더미에 내 내장을 쏟아 낼 만큼 애를 써 봐도 사라지지 않았다. 이름을 바꿀 수 없듯이, 과거는 바꿀 수가 없다. 나는 기억도 다 못 할 정도로 이름이 다른 여권을 많이 갖고 있지만 그래도 여전히 모두 나를 스위스인 루에디라고 부른다. 어느 곳에 가든, 이름을 뭐라고 소개하든 언제나 내가 누구인지, 무슨 일을 했는지 아는 사람이 누군가는 있다. 심지어 세월이 흘러 외모가 변했는데도 말이다. 특히 머리가 벗겨져, 자몽처럼 노랗게 된 뒤에도 마찬가지였다. 스트야르나 선에서, 발진티푸스가 유행했을 때였다. 배에 실은 짐 때문에 우리는 해안에 가까이 갈 수도 없었고 무전기로 도움을 요청할 수도 없었다.

모든 이야기의 결론은 한 사람이 산 인생은 하나라는 것이다. 유일하고, 균일하며, 실 한 올 하나 빠져나올 수 없는 펠트 담요처럼 치밀하다. 그러니 어느 날 아연 통에 들어 있는, 한 배에서 갓 태어난 새끼 악어들을 내게 팔고 싶어 하는 스리랑카 신할라족 사람의 방문을 받고 악어를 살까 말까 고민할 일이 생긴다면, 나는 작고 무의미한 그런 일화 속에도 내가 경험했던 모든 것, 모든 과거, 내가 떨쳐 버리려고 애써도 소용이 없는 다양한 과거들이 포함되어 있다고 확신할 수 있을 것이다. 결국은 전체적인 삶으로 유입되는 삶들, 내가 더 이상 움직이지 않아야 한다고 결심한 이런 위치, 다시 말해 안뜰이 있고 거기에 열대 물고기들이 노니는 연못을 만들어 놓은 파리 교외의 작은 집, 그리고 여기서의 조용한 업무에서도 지속되는 나의 삶이 내포되어 있다고 말이다. 이런 것들은 다른 어떤 삶보다 차분한 생활을 내게 강요한다. 물고기들은 단 하루라도 돌보지 않으면 안 되기 때문이다. 그리고 내 나이에는 여자들과 다시 새로운 문제에 빠져드는 것을 원치 않을 권리도 있다.

베르나데트는 전혀 다른 이야기이다. 그녀와는 일말의 실수도 없이 일을 추진했다고 할 수 있다. 조조가 파리로 돌아와 나를 추적하고 있다는 사실을 알게 되자 나는 조금도 망설이지 않고 그를 추적하기 시작했다. 그러다가 베르나데트를 발견하게 됐고 그녀를 내 편으로 끌어들일 수 있었다. 우리는 조조가 전혀 눈치채지 못하게 일을 계획했다. 적절한 순간에 내가 커튼을 걷었다. 몇 년 만에 내가 처음 본 조조의 신체는, 베르나데트의 하얀 다리 사이에 꽉 끼어 피스톤 운동을 하고 있는 털이 부숭부숭한 커다란 엉덩이였다. 그다음은 잘 빗어 넘긴 뒷머리와 약간 창백한 베르나데트의 얼굴 옆에 있는 뺨이었다. 그녀는 내가 총을 쏠 수 있도록 90도로 고개를 움직였다. 모든 일이 매우 신속하게, 아주 깨끗하게 끝났다. 조조가 뒤를 돌아보아, 나를 알아보거나 자신의 파티를 망치러 온 사람이 누군지 알 틈도 주지 않았다. 아마 자신이 산 자의 지옥과 죽은 자의 지옥 사이에 놓인 경계선을 넘고 있다는 것조차 알아차리지 못했을 것이다.

그래야 했다. 그는 죽은 자로서만 나를 만나야 했다. "게임은 끝났다, 이 늙은 개자식아." 거의 애정이 담기다시피 한 목소리로 이렇게 말하지 않을 수 없었다. 그사이 베르나데트는 그의 옷을 다시 완벽하게 입혔고 벨벳 끈 장식이 달린 검은 에나멜 구두까지 신겨 놓았다. 술에 취해 제대로 서지도 못하는 사람인 척 부축해서 그를 밖으로 데리고 나가야 했기 때문이다. 오래전 시카고에서, 소크라테스의 흉상이 가득하던 미코니코스 노부인의 가게 뒷방에서 처음 만나던 때가 생각났다. 그때 나는 화재 보험금으로 받은 돈을 그의 녹슨 슬롯머신에 다 쏟아 부었으며, 그와 그 중풍 걸린 늙은 색녀가 나를 손아귀에 넣고 자기들 마음대로 움직인다는 사실을 알아차렸다. 전날 나는 언덕에서 얼어붙은 호수를 보면서 몇 년 만에 처음으로 자유를 맛보았다. 그런데 이십사 시간 만에 내 주위의 공간이 다시 닫히기 시작했다. 그리고 그리스 구역과 폴란드 구역 사이에 있는, 악취 나는 집들이 즐비한 구역에서 모든 게 결정났다. 이런 종류의 반전이 내 인생에서, 이런저런 방향으로 수십 번 일어났다. 하지만 조조에게 보복을 해 보려고 시도한 것은 그때가 처음이었다. 그리고 그때부터 나는 손해를 보지 않게 되었다. 그가 뿌린 고약한 향수 냄새 사이로 스멀 스멀 시체 냄새가 올라오기 시작하는 지금도 나는 그와의 경기가 아직 끝나지 않았다는 것을, 죽은 조조가 다시 한 번 나를 파괴시킬 수 있다는 것을 알고 있다. 살아서 수없이 나를 파괴시켰듯이 말이다.

지금 나는 한 번에 너무 많은 이야기를 끄집어내고 있다. 나는 당신이, 내가 할 수 있는 이야기, 어쩌면 내가 하게 될 수도 있고 이미 언제 기회가 되어 했을지도 모르는 다른 이야기들이 이 이야기들을 둘러싼 공간에 꽉 차 있다는 걸 느꼈으면 한다. 내 인생의 시간 그 자체라고 할 수 있는 이야기들이 꽉 찬 공간에서는, 허공에서처럼 어느 방향으로든 움직이면서 먼저 다른 이야기들을 하고 난 뒤에 이야기할 필요가 있는 이야기들을 항상 발견하게 되고, 그렇게 해서 이런 순간 혹은 저런 장소에서 출발한다 해도, 항상 동일한 밀도를 가진 이야기 주제와 부딪힐 수 있다. 뿐만 아니라 주된 이야기에서 배제한 모든 이야기를 멀리서 바라볼 때 나는 그것을 사방으로 확장되고 햇빛 하나 스미지 않을 만큼 나뭇잎이 울창한 숲으로, 간단히 말해 내가 선택해서 전면에 배치한 것보다 훨씬 더 풍부한 소재로서 바라보게 된다. 이 때문에 내 이야기를 읽는 사람은, 굵은 물줄기가 여러 갈래로 갈라지고 흩어져 기본적인 사실들이 마지막 메아리와 잔영으로 자신에게 도착하는 것을 보고 다소 속은 것 같은 기분을 느낄 수 있지만 이게 바로 내가 이야기를 시작하면서 의도했던 효과이기도 하다. 혹은 지금 내가 적용하려고 애쓰는 서사 기술의 한 방편, 내가 의도한 서사의 가능성 바로 밑에 있을 수 있게 해 주는 분별의 규칙이라고 말할 수 있으리라.

그리고 좀 더 가까이에서 살펴본다면 당신은 그것이 진실로 견고하고 광범위하고 풍요로운 기호임을 알게 될 것이다. 말하자면 내가 할 수 있는 이야기를 딱 하나만 할 수 있다면 나는 지나칠 정도로 열심히 이야기를 하게 될 것이고 결국 그것에 가장 합당한 가치를 부여하고 싶은 열망으로 인해 이야기를 망쳐 버릴지도 모르지만, 실제적으로는 무한한 이야기 소재들을 한편에 쌓아 놓았기 때문에 거리를 두고, 여유 있게 그것들을 다루어서 심지어 약간의 짜증스러움을 드러내기도 하고, 그리고 부차적인 에피소드들과 별 의미 없는 세부 사항들을 길게 나열하는 사치를 누릴 수 있다는 의미이다.

작은 철책 문이 삐걱일 때마다(나는 정원 구석, 통들이 잔뜩 보관되어 있는 창고에 있다.) 여기까지 나를 찾아온 인물이 내 과거의 어느 부분에서 튀어나온 인물일지 자문해 본다. 어쩌면 어제라는 과거, 바로 이 부근에서 흘러간 과거일 수 있다. 10월이면 신년 축하 카드를 들고 집집마다 돌아다니며, 12월이면 동료들이 제 몫을 다 챙겨 가 버려서 자기는 땡전 한 닢 받지 못한다는 말로 팁을 챙기는 키 작은 아랍인 청소부일 수도 있다. 아니면 더 거슬러 올라가 예전의 그 루에디와 관련된 과거, 엥파스[9] 철책 문을 찾던 오래된 과거일 수도 있다. 발레[10]의 밀수업자들일 수도 있고, 카탕가[11]의 용병들이나 풀헨시오 바티스타[12] 시절의 바라데로 카지노의 물주들일 수도 있다.

베르나데트는 내 과거의 사람들과 아무 연관이 없었다. 이런 식

---

9 '막다른 골목'을 뜻하는 프랑스어.
10 스위스 남부에 있는 주.
11 콩고 남부의 주.
12 Fulgencio Batista, 1901~1973. 쿠바의 대통령. 재임 1940~1944, 1952~1959.

으로 내게 제거당할 수밖에 없는 조조와 나의 오래된 이야기들과도 전혀 관계가 없었다. 그녀는 아무것도 모른다. 어쩌면 내가 그녀를 위해 이런 일을 했다고 믿고 있을지도 모른다. 나는, 조조가 그녀에게 어떤 생활을 강요했는지 들었다. 물론 적지 않은 돈 때문일 수도 있다. 아직 그 돈이 내 주머니에 들어온 것은 아니지만 말이다. 돈은 우리를 연결해 주는 공통의 관심사였다. 베르나데트는 단숨에 상황을 파악할 줄 아는 여자였다. 난관이 있을 때 우리 둘이 같이 헤쳐 나가야 하는지 각자 행동해야 하는지 같은 것을 말이다. 하지만 베르나데트에겐 틀림없이 다른 꿍꿍이가 있을 것이다. 그녀 같은 여자들이 세상에서 살아가려면 세상 물정을 잘 아는 누군가에게 의지할 줄 알아야 한다. 그녀가 조조를 해치워 달라고 내게 전화를 한 것은 나를 그의 자리에 두기 위해서였을 것이다. 과거에도 이런 경우는 수없이 많았고 긍정적으로 끝난 적이 한 번도 없었다. 이 때문에 나는 그 일에서 손을 뗐고 다시 돌아가고 싶지 않았다.

그렇게 우리가 조조에게 옷을 모두 입혀 컨버터블 뒷좌석에 잘 앉히고 그녀는 내 옆 좌석에 앉아 조조가 흔들리지 않게 잡으려 한 팔을 뒤로 뻗은 채 한밤의 방랑을 시작하려는 찰나, 시동을 걸려고 하던 바로 그때 그녀가 왼쪽 다리를 변속 기어 위로 뻗더니 내 오른쪽 다리 위에 걸쳤다. "베르나데트! 뭐 하는 거야? 지금이 이럴 때야?" 내가 소리쳤다. 그러자 그녀는 내가 방 안으로 달려 들어오는 바람에, 멈출 수 없는 순간에 일을 멈춰야 했다고 설명했다. 상대가 누구든 중요하지 않으니 중단되었던 바로 그 지점에서 다시 시작하여 끝까지 가야 한다는 것이었다. 그러면서 한 손으로는 시신을 누르고 다른 손으로 내 단추를 풀었다. 우리 세 사람은 포부르 생앙투안 공공 주차장의 그 작은 자동차 안에 비좁게 앉아 있었다. 꼬여 있던 다리(분명 보기 좋게 늘씬한 다리라고 말하지 않을 수 없었다.)를 꼼지락거리더니 그녀가 내 무릎 위에 걸터앉았다. 산사태처럼 쏟아지는 그녀의 가슴 때문에 숨이 막힐 지경이었다. 그사이 조조가 앞으로 고꾸라지려 했지만 그녀가 조심스레 그의 몸을 밀었다. 그녀의 얼굴 바로 몇 센티미터 앞에서 흰자위가 드러난, 죽은 자의 눈이 휘둥그레 그녀를 바라보았다. 나로 말할 것 같으면 이렇게 급습을 당하자 육체는 스스로 알아서 반응을 했다. 물론 깜짝 놀란 내 머리와 달리 육체는 그녀에게 복종하는 쪽을 택했는데 사실 그녀가 다 알아서 했기 때문에 난 꼼짝할 필요도 없었다. 그리고 바로 그 순간 나는 우리가 하고 있는 이 행동이 그녀가 죽은 자 앞에서 벌인, 특별한 의미를 부여한 의식이었다는 것을 깨달았다. 부드럽고 몹시 집요하게 나를 조여 오는 그녀를 느꼈지만 피할 수가 없었다.

'아가씨, 잘못 알고 있어.' 난 그녀에게 말해 주고 싶었다. '죽은 저자는 너 때문이 아니라 다른 이야기 때문에 죽은 거야. 아직 끝나지 않은 이야기지.' 아직 끝나지 않은 그 이야기 속에는 나와 조조 사이에 다른 여자가 있었다고 말해 주고 싶었다. 내가 이 이야기 저 이야기로 계속 정신없이 옮겨 다니는 것 역시 내가 그 이야기 주위를 계속 돌고 계속 달아나야 하기 때문이리라. 그 여자와 조조가 나를 파멸시키기 위해 모의를 했다는 사실을 알고 바로 도주를 시작했던 그 첫날처럼. 조만간 들려줄 이야기이기도 하다. 하지만 그 이야기는 어느 하나를 특별히 중요하게 생각할 수 없는 여러 이야기들 가운데 하나일 뿐이다. 또 어떤 특별한 열정이 아니라 이야기하고 기억하는 기쁨만을 담아서 들려주게 될 이야기이기도 하다. 악을 기억하는 것도 기쁨이 될 수 있으니까. 그런 기쁨은 악이 선이 아니라 다양성과 변화와 움직임, 간단히 말해 어쩌면 내가 선이라고 부를 수도 있을 것과 뒤섞일 때 생긴다. 거리를 두고 사물을 바라보고 이미 지나간 일처럼 그것들을 바라볼 때도.

"이 상황에서 벗어나고 나면 이것도 멋진 이야깃거리가 될 거야." 조조를 비닐봉지에 담아 엘리베이터를 타고 올라가면서 내가 말했다. 우리 계획은 마지막 층의 테라스에서 비좁은 뜰로 조조를 던져 버리는 것이었다. 내일 그를 발견하는 사람은 그가 자살을 했거나 도둑질을 하다가 발을 헛디뎠다고 생각할 것이다. 그런데 중간에 누군가 엘리베이터를 타서 봉투를 들고 있는 우리를 본다면? 쓰레기를 버리러 내려가던 참인데 엘리베이터가 위로 올라갔다고 말하면 된다. 사실 조금 있으면 동이 틀 것이다.

"당신은 모든 상황을 다 예측하고 준비하는군요." 베르나데트가 말했다. 그렇지 않았다면 교통이 복잡한 주요 도시마다 수하들이 있는 조조 파에서 어떻게 그 오랜 세월을 버텼겠어? 그녀에게 이렇게 말해 주고 싶었다. 하지만 그러려면 조조와 다른 여자의 배경을 상세히 설명해야 하리라. 두 사람은 나 때문에 자신들이 어떤 물건을 잃어버렸다면서 내가 그 물건을 찾아와야 한다고 집요하게 주장했다. 뿐만 아니라 몸값이라는 쇠사슬을 내 목에 채워야 한다고 주장해서 나는 어쩔 수 없이 아직도 비닐봉지에 담긴 옛 친구를 처리하느라 밤을 보내고 있는 것이다.

스리랑카인 뒤에도 뭔가가 있을 거라는 생각이 들었다. "난 악어를 취급하지 않아, 젊은이." 나는 그 스리랑카인에게 말했다. "동물원으로 가. 난 다른 물품들을 다루지. 시내 상점에 아파트용 수족관, 외국산 물고기, 특히 거북이를 납품해. 가끔 이구아나를 주문받기도 하지만 악어는 취급하지 않아. 너무 다루기 힘들거든."

열여덟 살쯤 되어 보이는 청년은 계속 거기 서 있었다. 검은 콧수염과 눈썹이 오렌지색 뺨에 난 검은 깃털처럼 보였다.

"누가 나에게 가라고 했지? 궁금하군." 내가 물었다. 동남아시아와 관련된 일에는 늘 의심의 눈길을 던졌는데 거기에는 그럴 만한 이유가 있었다.

"마드모아젤 시빌입니다." 그가 대답한다.

"내 딸이 악어와 무슨 상관이 있나?" 내가 소리를 질렀다. 사실 그 애는 얼마 전부터 혼자 힘으로 살고 있었는데 이따금 그 애의 소식이 들려올 때마다 마음이 불안했다. 이유는 알 수 없으나 자식을 생각하면 항상 일종의 자책감 같은 게 느껴졌다.

그렇게 해서 나는 시빌이 플라스 클리시의 한 클럽에서 악어들과 공연한다는 것을 알게 되었다. 그 말을 듣고 나니 마음이 좋지 않아서 더 이상 세세한 내용은 더 물어보지 않았다. 시빌이 야간 업소에서 일한다는 것은 알았지만, 관객들 앞에서 악어와 공연한다는 사실은 아버지가 외동딸의 미래로 축하해 주기는 어려운 일이었다. 적어도 나같이 프로테스탄트 교육을 받은 사람에게는 말이다.

"그 대단한 클럽 이름이 뭐지?" 내가 화를 내며 말한다. "직접 가서 한번 봐야겠어."

청년이 내게 작은 전단지를 내밀었다. 그걸 보자 등줄기가 오싹해지며 식은땀이 났다. 그 이름, '신(新)티타니아'를 지나칠 정도로 잘 알았기 때문이다. 지구 다른 쪽과 관련이 있기는 하지만 말이다.

"운영하는 사람이 누구지? 그러니까 지배인, 주인이 누구냐고!"

내가 물었다.

"아, 마담 타타레스쿠입니다. 알고 싶으신 게 이거라면⋯⋯." 그러고는 악어 새끼들을 다시 가져가려고 아연 통을 들어 올렸다.

나는 꿈틀거리는 초록색 비늘, 다리, 꼬리, 딱 벌린 입을 뚫어지게 보았다. 그 여자의 이름을 들은 순간부터 마치 몽둥이로 머리를 맞은 것처럼 음산하게 윙윙거리는 소리, 포효하는 소리, 저승의 트럼펫 소리가 계속 들려왔다. 파괴적인 영향력을 미치는 그 여자에게서 시빌을 겨우 빼내, 우리를 추적할 수 없도록 두 개의 대양을 건넜고 시빌과 나를 위해 평온하고 조용한 삶을 만들 수 있었다. 그러나 모두 허사였다. 블라다는 자기 딸을 찾아냈고, 시빌을 통해 능숙하게 나를 다시 자기 손아귀에 넣었다. 내 속에 있는 가장 잔인한 적대감과 가장 어두운 매력을 능숙하게 일깨울 수 있는 사람은 그녀밖에 없었다. 벌써 내게 자신을 알아볼 수 있는 메시지를 보내지 않았는가. 미친 듯이 꿈틀거리는 이 악어들은 그녀를 살아가게 해 주는 기본 요소가 바로 악이며, 세상은 악어들의 늪으로 난 거기서 달아날 수 없다는 것을 상기시키는 도구였던 것이다.

그때와 똑같은 자세로 테라스에서 몸을 내밀고 초라한 뜰 바닥을 바라보았다. 하늘이 어느새 밝아 오고 있었지만 그 아래에는 아직도 짙은 어둠이 깔려 있었다. 나는 허공 속에서 마치 날개처럼 재킷의 가장자리를 펄럭이는 조조의 형체를 알아볼 수 있었다. 곧이어 총성처럼 요란한 굉음과 함께 뼈가 부서지는 소리가 들렸다.

나는 아직 비닐봉지를 들고 있었다. 그 자리에 버려둘 수도 있었지만 베르나데트는 누군가 그것을 발견하고서 사건의 진행을 역추적할지도 모른다고 두려워했다. 그러니 우리가 가져가서 없애 버리는 게 낫겠다면서.

엘리베이터가 1층에서 열리자 주머니에 손을 찔러 넣은 남자 셋이 나타났다.

"잘 지냈어, 베르나데트?"

그러자 그녀가 말했다. "안녕."

그녀가 그 남자들을 알고 있다는 게 어쩐지 유쾌하지 않았다. 무엇보다, 조조보다 훨씬 세련됐지만 조조와 한가족처럼 보이는 옷차림 때문이었다.

"그 봉지 안에 뭐가 담겼어요? 어디 좀 보여 줘요." 셋 중 덩치가 제일 큰 남자가 말했다.

"봐요. 빈 봉지요." 내가 차분하게 말한다.

남자가 한 손을 봉지 안에 넣는다. "그런데 이건 뭐지?" 그가 벨벳 끈 장식이 달린 검은 에나멜 구두 한 짝을 꺼낸다.

6

복사된 원고는 거기서 중단되었지만 이제 당신에게 중요한 것은 독서를 계속할 수 있느냐뿐이다. 어느 곳엔가 분명 전체 소설이 있을 것이다. 당신은 그것을 찾으려고 주위를 둘러보지만 곧 낙담하고 만다. 이 사무실에서 책들은 가공하지 않은 원료나 교환 재료, 분해했다가 조립해야 할 장치의 형태로 그 모습을 드러낸다. 당신은 루드밀라가 왜 당신을 따라오려 하지 않았는지 이해한다. 이제 당신도 '다른 쪽'으로 옮겨 왔고, 독자만이 가질 수 있는 책과의 특별한 관계를 상실했다는 두려움에 사로잡힌다. 책을, 덧붙일 것도 뺄 것도 없이 완결되고 결정적인 무언가로 간주할 수 없게 됐다는 두려움. 그러나 카베다냐가 이곳 한가운데에서도 순수한 독서의 가능성을 키워 나갈 거라는 믿음이 위안을 준다.

바로 지금 늙은 편집자가 유리 칸막이들 사이에서 다시 나타난다. 그의 소매를 잡고 『어둠이 짙어지는 아래를 내려다본다』를 계속 읽고 싶다고 말하라.

"아, 그게 어디 들어가 있는지 알 수가 있어야지요⋯⋯. 마라나와 관련된 원고들은 모두 사라져 버렸어요. 번역 원고, 킴브리어, 폴란드어, 프랑스어 원본들이 모두 말이죠. 그 사람이 사라지고 하룻밤 만에 다 사라져 버렸지요."

"그 뒤론 그 사람 소식을 전혀 모르는 겁니까?"

"아닙니다. 그 사람이 편지를 보내왔어요……. 우리는 수도 없이 편지를 받았습니다……. 다 허무맹랑한 이야기들이더군요……. 편지 내용을 요약할 수가 없어서 선생님에게 이야기해 줄 수가 없네요. 다 읽으려면 몇 시간은 걸릴걸요."

"한 번 볼 수 있을까요?"

당신이 끝까지 고집을 부리자 카베다냐가 자료실에서 '에르메스 마라나'의 서류를 가져다주기로 동의한다.

"시간이 좀 있습니까? 좋습니다. 여기 앉아 읽으세요. 그리고 어떤 생각이 드는지 말해 주세요. 혹시 선생님이 뭔가 알아낼지도 모르잖아요."

마라나는 늘 현실적인 이유들로 카베다냐에게 편지를 썼다. 대부분 번역 원고가 늦어지는 데 대한 변명이나 선금을 달라고 재촉하거나 간과할 수 없는 외국 출판계 소식을 알리는 내용이었다. 그러나 이런 사무적인 편지 속에서도 음모, 계략, 미스터리의 실마리가 드러났다. 그리고 이런 실마리를 설명하거나 자세히 말할 수 없는 이유를 설명하기 위해 마라나의 이야기는 점점 더 광적이고 정신없이 복잡해지곤 했다.

편지는 오대륙에 흩어진 장소에서 발송되었지만 정상적인 우편을 이용했다기보다는 다른 곳에서 그 편지를 부쳐 줄 수 있는 사람을 우연히 만나면 그 사람에게 편지를 맡긴 듯 보였다. 이 때문에 봉투의 우표는 마라나가 편지를 보낸 지역과 일치하지 않았다. 날짜 순서도 불분명했다. 이전 편지를 인용한 편지들도 있었는데, 그 이전 편지라는 것도 나중에 쓰인 것으로 확인되었다. 나중에 자세한 해명을 하겠다고 약속한 편지들도 있었지만, 그 해명이 이미 일주일 전 날짜의 편지에 들어 있기도 했다.

'체로 네그로'. 남미의 어느 외진 지방의 이름 같은, 이 이름이 마지막 편지들의 윗부분에 등장했다. 하지만 편지에서 어렴풋이 암시된 풍경들이 서로 맞지 않아 그 마을이 안데스 산맥에 자리 잡은 건지, 아니면 오리노코 강 숲에 에워싸여 있는 건지, 정확하지가 않았다. 당신 눈앞에 있는 이 편지는 평범한 업무 통신문 같은 느낌을 준다. 그런데 킴메르어로 책을 내는 출판사는 대체 어떻게 된 것일까? 그리고 만일 출판사들이 양 아메리카에 이주한 킴메르인들이라는 제한된 시장을 목표로 했다면 대체 무슨 방법으로 세계적인 작가들의 완전 최신작을 번역해서 출판한단 말인가? 그런 작가들은 자신이 원래 사용하는 언어로 전 세계 저작권도 가지고 있을 텐데. 사실 그런 작가들의 매니저로 보이는 에르메스 마라나는 카베다냐에게 그토록 오래 기다려 온, 아일랜드의 유명 작가 실라스 플래너리의 새 소설 『그물망처럼 연결되는 선들 속에』의 저작권을 제안하고 있었다.

한편 체로 네그로에서 보낸 다른 편지 한 통은 영감을 일깨우는 어투로 쓰여 있었다. 그 지역의 전설 같아 보이는 것을 언급하면서 '이야기의 아버지'라는 별명을 가진 인디오[13] 노인 이야기를 했다.

---

13 북아메리카 인디언과 구별해 라틴아메리카 원주민을 지칭하는 말.

나이가 얼마인지도 모를 만큼 늙고, 앞도 못 보는 데다, 글자 하나 모르는 이 노인은 그가 전혀 모르는 지역과 시대에 벌어진 이야기들을 끝없이 들려줄 능력이 있었다. 인류학자들과 초심리학자들이 이 현상을 연구하러 이 지역에 왔다. 그리고 유명한 작가들이 출판한 소설 대부분이, 그 책이 출판되기 몇 년 전에 벌써 '이야기의 아버지'의 가르랑거리는 목소리로 상세히 들려준 이야기였다는 게 확인되었다. 몇몇 사람들은 이 인디오 노인이 이야기 소재의 우주적 원천이며, 원초적인 마그마로 모든 작가들이 거기서 출발하여 개인적 표현을 발전시킨다고 말한다. 이 예언자가 환각을 불러일으키는 버섯을 먹은 덕에 예지력이 가장 뛰어난 사람들의 내면세계와 소통을 할 수 있고 그들의 심리적인 파동을 포착할 수 있다고 말하는 사람도 있다. 또 그 노인이 호메로스, 『아라비안나이트』의 저자, 『포폴 부』[14]의 저자일 뿐만 아니라 알렉상드르 뒤마, 제임스 조이스의 화신이라고도 말하는 사람도 있다. 하지만 호메로스는 절대 죽지 않기 때문에 그리고 수천 년 동안 생존하면서 계속 글을 쓰기 때문에 윤회가 절대 필요치 않다고 반박하는 사람도 있다. 호메로스는 대표작으로 간주되는 두 편의 시 외에도 사람들이 알고 있는 유명한 작품 대부분을 쓴 사람이다. 에르메스 마라나는 노인이 숨어 있는 동굴 입구에 녹음기를 가져다 놓고…….

그러나 뉴욕에서 보내온 이전 편지를 보면, 마라나가 출판을 제안한 원고는 원본이 전혀 다른 듯 보인다.

---

14 마야 키체 족이 자신들의 우주관과 신앙을 기록한 자료.

편집자님께서 편지지 윗부분에 적힌 주소를 보면 아시겠지만, OEPHLW(문학 작품 전자 출판 협회)는 옛 월스트리트 구역에 자리하고 있습니다. 비즈니스 세계가 이 엄숙한 건물들을 떠나간 뒤로, 영국 은행의 영향을 받은 교회풍 건물이 늘어선 이 지역의 모습은 몹시 음산하게 변하고 말았습니다. 제가 인터폰을 누르고 말합니다. "에르메스입니다. 플래너리 소설의 초반부를 가져왔습니다." 그들은 얼마 전, 스위스에서 제가 이 스릴러 작가를 설득해서, 작가가 더 이상 진척시키지 못하던 소설 초반부를 넘겨받는 데 성공했다는 전보를 받은 뒤부터 저를 기다리고 있었습니다. 텍스트의 모든 요소들을 발전시킬 수 있는 컴퓨터 프로그램으로, 작가가 추구한 문체와 개념을 완벽할 정도로 충실하게 재현한다면 어렵지 않게 소설을 완성할 수 있을 겁니다.

작가가 모험에 대한 열정을 누르지 못해 검은 대륙 아프리카의 어느 수도에서 글을 썼다는 마라나의 말을 믿는다면 뉴욕으로 원고를 가져오는 것 역시 쉽지 않은 일이었다.

……우리는 구름 속으로 나갔습니다. 비행기는 우윳빛 구름 속을 날았고 저는 실라스 플래너리의 미출간 원고, 전 세계 출판사가 애타게 손에 넣고 싶어 하는 그 원고, 내가 위험을 무릅쓰고 작가에게서 받아온 『그물망처럼 연결되는 선들 속에』를 읽었습니다. 기관 단총 총구가 내 안경테에 닿은 건 바로 그때였습니다.

무장한 청년 특공대원들이 비행기를 납치한 겁니다. 땀 냄새가 역겨웠습니다. 나는 곧 내 원고를 탈취하는 게 그들의 중요한 목표임을 알아차렸습니다. 물론 그 청년들은 APO(위작의 힘 협회)[15] 소속이었습니다. 난 최근에 APO에 들어온 대원들을 전혀 몰랐습니다. 수염이 텁수룩한 심각한 얼굴에 거만한 태도만을 봐서는 그들이 어떤 파에 속해 있는지 구별할 수 없었습니다.

……우리의 착륙을 받아 줄 수 있는 공항이 없어서, 비행기는 항로를 정신없이 바꾼 뒤 이 관제탑, 저 관제탑을 오가며 당황스러운 비행을 했습니다. 물론 길게 이야기할 수는 없습니다만. 마침내 인간적인 면을 지닌 독재자 부타마타리 대통령이 관목 숲과 경계에 있는 공항의 울퉁불퉁한 활주로에 기름이 다 떨어진 이 제트기의 착륙을 허락했습니다. 그런 다음 대통령은 과격 단체 지도부와 거대 권력의 끔찍한 서기관 사이에서 중재자 역할을 맡았습니다. 모래바람이 이는 사막의 함석 지붕 아래서 우리 인질들은 길고 지루한 나날을 보냈습니다. 푸르스름한 빛을 띤 독수리들이 땅을 파헤쳐 지렁이들을 잡았습니다.

마라나가 APO 해적들과 관련이 있다는 것은, 대면과 동시에 그들이 부르는 호칭에 의해 분명해진다.

"집으로 돌아가라, 코흘리개들아, 그리고 너희 대장에게 다음에는 좀 똑똑한 보이스카우트를 보내라고 말해. 서지 목록을 업데이트하고 싶다면 말이다……" 역공을 당한 집행자들이 잠과 감기에 취한 얼굴로 나를 바라봤습니다. 비밀 서적을 신봉하고 그 책들을 찾아내는 데 열중하는 이 분파가 임무에 대해 막연한 생각밖에 못 하는 어린 청년들의

---

15 이탈리아어 Organizzazione del Potere Apocrifo의 약자.

손에 들어가고 만 겁니다. "당신은 누구요?" 그자들이 내게 물었습니다. 제 이름을 듣고는 바로 몸이 굳어 버리더군요. 조직의 신입 단원들은 나를 직접 만나 볼 기회가 없었으니 그들이 나에 대해 아는 건 축출된 뒤 떠돌던 중상모략뿐이었을 겁니다. 내가 이중, 삼중, 사중의 스파이로 누군지 모를, 무엇인지 모를 대상을 위해 일하고 있다는 악담이지요. 내가 설립한 '위작의 힘 협회'가 나의 영향력 아래 있으며, 별로 신뢰할 수 없는 구루들에게 넘어가기 전까지만 의미가 있다는 사실은 아무도 모르더군요. "우리가 '빛의 날개' 소속인 줄 알았군. 안 그렇소?" 그들이 내게 말했습니다. "하지만 잘못 알고 있는데 우리는 '어둠의 날개'요. 당신의 계략은 통하지 않아요!" 내가 원했던 게 바로 이것이었습니다. 나는 어깨를 으쓱하고 미소만 지었습니다. '어둠의 날개'나 '빛의 날개'에게, 혹은 둘 다에게 나는 제거해야 할 배신자에 불과했습니다. 하지만 여기서는 아무 짓도 할 수 없었습니다. 그들에게 비호권을 보장해 준 부타마타리 대통령이 나를 보호해 주었기 때문이지요……

그런데 대체 무엇 때문에 APO의 해적들이 그 원고를 손에 넣고 싶어 한 것일까? 당신은 그에 대한 설명을 찾으려 편지들을 훑어본다. 하지만 특히 당신의 눈을 끄는 것은 마라나의 자만이다. 마라나는 외교적 동의를 이끌어 낸 공을 스스로에게 돌리고 있었다. 이 동의에 따라 부타마타리는 특공대를 무장해제하고 플래너리의 원고를 손에 넣은 뒤 작가에게 원고를 돌려주며 그 대가로 작가에게 제국 소설 집필에 몰두해 달라고 부탁하기로 약속했다. 그렇게 해서 대통령의 취임과 국경 지역을 합병하려는 그의 계획을 정당화하려 한 것이다.

동의의 형식을 제안하고 협상을 이끈 사람은 바로 저였습니다. 문학과 철학 작품들 광고와 개발을 전문으로 하는 '머큐리 앤 더 뮤즈'에 이전시의 대표로 저를 소개하자 모든 일이 방향을 찾았습니다. 아프리카 독재자의 신뢰를 얻고 켈트 족 작가의 신뢰를 다시 얻게 되자(내가 그의 원고를 훔침으로써 여러 비밀 단체들이 준비했던 원고 입수 계획으로부터 그것을 안전하게 지킨 겁니다.) 서로에게 이로운 계약을 하도록 쉽게 양측을 설득할 수 있었습니다…….

리히텐슈타인에서 보낸 이전의 편지가 플래너리와 마라나의 예전 관계를 재구성할 수 있게 해 준다.

떠도는 소문을 믿으시면 안 됩니다. 알프스의 공국에서는 그 회사가 바로 다작을 하는 베스트셀러 작가의 저작권을 소유하고, 계약서 서명을 담당하고 있습니다. 그리고 그 작가에 대해서는 어디에 사는지 아무도 알 수 없고, 실제로 존재하는지조차 모른다는 소문이 돌지요…….제게 대리인들을 보내고, 그 대리인들이 다시 직원들을 보내서 이루어진 비밀스러운 첫 만남들을 통해 귀 출판사의 정보가 사실로 확인된 듯이 보였다는 말씀을 꼭 드려야겠군요…….스릴러, 범죄와 섹스가 넘치는 노작가의 방대한 작품들을 이용하는 익명의 회사는 그 구조가, 효율적인 투자 은행과 비슷합니다. 그렇지만 파국 전야처럼 불안하고 불편한 분위기가 회사를 지배하고 있습니다…….

곧 그 이유들을 찾아낼 수 있었습니다. 몇 달 전부터 플래너리가 어려움에 빠진 겁니다. 그는 지금 글을 단 한 줄도 쓰지 못하고 있습니다. 수도 없이 많은 소설을 시작했고 그 소설의 선금을 전 세계 출판사로부터 받은 터라 국제적으로 투자 은행 자금 문제가 걸리게 됐습니다. 소설의 등장인물들이 마시는 술의 상표, 자주 방문하는 관광지, 오트 쿠튀르 모델의 제품, 가구, 기기 들은 벌써 전문 광고 업체를 통해 계약이 완료되었는데, 소설은 설명할 수도 없고 예상하지도 못한 정신적 위기에 봉착해 완성이 지연되고 있습니다. 대필 작가들과, 거장의 문체를 그 뉘앙스와 버릇까지 표절하는 전문가들 한 팀이 개입해서 비어 있는 부분을 채워 넣고 반쯤 완성된 텍스트를 다듬고 완성하기 위해 준비하고 있습니다. 어떤 독자도 플래너리가 쓴 것과 다른 작가가 쓴 것을 구별할 수 없을 정도로 말입니다……(우리 작가의 최근 작품을 보면 상당 부분 이미 그들이 기여를 한 듯합니다.) 하지만 지금 플래너리는 모두에게 기다리라고만 하면서 마감 시한을 미루고 있습니다. 계획을 변경했다고 알리고 가능한 한 빨리 작업을 재개하겠다고 약속하면서 도움 제의를 거절하고 있습니다. 가장 비관적인 소문에 따르면 그가 일기, 사색 노트를 쓰기 시작한 것 같은데 사건은 전혀 없고 오로지 정신 상태와, 자신이 여러 시간 발코니에서 망원경을 통해 본 풍경 묘사가 전부인 듯합니다…….

며칠 뒤 마라나는 스위스에서 훨씬 더 흥분해서 편지를 보냈다.

이 말을 메모해 두시지요. 모두가 실패한 곳에서 에르메스 마라나는 성공한다! 제가 플래너리와 직접 이야기를 나누는 데 성공했습니다. 그는 자기 별장 테라스 화분에서 백일홍에 물을 주고 있었습니다. 깔끔하고 조용하고 친절한 노인이더군요. 신경을 건드리지만 않으면 말입니다……. 귀 출판사의 활동에 아주 귀중한 정보가 될, 플래너리의 소식을 알려 드릴 수 있습니다. 귀 출판사의 관심사에 대한 표시를 팩스를 통해, 제 명의의 은행 계좌에 보내 주면 즉시 알려 드리도록 하겠습니다…….

노작가를 방문하도록 마라나를 자극한 이유는 편지 전체에 분명하게 나타나지 않는다. 어찌 보면 그는 자신을 뉴욕 OEPHLW의 대표로 소개하면서 소설을 끝낼 수 있도록 기술적인 도움을 주겠다고 제안한 것 같기도 하다.("플래너리는 하얗게 질려 몸을 떨었고 원고를 가슴에 꽉 끌어안았습니다. '아니요, 그건 안 돼요. 절대 허락할 수 없소…….'") 또 어떻게 보면 플래너리가 파렴치하게 표절한 벨기에 작가, 베르트랑 반데르벨데의 이익을 보호하기 위해 그곳에 간 것처럼 보이기도 한다……. 하지만 마라나가 카베다냐에게, 은둔하고 있는 작가와 접촉할 수 있게 해 달라고 편지를 쓴 시점으로 거슬러 올라가 보면 플래너리에게 다음 소설 『그물망』에 등장하는 중요 일화의 배경으로 인도양의 한 섬을 제안한 건 분명해 보인다. 제안은 밀라노의 부동산 투자 회사 이름으로 이루어졌는데 그 회사는 섬을 구획해서, 할부로 그리고 통신으로 구입할 수 있는 방갈로 마을을 설립하려고 계획을 세우고 있었다.

이 회사에서 자신이 맡은 임무에 대해 마라나는 이렇게 썼다.

제가 하는 일은 개발도상국의 개발을 홍보하는 일입니다. 저는 특히 조만간 권력을 잡게 될 것으로 보이는 한 혁명 세력의 움직임에 관심을 기울이고 있습니다. 체제의 변화 가운데서도 건축 허가를 확실히 받기 위해서지요.

이런 신분으로 위장한 그의 첫 번째 임무는 페르시아 만에 위치한 술탄의 영토에서 수행되었다. 그곳에서 그는 고층 건물 건축 입찰을 협상해야 했다. 번역 작업과 연결된 우연한 기회에 모든 유럽인에게 닫혀 있던 문이 그에게 열렸다…….

술탄의 새 왕비는 저와 같은 나라 사람으로 기질이 예민하고 불안한 여인이었습니다. 지리적인 이동, 지역의 풍습과 궁정 예절로 인해 느낄 수밖에 없는 고립감을, 그녀는 지칠 줄 모르는 독서열로 채우고 있었습니다…….

제작상의 결함 때문에 『어둠이 짙어지는 아래를 내려다본다』를 더 이상 읽지 못하게 됐을 때 술탄의 젊은 왕비는 번역자에게 항의 편지를 썼다. 마라나는 아랍으로 달려갔다.

……베일을 쓰고 눈이 흐릿한 노부인이 제게 자기를 따라오라고 했습니다. 옥상 정원의 베르가못 나무들과 금조들과 분수 사이로, 남빛 망토를 두르고 얼굴에는 화이트골드의 방울 무늬가 있는 초록 실크에, 이마에 아쿠아마린이 한 줄로 장식된 반쪽짜리 가면을 쓰고 그녀가 제게로 왔습니다…….

당신은 이 술탄의 왕비에 대해 더 알고 싶을 것이다. 당신의 눈동자는, 마치 금방이라도 그녀가 나타나길 기대하듯이, 얇은 항공 우편 용지 위에서 불안하게 움직인다……. 그런데 편지지를 채우는 동안 마라나도 당신과 같은 바람을 가지고 움직인 듯이 보인다. 그가 왕비를 따라가는 사이 그녀가 숨어 버린다……. 이 편지 저 편지에서 이야기는 점점 더 복잡해진다. 마라나는 '호화로운 거주지에서뿐 아니라 사막 끝에서도' 편지를 써서 자기가 갑자기 사라진 것을 변명하려 애쓴다. 그는 이전에 했던 이런저런 일을 계속하러 술탄의 밀사들에게 이끌려 강제로 아랍으로 갈 수밖에 없었다고 말한다. 술탄의 왕비는 자신이 좋아하는 책이 없는 한, 그곳에 머물 생각이 없었다. 결혼 계약 조항에는 신부가 결혼을 허락하기 전에 청혼자에게 제시한 조건이 들어 있었다……. 새 술탄 왕비가 술술 읽을 수 있는 원어로 된 주요 서양 문학의 신간들을 받아 보면서 평화로운 신혼여행을 마친 뒤 난처한 상황이 벌어졌다……. 술탄은 혁명의 음모를 두려워했는데 거기엔 나름의 이유가 있는 듯 보였다. 술탄의 비밀 요원들은 음모자들이 알파벳으로 인쇄된 책의 페이지에 암호로 된 메시지를 숨겨 놓았다는 것을 밝혀냈다. 그때부터 술탄은 수출입 금지령을 내렸고 자신의 영토에서 서양 책들을 모두 압수하라고 명령했다. 아내의 개인 서재에 책을 공급하는 일도 중단했다. 남을 믿지 않는 성격으로 인해(아마도 분명한 증거에 의해 강화된 듯하다.) 술탄은 자신의 아내가 혁명 분자들과 공모한 게 아닌가라는 의심에 사로잡히기까지 했다. 하지만 그 유명한 결혼 계약 조항이 제대로 이행되지 않으면서 정권을 잡고 있는 이 왕조에 심각한 불화가 초래된 듯했다. 보초들이 왕비가 이제 막 읽기 시작한 새 소설, 정확하게는 베르트랑 반데르벨데의 소설을 손에서 빼앗자 그녀는 회오리 같은 분노에 휩싸여 술탄을 위협했다.

술탄 영토의 비밀 요원들이 에르메스 마라나가 그 소설을 왕비의 모국어로 번역하고 있다는 것을 알고 다양한 성격의 설득력 있는 주장으로 그에게 아랍으로 이주해 달라고 부탁한 건 바로 그때였다. 술탄의 왕비는 매일 밤 규칙적으로 약속된 양만큼의 소설을 받았는데 그것은 출판물이 아니라 번역자의 손에서 방금 나온 자필 원고였다. 설사 연속되는 단어나 원본 글자 속에 암호 메시지가 숨겨져 있다 해도 그 메시지는 더 이상 확인할 수가 없을 것이다…….

술탄은 번역해야 할 분량이 몇 페이지나 남았는지 물어보기 위해 제게 밀사를 보냈습니다. 제가 보니 그는 정치와 아내를 불신하며 의혹에 사로잡혀 있었고 무엇보다 소설이 끝나고 난 뒤 긴장 상황이 오는 것을 두려워하고 있었습니다. 다른 소설을 시작하기 전 왕비는 자신이 처한 상황으로 인해 다시 초조함에 빠질 것입니다. 술탄은, 음모자들이 도화선에 불을 붙이려고 왕비의 신호를 기다리고 있지만 그녀는 독서를 하는 동안은 자신을 방해하지 말라고, 심지어 왕궁이 폭발하고 있다 해도 방해하지 말라고 명령을 내렸다는 것을 알고 있습니다……. 제게도 나름대로 그 순간을 두려워할 만한 이유가 있습니다. 그건 궁정에서 누리는 특권을 모두 잃어버린다는 뜻이니까요…….

이 때문에 마라나는 동양의 전통적인 문학에서 영감을 얻은 전략을 술탄에게 제의하게 된다. 가장 흥미진진한 지점에서 번역을 중단한 뒤 다른 소설 번역을 시작하고, 먼저 번역하던 소설에 약간 조잡한 방편들을 끼워 넣자는 것이다. 예를 들어 첫 번째 소설의 등장인물이 책을 펼치고 소설을 읽기 시작하는 것 같은……. 두 번째 소설도 중단될 것이고 세 번째 소설이 그 자리를 차지할 것이며 세 번째 소설 역시 오래 진행되지 않아 중단이 되는, 그런 식이다…….

당신은 이런 편지들을 넘기면서 다양한 감정에 휩싸인다. 당신이 계속되리라고 예상했던 책은 제3자에 의해 다시 중단된다……. 당신에게 있어 에르메스 마라나는 독서라는 낙원에 독을 뿌리는 뱀 같은 존재다……. 세상의 모든 소설들을 이야기하는 인디오 예언자 대신에 사기꾼 번역자가 궁리해 낸, 중단된 채 소설의 시작 부분만 있는 함정 같은 소설이 있다……. 소설과 마찬가지로 혁명도 중단된다. 음모자들은 소득 없이 기다리며 그 유명한 공범자와 연락을 취해 보려 애쓰지만 소용이 없다. 시간은 아랍의 그 편평한 해안에서 무겁게 멈춰 있다……. 당신은 책을 읽고 있는 건가, 아니면 상상을 하는 건가? 편지 쓰기 환자의 이야기가 당신에게 그렇게 많은 영향을 끼친 건가? 당신도 산유국의 술탄 왕비를 상상하는가? 아랍 왕비에게 소설을 제공해 주는 남자의 운명을 질투하는가? 루드밀라하고라면 가능할 것이라고 생각했던 것처럼, 당신이 그가 되어 특별한 관계, 두 사람이 동시에 읽은 책을 통해 도달할 수 있는 내적인 리듬을 공유하는 그런 관계를 맺고 싶은가? 마라나의 편지로 살아난 얼굴 없는 여성 독자와 당신이 알고 있는 여성 독자의 모습을 일치시키지 않을 수 없다. 당신은 어느새 사람을 지치게 만드는 몬순 계절에, 종이 위로 머리카락이 흘러내려 파동이 치도록 내버려 둔 채 모기장 속에 옆으로 누워 있는 루드밀라를 보고 있다. 왕궁의 음모자들이 소리 없이 칼을 갈고 있다. 그녀는 독서의 흐름에 자신을 맡기고 있다. 독서가, 유상(油狀) 비튜멘[16] 층에 메마른 모래밖에 없는 이 세계, 그리고 국가를 위한다는 명분과 에너지의 원천을 분할하지 않으면 목숨이 위태로운 상황만

---

16 천연적으로 나는 탄화수소류 또는 그 비금속 유도체 등의 총칭. 원유나 아스팔트, 피치, 석탄 등을 말한다.

있는 이 세계에서 유일한 삶의 행위라도 되듯이…….

당신은 술탄 왕비의 가장 최근 소식을 찾아 편지 뭉치를 넘긴다……. 다른 여성 인물들이 나타났다 사라지는 것을 본다.

인도양의 한 섬 해변에서 한 여자가 "크고 검은 선글라스를 쓰고 호두 오일을 두껍게 바르고 데일 듯 뜨거운 햇살과 자기 사이에 뉴욕의 대중 잡지를 얇은 방패처럼 끼워 넣습니다." 그녀가 읽고 있는 잡지에는 실라스 플래너리의 신작 스릴러 시작 부분이 미리 게재되어 있다. 마라나는 그녀에게, 잡지에 첫 장을 게재한 것은 이 아일랜드 출신 작가가 위스키나 샴페인 브랜드, 자동차 모델, 관광지를 소설에 등장시키는 데 관련이 있는 회사들과 계약을 할 준비가 되었다는 신호라고 설명한다. "미리 받은 수많은 광고 수수료가 작가의 상상력을 자극한 것 같습니다." 여자는 실망한다. 그녀는 실라스 플래너리의 열렬한 팬이다. "난 첫 페이지부터 불편함을 전하는 그런 소설을 좋아해요……." 그녀가 말한다.

스위스 별장의 테라스에서 실라스 플래너리는 삼각대 위에 설치해 놓은 망원경으로 200미터 아래 계곡의 다른 테라스에서 긴 의자에 누워 독서에 빠져 있는 어떤 여인을 바라보고 있다. "저 여자는 매일 저기 있습니다." 작가가 말한다. "난 책상에 앉을 때마다 그녀를 지켜볼 필요를 느끼지요. 대체 뭘 읽고 있는지 알고 싶어서 말입니다. 그녀가 읽는 책이 내 책이 아니라는 것을 알았을 땐 정말 괴로웠습니다. 책들이 느낄 질투를 내가 대신 느낀 거지요. 내 책들도 그녀에게 읽히기를 바라거든요. 그녀를 지켜보는 건 아무리 해도 지치지가 않아요. 그녀는 다른 시간과 공간 속, 정지된 영역에 살고 있는 듯이 보입니다. 나는 책상에 앉습니다. 하지만 내가 창작한 이야기 중 어떤 것도 내가 전달하고 싶어 했던 것과 일치하지 않아요." 마라나가 그에게 작업을 하지 못하는 게 그 때문이냐고 묻는다. "아, 아닙니다. 나는 글을 쓰고 있어요." 플래너리가 대답했다. "그녀를 바로 보게 된 지금에야 글을 쓰게 된 겁니다. 나는 매일, 매시간 여기서 바라보는 저 여인의 독서를 따라갈 뿐입니다. 저는 그녀가 읽고 싶어 하는 글을 그 얼굴에서 읽어 냅니다. 그리고 그것에 충실하게 글을 쓰고……."

"지나치게 충실하지요." 마라나가 차갑게 그의 말을 가로막는다. "번역가로서, 그리고 베르트랑 반데르벨데 측 법정 대리인으로서, 그리고 그 여인이 읽고 있는 소설 『어둠이 짙어지는 아래를 내려다본다』의 저자로서 경고하는데 표절을 중단하십시오!" 플래너리의 얼굴이 창백해진다. 그의 머릿속에는 오로지 한 가지 걱정밖에 없는 듯하다. "그럼 선생은 저 여인이 저렇게 열정적으로 정신없이 읽고 있는 책들이 모두 반데르벨데의 책이라고 생각하는 겁니까? 받아들일 수가 없군요……."

아프리카 공항, 부채질을 하며 바닥에 널브러져 있거나 한밤에 기온이 급강하해서 여승무원들이 나눠 준 담요를 둘둘 말고 앉아 기다리는 납치된 인질들 틈에서 마라나는 한 젊은 여자의 태연함에 감탄한다. 그녀는 사람들과 따로 떨어져 긴치마 안에 감춘 다리를 독서대처럼 세운 채 두 팔로 감싸앉고 있다. 얼굴은 책 위로 쏟아져 내린 머리에 가려 보이지 않고 유연한 손놀림으로 책장을 넘기는데 중요한 문제는 모두 거기서, 다음 장에서 결정되기라도 할 듯하다. "억류가 장기화되고 모든 게 뒤죽박죽이 되어 우리 모두 외모와 태도가 엉망이 되어 가고 있는데, 이 여자는 무언가의 보호를 받으며 머나먼 달 속에 따로 떨어져 베일에 싸여 있는 듯해……." 바로 그때 마라나는 이런 생각을 한다. 이렇게 위험한 비행기 납치 작전을 감수할 만큼 가치가 있는 책은 내게서 빼앗아 간 그 원고가 아니라 지금 저 여자가 읽고 있는 책이라고 APO 해적들을 설득해야만 한다…….

　뉴욕, 검사실에서 여성 독자가 손목에 압력계와 청진기를 부착하고 의자에 가만히 앉아 있다. 그녀의 긴장 강도와 자극 빈도를 알려 주는 뇌전도 기계의 구불구불한 선들이, 풍성한 머리카락 밑의 관자놀이를 꽉 조이고 있다. "우리의 작업은 모두 이 확인 실험에 이용하고 있는 피험자의 감성에 달려 있습니다. 피험자는 대개가 시각과 신경이 튼튼한 사람이어서 일반 소설과, 컴퓨터가 제공해 주는 변형된 소설을 계속해서 읽을 수 있습니다. 만일 어떤 소설을 읽을 때 집중력이 일정한 수준을 유지한 채 떨어지지 않는다면 그 소설은 상품가치가 있는 것으로 평가받아 시장에 출시될 겁니다. 반면 집중력이 떨어지면서 변화가 많이 일어난다면, 그 조합 요소들을 해체해서 다른 콘텍스트에 재사용할 겁니다." 하얀 가운을 입은 남자가 마치 달력 한 장을 떼어 내듯이 뇌전도 기계의 선들을 차례로 떼어 낸다. "신뢰할 만한 소설이 더 이상 나오지 않는다는 게 큰 문제입니다. 프로그램이 개정되었거나 여성 독자가 제 기능을 하지 않는 겁니다." 그 남자가 말한다. 나는 눈가리개와 얼굴 가리개 사이로 드러난 섬세한 얼굴, 귀마개에 턱을 움직이지 못하도록 끈을 목에 달고 있어서 무표정한 그 얼굴을 본다. 그녀의 운명은 어떻게 될까?

당신은 마라나가 무심하게 던진 이 질문에 대하여 어떤 대답도 찾을 수 없다. 당신은 숨을 죽이며 이 편지 저 편지를 통해 여성 독자의 변신을 좇았다. 그 여성 독자가 늘 같은 사람이라는 듯……. 하지만 여성 독자가 여러 명이라 해도 당신은 그들 모두를 루드밀라로 생각한다……. 혹시 그녀는, 우리가 소설에게 요구할 수 있는 건 깊이 묻혀 있는 고통을 일깨워 주는 것뿐이라고 주장하는 게 아닐까? 그것이 어떻게 해도 벗어날 수 없는 조립 라인의 생산품으로 전락한 운명에서 책을 구할 수 있는 마지막 진리의 조건이란 듯이. 이미 당신은 적도의 태양 아래에서 나체로 있는 그녀의 모습을 베일에 가려진 술탄 후궁의 모습보다 훨씬 신뢰한다. 하지만 그녀가 바로, 시멘트 회사의 불도저에게 길을 열어 주기 위한 초유럽적 혁명의 현장 한가운데를 깊은 생각에 빠져 가로지르는 마타 하리일 수도 있다……. 이러한 이미지를 떨쳐 버리고 알프스의 맑은 공기를 뚫고 당신을 찾아오는, 긴 의자에 누워 있는 그 여인의 이미지를 받아들여라. 자, 이제 당신은 여기서 모든 것을 중단하고 출판사를 떠나, 독서를 하는 여인을 망원경으로 바라보기 위해서, 또는 위기에 빠진 작가의 일기 속에서 그 여자의 흔적을 찾아내기 위해서 플래너리의 은신처를 추적할 준비가 되어 있다……. (혹은 또 다른 제목이거나 다른 작가의 이름이 적혀 있더라도, 『어둠이 짙어지는 아래를 내려다본다』를 계속 읽을 수 있을지도 모른다는 생각이 당신을 유혹하는 건 아닐까?) 하지만 이제 마라나는 점점 더 괴로운 소식들을 전한다. 비행기 납치범의 인질이 된 여성 독자도 있고 맨해튼 슬럼가에 갇혀 있는 여성 독자도 있다……. 고문 도구에 묶여 있는 맨해튼의 여성 독자는 어떻게 되었을까? 그녀는 자신의 자연적인 상태, 독서하는 행위를 고문에 맡긴 것일까? 어떤 숨겨진 계획 때문에 이런 등장인물들의 길이 계속 엇갈리는 것일까? 그녀, 마라나, 원고를 훔쳐 간 정체불명의 비밀 단체는?

마라나의 편지들에 흩어진 단서를 통해 추측해 보건대, 설립자인 에르메스 마라나의 통제를 벗어난 '위작의 힘 협회'는 내부 갈등으로 인해 두 개의 파벌로 나뉘었다. 하나는 '빛의 날개'를 따르는 계몽된 추종자 그룹이고, 다른 하나는 '어둠의 날개'를 따르는 무정부주의적 추종자 그룹이다. '빛의 날개' 파는 전 세계에 퍼져 있는 위작들 속에서 어쩌면 초인적인 혹은 초지구적인 진리를 담고 있을지도 모를 소수의 책들을 찾아낼 수 있다고 확신한다. '어둠의 날개' 파는 위조, 신비화, 국제적인 속임수가 책 속에서 완전한 가치, 그리고 지배적인 거짓 진리에 오염되지 않은 진리를 나타낼 수 있다고 주장한다.

저는 혼자 승강기를 탔다고 생각했습니다.

마라나가 다시 뉴욕에서 이렇게 쓴다.

하지만 내 옆에서 한 인물이 형체를 드러냈습니다. 머리가, 잎이 무성한 큰 나무 같은 한 젊은이가 구석에 쭈그리고 앉아 있었는데 캔버스 천으로 된 초라한 옷을 입고 있었습니다. 승강기에는 접이식 철문이 달려 있어 승강기라기보다 새장처럼 보였습니다. 층을 올라갈 때마다 황량한 건물의 모습이 드러났습니다. 가구가 사라지고 난 뒤 그 자국이 남아 있는 벽이며 파헤쳐진 배관들이며, 아무도 없는 복도와 곰팡이 핀 천장들이 말입니다. 젊은이는 긴 손목의 붉은 손을 움직여 두 개 층 사이에서 승강기를 세웠습니다.

"원고 내놔. 당신에게 그 원고를 가져오게 한 건 바로 우리야, 다른 사람이 아니라고. 당신은 반대로 생각하고 있겠지만. 이 책의 작가가 수없이 많은 위작을 썼지만 이건 진짜 책이야. 그러니 우리가 갖는 게 당연해."

청년은 유도 동작으로 나를 바닥에 내팽개치고 원고를 움켜쥐었습니다. 나는 그 순간 그 광적인 청년이 실라스 플래너리의 흔한 스릴러가 아니라 정신적 위기에 빠진 작가의 일기를 손에 넣었다고 생각한다는 걸 알아차렸습니다. 비밀 조직들은 진짜든 가짜든, 그들의 기대와 일치되는 새로운 책은 무엇이든 손에 넣으려고 하니 얼마나 놀라운 일인지요. 플래너리의 위기가 '위작의 힘 협회'에서 갈라진 두 적대 그룹을 동요하게 만든 것입니다. 두 그룹은 서로 상반된 희망을 품고 스위스 별장 근처의 계곡에 자신의 첩자들을 풀었던 겁니다. '어둠'의 첩자들은 이 시리즈물 소설의 날조자가 더 이상 자신의 속임수를 신뢰할 수 없게 되었다는 것을 알고서 다음 소설에서는 값싸고 상대적인 악의가 아니라 본질적이고도 완전한 악의를 획기적으로 다룰 것이라 믿었습니다. 지식으로서의 악의를 다룬 걸작, 그러니까 그들이 오래전부터 찾던 바로 그 책인 것입니다. '빛'의 첩자들은 반대로 거짓말 전문가의 그런 위기로부터 진리에 대한 대변동이 탄생할 수밖에 없다고 생각했습니다. 그래서 작가가 일기에서 많은 말을 했을 거라고 생각했습니다……. 플래너리에게서 나온 소문을 종합해 보면 두 그룹 모두 제가 훔쳤던 중요한 원고가 바로 자신들이 찾고 있던 것이라고 생각한 겁니다. 그래서 저를 추적했고 '어둠의 날개' 파는 비행기 납치 사건을 일으켰고 '빛의 날개' 파는 승강기에 이 청년을 보낸 겁니다…….

나무 같은 젊은이는 점퍼에 원고를 숨긴 뒤 승강기 밖으로 재빨리 나갔습니다. 내 면전에서 접이식 철문을 닫고 마지막으로 다시 한번 위협을 한 뒤 승강기가 밑으로 떨어지도록 버튼을 눌렀습니다. "너와의 게임은 아직 끝나지 않았다, 위작 대리인! 위조자들의 기계에 묶여 있는 우리 누이를 풀어 줘야 한다!" 밑으로 서서히 내려가면서 내가 웃었습니다. "기계 같은 건 없다, 이봐! 책을 불러 주는 건 '이야기의 아버지'야!"

그가 승강기를 다시 올라오게 했습니다. "'이야기의 아버지'라고 했나?"

그의 얼굴이 하얗게 질렸습니다. 여러 해 전부터 이 '빛'파의 추종자들은 눈먼 노인을 찾아, 이 노인에 대한 전설이 수없이 변형되어 전해져 내려오는 대륙이란 대륙은 다 뒤지고 다녔던 겁니다.

"그렇다! '빛의 대천사'에게 가서 말하라! 내가 '이야기의 아버지'를 찾았다고! 내 손에 있고 나를 위해 일한다고! 전자 기계가 아니라고!" 이번에는 제가 내려가는 승강기 버튼을 눌렀습니다.

이 순간 당신의 마음속에서는 세 가지 욕망이 충돌한다. 우선 바로 떠나서 대양을 가로질러 천문 남십자자성 아래까지 대륙을 탐험하고 싶다. 그래서 에르메스 마라나의 최근 은신처를 찾아내서 진실을 알아내거나, 적어도 그로부터 중단된 소설의 뒷부분을 얻고 싶다. 그와 동시에 당신은 카베다냐에게 곧 가짜(혹시 진짜?) 플래너리가 쓴 『그물망처럼 연결되는 선들 속에』를 보여 줄 수 있는지 물어보고 싶다. 어쩌면 이 소설은 진짜(혹시 가짜) 반데르벨데의『어둠이 짙어지는 아래를 내려다본다』와 같은 작품일 수도 있다. 그리고 또 루드밀라와 만나기로 약속한 카페로 한시라도 빨리 달려가서 혼란스러운 조사 결과를 이야기해 주고 그녀와, 과대망상증 번역가가 세계를 돌아다니는 동안 만났던 여성 독자 사이에 어떤 공통점도 없다는 것을 확신하고 싶다.

그물망처럼 연결되는 선들 속에

　이 책이 전해야 할 첫 번째 감각은 내가 전화벨 소리를 들을 때 느끼는 기분이다. '전해야 할'이라고 쓴 것은 글로 쓰인 말들이 부분적으로라도 그것을 잘 표현할 수 있을지 의심스럽기 때문이다. 나의 반응이 거부의 반응, 이런 도전적이고 위협적인 부름으로부터의 도주의 반응이라는 점을 밝히는 것으로는 충분치 않을 터이다. 그것은 절박함과 참을 수 없음과 강요의 느낌으로, 내게 고통과 불편함을 주게 될 게 분명한데도 그 소리의 명령에 복종해서 달려가 전화를 받게 만든다. 이러한 정신 상태를 묘사하려 애쓰기보다는 비유를 사용하는 게, 가령 옆구리에 화살이 박혀 살이 찢어지는 것처럼 고통스럽다고 말하는 게 더 낫다고는 생각하지 않는다. 화살에 맞았을 때의 느낌이 어떨지(외부의 낯선 공간에서 우리에게 도달한 무엇인가 앞에서 보호받지 못하고 무방비 상태에 있다는 느낌) 아무리 상상이 가능하다 하더라도, 상상의 느낌을 이용해서 그 느낌을 우리에게 익숙한 느낌으로 전할 수 있다고는 생각하지 않기 때문이다. 오히려 변조가 없는, 위압적이리 만치 냉혹한 화살은 내가 볼 수 없는 어떤 사람, 그가 뭐라고 말하기 전에 내가 이미 그가 할 말이 아니라 그가 말하면서 내 마음에 일으킬 반응을 예측할 수 있는 사람의 목소리가 가질 수 있는 모든 의도, 암시, 망설임을 배제한다. 주변에는 전화를 포함해서 무기력한 물건들뿐이니, 내가 완전히 차지하고 있는 공간, 내면의 시간 속에 고립되어 있는 나 이외에 다른 어떤 것도 포함하고 있지 않은 듯한 공간에 의미를 부여하면서 책을 시작하는 것이 이상적이리라. 그러다가 전화벨이 울려 시간의 연속성이 끊어지고 그 소리가 공간을 차지하게 되면 그 공간은 더 이상 이전의 공간이 아니며, 나를 부르는 이 사물의 의지에 끌려다니는 나 역시 이전의 내가 아니다. 책은 이 모든 것을 단 하나로 즉시 전달하는 게 아니라 공간과 시간과 의지의 연속성을 깨뜨리는 이 벨 소리들을 시간과 공간 속에 무수히 분산시켜야 할 것이다.

상황을 내 집과 같은 제한된 공간으로 설정하는 건 실수일 수도 있다. 내가 전하고 싶은 것은 벨소리를 내는 수많은 전화와 관련된 나의 상황이다. 어쩌면 내게 오는 전화가 아닐 수도 있고 나와 전혀 관련이 없을 수도 있지만, 내가 모든 전화로부터 불림을 당할 수 있다는 사실 혹은 적어도 그 가능성만으로도 그 수많은 전화들은 하나의 전화라고 부를 수 있다. 예를 들어 옆집에서 전화벨이 울리면 나는 잠시, 혹시 이게 우리 집에서 나는 소리가 아닌지 의심하게 된다. 곧 근거 없는 의심이라는 게 밝혀지지만 그래도 그 전화가 사실은 바로 내게 오는 것이었는데 번호를 잘못 눌렀거나 전화선이 혼선돼서 옆집으로 간 것일 수도 있기 때문에 후유증이 계속 남는다. 게다가 그 집에 아무도 없어 전화벨이 계속 울리기 때문에 나는 늘 빠지곤 하는 비이성의 논리에 갇혀 이런 생각을 하게 된다. 어쩌면 진짜 나한테 오는 전화인지도 몰라. 어쩌면 옆집 사람이 집에 있으면서 전화를 안 받는 것일 수도 있어. 전화를 건 사람도 번호가 틀렸다는 걸 알면서 날 이런 상황에 빠뜨리려고 일부러 저러는 거야. 전화를 받을 수 없지만 전화를 받아야 한다는 걸 알고 있다는 것을 알고서 말이야.

집을 나서자마자 울려 나를 불안하게 만드는 벨 소리도 있다. 내게 오는 전화일 수도 있고 옆집에 오는 전화일 수도 있는 그 전화는 헐레벌떡 계단을 뛰어 올라가면 조용해져서 누구에게 온 전화인지 알 수 없게 된다.

길을 걷다가 낯선 집에서 울리는 전화벨 소리를 듣기도 한다. 낯선 도시, 내 존재를 아는 사람이 아무도 없는 그곳, 심지어 그때도 나는 전화벨 소리를 듣는다. 그때마다 제일 먼저 떠오르는 건 저게 내게 오는 전화일 수도 있다는 생각이다. 그러다 그다음 순간이면 지금은 모든 전화로부터 배제되어 있고 내게는 전화가 올 수 없으므로 안전하다는 것을 깨닫고 안도감을 느낀다. 그러나 이러한 안도감은 불과 몇 초밖에 지속되지 않는다. 잠시 후 지금 울리고 있는 저 낯선 전화가 아니라 수백 수천만 킬로미터 떨어져 있는 내 집에서 지금 바로 이 순간 텅 빈 방에 끝없이 전화벨이 울릴 거라는 생각에 나는 다시 전화를 받아야 할 필요성과 불가능성 사이에서 괴로워한다.

매일 아침 수업을 하기 전에 나는 트레이닝복을 입고 한 시간 동안 조깅을 한다. 운동의 필요성을 느껴서이기도 하고, 의사들에게서 비만의 압박을 물리치라는 명령을 받아서이기도 하며, 긴장을 좀 풀기 위해서이기도 하다. 이런 곳에서 하루를 보낼 때는 캠퍼스나 도서관, 혹은 동료의 강의를 들으러 가거나, 대학 카페테리아가 아니면 달리 갈 곳이 없다. 그래서 유일하게 할 수 있는 일은 언덕 위의 단풍나무와 버드나무 사이를 구석구석 달리는 것이다. 많은 학생들, 그리고 많은 동료들이 그러듯이 말이다. 우리는 나뭇잎들이 구르는 오솔길에서 마주친다. 그러면 가끔 "잘 지내나!"라고 말하기도 하고 또 어떨 때는 호흡을 아끼기 위해서 아무 말도 하지 않는다. 이것 역시 다른 스포츠와 비교해 조깅이 가지는 장점이다. 각자 자기가 원하는 대로 갈 수 있고 다른 사람들의 말에 대답할 필요가 없다.

언덕에는 건물들이 잔뜩 서 있다. 그래서 나는 정원이 딸린 2층 짜리 목조 주택들, 완전히 다르면서도 또 완전히 비슷한 그 집들 옆으로 달려간다. 그럴 때마다 전화벨 소리가 들린다. 그러면 신경질이 나서 본의 아니게 달리는 속도를 늦추게 된다. 누군가 전화를 받는지 들어 보려고 귀를 기울인다. 그리고 전화벨이 계속 울리면 초조함에 빠진다. 계속 달리다가 전화벨이 울리는 다른 집 앞을 지나며 이렇게 생각한다. '전화벨이 나를 뒤쫓고 있어. 누군가 나를 찾아내려고 거리 주소록에서 체스트넛 레인이라는 이름의 번호를 모두 찾아서 일일이 전화를 걸고 있는 거야.'

이따금, 나무 둥지 위로 다람쥐가 달리고 까치들이 나무 그릇에 준비해 둔 곡식 알갱이를 쪼아 먹으러 내려오는 고요하고 한적한 집들이 나타나기도 한다. 달리면서 나는 막연한 불안감을 느낀다. 그리고 내 귀가 전화벨 소리를 미처 포착하기도 전에 머리로는 전화벨이 울릴 가능성을 기록하고 거의 불러내어 갈망하기까지 한다. 그러다 보면 어느새 어떤 집에서 처음에는 약하게 그러다가 점점 더 또렷하게 벨 소리가 들려온다. 어쩌면 이미 오래전부터, 나의 청력이 감지하기 전부터 그 떨림은 내 안의 안테나에 포착되어 있었는지도 모른다. 내가 터무니없는 불안감에 빠지는 건 바로 그 순간이다. 나는, 중앙에 전화가 놓인 둥근 원에 갇혀 거기서 멀어지지도 못한 채 달리고 있고 보폭을 줄이지도 못한 채 지체하고 있다.

'지금까지 아무도 전화를 받지 않았다면 이건 집에 아무도 없다는 표시야……. 그런데 대체 무엇 때문에 계속 전화를 하는 걸까? 뭘 바라는 걸까? 어쩌면 집에 귀가 안 들리는 사람이 살고 있을지도 몰라. 그렇다면 그들이 계속 고집스레 전화를 거는 건 그 사람이 듣기를 바라서일까? 혹시 전신이 마비된 사람이 살고 있을지도 몰라. 그 사람이 전화기까지 몸을 끌고 갈 수 있도록 아주 오랜 시간을 기다려 주는 걸 거야. 어쩌면 저 집에 사는 여자가 자살을 하려 하고 있을 수도 있어. 그럴 경우, 계속 전화를 해서 극단적인 행동을 자제시킬 수 있지…….'

내가 귀먹은 이에게, 몸이 마비된 이에게, 자살하려는 이에게 힘이 되거나, 한 손을 내밀어 도움을 주어야 한다고 생각한다……. 그와 동시에 마음속으로는 그런 행동을 통해서 그 전화가 혹시라도 내게 걸려오는 전화가 아니라는 걸 확신할 수 있다는 터무니없는 논리를 전개한다…….

달리기를 멈추지 않고 대문을 밀고 정원 안으로 들어가 집을 한 바퀴 돈다. 뒤뜰을 살펴보고 차고와 공구 창고, 개 집 뒤를 돌아본다. 모두 텅 비어 황량하다. 뒤뜰 쪽으로 열린 창문으로 어질러진 방이 보인다. 테이블에 놓인 전화기는 계속 울리고 있다. 덧창이 쾅 닫힌다. 창틀에는 찢어진 커튼 조각이 끼어 있다.

나는 벌써 집을 세 바퀴나 돌았다. 내가 이 집에 도둑질하러 침입한 게 아니라는 걸 분명히 하려고 계속 조깅 자세로, 팔꿈치와 뒤꿈치를 들고 리듬에 맞춰 호흡을 하면서 달리기를 계속한다. 그 순간 사람들에게 발각된다면 전화벨 소리가 들려 집에 들어왔다고 설명할 수도 없어 아주 난처해질 것이다. 개가 짖었다. 이 집 개가 아니고 다른 집 개라 보이지 않는다. 하지만 지금 이 순간 내 마음속에서는 '개가 짖는다.'는 신호가 '전화벨이 울린다.'는 신호보다 훨씬 더 강렬하다. 그리고 이것만으로도 충분히 나를 가두고 있던 원에 틈을 낼 수 있다. 나는 점점 더 잦아드는 전화벨 소리를 뒤로하고 다시 거리의 가로수 사이를 달리기 시작한다.

집이 없는 곳까지 달린다. 들판에서 숨을 고르기 위해 걸음을 멈춘다. 무릎을 구부리기도 하고 팔굽혀펴기도 하고 다리가 차가워지지 않게 다리 근육을 마사지하기도 한다. 시간을 본다. 늦었다. 학생들을 기다리게 하지 않으려면 돌아가야 한다. 수업을 해야 할 시간에 숲을 달리고 있다는 소문이 돌기 딱 좋다……. 나는 다른 것엔 일절 신경을 쓰지 않고 왔던 길로 달려간다. 이런 식이면 아까 그 집도 알아보지 못하고 지나칠 것이다. 게다가 그 집은 외양까지 다른 집들과 완전히 똑같았다. 아직도 전화벨이 울리고 있다면 그것이야말로 유일하게 그 집을 구별할 수 있는 방법이다. 있을 수 없는 일이다…….

언덕길을 달려 내려가며 머릿속으로 이런 생각들을 곱씹는데 전화벨 소리가 자꾸 다시 들리는 듯하더니 점점 더 선명하고 또렷해지는 것 같았다. 바로 그때 다시 집들이 시야에 들어오고 그 집에서는 여전히 전화벨 소리가 들린다. 정원으로 들어가 뒤뜰로 가서 창문 쪽으로 달려간다. 손만 뻗으면 수화기를 집어 들 수 있다. 내가 숨을 헐떡이며 말한다. "이 집에는 아무도 없습니다……." 수화기 너머에서 약간 화가 난 듯한 목소리가 말한다. 그러나 약간 그럴 뿐이다. 그 목소리가 너무나 냉담하고 차분해서 더욱 놀랍다.

"잘 들어요. 마저리는 여기 있어요. 잠시 후 잠에서 깰 거예요. 그렇지만 묶여 있어서 도망갈 수는 없어요. 주소를 잘 기억해요. 힐사이드 드라이브 115번지예요. 당신이 마저리를 데리러 오는 게 좋을 거요. 그렇지 않으면 지하실에 휘발유 통이 있고 플라스틱 폭약에 타이머가 연결되어 있어서 삼십 분 후면 불바다가 될 거요."

"그렇지만 나는……." 내가 말을 해 보려 한다.

그들은 벌써 전화를 끊어 버렸다.

이제 어떻게 해야 하지? 물론 이 전화로 당장 경찰서와 소방서에 전화를 걸 수도 있다. 하지만 이 사실을 어떻게 설명할 수 있으며 내가, 간단히 말해, 아무 상관도 없는 내가 어떻게 연관되었는지를 어떻게 변명한단 말인가? 나는 다시 달리기 시작한다. 집을 다시 한 바퀴 돈 뒤 길로 나간다.

마저리라는 여자에게는 미안하지만 그런 곤경에 처해 있다면 아마 뭔지 모를 사건에 연루되어 있을 것이다. 내가 그녀를 구하려고 나선다면 모두들 내가 그녀를 잘 안다고 생각할 것이고 엄청난 물의가 빚어질 것이다. 나는 다른 대학의 교수로서, 지금은 교환 교수로 이곳에 초빙을 와 있으니 두 대학의 명예가 걸린 문제일 터이다…….

물론 목숨이 경각에 달린 사람이 있으니 이런 문제들쯤 부차적인 것으로 넘기는 게 맞을 것이다……. 달리는 속도를 늦춘다. 아무집에나 들어가서 경찰에 전화를 걸게 해 달라고 부탁해 볼 수도 있다. 제일 먼저 경찰에 나는 이 마저리라는 여자를 모르며 마저리라는 이름의 여자는 한 명도 모른다고 분명히 말하리라…….

그런데 솔직히 말하자면 여기 대학에 마저리라는 이름의 여학생, 그러니까 마저리 스텁스가 있긴 하다. 내 수업을 듣는 학생 중에서 나는 곧 그녀를 눈여겨보았다. 말하자면 내가 아주 좋아했던 여자였다. 안타깝게도 책을 빌려 주기 위해 우리 집으로 그녀를 초대했을 때 당황스러운 상황이 벌어졌다. 그녀를 초대한 게 실수였다. 수업 초반이어서 아직 이곳 학생들의 유형을 파악하지 못한 게 문제였다. 그녀가 내 관심을 오해했을 수도 있다. 오해가 빚어졌다. 불쾌한 오해로, 아직도 그 오해를 풀기가 아주 어렵다. 그녀가 나를 빈정거리며 쳐다보고 있고 나는 그녀에게 말을 걸 때마다 말을 더듬은 데다가 다른 여학생들도 빈정거리듯 웃으며 나를 보고 있기 때문이다…….

그렇다. 바로 지금 나는 마저리라는 이름으로 되살아난 이런 불편한 기분이 목숨이 위태로운 다른 마저리를 도와주기 위해 개입하는 걸 방해하길 바라지 않는다……. 동일한 마저리가 아니라면 말이다……. 그 전화가 바로 나에게 걸려온 전화가 아니라면……. 강력한 갱단이 나를 주시하고 있는 것이다. 그들은 매일 아침 내가 그 길로 조깅한다는 것을 알고 있다. 어쩌면 언덕 위의 관측소에서 망원경으로 내 움직임을 주시하다가 내가 그 빈집에 다가가자 전화를 걸었는지도 모른다. 그들은 바로 내게 전화를 한 것이다. 그날 우리 집에서 내가 마저리에게 좋지 않은 인상을 남겼다는 것을 알고 나를 협박해서…….

나도 모르는 사이에 대학 입구에 거의 다 온 나는 여전히 트레이닝에 운동화 차림으로 달리고 있었다. 집에 들러 옷을 갈아입지도 책을 가져오지도 않은 것이다. 이제 어떻게 한다지? 계속 캠퍼스를 달린다. 삼삼오오 잔디밭을 가로지르는 여학생들을 만난다. 벌써 내 수업을 들으러 가는 학생들이다. 그녀들이 참기 힘든, 그 빈정거리는 미소를 지으며 나를 바라본다.

달리기를 멈추지 않은 채 로르나 클리퍼드를 세워 묻는다. "스텁스 학교에 왔나?"

클리퍼드가 눈을 깜빡인다. "마저리요? 이틀 전부터 안 보이는데요……. 왜 그러세요?"

나는 이미 그 자리를 떠나 달리고 있다. 캠퍼스에서 나온다. 그로스브너 애비뉴, 시더 스트리트, 그리고 메이플 로드로 접어든다. 완전히 숨도 쉴 수 없을 정도다. 발밑에 땅이 있는 것도 가슴에 폐가 있는 것도 느껴지지 않는다. 무조건 달릴 뿐이다. 드디어 힐사이드 드라이브이다. 11번지, 15번지, 27번지, 51번지. 번지수가 10번지씩 건너뛰며 빠르게 바뀌는 게 그나마 다행이다. 115번지이다. 문은 열려 있다. 나는 계단을 올라가서 어둑어둑한 방 안으로 들어갔다. 마저리가 입에 재갈이 물린 채 소파에 묶여 있다. 그녀를 풀어 준다. 그녀가 구토를 한다. 경멸의 눈으로 나를 본다.

"개새끼." 그녀가 내게 말한다.

7

당신은 카페에 앉아 카베다냐가 빌려 준 실라스 플래너리의 소설을 읽으며 루드밀라를 기다린다. 당신의 머릿속엔 두 가지 기다림이 존재한다. 하나는 독서를 통한 내적인 기다림이고, 다른 하나는 약속 시간에 늦는 루드밀라에 대한 기다림이다. 당신은 루드밀라에 대한 기다림을 책 속으로 옮겨 보려 애쓰며, 마치 그 페이지에서 당신을 만나러 오는 그녀의 모습을 찾아내겠다는 듯 독서에 집중한다. 하지만 당신은 더 이상 읽을 수가 없다. 소설은 당신 눈앞의 페이지에서 멈춰 있다. 루드밀라가 와야만 사건의 고리가 작동을 다시 시작한다는 듯.

종업원이 당신의 이름을 반복해서 부르며 테이블 사이를 오간다. 일어나라. 당신에게 전화가 왔다. 루드밀라일까? 그녀다. "나중에 설명할게. 지금은 갈 수 없어."

"내 말 좀 들어 봐. 나한테 책이 있어! 아니, 그 책이 아니야. 지금까지 읽은 책 중 하나가 아니야. 새 책이야. 들어 봐……." 설마 전화로 책 이야기를 하고 싶은 건 아니겠지? 잠깐 그녀 이야기를 들어 보라. 당신에게 무슨 말을 하고 싶은지.

"당신이 와." 루드밀라가 말한다. "그래, 우리 집에. 지금은 집이 아니는데 나도 늦지는 않을 거야. 먼저 도착하면 들어가서 기다리면 돼. 열쇠는 문 앞 발 매트 밑에 있거든."

무심하고 단순한 삶의 방식, 발 매트 밑에 있는 열쇠, 이웃에 대한 신뢰, 물론 훔쳐 갈 물건도 별로 없을 것이다. 당신은 그녀가 알려 준 주소로 달려간다. 초인종을 눌러 보지만 답이 없다. 그녀가 말한 대로 그녀는 집에 없다. 당신은 열쇠를 찾는다. 덧창을 내려놓아 어둑어둑한 집 안으로 들어간다.

혼자 사는 여자의 집, 루드밀라의 집이다. 그녀는 혼자 산다. 당신이 제일 먼저 확인하고 싶었던 게 바로 이것인가? 혹시 남자가 사는 흔적이 있는지? 아니면 가능한 한 그것을 알려 하지 않고, 아무것도 모르는 채, 의심의 상태로 머물고 싶은가? 물론 무언가가 주위에 대한 호기심을 억누르게 만든다.(당신은 덧창을 살짝 올려 본다. 아주 살짝.) 어쩌면 그 무언가는 이런 기회를 이용해 탐정처럼 구석구석을 뒤지는 건 그녀가 보여 준 신뢰에 어울리지 않는다는 신중함일 수 있다. 아니면 혼자 사는 여자의 작은 아파트가 어떤 모양인지 이미 기억 속에 저장되어 있기 때문에, 주위를 둘러보지 않아도 벌써 그 안에 들어 있는 물품 목록을 작성할 수 있다는 생각일 수도 있다. 우리는 균일화된 문화 속에서, 분명하게 정의된 문화적 모델 안에서 살아간다. 가구, 장식품, 이불, 레코드플레이어는 주어진 가능 범위 내에서 선택한다. 이것들이 그녀가 진짜 어떤 사람인지를 당신에게 알려 줄 수 있을까?

여성 독자, 당신은 어떤 사람인가? 이제 2인칭으로 당신이라는

남성 독자, 어쩌면 위선적인 나의 형제나 대역일 수도 있는 당신에게
만 말을 하는 게 아니라 2장에서 3인칭으로 등장했던 여성 독자인
당신에게 말을 할 차례가 되었다. 사실은 3인칭 인물이 꼭 필요했다.
소설은 소설이니, 남성 2인칭 인물과 여성 3인칭 인물 사이에 무슨 일
인가가 일어나고 구체화되어 발전되거나 악화되게 만들기 위해서이
다. 인간적인 사건들이 펼쳐지는 단계를 따르면서. 아니 좀 더 정확히
말하면 우리가 인간적인 사건들을 경험할 때의 정신적 모델을 따르
면서. 더 정확히 말하면 인간적인 사건들이 생생해지도록 의미를 부
여하는 정신적 모델을 따르면서 말이다.

지금까지 이 책은 책 속의 남성 독자와 자신을 동일시할 수 있는
독자에게 주로 열려 있었다. 이 때문에 3인칭과, 등장인물과 자동적
으로 동일시할 수 있는 이름이 부여되지 않았다.(반면 여성 독자인 당
신에게는 3인칭으로 루드밀라라는 이름을 붙여 주었다.) 그리고 모든 속
성과 행위를 표현하기에 적절한 추상적 상태의 대명사를 계속 유지
했다. 여성 독자인 당신에 대해서 책이, 사방에서 당신을 조이려고 하
는 그 틀에서 출발하여 진정한 초상화를 그리고 당신의 윤곽을 확정
할 수 있을지 한 번 보도록 하자.

당신이 제일 처음 서점에서 남성 독자에게 나타났을 때 당신은
서가가 있는 벽에서 떨어지면서 구체적으로 모습을 드러냈다. 마치
그 많은 양의 책이 여성 독자의 존재를 꼭 필요로 한다는 듯. 집은 독
서를 하는 장소이기 때문에 책이 당신의 삶에서 어떤 자리를 차지
하는지를 우리에게 말해 줄 것이다. 밖의 세계를 멀리하기 위해 당
신 앞에 갖다 놓은 방어물인지, 마약처럼 깊이 빠지는 꿈인지, 아니
면 당신이 밖을 향해, 당신이 책을 통해 증식시키고 그 차원을 확장

시키고 싶을 정도로 큰 관심을 가지고 있는 세상을 향해 던진 다리인지 말이다. 이것을 파악하기 위해 남성 독자는 제일 먼저 부엌으로 가 본다.

부엌은 당신에 대해 많은 것들을 말해 주는 집의 한 부분이다. 당신이 음식을 만드는지 아닌지(매일은 아니지만 상당히 규칙적으로 음식을 할 것이다.) 당신만을 위해서 요리를 하는지 아니면 다른 사람을 위해서도 하는지(당신만을 위해 하면서도 때로는 다른 사람들을 위해서 하듯 정성스럽게 한다. 그리고 다른 사람들을 위해서 요리를 하지만 가끔은 마치 당신만을 위해서 하듯 무심하게 하기도 한다.) 최소한의 요리만 해 먹는지 잘 차려 먹는지(당신이 장 본 물건들과 장비들을 보면 정성 들인 독특한 요리법이 떠오른다. 최소한 그런 요리를 할 의도는 가지고 있었을 것이다. 식탐이 있어서가 아니라 계란 프라이 두 개로 저녁을 때우려고 생각하면 슬퍼지기 때문이다.) 가스레인지 앞에 서야만 하는 게 괴로운 일인지 기쁜 일인지(아주 작은 부엌은 너무 오래 그곳에 머물려 하지는 않지만 또 마지못해 그곳에 있지 않으려고 애쓰며, 편리하게, 너무 힘들이지 않고 움직일 수 있도록 조리 도구가 갖춰지고 배치되어 있다.)를 말해 줄 수 있다. 가전 도구들은 제자리에 놓여 있는데, 특별히 존경을 표하지는 않는다 해도 그 장점을 결코 잊을 수 없는 유용한 존재들이다. 주방 도구 중에는 약간 미적인 면을 중시한 물건들이 눈에 띄지만(하나면 충분할, 크기가 점점 작아지는 반달 모양의 큰 칼 두 개) 일반적으로 장식적인 요소들은 아름다움보다는 실용적인 면에 중점을 둔 편이다. 우리에게 당신에 대해 말해 주는 비품들도 있다. 여러 종류의 허브들이 있는데 어떤 것은 현재 사용 중인 듯하고 다른 허브들은 컬렉션을 완성하기 위해 자리하고 있다. 겨자 역시 마찬가지다. 그렇지만 무엇보다 손이 닿는 곳에 여러 줄로 걸려 있는 마늘이 당신이 음식을 건성으로 혹은 대충 취급하고 있지 않음을 보여 준다. 냉장고를 잠깐 살펴보아도 귀중한 자료들을 더 얻을 수 있다. 달걀을 넣어 두는 칸에는 달걀이 딱 하나 있다. 레몬이 반 조각밖에 없는데 그마저도 반은 말라 있다. 간단히 말해 기본적인 물품 공급을 약간 소홀히 하고 있는 게 눈에 띈다. 대신 밤 퓌레, 검은 올리브, 작은 병에 든 우엉인지 고추냉이인지가 있다. 장을 볼 때 집에 뭐가 없는지를 생각하기보다 눈앞에 진열되어 있는 물건의 유혹에 굴복하는 게 분명하다.

그러니까 부엌을 통해 유추할 수 있는 당신의 이미지는 외향적이고 총명하고 관능적이고 질서 정연한 여성, 실용적인 감각을 상상에 이용하는 여성의 이미지이다. 누군가는 당신의 부엌만 보고도 당신을 사랑할 수 있지 않을까? 알 수 없는 일이다. 어쩌면 남성 독자가 그럴지도 모른다. 그는 벌써 호의를 느끼고 있다.

당신의 열쇠를 손에 넣은 남성 독자가 계속 집 안 여기저기를 살펴본다. 주위에는 당신이 쌓아 놓은 수많은 물건이 있다. 부채, 엽서, 향수병, 벽에 걸린 목걸이들이다. 그런데 가까이에서 보니 모두가 생각지도 않게 특별하다. 당신과 물건의 관계는 친밀하고 까다롭다. 당신 것으로 느껴지는 물건만이 당신의 물건으로 자리한 것이다. 사물과 물질적인 관계를 맺고 있지만 지적이거나, 그것을 보고 만지는 행위로 대체되는 정서적인 생각과 관련이 있는 것은 아니다. 당신의 것으로 구입을 하고 나서 당신 소유로 표시를 해 둔 물건들은 이제 우연히 그곳에 있는 게 아닌 듯한 분위기다. 그것들은 담론의 일부로, 기호와 상징으로 만들어진 기억의 일부로 의미를 갖는다. 당신은 소유욕이 강한가? 아직은 그런 말을 들을 만한 요인이 크게 보이지 않는다. 지금으로서는 자신에 대한 소유욕이 강하다는 말밖에 할 수 없다. 당신의 무언가와 동일시되는 표시들과 함께 자신도 사라져 버릴까 두려워 그것들에 집착한다.

한쪽 벽 귀퉁이에 사진이 들어 있는 액자들이 빼곡하게 걸려 있다. 누구 사진일까? 다양한 나이대의 당신 사진과 다른 여러 남자와 여자 들의 사진이다. 가족 앨범에서 꺼내 왔는지 아주 낡은 사진도 보인다. 하지만 사진들은 모두 함께 특정한 사람을 기억하는 역할을 하기보다는 존재의 층들을 조립한 것처럼 보인다. 액자는 다 달라서 아르누보 스타일의 꽃무늬 액자, 은도금 액자, 구리 액자, 법랑 액자, 거북 무늬 액자, 가죽 액자, 목각 액자 등이다. 살아온 삶의 편린들을 강조하려는 의도로 맞춘 액자일 수도 있지만, 또 한편으로는 액자 수집을 주요 목적으로 사진은 그저 그 액자를 채우기 위해 끼워져 있는 대상에 불과할 수도 있다. 사실 어떤 액자에는 신문에서 오린 인물 사진이 들어 있고 어떤 액자에는 읽을 수도 없는 오래된 편지지가 들어 있으며 아예 비어 있는 액자도 있다. 벽의 나머지 부분에는 아무것도 걸려 있지 않고 가구 하나 놓여 있지 않다. 온 집 안이 약간 그런 식이다. 이쪽 벽에는 아무것도 없고 저쪽에는 물건이 넘친다. 마치 기호에 집중할 필요가 있어서 빽빽하게 글을 쓰고는 휴식을 취하고 호흡할 공간으로 주변을 비워 둔 듯하다.

가구와 그 위의 장식품 배치도 전혀 균형이 맞지 않는다. 당신이 얻으려 애쓰는 질서는(이용할 수 있는 공간은 좁지만 좀 더 넓어 보이려고 고심한 흔적이 눈에 띈다.) 어떤 체계를 중첩시키는 게 아니라 존재하는 사물들끼리 조화를 이루는 것이다.

간단히 말해, 당신은 정리 정돈을 잘하는 여자인가? 이런 단정적인 질문에 당신 집은 그렇다고도 아니라고도 답하지 않는다. 물론 정리 정돈에 대해 생각을 하기는 한다. 그리고 필요하다고도 생각하지만 실제 방법론의 적용과 일치하지 않는다. 당신이 집에 관심을 갖는 경우는 어쩌다이고 일상생활의 어려움에 따라, 기분의 영향을 받는다.

당신은 우울감에 빠져 지내는 편일까, 행복감에 젖어 지내는 편일까? 집은 지혜롭게도, 당신이 행복한 순간을 이용해서 우울감에 빠져 있는 순간들을 준비하고 편안히 맞아 줄 듯이 보인다.

당신은 정말 손님을 흔쾌히 맞아 주는 성격일까, 집에 지인이 들어오게 두는 건 혹시 성격이 무심하다는 뜻 아닐까? 남성 독자는 당신만의 공간이 틀림없는 그 공간을 침범하지 않은 채 앉아서 책을 읽을 수 있는 편안한 자리를 찾고 있다. 그는 지금, 당신의 규칙에 적응하기만 하면 이 집의 손님은 아주 편안히 있을 수 있겠다고 생각하는 중이다.

그 외의 것은 어떤가? 화분의 식물들에 여러 날 전부터 물을 주지 않은 듯하다. 하지만 일부러 별로 돌봐 주지 않아도 되는 식물들을 골랐는지도 모른다. 게다가 이 방에는 개나 고양이, 혹은 새의 흔적이 없다. 당신은 의무감을 증대시키지 않으려 하는 여자이다. 그리고 이것은 이기주의의 표시이자 다른 일, 외적인 이유가 적은 일에 집중하고 있다는 표시이다. 뿐만 아니라 다른 사람들 일에 신경을 쓰게 하고 다른 이야기, 인생, 책 등에 연루되게 만드는 자연적인 충동을 대체할, 상징적인 사물을 필요로 하지 않는다는 표시이기도 하다.

책들을 한번 살펴보자. 제일 먼저 눈에 띄는 것은 (최소한 눈에 잘 띄게 꽂아 놓은 책들만을 보면) 당신에게 책은 연구나 참고의 도구도 아니고 어떤 질서에 따라 전시된 서가의 한 요소도 아니며, 언제든 읽을 수 있는 독서의 기능을 가지고 있다는 점이다. 어쩌면 이따금 당신은 서가를 표면적으로라도 정리해 보려고 시도했을 것이다. 하지만 체계화하려는 모든 시도는 구입한 책들의 종류가 워낙 다양한 탓에 좌절되었을 것이다. 책들은 높이가 높은 것이나 아주 낮은 것처럼 크기가 비슷하다는 이유 외에 시간적인 순서, 즉 이곳에 오게 된 순서를 따라 나란히 꽂혀 있다. 어쨌든 당신은 항상 그 책들을 제자리에서 다시 찾아볼 수 있다. 책이 그리 많지 않고(다른 책꽂이들을 다른 집에, 당신 존재의 다른 상황에 놓아두어야 하기 때문이다.) 아마 한 번 읽은 책을 찾아봐야 할 일이 그리 많지 않기 때문일 것이다.

간단히 말해 당신은 **읽은** 책을 **다시** 읽는 **독**자는 아닌 듯하다. 당신은 한 번 읽은 책을 모두 또렷하게 기억하고 있다.(당신이 자신에 대해 알려 주는 첫 번째 사실 중 하나이다.) 어쩌면 당신에게 있어 모든 책은 특정한 순간에 했던, 최종적인 독서와 동일시될지도 모른다. 그리고 그것들을 기억 속에 간직하듯이 대상으로서 보관하고 곁에 두기를 좋아한다.

서가를 형성하지 않고 모여 있는 그 책들 가운데에서 활기가 없거나 잠자고 있는 부분들을 구별할 수도 있을 것이다. 한쪽에 쌓아 놓은 책, 이미 읽은 책, 아주 가끔 다시 읽는 책 혹은 읽은 적도 없고 앞으로도 읽지 않을 테지만 어쨌든 보관하고 있는 책(그래서 먼지가 뽀얀 책) 들이다. 그리고 생기가 있는 부분들, 그러니까 당신이 지금 읽고 있거나 읽을 계획이 있는 책들, 혹은 아직 책에서 손을 떼지 않왔거나 손에 들고 있거나 언제든 손 닿는 곳에 있기를 원하는 책들도 구별해 볼 수 있다. 부엌에 있는 물건들과 달리 이곳의 책들은 살아 있는 부분이고 즉각적으로 소비되는 것들이어서 당신에 대해 좀더 많은 것들을 이야기해 준다. 몇 권의 책이 주변에 흩어져 있고 어떤 것들은 펼쳐져 있기도 한데 임시로 만든 책갈피가 꽂혀 있거나 한쪽 귀퉁이를 접어 놓은 책도 있다. 당신이 동시에 여러 권의 책을 읽는 습관이 있으며 매일 다른 시간에, 좁은 집 안 여기저기에서 몇 시간씩 다른 책을 읽는 독서를 선택한다는 사실을 분명히 알 수 있다. 밤에 테이블에 앉아서 읽는 책이 있고 소파 옆에서, 부엌에서, 욕실에서 자기 자리를 찾은 책들도 있다.

당신의 초상화에 중요한 특징으로 덧붙일 만한 것도 있다. 당신의 정신에는 내벽이 있어서 여러 시간을 분리할 수 있고 그 속에서 멈추거나 달리거나 평행의 주파수대에 교대로 집중할 수가 있다. 이것만으로도, 당신이 여러 삶을 동시에 살고 싶어 한다고 말하기에 충분하지 않을까? 혹시 실제로 그렇게 살고 있는 것은 아닐까? 한 사람 혹은 어느 하나의 환경에서 사는 삶을 다른 사람들과 다른 장소에서 사는 삶과 분리하고 있는 것은 아닐까? 모든 불만족의 총합 내에서만 균형이 맞는, 개개의 경험에서 느끼는 불만족을 당연시하는 것은 아닐까?

남성 독자여, 귀를 기울이라. 당신의 마음속으로 의심이 슬며시 스며들어, 아직은 스스로 깨닫지 못하는, 질투에 사로잡힌 남자의 불안감을 키우고 있다. 어떤 이야기에나 담겨 있을 수 있는 실망감에 사로잡히지 않으려고 한 번에 여러 권의 책을 동시에 읽는 독자인 루드밀라는 여러 연애도 동시에 진행할 수 있다…….

　(이 책이 당신을 시야에서 지워 버렸다고 생각하지는 마라, 남성 독자여. 여성 독자를 칭했던 '당신'이라는 말은 어떤 문장에서든 다시 남성 독자인 당신에게로 향할 수 있다. 당신은 언제나 가능한 '당신'들 중의 하나이다. '나'가 사라지는 것과 마찬가지로 끔찍한 파국이 될 당신의 사라짐을 누가 감히 결정할 수 있단 말인가? 2인칭 담화가 소설이 되기 위해서는 수많은 다른 그, 그녀, 그들에게서 분리된, 적어도 둘 정도의 당신, 뚜렷하게 구별되며 공존하는 2인칭이 필요하다.)

　그런데 당신은 루드밀라의 집에 있는 책들을 보자 마음이 놓인다. 독서는 고독하다. 당신이 보기에 루드밀라는 껍질 속에 든 조개처럼 펼쳐 놓은 책의 판막으로 보호를 받고 있는 듯하다. 혹시 있을지도 모를, 아니 확실한 다른 남자의 그림자는 지워진 게 아니라면 가장자리로 밀려나 있다. 두 사람일 때에도 책은 각자 읽는다. 그렇다면 당신은 지금 여기서 무엇을 하고 있는가? 그녀의 껍질 속으로 들어가서 그녀가 읽고 있는 책의 페이지로 슬며시 끼어들고 싶은가? 아니면 남성 독자와 여성 독자의 관계가 각기 분리된 두 개의 조개껍질로 남아서 서로 상관없는 두 개의 경험을 부분적으로 비교해 보는 것만으로 소통을 하는 건가?

　당신은 카페에서 읽던 책을 가지고 있다. 그녀에게 그 책을 전해 주고 다른 사람의 말로 파 놓은 터널을 통해 그녀와 대화를 나누고 싶다. 그러니 어서 빨리 책을 계속 읽어야 한다. 다른 사람의 말은 낯선 목소리, 잉크와 인쇄된 공간으로 만들어진, 그 누구의 것도 아닌 침묵의 목소리로 이야기되었으므로 당신들이 말과 언어, 서로의 암호와 신호를 주고받으며 서로를 알아보게 해 줄 것이다.

열쇠 구멍에서 열쇠가 돌아간다. 당신은 그녀를 놀라게 하고 싶은 듯, 이 집에 당신이 있다는 게 자연스러운 일이라는 걸 당신과 그녀에게 확인시키고 싶은 듯, 가만히 기다린다. 하지만 그녀의 발소리가 아니다. 한 남자가 입구에서 서서히 모습을 드러낸다. 당신은 커튼 사이로 그의 그림자, 가죽 재킷, 이 장소에 거리낌이 없지만 뭔가를 찾고 있는 사람처럼 굉장히 머뭇거리는 걸음걸이를 지켜본다. 당신이 아는 남자이다. 이르네리오다.

어떤 태도를 취해야 할지 당장 결정해야 한다. 마치 제 집에 들어오듯 루드밀라의 집에 들어오는 그를 보고 느낀 실망감이 거의 숨다시피 그곳에 있는 불편함보다 컸다. 게다가 당신은 루드밀라의 집이 친구들에게 열려 있다는 사실을 잘 알고 있었다. 열쇠가 발 매트 밑에 있으니 말이다. 당신이 집에 들어온 뒤로 얼굴 없는 그림자가 당신을 스쳤던 것 같은 기분이 든다. 그나마 이르네리오는 당신이 아는 유령이다. 그에게 있어 당신도 마찬가지이다.

"아, 당신이 있었군." 이르네리오가 당신을 발견하고도 전혀 놀라지 않는다. 조금 전까지 갖고 싶었던 이런 자연스러움이 이제는 유쾌하지 않다.

"루드밀라는 집에 없는데." 당신은 정보를 먼저 알고 있다는 것을, 아니 솔직히 말하면 이 영토를 먼저 차지했다는 것을 확실히 하기 위해 이렇게 말한다.

"알아." 이르네리오가 무심하게 말한다. 주위를 뒤지고 책을 이것저것 뒤적여 본다.

"내가 도와줄까?" 당신이 도발하듯 말한다.

"책 한 권을 찾고 있어." 이르네리오가 말한다.

"당신은 책을 절대 읽지 않는 걸로 아는데." 당신이 반박한다.

"읽으려는 게 아니야. 만들려는 거지. 난 책으로 물건들을 만들어. 물체들이지. 그래, 예술 작품들이야. 조각상, 그림 등 당신이 부르고 싶은 대로 불러도 돼. 전시회도 했어. 본드로 책들을 고정시켜서 그대로 두는 거야. 덮어 두기도 하고 펼쳐 두기도 하고 모양을 만들기도 해. 조각을 하기도 하고 안에 구멍을 뚫기도 해. 책은 정말 그런 작업을 하기 좋은 재료야. 여러 가지를 만들 수 있거든."

"루드밀라도 동의한 거야?"

"루드밀라는 내 작업들을 좋아해. 내게 조언도 해 주는걸. 비평가들은 내가 하는 작업이 중요하다고 말해. 지금 비평가들이 내 작품들을 모두 담아 책으로 내려 하고 있어. 카베다냐 씨와 상의할 수 있게 해 줬지. 내 책들을 모두 사진으로 찍어서 책을 낼 생각이야. 이 책이 출판되면, 이 책으로 다른 작품, 여러 개의 작품들을 만드는 데 사용할 거야. 그러고 나면 또 내 작품으로 책을 낼 거고 계속 그렇게 되는 거지."

"내 말은 루드밀라가 자기 책을 가져가는 데 동의했느냐 이 말이야……."

"루드밀라는 책이 아주 많아……. 어떨 때는 작업을 하라고 일부러 책을 주기도 하는걸. 그녀에게는 필요 없는 책들을 말이야. 그렇다고 아무 책이나 다 되는 건 아니야. 느낌이 있을 때 작품이 나오거든. 보자마자 그걸로 뭘 만들 수 있을지 아이디어가 떠오르는 책도 있고 전혀 그렇지 않은 책도 있어. 아이디어는 있지만 거기에 딱 맞는 책을 구하지 못해서 작품으로 구현하지 못할 때도 종종 있지." 그가 한 책꽂이의 책들을 다 흩어 놓고 있다. 책의 무게를 재 보고 책등과 가장

자리를 자세히 살펴보다가 내려놓는다. "호감이 가는 책도 있고 참을 수 없는 책도 있고 늘 들고 다니는 책도 있지."

그러니까 당신은 책들로 이루어진 거대한 벽이 이 야만스러운 침입자를 루드밀라로부터 멀리 떼어 놓아 주길 바랐는데 사실 그 벽은 그가 완전히 거리낌 없이 해체할 수 있는 장난감에 불과하다는 게 밝혀지고 있다. 당신이 씁쓸하게 웃는다. "루드밀라의 서가를 속속들이 다 아는 모양이군……."

"아, 보통은 늘 똑같은 책이니까……. 그래도 책이 이렇게 모두 모여 있는 걸 보면 멋지다는 생각이 들어. 난 책을 사랑하거든……."

"좀 더 자세히 설명해 봐."

"그래, 난 주변에 책이 있는 게 좋아. 그래서인지 여기 루드밀라네 집에 있으면 기분이 좋더라고. 당신은 안 그래?"

빽빽한 글로 채워진 페이지들이, 울창한 숲의 무성한 나뭇잎들처럼, 아니 층을 이룬 바위, 석판, 편암 조각 들처럼 방 안을 감싼다. 그래서 당신은 이르네리오의 눈을 통해 루드밀라라는 살아 있는 사람의 모습을 그릴 수 있는 배경을 찾아보려 애쓴다. 당신이 이르네리오의 신뢰를 얻을 수 있다면 그는 당신이 크게 호기심을 느끼는 비밀, 즉 책을 읽지 않는 남성 독자와 여성 독자의 관계를 알려 줄 것이다. 빨리, 이와 관련해서 무엇이든 물어보라. "그런데 당신은, 루드밀라가 책을 읽는 동안 뭘 하지?" 생각나는 질문이라고는 겨우 이것뿐이다.

"책 읽는 루드밀라를 지켜보는 게 싫지 않아." 이르네리오가 말한다. "그리고 누군가는 책을 읽어야 하는 거 아냐? 적어도 나는 꼭 책을 읽지 않아도 된다는 사실만으로도 편안하더라고."

남성 독자여, 기분이 약간 좋아져도 괜찮을 것 같다. 당신에게 드러난 비밀은 두 사람 사이의 친밀함은 리듬이 다른 두 개의 생명력이 상호 보완하며 이룬 결과다. 이르네리오에게는 순간순간 경험하는 것만이 중요하다. 예술은 그에게 생활 에너지의 소비로서 중요하다. 작품을 남기는 것, 루드밀라가 책에서 찾는 삶을 축적하는 것은 중요하지 않다. 하지만 독서의 필요성을 느끼지 않는 그 역시 어떻게든 축적된 에너지를 인정하고 있다. 그래서 루드밀라의 책들을, 자신의 작품을 위한 기본적인 재료로 이용하여 그 에너지를 다시 순환시킬 필요를 느낀다. 한순간이라도 자신의 에너지를 쏟아 부을 수 있는 그 작품들에.

"이게 좋군." 이르네리오가 이렇게 말하며 책을 점퍼 주머니에 넣으려 한다.

"안 돼, 그 책은 안 돼. 지금 내가 읽고 있는 책이야. 게다가 이건 내 책도 아니야. 카베다냐 씨에게 돌려줘야 해. 다른 책을 골라. 봐, 여기 이 책, 그 책하고 아주 비슷해."

당신은 빨간색 띠지가 있는 책을 손에 들고 있다. "실라스 플래너리의 최근 성공작이야." 그러니까 이것은 플래너리의 연재소설이 특색 있는 그래픽으로 출판되었으므로 두 책이 서로 비슷하다는 것을 설명해 준다. 그래픽만이 아니다. 책 표지에서 눈에 띄는 제목은 『그물망』. 두 권의 책이 똑같다! 전혀 예상하지 못했던 일이다. "이거 정말 이상한데! 루드밀라가 이 책을 벌써 가지고 있으리라고는 생각하지 못했어……."

이르네리오가 손사래를 친다 "이건 루드밀라의 책이 아니야. 난 그 책과 연관되고 싶지 않아. 그 사람들의 책은 이제 더 이상 유통되지 않는 것 같던데."

"왜 그래? 누구? 무슨 말을 하는 거야?"

이르네리오가 두 손가락으로 책을 잡고 작은 문 쪽으로 가더니 문을 열고 그 너머로 책을 던진다. 당신은 그를 따라간다. 캄캄한 작은 방으로 고개를 들이민다. 타자기와 녹음기와 사전들, 두꺼운 서류 파일 하나가 보인다. 당신은 파일에서 표지 역할을 하는 종이를 집어 불빛을 향해 들고 읽는다. '에르메스 마라나 번역'

당신은 번개에 맞은 사람처럼 보인다. 에르메스 마라나의 편지를 읽으면서 매번 루드밀라를 만나는 기분이 들었다……. 그녀를 생각하지 않을 수 없었기 때문이다. 그래서 당신은 그것을 사랑에 빠진 증거로 스스로에게 설명했다. 그런데 루드밀라의 집 안을 돌아다니다가 마라나의 흔적들과 맞닥뜨리게 되다니. 당신을 고통스럽게 하는 강박관념인가? 아니다. 처음부터 그들 사이에 관계가 있으리라는 예감이 있었다……. 지금까지는 당신 자신과의 게임이었던 질투가 이제 가차 없이 당신을 사로잡아 버렸다. 질투만이 아니다. 의심, 불신, 무슨 일도 어떤 사람도 신뢰할 수 없을 것 같은 기분……. 중단된 책을 추적하며 당신이 특별한 흥분을 느꼈던 것은 여성 독자와 함께였기 때문이다. 그런데 그 일이 바로 여성 독자를 추적하는 것이었다는 게 드러났다. 수수께끼와 속임수와 변장을 수없이 해 가며 당신을 피하는 그녀를…….

"그런데…… 마라나가 대체 무슨 관련이 있는 거지?" 당신이 묻는다. "여기 사나?"

이르네리오가 고개를 젓는다. "살았지. 지금은 다 지나간 일이야.

다시 돌아올 수 없을 거야. 그렇지만 지금은 그 사람에 대해 뭐라고 말해도 다 거짓일 정도로, 그 사람의 이야기는 거짓으로 뒤범벅되어 있어. 적어도 그 점에서는 성공을 했지. 그 사람이 가져온 책들은 겉으로 보면 다 똑같아 보이지만 난 멀리서도 금방 알아볼 수 있어. 그 사람의 원고가 저 작은 방 너머에 더 이상 있어서는 안 된다고 생각해. 그렇지만 가끔 그의 흔적들이 몇 개씩 튀어나올 때가 있어. 어떨 때는 그자가 갖다 놓은 게 아닌가 하는 의심도 들어. 아무도 없을 때와서 계속 바꿔 놓는 거지, 몰래 말이야……."

"뭘 바꿔?"

"몰라……. 루드밀라 말이, 거짓이 아니었던 것도 그가 건드리면 거짓으로 변한대. 그의 책을 가지고 작업을 해 보면 거짓이 될 수 있다는 것 정도는 나도 알지. 내가 항상 해 왔던 것과 똑같은 작업에 성공을 해도 말이야……."

"그런데 루드밀라는 왜 그 사람 물건을 저 방에 보관하고 있는 거야? 그 사람이 돌아오길 기다리는 건가?"

"그 사람이 여기 있을 때 루드밀라는 불행했어……. 독서도 하지 않았어……. 그러다가 도망쳤지……. 먼저 떠난 건 루드밀라였어……. 그다음에 그가 떠났고……."

그림자가 사라진다. 당신은 다시 숨을 쉴 수 있다. 과거는 끝났다. "만약 그 사람이 다시 나타나면?"

"루드밀라가 다시 떠날 거야……."

"어디로?"

"글쎄…… 스위스로……. 내가 알기로는……."

"스위스에 누가 있는데?" 당신은 본능적으로 망원경을 가진 작가를 떠올린다.

"다른 남자라고 부르기로 하지. 그런데 이건 완전히 다른 이야기야……. 늙은 추리소설가……."

"실라스 플래너리?"

"마라나가 진짜와 가짜를 가르는 건 우리의 편견뿐이라며 루드밀라를 설득할 때 그녀는 콩 심은 데서 콩이 나는 걸 봐야 할 필요를 느꼈다고 했어. 루드밀라가 그렇게 말했지……."

갑자기 문이 벌컥 열린다. 루드밀라가 들어와 소파에 외투와 소포를 집어던진다. "와, 굉장해! 친구들이 많이 왔네! 늦어서 미안해!"

당신은 그녀와 함께 앉아서 차를 마시는 중이다. 이르네리오도 분명 그 자리에 있어야 하는데 그의 안락의자는 비어 있다.

"저기 있었는데. 어디 갔어?"

"아, 갔을 거야. 아무 말 없이 왔다 갔다 하거든."

"당신 집에 이렇게 드나든다는 거야?"

"왜 안 돼? 당신은 어떻게 들어왔어?"

"나하고 다른 사람들이 다!"

"그게 어때서? 질투하는 거야?"

"내가 그걸 자격이나 있나?"

"갑자기 그럴 자격을 가질 수 있다고 생각하는 거야? 그렇다면 시작도 하지 않는 게 좋겠어."

"뭘 시작하는데?"

당신은 찻잔을 탁자에 내려놓는다. 안락의자에서 그녀가 앉아 있는 소파로 자리를 옮긴다.

(시작하다. 그렇게 말한 건 여성 독자 당신이었다. 하지만 이야기를 시작할 정확한 순간을 어떻게 정한다지? 모든 것은 이미 전에 시작되었다. 모든 소설의 첫 페이지, 첫 줄은 이미 책 밖에서 일어났던 어떤 일을 언급한다. 그렇지 않으면 진짜 이야기는 10페이지 혹은 100페이지가 지난 뒤에 시작된다. 그러므로 그 이전까지의 이야기는 모두 서문에 불과하다. 인간 개개인은 연속적인 플롯을 형성한다. 그 속에서 나머지와는 다른 의미를 가진 경험의 한순간을, 예를 들어 두 사람 모두에게 결정적인 만남 같은 순간을 분리시키려는 모든 시도는, 두 사람이 각자 사건, 환경, 다른 사람 들로 이루어진 구조를 가지고 있으며, 그들의 만남에서 또 다른 이야기들이 탄생할 것이고 이것은 공동의 이야기와 분리된 이야기가 되리라는 점을 염두에 두어야만 한다.)

남성 독자와 여성 독자, 당신들은 침대에 함께 누워 있다. 그러니까 당신들을 2인칭 복수로 부를 때가 된 것이다. 이것은 아주 중요한 작업이다. 당신들 두 사람을 하나의 대상으로 간주하는 것이기 때문이다. 헝클어진 시트 속에 뒤얽혀 있는 당신들의 모습이 그리 뚜렷하게 보이는 건 아니다. 그리고 아마 당신들은 각자의 길을 가게 될 것이고 소설은 다시 여성 독자인 당신에게서 남성 독자인 당신에게로 변속 레버를 바꾸며 숨 가쁘게 작동할 것이다. 하지만 이제, 당신들의 몸은 서로의 살과 살 속에서 가장 관대한 감각의 일치를 탐색하고 떨림과 파동을 전하고 받으며 충만함과 공허함을 스며들게 하려 애쓸 것이다. 정신적인 활동 역시 최대한의 동의로 이루어졌으므로, 막힘 없는 대화를 펼칠 수 있을 것이고, 이 대화로 당신들은 하나의 몸에 머리가 두 개 달린 사람에 속하게 될 것이다. 제일 먼저 행동 영역 혹은 당신들이 이루고 있는 이런 이중적인 존재의 존재 방식을 결정할 필요가 있다. 이와 같은 당신들의 동일시는 어디로 이어지게 될까? 당신들의 변화와 변조의 과정에서 되풀이되는 중심 주제는 무엇일까? 자신의 잠재력 중 그 어떤 것도 잃지 않기 위해, 반작용의 상태를 연장하기 위해, 다른 사람의 축적된 욕망을 이용해 자신의 힘을 배가시키기 위해 집중한 긴장감? 혹은 매우 순종적인 포기, 애무할 수 있고 서로 주고받을 수 있는 광대한 공간에 대한 탐험, 무한하게 촉각으로 느낄 수 있는 표면의 호수에서 존재가 용해되는 것? 물론 두 상황 모두에서 당신들은 서로에 대한 관계로 존재하지만 그것들을 가능하도록 하기 위해 당신들 각각의 '자아'는 소멸되기보다는 정신적인 공간의 비어 있는 부분을 남김없이 모두 차지하고, 스스로를 투자해 최대 이익을 얻어 내거나 마지막 한 푼까지 다 써 버려야 한다. 간단히 말해 당신들이 하는 일은 매우 아름답지만 문법적으로는 변하는 게 아무것도 없다. 단일한 '당신들'로 등장하는 이 순간, 당신들은 처음보다 훨씬 더 분리되고 고정된 두 명의 '당신'이다.

(당신들이 서로의 존재를 독점적인 방식으로 차지하고 있을 때까지 그것은 진실이다. 서로 만나지 않는 유령들이 당신들의 정신에 드나들며, 습관에 의해 확인된 당신들의 육체가 만날 때마다 함께한다고 잠깐 상상해 보자.)

여성 독자여, 지금 당신은 읽히고 있다. 당신의 몸은 촉각, 시각, 후각의 정보를 통해, 그리고 미뢰(味蕾)도 다소 개입하는 체계적인 독서에 맡겨져 있다. 헐떡이는 숨소리와 떨리는 목소리에 주의를 기울이는 청각도 일익을 담당한다. 독서의 대상이 되는 건 당신의 육체만

이 아니다. 육체는 복잡한 요소들로 이루어진 복합체의 일부분으로서 중요하다. 그 요소들은 눈으로 보는 게 전부가 아니라, 그리고 나타난 게 전부가 아니라 눈으로 볼 수 있고 그 당장의 사건에서 드러나는 것이다. 당신 눈 위에 드리워지는 그림자, 웃음, 당신이 하는 말, 머리를 묶거나 풀어 놓는 방법, 당신의 주도적인 움직임과 물러섬, 그리고 당신의 소비와 습관과 기억과 선사 시대와 패션, 모든 기호, 인간이 어떤 순간에 이를 이용해 다른 인간을 읽을 수 있다고 믿었던 초라한 알파벳 같은 것이다.

그리고 당신, 남성 독자도 독서의 대상이 된다. 여성 독자는 당신 몸을 샅샅이 살펴보는데 마치 각 장의 색인 목록을 보고는 번개 같고 정확한 호기심에 사로잡혀 책을 뒤적이다가 어느 부분에서 멈춰 책에게 묻고 소리 없는 대답을 기다리는 것 같다. 그녀가 이처럼 부분적인 조사에 관심을 기울이는 것은 오로지 좀 더 넓은 공간을 정찰하기 위해서다. 지금은 그냥 보고 넘어가도 될 만한 세부 사항들, 어쩌면 스타일상의 작은 결함, 예를 들면 툭 튀어나온 목울대나 자기 어깨의 쇄골 부분에 당신이 머리를 묻는 방식 같은 것들에 시선을 집중한다. 그리고 그것은 거리 두기의 여백, 비판적인 독점 혹은 장난 섞인 친밀함을 결정하는 데 사용된다. 반면 지금 우연히 발견한 세부적인 사실 하나는 과도한 평가를 받는다. 이를테면 당신의 턱 모양이나 자기의 어깨를 독특하게 꼬집는 당신의 행동 같은 것 말이다. 이렇게 시작해서 그녀는 격정적으로 변한다. 당신들 두 사람은 쉼표 하나 건너뛰지 않은 채 페이지와 페이지를 처음부터 끝까지 함께 읽을 것이다. 그사이, 당신을 읽는 그녀의 방법, 당신의 물리적 객관성에 대한 텍스트의 인용을 통해 얻은 만족감 사이로 의심이 스며든다. 그녀가 당신을 당신 그 자체로 완전하게 읽고 있는 것이 아니라 당신을 이용해서, 맥락에서 떨어져 나온 당신의 단편들을 이용해서, 반의식의 그늘 속에서 그녀만이 알고 있는 유령 같은 파트너를 만들고 있는지도 모른다는 의심이다. 그리고 그녀가 지금 해독하고 있는 것은 당신이 아니라 존재가 불분명한 꿈속의 방문자일지도 모른다는 의심.

연인들을 침대로 이끄는, 정신과 육체를 집중한 독서는 직선적이지 않아서 글로 쓰인 페이지를 읽는 것과 다르다. 어떤 지점에서든 시작할 수 있고, 건너뛰기도 하고 반복하기도 하고 되돌아가기도 하고 지속하기도 하고 동시적이며 여러 갈래로 분기되는 메시지로 가지를 내다가 다시 한 지점으로 모여들며, 따분한 순간들과 마주하다가 페이지를 넘기고 제자리를 다시 찾다가 잃어버린다. 거기서 하나의 방향, 절정 역할을 하는 결론을 향한 여정을 알아차릴 수 있다. 그리고 이러한 결말 앞에서 리드미컬한 상황, 강세를 둔 운율, 모티프의 반복들이 배치된다. 하지만 결론이 정말 절정일까? 아니면 결말을 향한 그 질주는, 순간을 거슬러 올라가고 시간을 되찾으려 힘겹게 역류하는 다른 충동과 대조되는 것일까?

만일 도표로 전체를 나타내고 싶다면, 절정이 있는 모든 에피소드들은 3차원 혹은 4차원의 모델을 요구하거나 그 어떤 모델도 원치 않을 수 있다. 경험은 되풀이될 수 없다. 섹스와 독서의 보다 유사한 측면은 측정할 수 있는 시간과 공간과는 다른 시간과 공간이 그들의 내부에 열린다는 것이다.

예기치 못했던 혼란스러운 첫 만남에서 두 사람은 이미 미래의 동거 가능성을 읽을 수 있었다. 이제 당신들은 서로의 독서 대상이다. 쓰여 있지 않은 각자의 이야기를 서로에게서 읽는다. 남성 독자와 여성 독자여, 내일 당신들이 함께 있는다면, 안정된 커플처럼 한 침대에 누워 있는다면, 두 사람은 각자 자기 침대 맡의 전등을 켤 것이고 자신의 책에 푹 빠질 것이다. 나란히 책을 읽는 그 행위는 잠이 올 때까지 계속될 것이다. 둘 중 누군가가 먼저 불을 끄게 되리라. 분리된 각자의 우주에서 귀환한 당신들은 서로 다른 꿈에 의해 당신은 이쪽으로 당신은 저쪽으로 이끌려 가기 전, 모든 거리를 지워 버리는 어둠 속에서 순식간에 다시 만날 것이다. 하지만 커플의 이런 다정한 미래를 비웃지 않도록. 그 어떤 행복한 이미지가 이런 모습을 대신하겠는가?

당신은 루드밀라를 기다리며 읽던 소설 이야기를 그녀에게 들려준다. "당신이 좋아할 만한 책이야. 첫 페이지부터 불편한 느낌을 전해 주거든……."

순간 그녀의 눈에 의문의 빛이 번득인다. 당신은 의심에 사로잡힌다. 어쩌면 불편함이라는 그 말은 그녀에게 들은 게 아니라 다른 데서 읽은 것일지도 모른다……. 어쩌면 루드밀라는 더 이상 고뇌를 진실의 조건이라 믿고 있지 않을지도 모른다……. 혹시 누군가 고뇌도 하나의 체계이며 무의식만큼 사실을 왜곡시키는 건 없다는 점을 보여 주었는지도 모른다…….

"난 모든 미스터리와 고뇌가, 체스를 두는 사람의 정신처럼 정확하고 차갑고 그림자 없이 통과하는 책이 좋아." 그녀가 말한다.

"어쨌든 이건 전화벨 소리를 들으면 긴장하는 사람의 이야기야. 어느 날 그 사람이 조깅을 하는데……."

"더 말하지 마. 읽어 줘."

"나도 그 뒤로 많이 읽지는 못했어. 책을 가져올게."

당신이 침대에서 일어나 다른 방으로 책을 가지러 간다. 루드밀라와 당신의 관계가 급진전하면서 사건의 일반적인 흐름이 중단되었던 곳이다.

당신은 책을 찾지 못한다.

(후에 전시회장에서 그 책을 찾게 된다. 조각가 이르네리오의 최신 작품 전시회에서. 당신이 표시를 위해 한쪽 귀퉁이를 접어 놓았던 페이지는 단단한 평형 육면체의 받침대 중 하나에 펼쳐져 있는데 투명 수지로 접착을 해서 광택제가 발라져 있다. 책의 내부에서 불길이 뿜어져 나온 듯 검게 그을은 자국이 페이지 표면에 물결 모양으로 나 있고 거기에 나무껍질에 생긴 것처럼 여러 층의 마디가 연속적으로 쌓여 있다.)

"책이 없어. 그렇지만 상관없어." 당신이 그녀에게 말한다. "다른 책이 한 권 있는 걸 봤거든. 아니 당신이 벌써 읽었다고 생각했는데……."

그녀가 눈치채지 못하게 당신은 작은 방으로 들어갔다. 그리고 빨간색 띠지가 있는 플래너리의 책을 찾았다. "여기 있군."

루드밀라가 책을 펼친다. 헌사가 적혀 있다. '루드밀라에게……. 실라스 플래너리.'

"맞아, 내 책이야……."

"아, 플래너리와 아는 사이야?" 당신은 마치 아무것도 모른다는 듯 탄성을 지른다.

"응……. 그 사람한테 선물받은 책이야……. 그렇지만 읽기도 전에 도둑맞았다고 생각했어……."

"……이르네리오가 훔쳐 갔다고?"

"글쎄……."

당신의 카드를 보일 시간이다.

"이르네리오가 훔쳐 간 게 아니야. 그리고 당신도 그걸 알지. 이르네리오는 이 책을 보자 저 어두운 방에 집어던졌어. 당신이 보관해 둔……."

"누구 허락을 받고 그 방을 뒤졌지?"

"이르네리오 말이 당신 책을 훔쳐 갔던 어떤 사람이 다시 몰래 찾아와서 가짜 책들을 대신 갖다 놓는다고 하던데……."

"이르네리오는 아무것도 몰라."

"난 알아. 카베다냐 씨가 마라나의 편지를 주면서 읽어 보라고 했어."

"에르메스는 항상 거짓을 말했어."

"진실된 게 하나 있지. 그 남자는 계속 당신을 생각하고 있고 자신의 상상 속에서 당신을 보고 있어. 독서를 하는 당신의 이미지에 편집증적으로 집착하지……."

"그 사람이 절대 참을 수 없어 하던 게 바로 그거야."

당신은 이제 서서히 번역가의 교묘한 책략이 어떻게 시작되었는지를 조금씩 이해하게 된다. 그런 책략들을 작동시킨 비밀스러운 동기는, 자꾸만 그와 루드밀라 사이에 끼어드는 눈에 보이지 않는 적수, 책을 통해 그녀에게 말하는 소리 없는 목소리, 수천 개의 얼굴을 가지기도 하고 얼굴이 없기도 한 이 유령에 대한 질투였다. 거기다가 루드밀라에게 작가란 결코 진짜 인간으로 구체화되지도 않고 출판된 페이지 안에서만 그녀를 위해 존재하므로 손에 잡히지도 않는다. 죽은 작가나 산 작가나 늘 그녀와 교감을 나누고 그녀를 놀라게 하고 매료시킬 준비가 되어 있다. 루드밀라는 항상 육체가 없는 사람들과 가질 수 있는 가볍고도 가변적인 관계를 맺으며 그들을 따라갈 준비를 하고 있었다. 작가가 아니라 작가의 기능을 무력화하려면 어떻게 해야 할까? 작가가 생각하는 진실을 책 속에 쏟아 붓고 언어 구조물과 작가 자신을 동일시한다는 사실만으로, 모든 책 뒤에는 환영과 허구의 세계에 진실을 보장하는 누군가가 있다는 생각을 무산시키려면 어떻게 해야 할까? 에르메스 마라나는 자신을 이런 방향으로 떠민 취향과 재능 때문에, 오래전부터, 그렇지만 특히 무엇보다 루드밀라와의 관계가 위기에 처한 뒤부터, 완전히 진위 불명의 책, 거짓 속성, 모방과 위조와 파스티슈[17]로 이루어진 문학을 꿈꾸었다. 만일 이런 생각을 실행에 옮기는 데 성공했다면, 불확실해져 버린 작가의 정체성이 독자가 신뢰를(자신이 읽은 이야기뿐 아니라 소리 없는 목소리에 대한 신뢰까지) 갖고 작품에 몰입하는 것을 가로막았다면, 아마 문학이라는 건물의 외부에서는 변화가 전혀 없을지도 모르겠으나…… 독자와 텍스트의 관계를 결정하는 그 아래 토대에서는 무언가 변화가 일어났을 것이다. 그러니까 에르메스 마라나는 독서에 빠진 루드밀라에게 버림받았다는 기분을 더 이상 느끼지 않았을지도 모른다. 책과 그녀 사이에 항상 속임수의 그림자가 끼어 있고 그는 그 모든 속임수와

---

17 혼성 작품 또는 합성 작품을 의미하며, 넓은 의미에서 패러디도 포함된다.

자신을 동일시하면서 존재를 확인받았을 테니.

당신이 책의 시작 부분으로 눈길을 돌린다. "이건 내가 읽던 책이 아닌데……. 제목, 표지, 전부 다 같아……. 그렇지만 다른 책이야! 둘 중 하나는 가짜군."

"물론 이게 가짜야." 루드밀라가 나지막이 말한다.

"마라나의 손을 거쳤기 때문에 가짜라는 거야? 그렇지만 내가 읽던 책도 마라나가 카베다냐 씨에게 보낸 책이었어! 둘 다 가짜일까?"

"진실을 말해 줄 수 있는 사람은 한 사람뿐이지. 바로 작가."

"당신이 마라나의 여자 친구였으니 물어볼 수는 있잖아."

"한때 그랬지."

"당신이 마라나에게서 달아났을 때 그 작가의 집으로 갔던 거 아냐?"

"별걸 다 아네!" 그녀가 빈정거리는 투로 말했고 무엇보다 이게 당신의 신경을 거스른다.

독자여, 당신은 결심을 한다. 당신은 작가를 찾아갈 생각이다. 그러는 동안 루드밀라에게 등을 돌리고 똑같은 표지 속에 담긴 새 책을 읽기 시작한다.

(어느 순간까지는 똑같다. '실라스 플래너리의 최신 성공작'이라는 띠지에 제목의 한 단어가 덮여 있다. 그 띠지를 살짝 들어 보기만 해도 이 책이 『그물망처럼 연결되는 선들 속에』가 아니라 『그물망처럼 교차되는 선들 속에』라는 것을 알 수 있다.)

그물망처럼 교차되는 선들 속에

사색하다, 성찰하다. 모든 사고 행위는 내게 거울과 연관되어 있다. 플로티누스[18]에 따르면 정신은 최고 이성의 사고를 반사해서 사물을 창조하는 거울이다. 내가 생각을 하기 위해서 거울을 필요로 하는 것은 아마 이 때문일지도 모른다. 반사된 이미지를 통해서가 아니면 나는 집중을 할 수가 없다. 마치 내 영혼이 자신의 사색적인 능력을 발휘하고 싶을 때마다, 모방해야 할 모델을 필요로 하듯이.(여기서 단어는 모든 의미를 포함한다. 나는 생각하는 남자이자 사업가이며, 또한 광학기기 수집가이기도 하다.)

만화경에 눈을 대자 곧 내 정신이, 따라야 할 수순을 금방 찾아내서 이종의 색상과 선 들의 조각을 모으고 규칙적인 모습으로 구성하는 것을 느낀다. 원통의 한 면을 손톱으로 살짝 치기만 해도 해체되어, 같은 요소들이 전혀 다른 패턴으로 모여 다른 형상으로 대체되는 엄밀한 구조를 단호하면서도 순간적으로 드러낸다.

청소년 시절, 거울의 우물 바닥에서 회오리치는 에나멜 정원을

---

18 Plotinus, 204~270. 고대 그리스의 철학자.

바라보는 일이 실제 의사 결정과 대담한 예측과 관련된 나의 소질을 향상시킨다는 사실을 깨달은 뒤로 나는 만화경을 수집하기 시작했다. 이 물건의 역사가 비교적 최근에 시작되었으므로(만화경은 스코틀랜드의 물리학자로, 특히 「새로운 철학 도구에 관한 논문」의 저자인 데이비드 브루스터 경이 1817년 특허를 냈다.) 내 수집품의 역사 또한 지극히 한정적일 수밖에 없었다. 하지만 나의 조사 방향은 곧 매우 걸출하고도 고무적인 특별한 골동품 분야로 돌려졌다. 17세기의 반사광학 도구로, 거울들 사이의 각도를 조절해서 한 형체를 다양하게 만드는 여러 가지 모양의 작은 극장을 말한다. 나의 목표는『빛과 그림자의 위대한 기술』(1646)의 저자이자 '폴립티크19 극장'의 발명자인 예수회 신부 아타나시우스 키르허20가 만들었던 박물관을 재구성하는 것이다. 이 극장은 커다란 상자 내부에 붙은 60여 개의 작은 거울들이 숲 속의 나뭇가지, 납으로 만든 군대의 병정, 도서관의 작은 책자로 변한다.

회의를 시작하기 전에 내 수집품들을 보여 주면 사업가들은 이 희한한 도구들을 호기심 어린 눈으로 보지만 그건 겉치레일 뿐이다. 그들은 내가 만화경과 광학 도구의 원리를 이용해 거울 놀이를 하듯, 자본 없이 회사를 여러 개로 만들고 신용 거래를 확대하고 환각적 시야가 빚어 내는 사각지대에서 적자를 없애 가며 나의 금융 제국을 건설했다는 것을 모른다. 주식 위기와 폭락, 기업 도산이 줄을 잇는 시기에 내가 끊임없이 재정적 성공을 거둔 비결은 바로 이것이다. 나는 돈, 사업, 이익을 절대 있는 그대로 보지 않는다. 오로지 경사가 각기

---

19 병풍처럼 몇 개의 널빤지를 연결해서 만든 장식품.
20 Athanasius Kircher, 1601~1680. 독일의 과학자, 예수회 수도사.

다른 투명판 사이에서 결정되는 굴절 각도로만 생각한다.

나는 내 이미지를 증식하고자 하지만 그건 나르시시즘이나 과대 망상 때문이 아니다. 오히려 정반대로 나 자신에 대한 수많은 환영들 한가운데에서 그 환영들을 움직이는 진짜 나를 숨기기 위해서이다. 이런 이유 때문에 오해만 두렵지 않다면, 키르허의 설계에 따라 내 집에 완전히 거울로 도배한 방을 새로 만드는 일에 절대 반대하지 않을 생각이다. 그 방 안에서라면 머리를 땅 쪽으로 한 채 천장을 걸어 다니고 바닥에서 위로 날아오르는 내 모습을 볼 수 있을 테니.

내가 지금 쓰고 있는 이 페이지들 역시, 한정된 숫자의 형상들이 잘게 부서지고 뒤집히고 증식되는 거울 터널의 차가운 광휘를 전달해야 한다. 만일 나의 형상이 사방으로 출발하고 구석구석에서 두 개로 늘어난다면 나를 추적하고 싶어 하는 사람들도 낙심할 것이다. 나는 적이 아주 많은 사람이어서 계속 도주를 해야 한다. 나를 잡을 수 있다고 생각하는 순간에도 그들은 유리 표면에만 부딪히고 말 것이다. 그 표면 위에, 동시에 여러 곳에 존재하는 수많은 나 중 하나가 반사되어 나타났다가 흩어진다. 나는 수많은 적들을 추적하며 그들을 위협하고 무정하게 전진하고 그들이 어느 쪽으로 돌아서든 퇴로를 잘라 내는 남자이기도 하다. 거울의 세계에서는 적들도 자기들이 나를 사방에서 에워싸고 있다고 생각할 수 있다. 그러나 거울의 배치를 아는 사람은 나뿐이다. 그러니 나는 잡히지 않는 반면 그들은 거울과 충돌하고 붙잡힌다.

내 이야기가 세부적인 금융 활동, 즉 경영 회의에서의 예기치 못한 극적 반전, 이성을 잃은 주식 중개인으로부터의 전화, 그리고 도시 지도 몇 장, 보험 증권, 거기서 그 말을 툭 던질 때의 로르나의 입, 오차 없는 계산에 빠져 있는 엘프리다의 시선, 겹쳐지는 이미지, 가위표와 화살표가 점점이 표시되어 있는 도시 지도, 점점 멀어지다가 거울의 모퉁이로 사라지는 오토바이, 나의 벤츠 주위로 모여드는 오토바이들을 통해 무엇 하나 빼놓지 않고 표현되길 바란다.

나를 납치하는 게 다양한 전문적 범죄 집단뿐 아니라 나의 중요한 동업자들과 재계의 경쟁자들이 가장 열망하는 과업이라는 것을 분명히 알게 된 뒤로 나는 나를 증식시킴으로써, 내 개성, 내 존재, 외출했다 집으로 돌아오는 일, 간단히 말해 매복 공격을 당할 기회를 늘려야 한다는 걸 깨닫게 되었다. 그럼으로써만 적들의 손에 떨어지는 일이 없을 것이었다. 그래서 나는 타고 있는 자가용과 똑같은 벤츠를 다섯 대 주문했고 그 차들은 오토바이를 탄 내 보디가드들의 호위를 받으며 매시간 우리 저택의 강화 문을 드나든다. 그 안에는 검은 옷을 입고 얼굴에 머플러를 두른 그림자가 보이는데 그것은 나의 그림자일 수도 있고 어떤 대역의 그림자일 수도 있다. 내가 사장으로 있는 회사들은 머리글자로 되어 있는데, 그것들 뒤에는 아무것도 감추어져 있지 않다. 그리고 그 회사의 본부에 있는 건 언제든 바꿔 사용할 수 있는 텅 빈 홀들뿐이다. 그러니까 사업상의 회의는 항상 다른 장소에서 열릴 수 있으며, 최대한 안전을 유지하기 위해서 나는 매번 회의가 열리기 직전에 장소를 바꾸라고 명령했다. 가장 미묘한 문제는 스물아홉 살의 이혼녀 로르나와 맺고 있는 혼외 관계로 일주일에 두 번, 가끔은 세 번 정도 두 시간 십오 분을 그녀에게 할애하고 있다. 로르나를 보호하기 위해서는 그녀의 위치를 찾지 못하게 만드는 수밖에 없다. 그래서 내가 사용했던 방법은 동시에 수많은 정부들의 집을 드나드는 척해서 어떤 여자가 가짜 정부이고 어떤 여자가 진짜 정부인지를 알 수 없게 만드는 것이었다. 매일 나와 내 대역 모두가 늘 다른 시간에 도시 여기저기에 흩어져 살고 있는 매혹적인 여인의 집에서 직접 몇 시간씩 머물렀다. 이런 가짜 연인들의 그물망은 로르나와의 진짜 만남을 숨겨 주었고 내 아내 엘프리다의 눈도 피하게 해 주었다. 나는 아내에게 안전장치로 이런 연출을 했다고 알렸다. 엘프리다는 혹시 있을지 모를 범죄 계획을 교란시키기 위해, 이동할 때는 최대한 매스컴의 관심을 사라는 나의 충고를 들으려 하지 않았다. 엘프리다는 모습을 드러내는 걸 좋아하지 않는다. 그래서 내 수집품인 거울에 비치는 것도 피한다. 아마도 자신의 모습이 산산이 부서지거나 일그러진 채로 비치는 걸 두려워하는 듯하다. 사실 그런 행동은 이유를 속속들이 알 수 없는 탓에 나를 적지 않게 짜증나게 하기도 한다.

지금 묘사하는 이런 세세한 사항들이 모여 최고의 정확성을 지닌 장치의 느낌뿐 아니라 그와 동시에 시야를 벗어난 무언가를 연상시키는 연속되는 광휘의 느낌도 전달하기를 바란다. 이 때문에 이따금, 사건이 긴박하게 진행되는 지점에서 옛 문헌의 인용구를 삽입하는 걸 소홀히 할 수 없다. 예를 들면 조반니 바티스타 델라 포르타[21]의 『자연의 마법에 대하여』한 구절 같은 것이다. 이 책에서 저자는 마법사 혹은 '자연의 재상'은 "시선이 어떻게 속임수에 빠지는지 그 원인을 알고, 물밑에서 그리고 여러 형태로 만들어진 거울에서 만들어지는 이미지를 알아야만 한다. 다양한 형식의 거울들은 거울 밖으로 이미지를 보내 공중에 머물게 한다. 그리고 멀리서 만들어진 것들을 어떻게 선명히 볼 수 있는지를" 알아야만 한다고 말한다.(1577년

---

21 Giovanni Batista della Porta, 1542~? 16세기 말 나폴리의 과학자.

폼페오 사르넬리의 이탈리아 번역본 인용.)

나는 곧 똑같은 자동차가 오가며 신원 확인을 어렵게 만들어도 위험한 범죄의 덫을 완전히 제거하기가 어렵다는 것을 알아차렸다. 그래서 거울 장치들이 가진 증식의 힘을 이용해 그 범죄 집단에게 가짜 덫을 놓아 가짜 납치를 하게 하고는, 나 자신에게 약간의 가짜 피해를 입힌 뒤 가짜 몸값을 받고 가짜로 풀어 주는 사건을 계획했다. 이를 위해 범죄 세계와 더 밀접하게 접촉하면서 아주 유사한 범죄 조직을 만드는 임무를 담당해야 했다. 그렇게 해서 그들이 준비 중인 진짜 납치에 대한 엄청난 양의 정보를 마음껏 이용할 수 있었고 제때에 개입을 해서 나 자신을 방어하는 것은 물론이요, 사업상 경쟁자들의 불행을 이용할 수 있었다.

이쯤 해서 이 이야기가 고대의 책들이 논의한 거울의 미덕 중, 멀리 있고 감춰진 것들을 보여 주는 장점을 포함하고 있다는 사실을 상기시켜도 좋겠다. 중세 아랍의 지리학자들은 알렉산드리아 항구를 묘사하면서 파로스 섬에 있는 기둥을 떠올렸다. 그 기둥 위에는 금속 거울이 장착되어 있어서 아주 먼 거리에서도 키프로스와 콘스탄티노플, 그리고 모든 로마 제국의 해안을 떠나 섬으로 오는 배를 볼 수 있었다. 광선이 집중되면 오목한 거울들은 모든 이미지를 포착할 수 있다. 포르피리우스[22]는 "육체도 영혼도 우리에게 보이지 않는 신께서 거울을 통해 그의 모습을 관조하도록 하셨다."라고 썼다. 모든 공간의 차원을 따라 내 이미지를 반사하는 원심 방사와 함께, 나는 이 페이지들도 반대로 움직이기를 바란다. 그러한 움직임과 함께 직접

---

22 Porphyrius, 234~305? 신플라톤학파의 철학자.

바라볼 때는 볼 수 없는 이미지들이 거울을 통해 내게 도착할 것이다. 이 거울 저 거울에서 반사된(내가 꿈꾸는 것이 바로 이것이다.) 사물의 총체성이, 전 우주가, 신성한 지식이 하나의 거울로 그들의 눈부신 빛들을 집중시킬 것이다. 아니면 온 우주에 대한 지식은 정신 속에 묻혀 있고 내 이미지를 무한으로 증식시키고 거기서 단일 이미지로 된 정수를 반사하는 거울 체계가, 우주의 정신이 내 정신 속에 숨어 있다는 것을 알려 줄지도 모른다.

점성술이나 연금술과 마술 저서들과 종교재판관들의 파문에서 종종 언급되는 거울의 힘은, 바로 어둠의 신이 스스로를 드러내게 하고 그 신의 이미지와 거울이 반사하는 이미지를 결합하게 하는 것이 전부였다. 나는 내 수집품을 새로운 영역으로 확장해야 했다. 전 세계 골동품상들과 경매 전문 회사들은 내가 르네상스 시대의 희귀한 거울들, 그 모양이나 기록된 전통에 의하면 마법 거울로 분류할 수도 있는 거울들을 소장하고 있다는 통보를 받았다.

작은 실수도 아주 큰 대가를 치러야 하는 힘겨운 게임이었다. 내가 범한 첫 번째 실수는 나의 경쟁자들에게 나와 공동으로 납치 보험 회사를 설립하자고 설득한 일이었다. 범죄 세계에서의 정보망을 확신하고 있던 나는 모든 우발적인 사태를 통제할 수 있다고 믿었다. 나는 곧 내 동업자들이 납치 범죄단들과, 나보다 훨씬 더 긴밀한 관계를 유지하고 있다는 것을 알게 되었다. 다음 납치에 요구될 몸값은 어쩌면 보험 회사의 전 자본이 될 수도 있었다. 그 자금은 아마 범죄 조직과 그들의 공범인 회사의 주주들에게로 사라질 것이며, 물론 이 모든 것은 납치의 피해가 될 것이다. 예정된 희생자는 분명했다. 바로 나.

나의 예상으로는, 나를 경호하는 데 사용하는 오토바이와 내가 타고 다니는 방탄 자동차 사이에 가짜 경찰관이 모는 야마하 오토바이 세 대를 끼워 넣어 나를 함정에 빠뜨리려 했을 것이다. 그 가짜 경찰관들은 첫 번째 커브 길이 나타나기 전에 갑자기 급정차를 할 것이다. 내 대안에 따르면 가짜 납치를 위해서 세 대의 스즈키 오토바이가 커브 길 500미터 앞에서 내 벤츠를 꼼짝 못하게 만들 것이다. 그 길보다 먼저 나타난 교차로에서 내 차를 가로막은 가와사키 오토바이 세 대를 보았을 때 나는 내 대안이, 내가 모르는 계획자들의 대안에 대한 대안으로 세운 계획에 의해 좌절되고 말았다는 것을 알아차렸다.

만화경에서처럼 내가 이 글에 기록하고 싶은 가정들은 산산이 부서지고 흩어졌으며, 그와 마찬가지로 내가 조각조각 분해했던 도시의 지도들이 내 눈앞에서 세분화되었다. 지도들을 그렇게 만든 이유는 나를 납치하기 위해 적들이 매복하고 있다는 정보원들의 정보에 따라 그럴 가능성이 있는 교차로의 위치를 알아내기 위해, 그리고 적들의 계획을 내게 유리하게 바꿔서 적들을 적시에 쓰러뜨릴 수 있는 지점을 정하기 위해서였다. 이제 모든 게 분명하게 보인다. 마법의 거울은 온갖 사악한 힘을 지니고 있어서 나는 얼마든지 그것들을 이용할 수 있었다. 그러나 내가 모르는 사람들이 준비한 제3의 납치 계획은 계산하지 못했다. 어떤 사람들이었을까?

너무나 놀랍게도 납치자들은 비밀 장소로 나를 데려간 게 아니라 내 집까지 동행해서 아타나시우스 키르허의 설계에 따라 내가 정성 들여 리모델링한 거울의 방에 나를 가둔다. 거울 벽은 내 모습을 끝없이 반사한다. 나는 나 자신에게 납치된 걸까? 세상에 투사된 내 이미지들 중 하나가 내 자리를 차지하고 반사된 이미지의 역할로 나를 몰아낸 것일까?

거울 바닥에 손발이 묶인 여자가 누워 있다. 로르나이다. 그녀가 살짝 움직이자 아무것도 걸치지 않은 알몸이 온 방의 거울에 반사된다. 나는 재빨리 손발에 묶인 끈을 풀고 재갈을 풀어 주며 그녀를 안으려 한다. 하지만 그녀가 내 쪽을 돌아보며 화를 낸다. "내가 당신 수중에 있다고 생각해? 오산이야!" 그러더니 손톱으로 내 얼굴을 할퀸다. 그녀는 나와 함께 갇힌 포로인가? 나의 포로인가? 아니면 나의 감옥인가?

그사이 문이 열린다. 엘프리다가 걸어 들어온다. "나는 당신이 어떤 위협을 받고 있는지 알았어. 당신을 구할 수 있었던 것도 그 때문이지." 그녀가 말한다. "약간 잔인한 방법이었는지 모르지만 달리 선택의 여지가 없었어. 그런데 이제 이 거울의 방의 문을 못 찾겠군. 말해 봐, 빨리. 여기서 어떻게 나가야 하지?"

엘프리다의 한쪽 눈과 눈썹, 딱 달라붙는 부츠를 신은 한쪽 다리, 얇은 입술과 지나치게 하얀 이가 드러난 입의 귀퉁이, 리볼버를 쥐고 있는 반지 낀 손이 거울에 확대되어 수없이 되풀이된다. 비틀린 그녀의 단편적인 모습들 사이로 로르나의 살이 끼어든다. 마치 살들의 풍경처럼. 이제는 어떤 게 엘프리다의 것이고 어떤 게 로르나의 것인지 구별되지 않는다. 어지럽다. 나 자신을 잃어버린 것 같다. 반사된 내 모습이 아니라 그녀들의 모습만 보인다. 노발리스의 시에서, 이시스의 비밀 거처에 갈 수 있었던 초심자가 여신의 베일을 들어 올리는데……. 지금 나를 둘러싼 이 모든 게 나의 일부분인 듯하고 나는 모든 게 될 수 있을 것 같다, 드디어…….

8

실라스 플래너리의 일기에서

계곡 아래 별장 테라스에 젊은 여자가 긴 의자에 누워 책을 읽고 있다. 매일 작업을 시작하기 전 잠시 망원경으로 그녀를 바라본다. 이렇게 맑고 투명한 공기 속에서, 움직이지 않는 그녀의 모습을 통해 나는 보이지 않는 움직임인 독서의 표시들, 시선의 움직임과 호흡을 포착할 수 있을 것 같다. 뿐만 아니라 사람을 통한 언어의 여행, 그들의 흐름 혹은 멈춤, 분출, 머뭇거림, 휴지, 집중되거나 흩어지는 관심, 되풀이, 단조로워 보이지만 사실은 늘 변하고 기복이 많은 그 여행도.

사심 없는 독서를 해 본 게 언제였던가? 내가 쓴 글과 연관 짓지 않고 다른 사람들의 책에 빠져 본 게 언제였던가? 돌아서서 나를 기다리는 책상과 종이가 끼워진 타자기, 시작해야 할 챕터를 본다. 글쓰기가 강요되고 독서의 기쁨이 끝나 버린 게 언제부터였던가? 내가 하는 일은 망원경의 렌즈에 잡힌, 의자에 누운 저 여자의 정신 상태, 그러니까 내게 금지된 정신 상태를 겨냥하는 것이다.

매일 작업을 시작하기 전에 의자에 누워 있는 여자를 본다. 글을 쓰려고 나 자신을 밀어붙이는 부자연스러운 노력의 결과는 저 여성 독자의 호흡, 자연스러운 과정이 된 독서 활동, 그녀의 주의라는 필터를 스치고, 마음의 회로에 빨려 들어가 내적인 환영으로, 그러니까 그녀에게 아주 개인적이며 전달할 수 없는 것으로 변해 사라지기 전에, 잠시 멈춰 서게 하는 문장들을 이끄는 흐름이 되어야 한다.

가끔 나는 터무니없는 욕망에 사로잡힌다. 지금 내가 쓰는 문장이 바로 이 순간 저 여자가 읽고 있는 문장이 되기를 바라는 것이다. 사실로 느껴질 정도로 이런 생각은 나의 마음을 강하게 사로잡는다. 서둘러 문장을 쓰고 일어나서 창가로 간다. 나의 문장이 그녀의 시선에, 그녀의 입가 주름에, 그녀가 불을 붙이는 담배에, 의자에서의 몸의 움직임에, 포개 모으거나 쭉 뻗은 다리에 어떤 영향을 미치는지 확인하기 위해 망원경에 눈을 가져다 댄다.

나의 글쓰기와 그녀의 독서 사이에는 메울 수 없는 거리가 있어서 내가 어떤 문장을 쓰든 기교와 부조화의 느낌이 각인되어 있는 것만 같다. 만일 내가 지금 쓰는 글이 그녀가 읽는 매끈한 표면의 페이지에 나타난다면 마치 손톱으로 유리를 긁는 것 같은 귀에 거슬리는 소리가 나서 그녀는 공포를 느끼며 책을 멀리 던져 버릴지도 모른다.

이따금 나는 그녀가 진짜 내 책, 오래전에 썼어야 하지만 결코 쓸 수 없을 책을 읽는다고 확신한다. 그 책이 말 그대로 지금 저기에 있는 것이다. 내 망원경 끝으로 그 책을 보지만 거기 쓰여 있는 글자는 읽을 수 없다. 존재할 수도 없고 존재하지도 못할, 내가 썼던 책인지 알 수가 없다. 책상에 앉아 추측을 해 보고 그녀가 읽은 내 진짜 책을 모방하려 애를 써 봐도 소용이 없다. 내가 쓰는 모든 글은 그녀 이외에 누구도 읽을 일 없는 진짜 내 책과 비교하면 가짜일 수밖에 없다.

그런데 만일 독서하고 있는 그녀를 내가 지켜보듯 그녀가 글을 쓰고 있는 나를 망원경으로 지켜본다면? 나는 창 쪽으로 등을 돌린 채 책상에 앉아 있다. 그리고 바로 이때 내 뒤에서 막힘없는 문장을 갈망하고, 내가 잡을 수 없는 방향으로 이야기를 끌어가는 눈길이 느껴진다. 독자는 나의 피를 빨아먹는 흡혈귀이다. 나는 내 어깨 너머로 얼굴을 들이밀고 종이 위에 서서히 쌓이는 단어들을 빼앗아 가는 수많은 독자들의 시선을 느낀다. 누군가 바라보면 난 글을 쓸 수 없다. 쓰는 게 더 이상 내 일이 아닌 듯한 기분이 든다. 나는 사라지고 싶고 그들의 눈 속에 나타나는 기다림에다 타자기에 걸린 종이를 남겨 두고 싶다. 아니면 최대한으로 한다 해도 자판을 치는 내 손가락만을 보이고 싶다.

지금 내가 여기 없다면 얼마나 글을 잘 쓸 수 있을까! 백지와, 형태를 취했다가 그 누구에 의해서도 글로 쓰이지 못하고 요동치다 사라지는 단어들과, 이야기들 사이에 나라는 개인의 그 불편한 칸막이를 세우지 않을 수만 있다면! 문체, 취향, 개인 철학, 주체성, 문화적 배경, 삶의 경험, 심리, 재능, 상술. 내가 쓰고 있는 글을 내 것으로 알아볼 수 있게 해 주는 이 모든 요소들이 내 가능성을 제한하는 새장처럼 느껴진다. 내 손이 하나뿐이라면, 펜을 쥐고 쓰는 손 하나뿐이라면……. 이 손을 움직이는 사람은 누구일까? 익명의 군중? 시대정신? 집단 무의식? 모르겠다. 나 스스로 지워 버리고 싶은 것으로 정의할 수 있는 무언가의 대변인이 되기 위해서는 아닐 터이다. 쓰이길 기다리는 쓸 수 있는 글과, 아무도 이야기하지 않았지만 이야기될 수 있는 이야기를 전하기 위해서일 뿐이다.

어쩌면 내가 망원경으로 관찰하고 있는 저 여자는 내가 글을 써야 한다는 것을 알고 있을지도 모른다. 혹은 모를 수도 있다. 그녀가 나에게 기대하는 것은 바로, 그녀가 모르는 것을 내가 쓰는 것이다. 그러나 그녀는 자신의 기대, 내 언어들이 채워야만 할 그 공간을 확실히 알고 있다.

가끔 나는 이미 있는 무엇, 그러니까 이미 누군가 했던 생각들, 이미 이루어진 대화들, 이미 일어난 사건들, 이미 가 본 장소와 환경 같은 것을 써야 할 책의 소재로 생각한다. 책은 글쓰기로 번역된, 쓰이지 않은 세계의 등가물일 수밖에 없다. 하지만 가끔은 써야 할 책과 이미 존재하는 것들 사이에 일종의 상호 보충적인 관계가 있다고 이해해도 될 듯하다. 책은 쓰이지 않은 세계를 쓴 보완물이 되어야 한다. 책의 소재는 책으로 쓰이지 않으면 존재하지도 존재할 수도 없지만, 존재할 때는 바로 그 자체가 가진 불완전성으로 인한 부재의 느낌이 막연하게 전달되는 어떤 것이어야 한다.

나는 이런저런 식으로 계속 상호 의존적 관계에 대한 생각을 머리에서 떨쳐 내지 못하는 나를 본다. 글쓰기가 이렇게 나를 무겁게 짓누르는 작업으로 제시되는 것은 바로 이 때문이다. 나는 망원경에 눈을 갖다 대고 여성 독자에게로 방향을 돌린다. 그녀의 눈과 책의 페이지 사이로 하얀 나비가 날아간다. 그녀가 읽는 책이 무엇이든 지금 확실한 것은 나비가 그녀의 관심을 사로잡았다는 점이다. 쓰이지 않은 세상은 이 나비에 이르러 절정을 맞는다. 내가 목표로 삼아 추구해야 할 결과는, 정확하고 집중력 있고 가벼운 어떤 것이다.

　의자에 누운 여자를 보자 '실제적인' 글쓰기가 필요하다는 생각이 든다. 그러니까 그녀가 아니라 그녀의 독서를 쓰는 것, 어떤 글을 써도 괜찮지만 그녀의 독서를 통해서만 생각할 수 있는 무언가를 써야 하는 것이다.

　지금, 내 책 위에 내려앉은 나비를 보면서 나비를 중요하게 다루는 '실제적인' 글을 쓰고 싶다는 생각을 한다. 예를 들면 잔인하지만 나비와 어느 정도 '비슷한', 나비처럼 가볍고 섬세한 범죄소설을 쓰고 싶다.

　나비를 묘사할 수도 있다. 하지만 범죄의 잔인한 장면에 중요하게 다루어서 나비가 놀라운 무언가가 되게 하고 싶다.

　이야기를 쓸 계획. 반대편 계곡에 마주 보는 스위스 별장에서 살고 있는 두 작가가 서로를 관찰한다. 그들 중 한 사람은 보통 아침에 글을 쓰고 다른 이는 오후에 글을 쓴다. 오전과 오후에 글을 쓰지 않는 작가는 망원경으로 글을 쓰는 작가를 지켜본다.

　둘 중 하나는 다작을 하는 작가이고 다른 작가는 난산을 하는 작가이다. 난산의 작가는 다산의 작가가 원고지를 질서 정연한 글자로 채워 나가는 것과, 정리된 원고지가 차곡차곡 쌓이는 것을 본다. 곧 책이 끝날 거야. 신작 베스트셀러가 또 한 권 나오겠군. 난산의 작가는 약간 무시하며, 그리고 질투도 느끼며 이런 생각을 한다. 그는 다산의 작가를, 대중의 취향을 만족시키기 위해 시리즈 소설들을 대량으로 생산하는 유능한 장인 이상으로 생각하지 않는다. 하지만 그렇게 질서 정연하고 확실하게 스스로를 표현하는 그 남자에 대해 질투심이 일어나는 건 어쩔 수 없다. 그의 감정은 질투이면서 감탄이기도 하다. 그렇다. 진심 어린 감탄이다. 그 남자가 자신의 모든 에너지를 글쓰기에 쏟아 붓는 방법 속에는 너그러움과 소통에 대한 신뢰, 그리고 내면적인 문제들을 스스로에게 제기하지 않은 채 다른 이들이 그에게서 기대하는 것을 독자에게 줄 수 있다는 믿음이 확실하게 들어 있다. 난산의 작가는 다산의 작가와 비슷해질 수만 있다면 어떤 대가라도 치를 수 있을 것 같은 심정이다. 그는 다산의 작가를 모델로 삼고 싶다. 이제 다산의 작가처럼 되는 게 그의 가장 큰 열망이다.

다산의 작가는 책상에 앉아 있는 난산의 작가를 관찰한다. 난산의 작가는 손톱을 물어뜯고 머리를 긁적이고 종이를 찢고 벌떡 일어나 커피를 만들러, 차를 타러, 캐모마일을 가지러 부엌으로 간다. 그러다가 횔덜린[23]의 시를 읽는다.(물론 지금 그가 쓰는 글은 횔덜린의 시와 아무런 관련이 없다.) 이미 써 놓은 원고를 한 장 다시 베꼈다가 한 줄 한 줄 다 지워 버린다. 세탁소에 전화를 한다.(파란 바지는 목요일에 세탁이 끝난다고 한다.) 그런 다음 지금 당장이 아니라 나중에 필요할 메모를 몇 가지 한 뒤 백과사전에서 태즈메이니아[24]라는 단어를 찾아보러 간다.(물론 그가 쓰는 글에는 태즈메이니아에 대한 언급이 전혀 없다.) 원고 두 장을 찢어 버리고 라벨의 레코드를 올려놓는다. 다산의 작가는 난산의 작가가 쓴 작품들을 좋아하지 않는다. 그의 작품을 읽어 보면 당장은 분명한 포인트를 잡은 듯하지만 곧 그 포인트가 사라지고 당혹감만 남는다. 하지만 글을 쓰고 있는 그 작가를 바라보

---

23 Friedrich Hölderlin, 1770~1843. 고대 그리스의 서정성을 노래한 독일의 시인.
24 오스트리아 동남쪽에 있는 섬.

는 지금, 그 남자가 분명히 알 수 없는 무엇, 혼란스러움, 어디로 가게 될지 모르지만 새롭게 내야 할 길과 투쟁하고 있음을 느낀다. 이따금 그는 난산의 작가가 허공에 드리워진 팽팽한 밧줄 위를 걷고 있는 것 같다고 생각하며 자신이 그에게 감탄하고 있음을 느낀다. 감탄만이 아니다. 질투심도 섞여 있다. 난산의 작가가 추구하는 것과 비교했을 때 자신의 작업은 아주 제한적이고 표면적이라고 생각하기 때문이다.

계곡 아래 별장 테라스에서 젊은 여자가 햇볕을 쬐며 책을 읽고 있다. 두 작가는 망원경으로 그 여자를 본다. '어쩌면 저렇게 숨을 죽이고 독서에 열중할 수 있지! 저렇게 열정적인 손놀림으로 책장을 넘기다니!' 난산의 작가가 생각한다. '다산의 작가가 쓴 소설처럼 대단한 감동을 주는 소설을 읽는 게 틀림없어!' '명상이라도 하듯 대단히 집중하고 있군. 신비한 진실이 밝혀지는 것을 보는 사람처럼 말이야!' 다산의 작가가 생각한다. '여러 가지 의미가 감추어진, 깊이 있는 책을 읽는 게 틀림없어. 난산의 작가가 쓴 책처럼 말이야!'

난산의 작가가 가장 바라는 일은 누군가가 자신의 책을 저 여자처럼 읽어 주는 것이다. 그는 다산의 작가가 쓰리라고 생각되는 그런 소설을 쓰기 시작한다. 한편 다산의 작가가 가장 바라는 것은 젊은 여자가 책을 읽듯, 자신의 책이 읽히는 것이다. 그는 난산의 작가가 쓰리라고 생각되는 그런 소설을 쓰기 시작한다.

처음에는 이 작가, 다음에는 저 작가가 젊은 여자에게 접근한다. 둘 다 자신이 방금 마친 소설을 그녀가 읽어 주었으면 한다고 말한다.

젊은 여자는 두 개의 원고를 받는다. 며칠 뒤 여자에게 함께 초대

받은 두 사람은 깜짝 놀란다.

"대체 이게 무슨 장난이죠?" 그녀가 말한다. "두 분이 똑같은 소설 원고 두 부를 제게 주셨어요."

아니면 이럴 수도 있다.

젊은 여자가 두 원고를 혼동한다. 그녀는 다산의 방식으로 쓰인 난산 작가의 소설을 다산 작가에게 돌려주고 난산의 방식으로 쓰인 다산 작가의 소설을 난산 작가에게 돌려준다. 두 작가 모두, 자신의 작품이 모방된 것을 보고 불같이 화를 내지만 곧 진정한다.

아니면 이럴 수도 있다.

갑자기 불어온 바람에 두 원고가 흩어진다. 여자는 원고들을 다시 모으려 애쓴다. 그 원고들에서 너무나 아름다운 한 편의 소설이 탄생하는데 비평가들도 그게 누구의 작품이라고 말하지 못한다. 다산의 작가도 난산의 작가도 항상 꿈꿔 왔던 그런 소설이다.

아니면 이럴 수도 있다.

젊은 여자는 늘 다산 작가의 작품을 감동 깊게 읽는 독자로서, 난산 작가를 몹시 싫어한다. 하지만 다산 작가의 새 소설을 읽다가 그 소설이 위조됐다는 걸 알아차린다. 그리고 그가 쓴 소설 모두가 위작이라는 것을 알게 된다. 다시 난산 작가의 작품들을 떠올린 그녀는 새삼 그 작품들이 너무나 아름답다는 것을 깨닫는다. 이제는 어서 빨리 그의 작품을 읽고 싶다. 하지만 자신이 기대했던 것과는 완전히 다른 어떤 것을 발견하고 그 역시 집어치운다.

아니면 이럴 수도 있다.

위에서처럼 '다산 작가'의 작품을 '난산 작가'의 것으로 '난산 작가'의 것을 '다산 작가'의 것으로 바꾼다.

아니면 이럴 수도 있다.

젊은 여자는 다산 작가의 열렬한 팬이고 난산 작가를 증오한다, 등등. 다산 작가의 새 소설을 읽으면서 뭔가 변화가 일어난 것을 전혀 알아차리지 못한다. 푹 빠진 것은 아니지만 그녀는 이 소설이 마음에 든다. 난산 작가의 원고에 대해서는 그의 다른 작품들처럼 여전히 재미가 없다고 생각한다. 그녀는 두 작가에게 모호한 대답을 한다. 두 사람 모두 이 여자가 그다지 신중한 독자가 아니라고 확신하며 더 이상 그녀에게 신경을 쓰지 않는다.

아니면 이럴 수도 있다.

위에서처럼 다른 원고로 대체하는 것이다.

나는 어떤 책에서 객관적인 생각은 '생각하다.'라는 동사를 비인칭으로 표현할 수 있다는 글을 읽은 적이 있다. '나는 생각한다.'가 아니라 '비가 오다.'라고 말하듯 '생각한다.'라고 할 수 있다는 것이다. 우주에는 생각이 있다. 이것이 매번 우리가 출발점으로 삼아야 할 분명한 사실이다.

마치 '오늘 비가 온다.'나 '오늘 바람이 분다.'라고 말하듯 '오늘 글을 쓴다.'라고 말할 수 있을까? '글을 쓴다.'라는 동사를 비인칭으로 자연스럽게 사용할 수 있을 때에만 나를 통해 한 개인의 개성이 아닌, 덜 제한적인 무언가를 표현할 수 있다는 희망을 갖게 되리라.

그러면 '읽다.'라는 동사는 어떤가? '오늘 비가 온다.'처럼 '오늘 읽는다.'라고 말할 수 있을까? 잘 생각해 보면 독서는 필연적으로, 글쓰기보다 훨씬 더 개인적인 행위이다. 글이란 게 작가의 한계를 넘어서서까지 쓰일 수 있다면, 그것은 한 개인에게 읽히고 그 정신의 회로를 관통할 때에만 계속해서 의미를 갖는다. 한 개인에게 읽힐 수 있는 힘만이, 글쓰기의 힘, 개인을 넘어서는 무언가를 토대로 한 힘의 일부를 이룬다는 사실을 증명한다. 우주는 누군가 이렇게 말할 수 있을 정도로 스스로를 표현하게 될 것이다. "나는 그러니까 우주가 쓰는 걸 읽고 있어."

여성 독자의 얼굴에 스치는, 그리고 내게는 거부된, 특별하고도 더없는 행복이 바로 이것이다.

내 책상 앞쪽 벽에는 누군가에게 선물로 받은 포스터가 걸려 있다. 강아지 스누피가 타자기 앞에 앉아 있는 포스터로, 말풍선에 이런 문장이 쓰여 있다. '폭풍우가 몰아치는 깜깜한 밤이었다……' 여기 이 책상에 앉을 때마다 나는 이 문장을 읽는다. '폭풍우가 몰아치는 깜깜한 밤이었다……' 그리고 이 모두(冒頭)의 비인칭성은 한 세계에서 다른 세계로, 이곳의 시간과 공간에서 이제 쓰인 페이지의 시간과 공간으로의 통로를 열어 놓은 듯이 보인다. 나는 시작의 흥분을 느끼는데 이 시작에 이어 이야기는 다양하고도 무궁무진하게 전개될 것이다. 전통적인 시작, 모든 것을 기대하게 하기도 하고 전혀 기대하지 않게 하기도 하는 시작만큼 더 좋은 건 없다고 확신한다. 그리고 이 과대망상증에 걸린 강아지가, 처음 네 개의 단어에 다시 네 개나 열두 개의 단어를 덧붙이려면 이 주문 같은 문장을 깨뜨려야만 한다. 다른 세계로 쉽게 들어갈 수 있다는 것은 착각이다. 어느 날엔가 경험할 독서의 행복을 예견하며 열정적으로 글쓰기에 뛰어들면 하얀 종이 위에 하얀 공간이 열린다.

이 포스터를 눈앞에 걸어 둔 뒤로 한 페이지도 글을 마무리할 수 없었다. 이 빌어먹을 스누피를 되도록 빨리 벽에서 떼어 버려야 한다. 하지만 결정할 수가 없다. 이 어린 강아지는 내게 내 상황의 상징, 경고, 도전이 되어 버렸다.

수많은 소설의 첫 장, 첫 문장은 순수한 상태에 있는데 이런 상태가 보여 주는 소설의 매력은 곧 계속되는 이야기 속에서 사라진다. 그 매력은 우리 앞에 펼쳐져 있고, 새로 전개될 사건의 가능성을 받아들이겠다는 독서 시간에 대한 약속이다. 나는 모두로만 된 책을 써 봤으면 좋겠다. 그 모두는 그것이 진행되는 내내, 시작의 잠재력, 아직은 목적 없는 기다림을 영원히 간직하고 있을 것이다. 그런데 그와 같은 책은 어떻게 구성될까? 모두를 처음 시작한 뒤 중단해야 할까? 모두 부분만을 무한히 연장할 수 있을까? 『천일야화』처럼 다른 이야기의 모두에 또 다른 모두를 끼워 넣을 수 있을까?

오늘 나는 유명한 소설의 첫 문장들을 베껴 써 볼 생각이다. 그 시작 부분에 담겨진 에너지가 내 손에 전달되는지 보기 위해서이다. 적절한 충동을 받게 되면 내 손은 저절로 달려 나가겠지.

7월 초 굉장히 무더울 때, 저녁 무렵에 한 청년이 S 골목의 세입자에게 빌려 쓰고 있는 골방에서 거리로 나와 왠지 망설이듯 천천히 K 다리를 걸어갔다.[25]

나는 서사의 흐름에 나를 맡기는 데 없어서는 안 될 두 번째 단락도 베끼려 한다.

그는 계단에서 주인아주머니와 마주치는 것을 용케 피했다. 그의 골

---

25 표도르 도스토예프스키, 김연경 옮김, 『죄와 벌』(민음사, 2012). 이하 같은 책에서 인용.

방은 높은 5층 건물의 지붕 바로 밑에 있어서 사람 사는 방이라기보다는 차라리 벽장 같았다. 이런 식으로 해서 이 문장까지 쓸 것이다. 하숙비가 잔뜩 밀려 있어서 주인아주머니와 마주칠까 봐 두려웠던 것이다.

이 부분에서 다음 문장이 너무나 매력적이어서 그 문장을 옮겨 적지 않을 수 없다. 그렇다고 그가 원래 겁이 많고 주눅이 잘 드는 성격도 아니었다. 오히려 정반대였다. 하지만 언제부터인가 우울증과도 비슷한 신경질적이고 긴장된 상태가 되었다. 시작 부분이 있기 때문에 그 부분을 계속 필사해 나갈 수 있다. 아니 주인공이 고리대금업자 노파에게 가는 부분까지 몇 페이지를 필사할 수 있다. "라스콜리니코프라는 대학생입니다. 한 달쯤 전에도 왔습니다만." 청년은 상냥하게 굴어야 한다는 것을 상기하고는 반쯤 몸을 숙이며 서둘러 중얼거렸다.

나는 『죄와 벌』을 전부 필사해 버리고 싶은 유혹에 사로잡히기 전에 글쓰기를 멈춘다. 이제는 상상도 할 수 없는 직업, 그러니까 필경사라는 직업이 어떤 의미와 매력을 지녔을지 알 것 같다. 필사자는 두 개의 시간적 차원에서 동시에 살았다. 바로 독서의 차원과 글쓰기의 차원이다. 그는 자신의 펜 앞에 놓인 공간을 두려워하지 않고 글을 쓸 수 있었다. 자신의 행위가 어떤 물질적 대상으로 구체화되어야 한다는 고뇌 없이 글을 읽을 수 있었다.

내 책을 번역한 사람이라는 남자가 찾아와서 내 작품이 남용되어 나와 그에게 피해를 주고 있다고 알렸다. 그러니까 내 책들이 저작권도 없이 번역되어 출판되고 있다는 것이다. 그가 그런 책을 한 권 보여 주어서 책장을 넘겨 보았지만 대단한 것은 찾아내지 못했다. 일본어로 된 작품이라, 알파벳으로 쓰인 글자라고는 표지에 적힌 내 이름과 성뿐이었다.

"내 책 가운데 어떤 책인지 모르겠군요." 내가 그에게 책을 돌려주면서 말했다. "유감스럽게도 난 일본어를 모릅니다."

"일본어를 아신다고 해도 아마 어떤 책인지 모르실 겁니다." 나를 찾아온 남자가 말했다. "선생님이 쓰신 적 없는 책이니까요."

그는, 일본인들에게는 서양의 제품을 완벽할 정도로 똑같이 만드는 능력이 있는데 그런 능력이 이제 문학으로까지 확장되었다고 설명했다. 오사카에 있는 한 회사에서 실라스 플래너리 소설의 공식을 입수했고, 전 세계 시장에 침투할 수 있을 만큼 완벽하게 새롭고 최고 수준의 작품을 생산하는 데 성공했다는 것이다. 아니, 좀 더 정확히 말하자면 그들이 영어에서 번역한 작품인 척하는 그 작품이 영어로 번역되어 그 어떤 비평가도 진짜 플래너리의 작품과 구별할 수 없게 되었다는 것이다.

이런 끔찍한 사기 소식에 나는 당황했다. 하지만 경제적, 도덕적으로 입은 피해 때문에 분노한 것은 아니었다. 나는 이런 사기, 전혀 문화가 다른 땅에서 태어난 내 분신에 미묘한 매력을 느낀다. 나는 기모노를 입고 작은 아치형 다리를 건너는 노인을 상상한다. 내가 쓸 이야기 가운데 하나를 상상하는 일본인 나, 그는 완전히 이질적인 정신적 여정을 거쳐 나와 동일시되기에 이른다. 오사카 위조 회사에서 만든 플래너리들은 저속한 위조물이겠지만 동시에 진짜 플래너리가 전혀 다루지 않은 정제되고 신비한 지혜를 담고 있을지도 모른다.

물론 이 낯선 남자 앞에선 이런 애매모호한 태도를 숨기고 고소를 진행하기 위해 필요한 자료들을 모으는 일에만 관심을 보여야 했다.

"위조자들과 가짜 책을 유포하는 데 협력한 자들은 누구든 고소하겠소!" 나는 일부러 번역가의 눈을 보며 말했다. 이 젊은이가 이 수상한 사건과 무관하지 않을지도 모른다는 의심이 들었기 때문이다. 그는 에르메스 마라나라고 자기를 소개했는데, 한 번도 들어 본 적 없는 이름이었다. 그의 머리는 비행선처럼 가로로 길쭉했고 볼록한 이마 안에 많은 것들을 숨기고 있는 듯이 보인다.

나는 그에게 어디 살고 있는지 물어보았다. "지금은 일본에 살고 있습니다." 그가 대답했다.

누군가 내 이름을 부당하게 사용하고 있다고, 자신은 이 사기극을 끝내도록 나를 도와줄 준비가 되어 있다고 분개하며 말한다. 그러면서도 모든 점을 고려해 본다면 그렇게 놀라운 일은 아니라고 덧붙인다. 그가 생각하기에 독서는 그것이 갖고 있는 속임수의 힘에 의해 가치를 얻기 때문에, 그 속임수 속에 진실이 담겨 있기 때문이다. 그러니까 속임수의 속임수인 위작도 마찬가지다.

그는 계속 자신의 이론을 자세히 설명했는데, 그에 따르면 모든 책의 저자는 허구의 인물로서 실존의 저자가 그 인물을 자기 소설의 저자로 만들기 위해 고안해 낸 존재이다. 나는 그의 주장 대부분에 공감하면서도 그가 그 점을 눈치채지 못하도록 조심한다. 그는 특히 두 가지 이유에서 내게 관심이 있다고 말한다. 첫째는 내가 위조할 수 있는 작가이기 때문이고, 둘째는 위대한 위조자가 되는 데, 완벽한 위작을 만드는 데 꼭 필요한 재능을 가지고 있다고 생각하기 때문이라고 한다. 그러니까 나는 그가 이상적이라고 생각하는 작가, 자신의 두꺼운 껍질로 세상을 뒤덮을 허구의 구름 속으로 사라질 수 있는 작가의 현현(顯現)일 수 있다. 결국 그가 보기에 속임수는 모든 것의 본질이며 완벽한 속임수 시스템을 고안하는 작가는 모든 것과 동일시될 수 있었다.

나는 어제 마라나와 나눈 대화를 생각하지 않을 수가 없다. 나도 모든 책에서 나 자신을 지워 버리고 다른 나를, 다른 목소리를, 다른 이름을 찾고 싶고 다시 태어나고 싶다. 하지만 내 목표는 읽을 수 없는 세계, 중심도 없고 나도 없는 세계를 책 속에 담는 것이다.

잘 생각해 보면 포괄적인 것을 다루는 작가는 아주 겸손한 사람일 수 있다. 미국에서 고스트 라이터, 유령 작가라고 부르는 작가, 그리 존경받지는 못하지만 유용성은 널리 인정받는 직업을 가진 사람을 말하는 것이다. 글을 쓸 줄 모르거나 쓸 시간이 없는 사람들이 들려준 이야기를 책의 형태로 만드는 익명의 편집자이며, 존재하는 데 너무나 바쁜 존재들에게 언어를 제공하며 글을 쓰는 손이다. 어쩌면 나의 진정한 소명은 바로 그것인데 놓치고 있는 건지도 모른다. 나는 다수의 나를 만들 수 있었고, 다른 나를 덧붙일 수 있었고, 나와 그리고 서로 정반대되는 나인 척할 수 있었다.

하지만 책이 담을 수 있는 개인적인 진실이 단 하나뿐이라면 나의 진실을 쓰는 게 좋다고 생각한다. 내 기억에 대한 책을 말하는가? 아니다. 기억은 그것이 고정되지 않을 때에만, 하나의 형식에 갇히지 않을 때에만 진실하다. 내 욕망을 다룬 책을 말하는가? 그 욕망도, 그것의 충동이 의식 있는 내 의지와 독립적으로 작용할 때에만 진실하다. 내가 쓸 수 있는 유일한 진실은 내가 살고 있는 순간에 대한 진실이다. 어쩌면 지금 내가 하루 중 다양한 시간을 의자에 누워 있는 여자의 이미지를 (마치 빛의 변화에 따라 관찰하듯이) 기록하려고 애쓰는 이 일기가 진실한 책일 수 있다.

　나의 불만족을 통해 끝없는 야심, 어쩌면 과대망상증일 수도 있는 헛소리를 드러내는 건 어떨까? 자신의 외부에 있는 것을 말하기 위해 스스로를 지워 버리고자 하는 작가 앞에는 두 가지 길이 열린다. 자신의 페이지 안에 모든 것을 다 써 버리는, 유일한 책이 될 수 있는 단 한 권의 책을 쓰든가, 아니면 책들의 부분적인 이미지들을 통해 모든 것을 좇을 수 있는 모든 책들을 쓰는 것이다. 모든 것을 포함한 유일한 책은 바로 성스러운 책, 계시를 담은 완전한 언어가 되리라. 하지만 나는 언어에 전체를 담을 수 있다고는 생각하지 않는다. 내 문제는 밖에 있는 것, 글로 쓰이지 않은 것, 쓸 수 없는 것이다. 내게는 모든 책들을 쓰는 길, 가능한 모든 작가들의 책을 쓰는 길 외에 다른 길이 남아 있지 않다.

　한 권의 책을 써야 한다고 생각할 때면, 이 책이 어떻게 되어야 하고 어떻게 되어서는 안 된다는 모든 문제들이 나를 가로막고 앞으로 나아가지 못하게 한다. 하지만 하나의 도서관을 쓰고 있다고 생각하면 갑자기 몸이 가벼워지는 느낌이 든다. 내가 어떤 책을 쓰든 나중에 보완되고 반박되고 균형이 맞추어지고 확장되고 내가 써야 할 책으로 남은 수백 권의 책에 파묻히리라는 것을 알기 때문이다.

　다른 성서들에 비해 쓰일 때의 상황이 사람들에게 많이 알려진 책은 코란이다. 완전한 말과 책 사이에 적어도 두 번의 개입이 있었다. 마호메트가 알라의 말을 듣고, 필경사들에게 그것을 불러 주었다. 마호메트 전기 작가들에 따르면 마호메트가 필경사인 압둘라에게 불러 줄 때 한 문장을 끝내지 않은 채 남겨 두었다고 한다. 필경사는 본능적으로 마호메트에게 결론을 암시했다. 마호메트는 별 생각 없이 압둘라의 말을 신의 말로 받아들였다. 이 사건으로 필경사는 큰 충격을 받아서 마호메트를 떠났고 믿음을 잃었다.

그가 잘못한 것이다. 완전하게 문장을 구성하는 것은 그의 책임이 아니었다. 그가 할 일은 바로 쓰인 언어가 내적인 일관성을 유지하도록, 문법과 구문론을 처리하는 것이었다. 선지자가 입 밖에 낸 것 같은 특별히 유연한 말이 되기 전에 모든 언어 밖으로 확장되는 유연한 사고를 담아 내기 위해서. 글로 쓰인 텍스트로 자신을 표현하기로 결정했으므로 알라에게는 필경사의 협조가 필요했다. 마호메트는 알아서 마지막 문장들을 마무리할 특권을 필경사에게 주었다. 하지만 필경사는 자신에게 부여된 특권을 알아차리지 못했다. 그는 글쓰기에 대한 믿음과 글쓰기 운영자로서의 자신에 대한 믿음이 없었기 때문에 알라에 대한 믿음을 잃었던 것이다.

만일 신앙이 없는 사람이 마호메트의 전설을 변형된 이야기로 고안해 내도 된다면 나는 이런 이야기를 제안하고 싶다. 압둘라가 믿음을 잃은 것은 마호메트의 말을 받아 적다가 실수를 했고, 마호메트는 그 사실을 발견하고도 그 잘못된 받아쓰기가 더 마음에 들어 그것을 수정하지 않기로 결정했기 때문이다. 이 경우에도 압둘라가 충격을 받는다면 그건 잘못이다. 예언을 담은 황홀한 말일지라도, 말이란 것은 그 이전이 아니라, 바로 페이지 위에서 결정적으로 변한다. 즉 글쓰기가 되는 것이다. 글로 쓰이지 않은 광대무변함이 읽히는 것은 오로지 글쓰기라는 우리의 제한적인 행위를 통해서, 불확실한 철자법, 실수, 착각, 단어와 펜의 제어할 수 없는 도약을 통해서뿐이다.

그렇지 않으면 우리 밖에 있는 것은 말로 하거나 글로 쓰인 단어로의 의사소통을 주장하지 않을 것이다. 자신들의 메시지를 다른 통로로 보낼 것이다.

지금 하얀 나비가 온 계곡을 가로지르고 있다. 여성 독자의 책에서 날아올라 내가 글을 쓰는 종이에 내려앉았다.

수상한 사람들이 계곡을 배회하고 있다. 나의 새 소설을 기다리는 저작권 대리인들로 그들은 이미 전 세계 출판사들로부터 선금을 받았다. 또 광고 회사 직원들도 있는데 그들은 내 소설의 등장인물들에게 특정 옷을 입히고 특정 과일 주스를 마시게 하고 싶어 한다. 미완성 작품들을 컴퓨터로 완성시켜야 한다고 주장하는 컴퓨터 프로그래머들도 있다. 나는 가능한 한 집 밖으로 나가지 않으려고 애쓴다. 마을을 피한다. 산책을 하고 싶을 때는 산속 오솔길을 택한다.

오늘, 약간은 들떠 보이면서도 아주 세심한 보이스카우트 분위기의 청년들을 한 무리 만났다. 그들은 풀밭에 캔버스 천을 펼치고 기하학 모양들을 만드는 중이었다.

"비행기들에게 보내는 신호인가요?" 내가 물었다.

"비행 물체에게 보내는 겁니다." 그들이 대답했다. "우리는 미확인 비행 물체를 관찰하는 사람들입니다. 여기가 그런 물체들이 지나가는 지역입니다. 최근에 그런 물체가 가장 많이 나타났던 일종의 비행 통로지요. 이쪽 지역에 어떤 작가가 살고 있고 다른 행성에 사는 존재들이 그를 이용해서 의사소통을 하고 싶어 하기 때문이라더군요."

"어떻게 그런 말을 믿게 되었죠?" 내가 물었다.

"그 작가가 얼마 전부터 위기에 빠져서 더 이상 글을 쓸 수 없게 되었거든요. 신문들은 그 이유가 뭘까 궁금해합니다. 우리 계산에 따르면 그 작가가 지구에서의 조건들을 모두 털어 버리고 메시지를 수신하게 하려고 다른 세계의 주민들이 그를 무기력하게 만들고 있는 듯합니다."

"왜 하필 그 사람인가요?"

"외계인들은 직접적으로 말을 할 수 없습니다. 간접적으로, 비유적으로, 예를 들면 보기 드문 감동을 불러일으키는 이야기들을 통해 자신들을 표현해야 합니다. 그 작가가 바로 그런 훌륭한 기술과, 유연한 사고를 가진 사람인 모양입니다."

"그런데 여러분은 그 작가의 책을 읽어 보셨습니까?"

"지금까지 쓴 작품엔 관심 없습니다. 그가 위기에서 벗어난 뒤에 쓰게 될 책은 우주와 소통하는 책이 될 겁니다."

"어떻게 수신을 하나요?"

"정신적으로요. 그 작가는 전혀 알아차리지 못할 겁니다. 자기 재능으로 글을 쓰고 있다고 믿겠지요. 그렇지만 공간에서 오는 메시지가 그의 뇌에 포착되어 쓰는 글에 스며들 겁니다."

"당신들은 그 메시지를 어떻게 해석할 수 있지요?"

그들은 대답하지 않았다.

행성 간의 소통이라는 기대가 물거품이 될 거라고 생각하자 다소 미안한 마음이 들었다. 어쨌든 나는 다음 내 책에 그들이 보면 우주의 진리를 계시하는 것처럼 보이는 내용을 잘 끼워 넣을 수도 있을 것이다. 지금으로서는 어떤 이야기를 구상할지 생각나지 않지만 글을 쓰기 시작하면 생각이 떠오르리라.

그런데 혹시 그들이 말한 대로 된다면? 내가 장난으로 글을 쓰고 있다고 생각하는 동안, 내가 쓰는 글이 진짜 외계인들이 불러 주는 것이라면?

나는 공간에서 올지 모를 계시를 애타게 기다린다. 소설은 진전이 없다. 내가 갑자기 원고지들을 다시 채워 나가기 시작한다면 은하계가 나에게 메시지를 전달한다는 신호일 것이다.

그렇지만 내가 쓸 수 있는 글이라고는, 어떤 책인지도 모를 책을 읽는 젊은 여자에 대한 관조의 글인 이 일기밖에 없다. 외계에서 오는 메시지가 이 일기 속에 담겨 있을까? 아니면 저 여자가 읽는 책 속에?

아주 중요한 대학 스터디 세미나를 위해 내 소설에 대해 논문을 쓰고 있다는 아가씨가 나를 찾아왔다. 그녀의 이론을 증명하는 데 내 작품들이 완벽하게 이용되는 것을 보았다. 긍정적인 사실이지만, 소설을 위해서인지 이론을 위해서인지는 모르겠다. 대단히 상세하게 들려준 그녀의 이야기를 통해서 나는 진지하게 진행된 작업이라는 생각을 하게 되었다. 하지만 그녀의 눈을 통해 본 내 소설들이 내 소설인지는 모르겠다. 로타리아(그녀의 이름이다.)가 공들여 책을 읽었다는 사실은 의심하지 않는다. 하지만 오로지 책을 읽기 전에 이미 확신하고 있던 사실을 찾기 위해서 그 책을 읽었다는 생각이 든다.

그녀에게 이 말을 해 보았다. 그녀가 약간 화를 내며 반박했다.

"왜요? 제가 선생님 책에서 선생님이 확신하는 것만 읽기를 바라시나요?"

내가 그녀에게 대답했다. "그렇지 않아요. 나는 독자들이 내 책에서 나도 모르고 있던 어떤 것을 읽어 내기를 기대합니다. 그렇지만 그러려면 독자들도 자신이 모르는 어떤 것을 읽고 싶다는 기대를 가져야 해요."

(다행히 나는 책 읽는 다른 여자를 망원경으로 보며 모든 독자가 로타리아 같지는 않다는 것을 확신할 수 있다.)

"선생님이 원하시는 독서는 수동적이고, 현실 도피적이고, 퇴보적인 독서 방법일 수 있어요." 로타리아가 말했다. "제 동생의 독서법이기도 해요. 아무런 문제 제기도 없이 실라스 플래너리의 소설들을 차례차례 탐독하는 그 애를 보고 그 소설들을 저의 논문 주제로 삼아야겠다는 생각을 하게 됐죠. 플래너리 선생님, 관심이 있으실지 모르겠지만 제가 선생님의 작품을 읽은 이유는 바로 그 때문이에요. 내 동생 루드밀라에게 어떤 작가를 어떻게 읽어야 하는지를 증명해 보이기 위해서죠. 실라스 플래너리라도 말이죠."

"'라도'라고 해 줘서 고마워요. 그런데 동생은 왜 함께 오지 않았습니까?"

"루드밀라는 작가들을 개인적으로 만나는 건 좋지 않다고 주장해요. 실제 사람과, 책을 읽는 동안 만들어지는 이미지는 절대 일치하지 않는다나요."

이 루드밀라가 나의 이상적인 독자라고 말하고 싶다.

어제 저녁 서재에 들어가다가 창문으로 달아나는 낯선 남자의 그림자를 보았다. 그를 뒤쫓아 보려 했으나 흔적조차 찾을 수 없었다. 종종, 특히 밤이면 우리 집 근방 수풀에 사람들이 숨어 있는 것 같은 기분이 든다.

되도록 집 밖으로 안 나가려 하지만 누군가 내 원고에 손을 대는 것 같은 느낌이 든다. 내 원고 중 몇 장이 사라진 걸 여러 차례 발견하기도 했다. 그 원고들은 며칠 뒤 제자리에 다시 나타나곤 했다. 하지만 내 원고를 알아보지 못하는 경우도 종종 있다. 마치 내가 썼다는 사실을 잊어버린 듯, 아니면 어제의 나를 알아볼 수 없을 정도로 하루 사이에 내가 변하기라도 한 듯이 말이다.

나는 로타리아에게 내가 빌려 주었던 내 책들을 다 읽었는지 물어보았다. 그녀는 이곳에는 자기가 쓸 컴퓨터가 없기 때문에 읽지 못했다고 대답했다.

적절하게 프로그램이 입력되어 있는 컴퓨터로는 몇 분 만에도 소설을 읽을 수 있고, 텍스트에 담겨 있는 모든 단어의 목록을 빈도수에 따라 기록할 수 있다고 그녀는 설명했다. "그렇게 해서 다 읽은 책을 금방 정리할 수 있어요." 로타리아가 말한다. "더할 수 없이 귀한 시간을 절약할 수 있지요. 되풀이되는 주제, 계속 강조되는 형식과 의미를 기록하지 않는다면 텍스트를 읽는 게 무슨 의미가 있겠어요? 컴퓨터로 독서를 하면 빈도수 목록을 손에 넣을 수 있어요. 그걸 한번 훑어보는 것만으로도 책이 제 비판적 연구에 제시하는 문제들과 관련된 아이디어를 얻을 수 있어요. 물론 관사, 대명사, 불변화사가 제일 빈도수가 높고 그 목록도 길지만 제 관심은 거기에서 끝나지 않아요. 곧 가장 의미가 풍부한 단어들로 관심을 돌리지요. 그런 단어들은 책의 이미지를 아주 정확하게 제공하고요."

로타리아는 컴퓨터로 옮겨 적은 책 몇 권을 가져왔다. 빈도순으로 단어 목록을 나열한 책이었다. "한 소설에 등장하는 5만 단어에서 10만 단어 가운데 20여 차례 이상 나오는 단어들을 살펴보시라고 권하고 싶어요." 그녀가 내게 말했다. "여기를 보세요. 열아홉 번 등장하는 단어들이에요.

탄띠, 사령관, 이, 하다, 한, 함께, 거미, 대답하다, 피, 보초, 총격, 곧, 너, 너의, 보았던, 삶……

열여덟 번 등장한 단어들이에요.

충분하다, 아름다운, 베레모, 할 때까지, 프랑스인, 먹다, 죽은, 새로운, 지나다, 감자, 한 점, 저, 청년들, 밤, 내가 가다, 그가 오다……"

"이게 무엇을 의미하는지 정확히 모르시겠어요?" 로타리아가 말한다. "전쟁 소설이 틀림없어요. 어느 정도 폭력을 담아서 건조한 문체로 쓴 역동적인 전쟁 소설이죠. 완전히 표면적인 소설이라고 할 수 있어요. 그렇지만 그에 대한 확증을 얻기 위해서는 딱 한 번만 등장하는 단어 목록들을 꼭 조사해 보는 게 좋아요. 예를 들면 이런 단어들이죠.

하의, 그를 땅에 묻다, 지하실들, 지하의, 그녀를 땅에 묻다, 땅에 묻은, 부드러운, 관목, 비밀리에, 룸펜 프롤레타리아트, 계단 밑, 지하에, 속옷……[26]

아니, 얼핏 보았을 때처럼 완전히 표면적인 책은 아니네요. 뭔가 숨겨져 있는 게 틀림없어요. 제 연구를 통해 흔적을 따라가 볼 수 있을 거예요."

---

26 모두 이탈리아어로 '아래', '지하'를 뜻하는 sotto가 붙은 단어들이다.

로타리아가 내게 다른 목록들을 보여 준다. "이건 완전히 다른 소설이에요. 금방 알 수 있어요. 50여 차례 가까이 반복되는 단어들을 보세요.

가졌던, 남편, 조금, 리카르토, 그의(51), 무엇, 앞에, 그가 갔다, 대답했다, 그랬다, 역(48), 방금, 방, 마리오, 약간, 모든 이들, 여러 번(47), 그가 갔다, 그것, 아침, 보였다(46), 했어야만 했다(45), 가졌다, 까지, 손, 느끼다(43), 햇수, 체치나, 누구, 델리아, 손들, 여자, 여섯, 밤(42), 창문, 할 수 있었다, 거의, 혼자, 돌아갔다, 남자(41), 나를, 원했다(40), 삶(39)······.

어떠세요? 내면적인 서사, 알 듯 말 듯 암시된 섬세한 감정, 소박한 분위기, 어떤 지방에서의 일상적인 삶······. 이것을 확인하려면 한 번만 나오는 단어의 표본을 뽑아 보면 된답니다.

한기를 느끼는, 속은, 머리를 짜낸, 엔지니어, 질투하다, 순진한, 집어삼켰다, 집어삼켜진, 집어삼키는, 무릎을 꿇다, 아래로, 불공평, 확장했다, 살이 찌다······.[27]

이런 단어들이에요. 이미 우리는 어떤 분위기인지, 어떤 정신 상태이고 사회적 배경이 어떤지를 알 수 있어요······. 세 번째 책으로 가 보죠.

그가 갔다, 머리카락, 계산, 몸, 하느님, 두 번째, 돈, 특히, 여러 번(39), 가루, 비, 저장품(보급품), 누군가, 이유, 밤, 머물다, 빈첸초, 포도주(38), 부드러운, 그러므로, 다리, 죽은 여자들, 그녀의, 달걀, 초록(36), 우리가 갖게 될 것이다, 아이들, 이런, 하얀, 머리, 그들이 하

---

27 모두 in으로 시작되는 단어들이다.

다, 하루, 자동차, 검은색들, 심지어, 지붕, 그들이 머물렀다, 있다, 직물(35)…….

여기서 우린 단단하고 생생하고, 완전히 치밀하고 약간 거칠고 관능성이 직접적으로 드러나며, 통속적인 에로티시즘을 세련되지 않은 모습 그대로 보여 주는 이야기와 마주하고 있다고 할 수 있어요. 이 소설에서도 한 번만 등장하는 단어 목록을 볼 수 있어요. 예를 들면 이런 거죠.

채소, 처녀들, 수치스러워했다, 수치스러워하면서, 수치스러워하다, 너 스스로 수치스러워하다, 그가 수치스러워할 것이다, 수치스러웠던, 수치, 우리는 수치스러울 것이다, 수치를 느껴라, 나는 수치스럽다, 확인되다, 베르무트……[28]

보셨죠? 이건 진짜 죄의식이에요. 소중한 증거지요. 비평 연구는 여기서 시작할 수 있고 연구의 가설을 제시할 수 있어요……. 제가 선생님께 말한 대로죠? 빠르고 효과적인 시스템이잖아요."

로타리아가 이런 식으로 내 책을 읽는다는 것을 알고 나자 내게 약간의 문제가 생겼다. 이제 나는 어떤 단어를 쓸 때마다 그 단어가 컴퓨터에 의해 분리되어 빈도수 목록에서 다른 단어들 옆에 배치되는 것을 보게 된다. 이미 배치되어 있는 단어들이 어떤 것인지는 나도 알 수 없다. 이 단어를 몇 번 사용했는지 자문하게 되고 분리된 음절에 글쓰기의 책임이라는 무게가 모두 실리는 것을 느낀다. 내가 그 단

---

28 단어 목록은 마리오 알리네이(Mario Alinei)가 편집한 *Spogli elettronici dell'italiano letterario contemporaneo*, Il Mulino, Bologna, 1973을 참조했다. 이탈리아 작가 세 사람에게 바친 작품이다.(원주)

어를 한 번 혹은 50번 사용했다는 사실에서 어떤 결론들을 이끌어 낼 수 있을지 상상해 본다. 어쩌면 그 단어를 지우는 게 나을지도 모른다……. 하지만 다른 어떤 단어로 대체해 보려 해도, 나는 그런 시도를 해 보려는 유혹을 물리치지 못할 것 같다……. 어쩌면 책이라기보다는 알파벳 순서로 된 단어들의 목록을 쓸 수 있을 것이고, 내가 아직 모르는 그런 진실을 표현하는 고립된 단어들의 산사태를 만들어 낼지도 모른다. 그런 단어들 속에서 컴퓨터 작업자는 자신의 프로그램을 뒤집어, 책을, 내 책을 만들어 낼 수 있을지도.

나에 대한 논문을 쓰고 있다는 로타리아의 여동생이 나타났다. 그녀는 예고도 없이, 마치 우연히 이곳을 지나다 들른 것처럼 나를 찾아왔다. 그녀가 말했다. "저는 루드밀라라고 합니다. 선생님 작품을 모두 읽었어요."

그녀가 작가를 직접 만나고 싶어 하지 않는다는 것을 알았기 때문에 나는 적잖이 놀랐다. 그녀는 자신의 언니가 항상 사물을 부분적으로만 바라본다고 말했다. 로타리아에게 나와의 만남에 대해 전해 듣고 직접 나를 만나고 싶은 생각이 든 건 그 때문이기도 했다. 꼭 내 존재를 확인하기 위해서인 양 말이다. 그녀는 나를 이상적인 작가의 모델로 여겼다.

그녀가 이상적으로 생각하는 작가는, '콩 심은 데 콩 나듯' 책을 만드는 작가라고 했다. 그녀는 차분하게 자신들의 과정을 따르는 자연스러운 진행 상황에 대해 다른 은유도 사용했다. 가령 산의 모양을 만드는 바람, 밀려오는 바닷물, 나무 몸통의 나무 테 같은 것들을. 하지만 이런 것들은 일반적으로 문학적 창조와 관련된 은유인 반면 콩

심은 데 콩나듯 책을 만드는 작가라는 이미지는 나와 직접적으로 연관이 있었다.

"언니에게 화가 나나요?" 다른 사람과 대립되는 의견을 주장하는 사람들이 대개 그렇듯이 그녀의 말 속에서 호전적인 어투를 감지하고 내가 물었다.

"아니에요. 언니도 아는 다른 사람에게 화를 내는 거예요." 그녀가 말했다.

크게 힘들이지 않고 나는 그녀가 나를 방문한 배경을 밝혀낼 수 있었다. 루드밀라는 번역가 마라나의 여자 친구, 아니, 헤어진 여자 친구였다. 마라나에게 문학은 복잡한 장치로 구성될 때, 복잡한 장치와 속임수와 함정들의 총체가 될 때 훨씬 가치가 있었다.

"아가씨 생각에는 내가 뭔가 다른 글을 쓸 수 있을 것 같은가요?"

"저는 항상 선생님께서 굴을 파는 동물처럼, 개미집을 짓고 벌집을 만드는 개미나 벌처럼 글을 쓴다고 생각했어요."

"듣기 좋으라고 하는 말은 아닌 게 분명하군요." 내가 대답했다. "어쨌든, 지금 여기서 나를 만나고 실망하지 않았으면 좋겠군요. 당신이 만들어 놓았던 실라스 플래너리의 이미지와 일치합니까?"

"실망하지 않았어요. 오히려 그 반대죠. 하지만 선생님이 어떤 이미지와 일치하기 때문은 아니에요. 선생님께서 완전히 평범한 분이기 때문이죠. 바로 제가 예상했던 대로요."

"제 소설이 평범한 사람의 이미지를 만들어 냈나요?"

"아니에요, 들어 보세요……. 실라스 플래너리의 소설들은 아주 특징 있는 무언가예요……. 예전부터, 선생님이 그 글들을 쓰기 전부터 이미 있었던 것 같아요. 아주 세세한 부분까지 모두요……. 틀림없이 그 글을 쓴 누군가가 이미 존재해서, 글을 쓸 줄 아는 선생님을 통해 나온 것 같아요……. 정말 그런지 아닌지 확인하기 위해 선생님이 글을 쓰시는 동안 선생님을 지켜보고 싶어요……."

나는 날카로운 것에 찔리는 듯한 통증을 느꼈다. 이 여자에게 나는 나와는 무관하게 존재하는 상상의 세계를, 표현되지 않은 것에서 글쓰기로 옮길 준비가 된 비인격적인 표현 에너지에 불과했다. 그녀가 생각하는 그 힘이, 표현의 힘도 표현해야 할 것도 내게 남겨 놓지 않은 것을 알면 얼마나 놀랄까.

"뭘 볼 수 있다고 생각합니까? 누가 보고 있으면 난 글을 쓸 수 없어요……." 나는 반대했다.

그녀는 글쓰기의 진실은 글 쓰는 행위라는 물질성으로 이루어진다는 것을 알게 된 것 같다고 설명한다.

'행위의 물질성……'이라는 말이 내 머리에서 회오리치고, 떨쳐 버리려 애썼지만 그러지 못했던 이미지들과 결합된다. "존재의 물질성이지요." 내가 우물거린다. "자, 봐요. 나는 여기 있습니다. 나는 당신 앞에 완전히 물질적인 실재로 존재하는 남자요……." 그러자 다른 사람이 아니라, 바로 나 자신에 대한 날카로운 질투심이 밀려들었다. 내가 더 이상 쓸 수 없는 소설을 썼던, 잉크와 마침표와 쉼표로 된 나 자신, 이런 젊은 여인의 내면으로 계속 들어가는 작가 말이다. 반면 지금 여기 있는 나는 창조적인 열정보다 훨씬 강렬한 육체적 에너지가 솟구치는 것을 느끼며 타자기 자판과 거기 낀 하얀 종이와의 무한한 거리만큼 그녀와 떨어져 있다.

"의사소통은 다양한 차원에서 결정될 수 있습니다……." 약간 성급하게 그녀에게 다가가면서 나는 설명하기 시작한다. 하지만 내 머릿속에서는 시각과 감각의 이미지들이 회오리치며, 그녀와의 거리와 모든 망설임을 없애라고 자극한다.

루드밀라가 몸부림치며 내게서 벗어난다. "뭐 하시는 거예요, 플래너리 선생님? 중요한 건 이게 아니잖아요! 실수하시는 거예요!"

물론 조금 더 세련되게 그런 동작들을 할 수도 있었다. 하지만 이미 만회하기에는 너무 늦어 버렸다. 이제 남은 것은 전부 갖든 모두 잃든 둘 중 하나다. 나는 계속 그녀를 쫓아 책상 주위를 달리며, 내가 생각하기에도 너무 어리석은 말들을 늘어놓는다. "혹시 내가 너무 늙었다고 생각할 수도 있어요, 그렇지만……."

"전부 다 오해예요, 플래너리 선생님." 루드밀라가 말한다. 그리고 제자리에 서서 묵직한 웹스터 백과사전으로 우리 사이를 가른다. "전 선생님과 잘 수도 있어요. 선생님은 점잖은 신사이고 외모도 훌륭해요. 그렇지만 그렇게 해도 아까 우리가 말했던 문제에는 아무런 의미도 더하지 못할 거예요……. 제가 읽은 소설의 작가 실라스 플래너리와는 아무 상관도 없을 거예요……. 제가 설명드렸듯이 두 분은 전혀 다른 사람이니까요. 두 분은 서로 간섭하지 않는 관계예요. 저는 선생님의 이 구체적인 모습이 다른 누구도 아닌 선생님 자신의 모습이라는 걸 의심하지 않아요. 제가 알았던 수많은 남자들과 매우 비슷하지만 말이죠. 그렇지만 제가 관심을 가졌던 사람은 다른 사람이에요. 실라스 플래너리의 작품에 존재하는, 지금 여기 있는 선생님과는 별개의 인물이죠……."

나는 이마의 땀을 닦는다. 자리에 앉는다. 내 안에 있는 무언가가 빠져나갔다. 어쩌면 나의 자아인지도 모른다. 자아의 내용물일 수도 있다. 그런데 내가 원했던 게 바로 이것 아니었나? 내가 도달하고자 애썼던 몰개성화가 바로 이것 아니었나?

어쩌면 마라나와 루드밀라는 내게 똑같은 사실을 말해 주러 왔는지도 모른다. 하지만 그것이 해방인지 비난인지는 모르겠다. 그들은 왜 하필 내가 감옥 속에 있는 것 같은 순간에, 나 자신이 그 어느 때보다 구속되어 있다고 느낀 순간에 나를 찾아온 것일까?

루드밀라가 나가자 나는 긴 의자에 있는 여자를 보며 위안을 얻으려고 망원경 쪽으로 달려갔다. 여자는 없었다. 의심이 생겼다. 혹시 나를 찾아왔던 루드밀라가 그 여자 아니었을까? 내 모든 문제의 근원에는 오로지 그녀만이 있었는지도 모른다. 어쩌면 내가 글을 쓰지 못하게 막으려는 음모가 있었고, 루드밀라와 그녀의 언니, 그리고 번역자가 그 음모에 가담한 건지도 모른다.

"제가 더욱 매력을 느끼는 소설들은 아주 어둡고 잔인하고 사악한 인간관계들의 매듭을 둘러싸고 명료한 환영이 만들어지는 소설들이에요." 루드밀라가 말했다.

내 소설이 매력적이라고 말하고 싶었던 건지, 내 소설에서 찾고 싶었으나 찾지 못한 것을 설명하기 위해 그렇게 말한 것인지는 모르겠다.

루드밀라는 만족할 줄 모르는 성격을 지닌 듯하다. 내일이면 그녀가 좋아하는 대상이 바뀔 수 있는데, 오늘은 그 대상이 그저 그녀의 불안감에 부응한 것뿐인 듯했다.(그런데 다시 나를 찾아온 걸 보면 어제 일은 까맣게 잊은 모양이다.)

"계곡 밑의 테라스에서 책을 읽는 여자를 망원경으로 관찰할 수 있습니다." 내가 그녀에게 말했다. "그 여자가 읽는 책이 잔잔한 책인지 불안의 책인지 자문해 보지요."

"여자는 어떻게 보이세요? 차분해 보이세요, 아니면 불안해 보이세요?"

"차분해 보여요."

"그럼 불안의 책을 읽고 있는 거예요."

나는 루드밀라에게 내 원고와 관련되어 떠오르는 이상한 생각들을 이야기했다. 원고가 사라졌다가 돌아오는데, 그게 예전의 원고가 아니라고 말이다. 그녀는 내게 주의를 게을리하지 말라고 말했다. 아포크리파에 대한 음모가 있고 그 분파가 사방으로 뻗어 나가고 있다고. 그 음모의 주동자가 그녀의 전 남자 친구냐고 물었다.

"공모자들은 항상 주동자의 손아귀에서 벗어나지요." 그녀가 애매하게 대답했다.

아포크리파('숨겨진', '비밀스러운'이라는 뜻의 그리스어 apókryphos에서 나온 말): (1) 원래는 종교 집단들의 '비밀스러운' 책을 가리키는 말. 그 뒤 종교에서 드러난 글쓰기의 규범을 확립했던 정전으로 인정받지 못하는 책을 가리키는 말이 되었다. (2) 시대나 저자가 거짓인 텍스트를 가리키는 말.

사전에는 이렇게 정의되어 있었다. 어쩌면 나의 진짜 소명은 다양한 의미를 가진 아포크리파의 저자가 되는 것일지도 모른다. 글을 쓴다는 것은 나중에 발견될 수 있게 무언가를 항상 숨기는 것이기 때문이다.

에르메스 마라나를 다시 만나 그에게 동업을 제의하고 위작들로 이 세상을 뒤덮자고 제안하고 싶다. 그런데 지금 마라나는 어디에 있을까? 일본으로 돌아갔을까? 루드밀라에게 그에 관한 이야기를 들어 보려 한다. 뭔가 정확한 정보와 함께. 루드밀라는 위조자가 자신의 활동을 위해 작가들이 아주 많고 작품을 많이 내는 지역에 몸을 숨긴 것 같다고 말한다. 자신의 위작이, 진짜 가공하지 않은 소재를 사용해 풍부하게 만들어 낸 작품과 뒤섞이도록 말이다.

"그럼 일본으로 돌아갔을까요?" 하지만 루드밀라는 일본과 에르메스의 관계를 전혀 모르는 듯했다. 그녀는 이 사기꾼 번역가가 꾸미는 계략의 비밀 기지가 지구 정반대편에 있다고 생각하고 있었다. 최근의 편지를 바탕으로 추적해 보면 그는 안데스 산맥 근방에서 종적을 감췄다. 어쨌든 루드밀라에게 중요한 것은 한 가지 사실뿐이었다. 그가 멀리 있다는 것. 그녀는 에르메스를 피해 여기 알프스에 와 있었다. 이제 그를 만나지 않으리라는 게 확실해졌으므로 집으로 돌아가겠다고 했다.

"곧 떠날 거라는 뜻인가요?" 내가 그녀에게 묻는다.

"내일 아침에요." 그녀가 내게 알려 준다.

이 소식을 듣자 몹시 슬펐다. 갑자기 외로워진다.

다시 비행접시 관찰자들과 이야기를 나눴다. 이번에는 그들이 나를 찾아왔다. 혹시 내가 외계인들이 불러 준 책을 쓰지 않았는지 확인하기 위해서였다.

"아니요, 그렇지만 그 책을 어디 가면 찾을 수 있는지는 알아요."

내가 망원경에 눈을 가져가며 말했다. 얼마 전부터 그 우주의 책이 저여자가 의자에 앉아 읽고 있는 책일지도 모른다는 생각이 들었다.

테라스에는 여자가 없었다. 나는 실망해서 망원경으로 주변 계곡을 살폈다. 그러다가 바위 끝에 앉아 독서에 빠져 있는, 도시에서 온 듯한 차림의 남자를 발견했다. 우주의 개입이라고 생각하지 않을 수 없을 정도로 때맞춰 이런 우연이 벌어진 것이다.

"당신들이 찾는 책이 저기 있소." 낯선 남자 쪽으로 향한 망원경을 그들에게 보여 주면서 그 젊은이들에게 말했다.

한 사람씩 렌즈에 눈을 갖다 댔고 자기들끼리 눈을 맞추더니 내게 고맙다고 말하고 나갔다.

남성 독자가 찾아와 자신을 당황스럽게 한 문제를 털어놓았다. 그는 '그물망'이란 글자가 들어간 내 책 두 권을 발견했는데, 겉으로 보기에는 똑같은 것 같더니 내용이 전혀 다르더라고 했다. 한 소설은 전화벨 소리를 참아 내지 못하는 교수의 이야기였고 다른 소설은 만화경을 수집하는 백만장자의 이야기였다. 안타깝게도 그는 그이상의 이야기를 들려줄 수도, 내게 책을 보여 줄 수도 없었다. 책을 끝까지 다 읽기도 전에 두 권 다 도둑을 맞았는데 두 번째 책은 여기서 1킬로미터도 떨어지지 않은 곳에서 잃어버렸다고 했다.

그는 그 이상한 사건 때문에 아직도 완전히 혼란에 빠져 있었다. 그는 우리 집에 와서 자신을 소개하기에 앞서, 내가 집에 있다는 것을 확인하는 동시에 자신감을 가지고 나와 이야기를 나누기 위해 내책을 계속 읽으려 했다고 한다. 그래서 내 별장을 지켜볼 수 있는 바위 가장자리에 책을 들고 앉아 있었다. 그런데 순식간에 미친 사람들에게 포위되었다. 그 사람들은 책으로 달려들었다. 그 미치광이들은 그 자리에서 책을 둘러싸고 일종의 의식 같은 것을 행했다. 그중 한 사람은 한 손을 높이 쳐들었고 다른 사람들은 경건하게 그를 바라보았다. 그가 항의를 하는데도 그들은 책을 가지고 숲 속으로 달아나 버렸다.

"이 계곡에 이상한 사람들이 엄청나게 나타났습니다." 그를 진정시키려고 내가 말했다. "그 책은 더 이상 생각하지 마십시오, 선생. 당신이 잃어버린 책은 중요할 게 전혀 없는 책입니다. 일본에서 만들어진 위작입니다. 안타깝게도 내 소설들이 전 세계에서 거둔 성공을 악용하려고 일본의 한 파렴치한 회사에서 표지에 내 이름을 넣어 유포한 책입니다. 하지만 사실 그것들은 이름 없는 일본 작가의 소설들, 성공을 거두지 못해 파지가 되어 버린 소설들을 표절한 겁니다. 여러 가지를 조사한 끝에 나뿐 아니라 표절된 작가들까지 희생자로 만든 이러한 사기의 정체를 밝혀낼 수 있었습니다."

"사실 저는 읽고 있던 그 책이 상당히 마음에 들었습니다." 남성 독자가 고백한다. "그래서 끝까지 읽을 수 없는 게 안타깝습니다."

"선생 문제가 그것뿐이라면 그 출처를 알려 줄 수 있어요. 원래 일본 소설로 대략 등장인물과 장소의 이름만 서양식으로 붙여 개작한 겁니다. 다카쿠미 이코카라는, 누구보다 훌륭한 작가의 『달빛이 환히 비추는 은행잎들 위에』라는 소설이죠. 도둑맞은 책을 보상하는 의미로 이 책의 영어판을 드릴 수 있습니다."

나는 책상에 있던 책을 집어 서류 봉투에 넣은 뒤 그에게 건네주었다. 그가 책장을 넘겨 보지 못하도록, 그 책이 『그물망처럼 교차되는 선들 속에』와도, 진짜든 위작이든 나의 어떤 소설과도 공통점이 없다는 것을 당장 발견하지 못하도록 하기 위해서다.

"플래너리의 위작들이 돌아다니는 걸 알고 있습니다." 남성 독자가 말했다. "그리고 저는 그 두 권 중 한 권이 가짜일 거라고 확신했습니다. 그런데 달리 더 해 주실 말씀은 더 없습니까?"

내 문제들을 이 남자에게 알리는 것은 신중하지 못한 행동일 것이다. 나는 농담으로 이 상황을 모면해 보려 했다. "내 책이라고 인정할 수 있는 책은 지금 내가 쓰고 있는 책뿐이지요."

남성 독자는 공손하게 살짝 웃었다. 그러다가 다시 진지한 태도로 말했다. "플래너리 선생님. 에르메스 마라나라는 남자가 있는데 선생님께서도 아시는 여자, 루드밀라 비피테노에 대한 질투심 때문에 이런 일들을 꾸민 겁니다."

"그렇다면 왜 날 찾아온 겁니까?" 내가 대답했다. "그 남자에게 가서 어떻게 된 일인지 물어봐요." 남성 독자와 루드밀라 사이에 어떤 관계가 있을 거라는 의심이 생겼다. 이 사실 하나만으로도 내 목소리에는 적대감이 실렸다.

"제가 달리 할 수 있는 일이 없습니다." 남성 독자가 시인했다. "그 사람이 있는 남미 쪽으로 출장을 갈 기회가 생겼습니다. 이 기회를 이용해서 그를 찾아볼 생각입니다."

내 생각에 에르메스 마라나는 일본인을 위해 일하고 있고 일본에 그의 위작 제작 본부가 있는 듯한데 그에게는 이런 사실을 별로 알리고 싶지 않았다. 내게 중요한 것은 이 성가신 남자를 되도록 루드밀라에게서 멀리 떨어뜨리는 일이었다. 그래서 나는 그에게 여행을 부추겼고 좀 더 면밀한 조사에 착수해서 유령 번역자를 찾아 내라고 권했다.

남성 독자는 계속되는 이상한 일 때문에 괴로워하고 있었다. 얼마 전부터 여러 가지 이유로, 소설을 몇 페이지 읽고 나면 독서가 중단된다는 것이다.

　"아마 상당히 지루한 소설들이었나 보지요." 나는 평상시처럼 비관적으로 대답했다.

　"오히려 그 반대입니다. 어느 때보다 흥미를 느끼는 바로 그 순간 독서를 중단할 수밖에 없었습니다. 저는 빨리 다시 그 책을 읽고 싶었어요. 그렇지만 내가 읽었던 책을 다시 펼쳤다고 생각한 순간 내 앞에 있는 게 전혀 다른 책이라는 걸 알게 된 겁니다."

　"……이번 책은 아주 따분한 책이었겠군요……." 내가 넌지시 말해 보았다.

　"아니요. 대단히 흥미로웠습니다. 그렇지만 어떤 책도 끝까지 읽을 수가 없었습니다. 계속 이런 식이지요."

　"선생의 경우가 제게 다시 희망을 주는군요." 내가 그에게 말했다. "방금 출간된 소설을 읽는데 그 소설들이 이미 백번은 읽은 책과 똑같은 책이라는 생각이 드는 경우가 점점 많아져서요."

　나는 남성 독자와의 이 마지막 대화를 곰곰이 생각해 보았다. 어쩌면 그의 열정적인 독서가 초반에 소설의 핵심을 모두 흡수해 버려 그 이후에는 아무것도 남아 있지 않을 수 있었다. 글을 쓰다 보면 내게도 가끔 그런 일이 일어난다. 얼마 전부터 내가 쓰기 시작한 소설은 조금 시작이 되고 나면 모두 고갈되어 버린다. 하고자 했던 말을 이미 다 해 버린 것처럼.

　소설의 시작으로만 구성된 소설을 써 보자는 생각이 떠올랐다.

계속 독서를 중단할 수밖에 없는 독자를 주인공으로 하면 되겠다. 독자는 Z라는 작가의 A 소설을 구입한다. 그러나 잘못 만들어진 책이다. 소설의 시작 부분밖에 읽을 수가 없다……. 책을 바꾸러 서점에 간다…….

2인칭으로 소설을 쓸 수 있을 것이다……. 2인칭 남성 독자……. 여성 독자, 가짜 번역가, 이런 일기를 쓰는 늙은 작가를 등장시킬 수 있으리라…….

그렇지만 여성 독자가 위작 제작자를 피하기 위해 남성 독자의 품에 안기는 걸로 끝을 맺고 싶지는 않다. 남성 독자가 아주 멀고 먼 어떤 지역에 숨어 있는 위작 제작자를 찾아 떠나게 해서 작가가 여성 독자와 단둘이 남게 해야 한다.

물론 여성 등장인물이 없는 남성 독자의 여행은 생기를 잃을 것이다. 그가 여행 중에 다른 여자를 만나게 해야겠다. 여성 독자에게 언니가 있으면 될 터이다…….

사실 남성 독자는 정말 곧 떠날 듯이 보였다. 그는 여행 중에 읽으려고 다카쿠미 이코카의 『달빛이 환히 비추는 은행잎들 위에』를 가지고 갈 것이다.

달빛이 환히 비추는 은행잎들 위에

은행잎들이 가랑비처럼 나뭇가지에서 떨어져 풀밭 여기저기에 흩어졌다. 나는 오케다 선생과 매끄러운 돌을 깔아 만든 오솔길을 산책하고 있었다. 나는 은행잎에 대한 전체적인 느낌과 은행잎 하나하나에 대한 느낌을 분리하고 싶은데 그게 가능할지 자문하곤 한다고 말했다. 오케다 선생은 가능한 일이라고 대답했다. 내가 출발한 전제, 그리고 오케다 선생이 충분히 근거가 있다고 생각한 전제는 다음과 같았다. 은행나무에서 아주 작은 노란 은행잎이 풀밭에 떨어진다면 그것을 보며 느끼는 감정은 노란 은행잎 하나에 대해 느끼는 감정이다. 은행잎 두 개가 떨어진다면 시선은, 서로를 뒤쫓는 나비처럼 가까워지기도 하고 멀어지기도 하면서 공중에서 선회하다가 하나는 이쪽에 다른 하나는 저쪽 풀밭에 내려앉는 두 개의 은행잎들을 따라갈 것이다. 세 개, 네 개, 그리고 다섯 개가 떨어져도 마찬가지일 것이다. 공중에서 선회하는 은행잎들의 수가 점점 더 많아지면서 그 각각의 은행잎과 일치하는 느낌들은 합산이 되어 조용히 비처럼 내릴 때의 느낌, 가벼운 바람이 불어와 은행잎의 하강을 늦출 때 공중에 정지해 있는 모습을 볼 때의 느낌, 그리고 시선을 풀밭으로 향했을 때 여기저기 흩어져 빛나는 잎을 보았을 때의 느낌 같은, 일반적인 느낌을 만들어 낼 것이다. 지금 나는 이런 기분 좋은 총체적인 느낌들 중 그 어느 것도 잃지 않은 채, 은행잎 하나가 시야에 들어오는 순간, 각 이파리의 개별적인 이미지와 다른 이미지를 혼동하지 않으며 그 잎을 구별하고 싶고, 공중에서 선회하며 풀밭에 내려앉는 그 이파리에서 눈을 떼고 싶지 않다. 오케다 선생의 동의로 이런 계획을 밀고 나갈 용기가 생겼다. 어쩌면(은행잎의 형태, 가장자리가 잔물결 모양인 노란 부채 형태를 유심히 바라보며 덧붙이자면) 나는 모든 은행잎에 대한 느낌 속에서 각 이파리 하나하나에 대한 느낌을 구별할 수 있을 것이다. 이점에 대해서 오케다 선생은 자신의 생각을 말하지 않았다. 이미 다른 경우에, 그의 침묵은 내게, 아직 증명되지 않은 일련의 단계들을 뛰어넘어 그런 성급한 가정에 빠져들지 말라는 경고로 이용되었다. 이러한 가르침을 귀감으로 삼아, 나는 가장 미세한 감각이 흐릿하게 모습을 드러내는 순간, 그들의 선명한 모습이 아직 여기저기 흩어진 이미지의 다발에 뒤섞이지 않을 때, 그것을 포착하는 일에 내 주의를 집중하기 시작했다.

오케다 씨의 막내딸인 마키코가 단정한 동작으로, 그리고 아직은 약간 어린아이같이 사랑스러운 모습으로 차를 내왔다. 그녀가 몸을 숙이는 동안 위로 높이 모아 얹은 머리 밑으로 목덜미 위의 가느다란 검은 솜털 하나가 눈에 띄었는데 솜털은 등줄기를 따라 내려가는 듯이 보였다. 주의를 집중해서 그녀를 바라보는 동안 나를 물끄러미 살피고 있는 오케다 선생의 움직임 없는 눈길이 느껴졌다. 물론 선생은 내가 자기 딸의 목을 보며 감각을 분리시키는 연습을 하고 있다는 것을 잘 알았다. 하얀 피부에 난 그 부드러운 솜털이 내게 강렬한 인상을 남겼기 때문이기도 하고, 오케다 선생이 아무 말이나 던져 내 주위를 다른 곳으로 쉽게 돌릴 수 있었을 텐데, 그렇게 하지 않았기 때문이기도 해서, 그녀에게서 눈길을 돌리지 않았다. 어찌 되었든 마키코가 차를 준비해 놓고 곧 다시 일어났다. 나는 그녀의 입술 왼쪽에 있는 검은 점을 뚫어지게 보았다. 그 점으로 인해 나는 이전과 같은, 하지만 훨씬 약한 어떤 감정을 느꼈다. 마키코는 즉시 당황스러운 듯 나를 보다가 눈을 내리깔았다.

　오후에는 쉽게 잊을 수 없을 그런 순간이 있었다. 별거 아니라는 점은 잘 알고 있었지만 말이다. 우리는 미야기 부인과 마키코와 함께 북쪽에 있는 연못가를 산책하고 있었다. 오케다 선생은 하얀 단풍나무로 만든 긴 지팡이에 몸을 의지한 채 앞쪽에서 혼자 걷고 있었다. 연못 한가운데에 가을에 활짝 피는 수련 두 송이가 탐스럽게 피어 있었다. 미야기 부인이 그 꽃을 꺾어 한 송이는 자신이, 다른 한 송이는 딸에게 주고 싶다고 말했다. 미야기 부인은 여느 때처럼 얼굴을 찡그리고 약간 피곤한 듯이, 그러나 확고한 고집을 바닥에 깔고 그렇게 말했다. 그와 같은 고집스러움을 볼 때면, 그녀가 종종 나지막이 이야기하듯이 오랜 시간 남편과의 불화에서 희생을 당한 사람은 그녀만이 아니었을지도 모른다는 의심이 든다. 그리고 사실 오케다 선생의 차가운 거리감과 그녀의 고집스러운 단호함 중 무엇이 최종 승리를 할지는 알 수 없다는 생각도 든다. 마키코로 말하자면 항상 밝고 덤벙대는 편이었는데, 부부가 극심하게 반목하는 가정에서 성장하여, 마치 방어를 하듯 환경에 맞서는 아이들에게서 느껴지는 그런 분위기였다. 그녀는 이런 환경에서 성장했고 지금은 설익고 모호한 쾌락의 방패 뒤로 피하듯 외부 세계에 저항하고 있었다.

나는 연못가의 바위에 무릎을 꿇고 몸을 내밀어 물에 떠 있는 수련 가지 중 제일 가까운 곳에 있는 잎을 잡아서 부러지지 않도록 주의를 기울이며, 수련이 연못 가장자리로 끌려오게 조심스럽게 잡아당겼다. 미야기 부인과 마키코도 바위에 무릎을 꿇고, 물속으로 손을 뻗으며 적당한 거리까지 수련이 끌려오면 꽃을 꺾을 준비를 하고 있었다. 연못가는 낮고 경사가 져 있었다. 연못 쪽으로 몸을 내밀기 위해 두 여자는 조심조심 내 등 뒤에 서서 내 팔을 각각 한 쪽씩 자기 쪽으로 잡아당겼다. 갑자기 정확히 한 지점, 팔과 등 사이 위쪽 갈비뼈 부근에서 접촉이 느껴졌다. 아니 오른쪽과 왼쪽, 각기 다른 두 부분에 접촉이 있었다. 마키코 쪽에서는 팽팽하고 거의 욱신거릴 정도의 날카로운 접촉이 있었던 반면 미야기 부인 쪽은 지긋이, 비스듬히 누르는 느낌이었다. 매우 희한하고도 친절한 우연에 의해, 바로 같은 순간 딸의 왼쪽 유두와 어머니의 오른쪽 유두가 내 몸을 스쳤다는 것을 알아차렸다. 나는 그 갑작스러운 접촉을 놓치지 않기 위해, 그리고 동시에 느낄 수 있는 두 개의 감각을 구별하고 그것의 매혹적인 느낌을 비교해 보면서 두 감각을 평가하기 위해 데 온 힘을 모았다.

"잎들을 밀어 봐." 오케다 선생이 말했다. "그러면 꽃줄기가 두 사람 손 쪽으로 휘어질 테니." 오케다 선생은 수련 쪽으로 몸을 뻗은 우리 세 사람 위쪽에 서 있었다. 그는 긴 지팡이를 손에 들고 있었는데 그 지팡이라면 수련을 연못가로 쉽게 끌어올 수 있을 것 같았다. 하지만 그는 두 여자에게 그런 동작을 조언했고, 그 때문에 두 여자가 내 몸에 몸을 밀착시키는 시간이 더 길어졌다.

수련 두 송이가 미야기와 마키코의 손에 거의 닿을 정도로 가까이 왔다. 나는 두 번째 꽃을 꺾는 순간에 오른쪽 팔꿈치를 들었다가 바로 옆구리에 다시 붙이면 마키코의 작고 단단한 유방이 모두 내 겨드랑이 밑에 들어올 거라고 재빨리 계산했다. 하지만 수련을 꺾는 데 성공하면서 질서 있게 유지되던 우리의 동작이 흩어졌고, 이 때문에 내 오른팔은 허공을 휘저은 반면 수련 줄기를 잡고 있던 왼손은 줄기를 놓치며 뒤로 밀려나 미야기 부인의 무릎에 부딪쳤다. 부인은 그 손을 잡을 준비가, 거의 꼭 쥘 준비가 된 듯이 보였고 유연한 떨림이 내 온몸으로 전달되었다. 이어서 이야기하겠지만, 바로 이 순간, 이후에 엄청난 결과를 가져오게 될 어떤 일이 결정되었다.

다시 은행나무 밑을 거닐며 나는 오케다 선생에게, 낙엽 비를 관조할 때 가장 중요한 것은 개개의 나뭇잎을 지각하는 것뿐 아니라 나뭇잎과 나뭇잎 사이의 거리, 나뭇잎들을 갈라놓는 텅 빈 대기인 것 같다고 말했다. 내가 이해한 듯이 보였던 것은 이런 사실이었다. 음악에서 선율을 돋보이게 하기 위해서는 조용한 배경이 필수적이듯이, 지각 영역의 대부분에서도 감각의 부재가 필수 조건이라는 것이었다. 감수성은 지엽적이고 일시적으로 집중되기 때문이다.

오케다 선생은 촉각의 경우, 그것은 틀림없는 사실이라고 말했다. 나는 선생의 대답에 몹시 놀랐다. 실제로 나뭇잎에 대해 말하던 바로 그때 나는 그의 딸 그리고 아내의 육체와 접촉했던 일을 떠올리고 있었기 때문이다. 오케다 선생은 아주 자연스럽게 촉각에 대한 이야기를 계속했다. 내가 나누고 싶은 이야기의 주제가 이것뿐임을 알아차린 듯이.

대화를 다른 쪽으로 돌리기 위해 나는 감각을, 아주 차분하고도 완전히 가라앉은 톤으로 진행되어, 작가가 독자들의 관심을 불러일으키고 싶어 하는, 미세하고 정확한 감각들이 부각되는 소설을 읽는 일과 비교해 보았다. 그러나 소설의 경우 문장들이 연속되는 가운데에 한 번에 하나의 감각, 그것이 개별적인 것이든 보편적인 것이든 하나의 감각만을 다룬다는 사실을 염두에 둘 필요가 있다. 반면 광대한 시각과 청각 영역은 아주 풍부하고 복합적인 총체를 동시에 기록할 수 있게 해 준다. 소설은 감각의 총체를 전달한다고 주장하지만 독자가 수용하는 감각은 그에 비해 훨씬 한정적이다. 우선, 종종 성급하고 부주의한 독자는 책을 읽으면서, 텍스트에 실제로 포함되어 있는 일정 수의 기호와 의도를 포착하지 못하거나 간과하기 때문이고 둘째는 항상 무언가를 쓴 문장만이 남아 있기 때문이다. 아니, 소설이 말하지 않은 것이 필연적으로 말한 것보다 훨씬 많고, 글로 쓰인 것에서 특별한 후광이 나올 때에만 글로 쓰이지 않은 것을 읽고 있다는 환영을 불러일으킬 수 있기 때문이다. 나의 이러한 성찰에 대해서 오케다 선생은, 내가 지나치게 말을 많이 하고 그래서 결국 뒤얽힌 추론에서 어떻게 벗어나야 할지 모르는 곤경에 빠질 때면 늘 그랬듯이 침묵으로 일관했다.

그 뒤 며칠 동안 두 모녀와 나만 집에 있는 일이 자주 있었다. 오케다 선생이, 그때까지 내 주 업무였던 서재에서의 연구를 직접 마무리하기로 결정했기 때문이다. 대신 선생은 내가 선생의 서재에서 그 어마어마한 자료를 다시 정리해 주길 원했다. 나는 오케다 선생이 나와 가와사키 교수와의 면담을 눈치챘고 내가 전망 좋은 미래를 보장해 주는 학문적인 분위기를 가까이하기 위해 자신의 학교를 떠나려 한다는 것을 알아차린 게 아닌지 걱정이 됐다. 물론 오케다 선생의 문하생으로 너무 오래 머물러 있는 것은 내게도 득이 되지 않았다. 가와사키 교수의 조교들이 나에 대해 빈정거리는 말을 듣고 알게 되었다. 그들이 나와 같이 공부하는 내 동료들처럼 다른 경향과의 관계를 모두 단절한 것은 아닌데도 말이다. 오케다 선생은 내가 날아가는 것을 막기 위해, 그리고 독립적인 나의 사고에 제동을 걸기 위해 나를 하루 종일 자기 집에 머물게 했다. 다른 제자들에게 그랬던 것처럼. 이제 그 제자들은 서로가 서로를 감시하고 스승의 권위에 절대적으로 복종하면서 거기서 조금만 이탈해도 서로를 주저없이 비난했다. 가능한 한 빨리 오케다 선생에게서 벗어나기로 결정할 필요가 있었다. 내가 결정을 미루는 것은 오로지 선생의 집에서 그가 없을 때 맞는 아침이 나의 내면을 자극해서 정신을 고양시키기 때문이었다. 물론 나의 작업에는 도움이 되지 않았지만.

사실 작업 중에 나는 자주 한눈을 팔았다. 혼자만의 시간을 갖고 있는 마키코를 아무 때나 깜짝 방문하기 위해 다른 방으로 갈 수 있는 온갖 핑계들을 궁리했다. 그렇지만 마키코를 만나러 가는 길에 미야기 부인을 만나서 그녀와 머무는 경우도 많았다. 어머니와의 대화(그리고 종종 쓸쓸함으로 물들었지만 짓궂은 장난) 기회가 딸과의 대화 기회보다 훨씬 쉽게 찾아왔던 것이다.

저녁 식사 시간이면 끓고 있는 스키야키를 가운데 두고 오케다 선생은 우리의 얼굴에 하루 동안의 비밀, 욕망의 그물이 드러나 있기라도 하듯, 우리의 얼굴을 뚫어지게 살폈다. 서로 구별되면서도 연결되어 있는 욕망, 그 속에 빠져 있으면서도 완전히 충족시키기 전에는 풀려나고 싶지 않은 욕망의 그물 말이다. 그렇게 나는 오케다 선생과, 별 보상도 없고 성공의 전망도 없는 일을 떠나려는 결정을 한 주 한 주 미루었다. 그리고 나를 잡고 있는 그물은 바로 오케다 선생으로, 그가 그물을 한 코씩 한 코씩 조여 오고 있다는 것을 알았다.

청명한 가을이었다. 11월 보름이 다가오던 어느 날 오후 나는 나뭇가지들 사이로 달을 바라보기 가장 좋은 장소에 관해서 마키코와 이야기를 나누고 있었다. 나는 은행나무 밑의 화단에 떨어져 카펫처럼 깔린 은행잎 위로 달빛이 비추면 밝은 달빛이 널리 퍼져 그 빛이 움직이지 않을 거라고 주장했다. 내 말 속에는 정확한 의도가 담겨 있었다. 보름날 밤 은행나무 앞에서의 만남을 마키코에게 제안하고 있었던 것이다. 마키코는 연못 근처가 더 좋다고 대답했다. 서늘하고 메마른 계절인 가을의 달은, 종종 달무리에 에워싸인 여름의 달보다 훨씬 더 또렷한 형체를 물 위에 드리운다며.

"좋아." 내가 서둘러 대답했다. "어서 빨리 달이 떠서 당신하고 연못가에 있고 싶군. 특히" 하고 나는 덧붙였다. "연못이 내 기억 속에 있는 부드러운 감각들을 일깨울 거야."

아마 이렇게 말하는 동안 마키코의 가슴과 접촉했던 일이 내 기억 속에 지나치게 생생하게 떠올랐던 모양이다. 흥분한 내 목소리에 그녀가 깜짝 놀랐다. 실제로 마키코는 양미간을 찌푸렸고 잠시 아무 말도 하지 않았다. 내가 원치 않았던 이런 불편함, 나 스스로 포기하는 중이던 사랑의 공상을 중단시킨 이런 불편함을 없애기 위해서 나는 경솔하게 입술을 움직였다. 입을 벌리고 마치 뭔가를 깨물듯 이를 악물었다. 마키코가 갑자기 고통스러운 표정을 지으며 본능적으로 뒤로 물러섰다. 정말 그녀의 민감한 부분을 누군가 깨물기라도 한 듯이 말이다. 나는 그녀를 따라갈 준비를 했다.

미야기 부인은 옆방 대나무 자리에 앉아서 화병에 가을꽃과 나뭇가지들을 꽂는 데 열중하고 있었다. 몽유병자처럼 걸어가느라 나는 내 발치에 그녀가 무릎을 꿇고 앉아 있는 것도 알아차리지 못했다. 내가 걸음을 멈춘 것은 그녀와 부딪치기 직전, 다리와 나뭇가지가 부딪혀서 나뭇가지를 쓰러뜨리기 바로 직전이었다. 마키코의 동작으로 갑자기 흥분한 상태에서 허둥거리는 걸음으로 자기와 부딪힐 뻔한 탓인지 미야기 부인은 이런 내 상태를 놓치지 않았다. 어쨌든 부인은 눈도 들지 않고, 화병에 꽂고 있던 동백꽃을 내 쪽으로 흔들었다. 그걸로 나를 때리고 싶은 듯, 아니면 자기 쪽으로 몸을 숙인 나의 일부분을 밀어 버리고 싶은 듯, 또는 장난을 치고 도발을 하고 때리듯 쓰다듬듯 하며 자극을 하고 싶은 듯. 나는 흩어진 나뭇잎과 꽃들을 정리해 보려고 두 손을 내렸다. 그사이 그녀도 몸을 앞으로 내밀고 나뭇가지들을 정리했다. 그러다가 바로 그 순간 당황스럽게도 내 손이 미야기 부인의 맨살과 기모노 사이로 들어가서 길게 늘어진, 부드럽고 따뜻한 가슴을 손으로 꼭 쥐는 사태가 벌어졌다. 한편 그사이 케이아키(유럽에서는 캅카스(Caucasus) 느릅나무라고 부른다.)[29] 가지들 사이에 있던 부인의 손이 내 성기에 닿았다. 부인은 그것을 꽉 쥐더니 마치 가지에서 이파리를 떼어 내듯, 내 옷 밖으로 꺼냈다.

　　미야기 부인의 가슴에서 내 관심을 불러일으킨 것은 상당히 넓은 유륜 표면 여기저기에 흩어진, 크고 작은 돌기들이었다. 가장자리이지만 정점을 향해 올라가는 전초지에는 돌기들이 훨씬 더 조밀했다. 이러한 돌기들은 미야기 부인이 접촉을 받아들일 때 다소 날카로운 각각의 감각들에 명령을 내리는 것 같았다. 약 일 초 간격으로 되도록 한정된 지점을 가볍게 누름으로써, 그리고 젖꼭지에 나타나는 직접적인 반응과 부인의 전반적인 태도에 나타나는 간접적인 반

---

29 번역임을 강조하기 위한 장치.

응을 살펴봄으로써 그 점을 쉽게 확인할 수 있었다. 상호성이라는 게 그녀와 나의 감각 사이에서 결정되는 이상, 나 역시 그녀처럼 반응할 수밖에 없었다. 손가락 끝뿐만 아니라 내 성기가 가장 적절한 방법으로 그녀의 가슴 위로, 저공으로 원을 그리며 부드럽게 착륙하면서 이러한 미묘한 촉각의 탐색이 진행되었다. 우리의 자세가 각기 다른 성감대의 만남을 유리하게 했기 때문이기도 했고, 또 부인이 이런 과정을 즐기고 열망한다는 것을 은근히 보여 주며 위엄 있게 동작을 이끌어 나갔기 때문이기도 했다. 성기를 따라, 특히 최고로 발기한 부분에서 느끼는 최고의 희열에서부터 차츰 고통스러울 정도의 간지러움으로 옮겨 갈 때의 감각이 느껴졌으며, 그것이 지나가는 지점들이 내 피부에도 나타났다. 특색이 없거나 둔감한 지점과 통로가 있듯이. 그녀와 나의, 각기 다르게 끝을 맺은 감각과 초감각의 우연한, 혹은 계산된 만남은 다양하게 균형을 맞추는 일련의 반응들을 준비해 놓았다. 예측건대 그 반응의 목록을 만들기란 두 사람 모두에게 매우 어려운 일이리라.

우리가 이런 실습에 열중하고 있을 때 갑자기 열려 있는 미닫이 문으로 마키코가 나타났다. 마키코는 분명 내가 자기를 따라오기를 기다렸던 모양이다. 그러다가 어떤 장애물에 걸려 내가 따라오지 못하고 있는지를 보러 온 것이다. 그녀는 상황을 금방 알아차리고 사라졌지만 그래도 그 짧은 순간 나는 그녀의 옷차림이 변했다는 것을 알아차렸다. 그녀는 몸에 딱 달라붙는 스웨터로 갈아입고 실크 가운을 걸치고 있었는데 가운은 단추가 채워지지 않게, 그녀의 몸속에서 솟구치는 내적인 압력에 의해 벌어질 수 있게, 바로 그녀의 몸에 접촉하려고 손을 갖다 대기만 해도 매끄러운 살 위로 흘러내릴 수 있게 만들어진 듯했다. 그런 그녀의 매끄러운 살은 접촉을 자극하지 않을 수 없었다.

"마키코!" 나는 그녀가 불시에 보게 된 자기 어머니와 나의 자세는 상황의 우연한 일치에서 기인한 것이라고, 그러한 우연의 일치가 그녀, 마키코에게로 분명하게 향하던 나의 욕망을 옆길로 이탈하게 만든 것이라고 설명하고 싶었다.(그렇지만 정말 어디서부터 말을 시작해야 할지 알 수 없었다.) 벌어져 있던, 아니 벌어지기를 기다리고 있던 그 실크 가운이 불러온 욕망은 눈앞에 있는 마키코의 모습과, 미야기 부인과의 관능적인 접촉을 통해 더욱 고조되었다.

미야기 부인이 그 사실을 알아차린 게 틀림없었다. 그녀는 내 어깨를 잡고 나를 대나무 자리로 잡아당기더니 온몸을 빠르게 떨면서 축축하고 잡아끄는 힘이 있는 자신의 성기를 내 성기 밑으로 살며시 밀어 넣었다. 내 성기는 이리저리 헤매지 않고 빨판에 빨려 들어가듯 그 속으로 즉시 빨려 들어갔다. 그러자 그녀가 가냘픈 두 다리로 내 허리를 감쌌다. 미야기 부인은 민첩하고 유연했다. 하얀 버선을 신은 그녀의 발이 내 엉치뼈에서 교차되어 굴레처럼 나를 조였다.

마키코는 내가 부르는 소리를 듣지 못한 게 아니었다. 미닫이문의 문풍지 뒤로, 무릎을 꿇고 앉아 있는 마키코의 모습이 그려졌다. 그녀가 머리를 내밀었고 이제 숨이 찬 듯한 표정으로 얼굴을 찡그리고 있는 게 문에 나타났다. 입술이 벌어졌고 눈이 휘둥그레진 채 감탄과 혐오의 눈길로 어머니의 움직임을 좇았다. 하지만 그녀 혼자만이 아니었다. 복도 저편, 또 다른 문에서 꼼짝 않고 서 있는 남자의 모습이 나타났다. 오케다 선생이 언제부터 거기 서 있었는지는 모르겠다. 그는 자기 아내와 나를 보는 게 아니라, 우리를 보고 있는 자기 딸을 뚫어지게 보고 있었다. 그의 차가운 눈동자 속에, 굳게 다문 그 입술에, 딸의 눈에 반사된, 오르가슴에 이른 미야기 부인이 반사되었다.

그는 내가 자신을 바라보고 있는 것을 보았다. 꼼짝도 하지 않았다. 나는 그 순간 선생이 내 동작을 중단시키지도 않을 것이고, 나를 집에서 쫓아내지도 않을 것이며, 이 사건을 다른 사람들에게 말하지도 않을 것이라는 사실을 알아차렸다. 이런 사건을 확인하고 되풀이해 볼 수 있는 사람들에게. 그리고 이러한 묵인이 내가 그에게 어떤 힘을 행사할 수 있게 해 주지도 않을 것이고 그에 대한 복종의 무게를 덜어 주지도 않으리라는 사실도 알았다. 이것은 나에게 그를 결속시키는 게 아니라 그에게 나를 결속시키는 비밀이었다. 내게서 승인도 받지 않은 채 예의를 모르는 공모자처럼 바라보고 있는 이 일을 나는 아무에게도 폭로할 수 없을 것이다.

이제 나는 어떻게 할 수 있을까? 나는 뒤얽힌 오해의 실타래 속으로 점점 더 빠져들 수밖에 없었다. 이미 마키코는 나를 어머니의 수많은 정부 중 하나로 간주하고 있고, 미야기 부인은 내가 자기 딸의 눈만 바라보고 있다는 것을 알았기 때문이다. 그러니 두 여자는 내게 잔인하게 복수를 할 수 있었다. 한편 이런 소문은 학계에 너무나 빠르게 퍼져 나가, 스승의 계산을 이런 식으로도 도와줄 준비가 된 악의에 찬 내 동학들에 의해 부풀려질 터이고, 오케다의 집에서 근면했던 내 삶을 중상모략할 것이다. 이로 인해 나의 상황을 바꾸기 위해 내가 많이 의지했던 대학 교수들의 눈에 나는 신용 없는 사람으로 비칠 것이다.

이런 상황을 생각하면 고통스러웠지만 나는 자신에게 집중할 수 있었고 나의 유연한 동작과 그녀의 경련성 수축에 의한 압력에 서서히 복종하는, 나와 그녀가 개별적으로 느끼는 미세한 느낌들 중에서, 미야기 부인의 성기로 꽉 조여진 내 성기의 감각을, 세세히 구별할 수 있었다. 이런 적용은 무엇보다 상황 자체를 관찰하는 데 필요한 상태를 연장하도록 도와주었을 뿐만 아니라, 무감각 혹은 부분적인 감각의 순간들을 부각시키며 마지막 위기를 연기시켰다. 그러한 순간들은 또 공간과 시간 속에서 예측할 수 없게 분포된 관능적인 자극들의 갑작스러운 출현을 지나치게 강조하게 만들기도 했다. "마키코! 마키코!" 미야기 부인의 귀에 대고 신음하며, 나는 그녀 딸의 이미지와 그녀가 내게 불러일으키리라 생각했던, 지금의 것과는 비교할 수 없는 다른 감각의 범위와 이 초감각의 순간들을 발작적으로 결합시켰다. 그리고 나의 반응들을 통제하기 위해서, 바로 그날 밤 오케다 선생에게 묘사할 말들을 생각했다. 은행잎 비의 특징은, 매 순간 떨어지는 잎이 다른 잎들과 다른 높이에 있는 것이라고. 이 때문에 시각이 위치하는 텅 비고 무감각한 공간은 연속되는 차원들로 구분되고 그러한 각각의 차원 속에서 하나, 단 하나의 작은 은행잎이 선회를 한다고 말이다.

9

당신은 안전벨트를 맨다. 비행기가 착륙하는 중이다. 비행은 여행과 상반된다. 당신은 불연속의 공간을 가로질러, 허공에서 사라진다. 그동안 당신은 어떤 곳에도 지속적으로 머물지 않는데, 그러한 머묾도 시간 속의 공간 중 하나이기 때문이다. 그리고 당신이 떠났던 장소와 시간과는 전혀 관계가 없는 어떤 장소로 어떤 순간으로 다시 떠난다. 그사이 당신은 무얼 할까? 세상으로부터의 당신의 부재, 당신으로부터의 세상의 부재를 어떻게 채우고 있을까? 당신은 독서를 한다. 이 공항에서 저 공항으로 옮겨 가면서 책에서 눈을 떼지 않는다. 페이지 너머에는 공간과, 중간 기착지와, 당신을 태우고 먹여 주는 금속의 자궁과, 항상 다르면서도 또 항상 같은 수많은 승객들의 익명성만이 있기 때문이다. 당신은 특징 없이 균일화된 활자체와 함께하는 여행의 이런 또 다른 추상성에 집중하는 게 좋을 듯하다. 여기서도 당신이 지금 허공이 아니라 무언가의 위를 날고 있다고 설득하려 하는, 환기력을 가진 이름들이 있다. 불확실한 비행기에, 거칠게 운항되는 기체에 자신을 맡기기 위해서는 많은 양의 무신경을 투약해야 한다는 사실을 알아차린다. 아니, 어쩌면 이것은 수동성이나 퇴행, 유아적인 의존적 성향을 분명하게 증명하는 것일 수도 있다.(그런데 당신은 비행기 여행에 대해 깊이 생각하는 건가, 아니면 독서에 대해 생각하는 건가?)

비행기가 착륙하는 중이다. 당신은 다카쿠미 이코카의 소설 『달빛이 환히 비추는 은행잎들 위에』를 다 읽지 못했다. 비행기 계단을 내려가면서도, 비행장을 가로지르는 버스 안에서도, 여권 확인과 세관 통과를 위해 줄을 서서도 책을 계속 읽는다. 눈앞에 책을 펼쳐 들고 걸어가는데 누군가 손에서 책을 빼앗아 간다. 그리고 무대의 막이 올라갈 때처럼 당신 눈앞에 가죽 탄띠를 두르고 자동 소총으로 무장하고 금빛 독수리 배지와 견장을 번득이며 정렬한 경찰들이 나타난다.

"제 책은……." 당신은 반짝이는 단추들과 총구의 그 고압적인 장벽을 향해 어린아이 같은 동작으로 큰 손을 내밀며 항의한다.

"압수요, 선생. 이 책은 아타구이타니아[30]에 가지고 들어갈 수 없소. 금서요."

"어떻게 그럴 수가 있습니까……? 가을 은행잎에 관한 책인데요……? 대체 무슨 권리로……?"

"압수 서적 목록에 포함되어 있소. 우리 법은 그렇소. 우리를 가르칠 셈이오?" 한 단어에서 다른 단어로, 한 음절에서 다른 음절로 넘어가면서 메마른 톤의 목소리가 순식간에 퉁명스러워졌다. 불안할 정도로 위협적이다.

"아니 저는…… 조금만 있으면 그 책을 다 읽는데……."

---

30 가상의 나라.

"그냥 두세요." 당신 뒤에서 누군가 속삭인다. "이 사람들과 실랑이하지 마세요. 책은 걱정 마요. 나도 한 권 가지고 있으니 나중에 이야기해요……."

자신감 넘치는 여자 여행자다. 바지를 입고 큰 안경을 쓴, 키가 크고 마른 여자가 짐을 잔뜩 든 채, 이곳에 익숙한 사람 같은 분위기로 검사대를 지난다. 당신이 아는 여자인가? 알아도 모른 척해야 한다. 그녀는 당신과 말하는 모습을 보이고 싶어 하지 않는 게 분명하다. 당신에게 자신을 따라오라고 눈짓을 한다. 그녀를 시야에서 놓치면 안 된다. 공항 밖에서 여자는 택시를 타고는 당신에게 뒤에 오는 택시를 타라고 신호를 보낸다. 교외로 나가자 그녀가 탄 택시는 멈춰 서고 그녀가 자신의 짐을 모두 들고 택시에서 내려 당신이 탄 택시로 옮겨 탄다. 머리가 아주 짧고 큰 안경을 끼고 있긴 하지만 당신의 눈엔 로타리아와 닮아 보인다.

말을 걸어 본다. "그런데 당신은……?"

"코린나, 코린나라고 부르세요."

코린나는 자기 가방들을 뒤적여서 책을 한 권 꺼내 준다.

"이 책이 아닌데요." 당신은 표지에 적힌, 칼릭스토 반데라의 『텅 빈 구덩이 주위에서』라는 낯선 제목과 작가 이름을 보고 말한다. "저들이 압수해 간 내 책은 이코카의 책이에요!"

"내가 준 책이 바로 그 책이에요. 아타구이타니아에서는 가짜 표지로 된 책들이 유통되기도 해요."

택시가 전속력으로 먼지에 뒤덮인 지저분한 변두리로 들어가는 동안 당신은 코린나의 말이 사실인지 확인하기 위해 책을 펼쳐 보고 싶은 유혹을 떨치지 못한다. 맙소사! 이건 처음 본 책이며 전혀 일본

소설 같은 분위기도 아니다. 이 소설은 한 남자가 고원에서 말을 달리며 조필로테라는 육식성 새들이 날아가는 모습을 바라보는 장면으로 시작한다.

"표지가 가짜면 내용도 가짜일 겁니다." 당신은 말한다.

"무얼 기대한 거죠?" 코린나가 대꾸한다. "예전에 시작된 위조의 과정이 중단되지 않았어요. 우리는 위조될 수 있는 건 모두 위조된 나라에 있어요. 박물관의 그림들, 금괴, 버스표, 반혁명가들과 혁명가들이 위조 사격으로 투쟁하지요. 그 결과 어느 누구도 어떤 게 가짜고 어떤 게 진짜인지 확신할 수 없게 되었어요. 정치 경찰은 혁명적인 행동을 흉내 내고 혁명가들은 경찰로 위장하죠."

"그래서 결국 누가 이득을 얻습니까?"

"그걸 말하기는 일러요. 자신과 타인의 위조를 누가 더 잘 이용하는지 봐야 하죠. 경찰인지, 우리 조직인지."

택시 운전사가 귀를 기울이고 있다. 당신은 경솔한 말을 자제하도록 코린나에게 눈짓을 한다.

하지만 그녀가 말한다. "겁낼 것 없어요. 이건 가짜 택시예요. 오히려 놀라운 건 우리를 뒤쫓는 다른 택시가 있다는 거죠."

"가짜인가요, 진짜인가요?"

"물론 가짜죠. 그런데 저게 경찰인지 우리 편인지 모르겠어요."

당신이 슬쩍 뒤를 돌아본다. "그런데 두 번째 택시를 쫓는 세 번째 택시가 있어요……."

당신이 외친다.

"경찰의 움직임을 살피는 우리 편일 수도 있어요. 그렇지만 우리의 뒤를 쫓는 경찰일 수도 있죠……."

두 번째 택시가 당신들이 탄 택시를 추월해서 정지한다. 택시에서 무장한 남자들이 튀어나와 당신들을 택시에서 내리게 한다. "경찰이다! 너희들은 체포됐다!" 당신과 코린나, 택시 운전사는 모두 수갑을 찬 채 두 번째 택시에 올라탄다.

코린나는 침착하게 웃으며 경찰들에게 인사한다. "난 거트루드예요. 이 사람은 내 친구고요. 우릴 사령부로 데려다 줘요."

입을 다물지 못하겠는가? 코린나-거트루드는 당신네 언어로 속삭인다. "걱정하지 마요. 난 가짜 경찰이에요. 사실 저 사람들은 우리 편이에요." 당신들이 막 다시 출발하는데 세 번째 택시가 두 번째 택시를 가로막는다. 다시 무장한 다른 남자들이 복면을 한 채 세 번째 택시에서 튀어나온다. 경찰들을 무장해제시키고 당신과 코린나-거트루드의 수갑을 풀어 준 뒤, 경찰들에게 수갑을 채워 모두 자기들의 택시 안으로 밀어 넣는다.

코린나-거트루드는 태연하다. "고마워요, 친구들." 그녀가 말한다. "난 잉그리드예요. 이 사람은 우리 편이에요, 우리를 총사령부로 데려다 주겠어요?"

"너, 입 닥쳐!" 대장인 듯한 남자가 말한다. "영리한 척하지 말라고! 이제 우리가 너희들의 눈을 가려야겠다. 너희들은 우리 인질이야."

당신은 이제 어떻게 생각해야 할지 알 수가 없다. 코린나-거트루드-잉그리드가 다른 택시로 끌려갔기 때문이기도 하다. 당신의 팔다리와 눈을 다시 사용할 수 있게 되었을 때 당신은 경찰서 같기도 하고 막사 같기도 한 사무실에 있다. 군복을 입은 하사관들이 당신의 정면과 측면 사진을 촬영하고 지문을 찍게 한다. 장교가 누군가를 부른다. "알폰시나!"

당신은 방 안으로 들어오는 거트루드-잉그리드-코린나를 본다. 그녀 역시 군복을 입고 있으며 장교에게 서명해야 할 서류들을 내민다.

그사이 당신은 이 책상 저 책상을 순회한다. 한 경찰이 당신의 서류들을 보관하고, 다른 경찰은 돈을, 세 번째 경찰은 죄수복으로 갈아입은 당신의 옷을 보관한다.

"이게 무슨 함정입니까?" 당신은 간수들이 등을 돌린 사이 곁에 다가온 잉그리드-거트루드-알폰시나에게 이렇게 물어본다.

"혁명가들 중에 반혁명가들이 잠입해 있어요. 그자들 때문에 우리가 잠복하던 경찰에게 걸려든 거죠. 그런데 다행히 경찰에 혁명가들이 많이 잠입해 있어서, 거짓으로 나를 이 지휘부의 직원으로 인정한 거예요. 당신은 아마 가짜 감옥, 다시 말해서 정부의 진짜 감옥이지만 정부가 아니라 우리가 감시하는 감옥에 보내질 거예요."

당신은 마라나를 생각하지 않을 수 없다. 마라나가 아니라면 누가 이런 음모를 꾸미겠는가?

"당신 대장의 스타일을 알 것 같군요." 당신이 알폰시나에게 말한다.

"대장이 누구인지는 중요하지 않아요. 오로지 반혁명을 이롭게 할 목적으로 혁명을 위해 일하는 척하거나, 그렇게 하는 게 혁명을 여는 길이라고 믿으며 공공연히 반혁명을 위해 일하는 가짜 대장일 수 있으니까요."

"당신은 그 대장에게 협력하는 겁니까?"

"내 경우는 달라요. 나는 잠입자예요. 가짜 혁명의 영역에 잠입한 진짜 혁명가죠. 하지만 정체가 밝혀지지 않으려면 진짜 혁명가들 속에 잠입한 반혁명가인 척해야 해요. 그리고 사실 그렇기도 하고요. 경찰로부터 명령을 받으니까요. 그렇지만 진짜 반혁명가는 아니에요. 반혁명가 잠입자들 속에 잠입한 혁명가들의 명령을 따르죠."

"내가 제대로 이해했다면 여기는 잠입자들 천지군요. 경찰에도 혁명들 중에도. 그럼 당신들은 서로를 어떻게 구별합니까?"

"각자 그를 잠입시킨 잠입자가 누군지를 봐야 해요. 그리고 그것 보다 먼저 잠입자들을 잠입시킨 사람이 누군지 알 필요가 있죠."

"그러니까 당신들은 아무도 자기가 누구라고 말할 수 없는데도 마지막 순간까지 계속 투쟁을 하려는 겁니까?"

"무슨 상관이죠? 각자 끝까지 자기 역할을 해야죠."

"나는 어떤 역할을 해야 하는 겁니까?"

"조용히 기다리는 거예요. 당신은 책이나 계속 읽어요."

"빌어먹을! 저자들이 나를 풀어줬다가 다시 체포하면서 책을 잃어버렸어요……."

"상관없어요. 당신이 이제 가게 될 감옥은 최신 서적이 구비된 도서관이 있는 모델 교도소예요."

"금서도 있나요?"

"감옥이 아니면 어디서 금서를 보겠어요?"

당신은 소설 위조자를 추적하기 위해 여기 아타구이타니아까지 왔다. 그런데 일상의 모든 면이 가짜인 체제의 죄수가 되어 있다. 아니, 오히려 이렇게 말할 수 있다. 당신은 소설의 강의 수원지를 찾아 다니다 사라진 탐험가 마라나의 자취를 따라 숲, 초원, 고원, 산맥으로 들어가기로 결심했다. 그런데 지금은 그 감옥의 철창에 머리를 찧고 있다. 그 철창은 온 세상으로 확장되어, 보잘것없고 어디서나 똑같은 그 철창 안의 복도에서 모험을 할 수밖에 없게 한다……. 이게 여전히 당신의 이야기일까, 남성 독자여? 루드밀라에 대한 사랑으로 시작했던 여행 때문에 당신은 이제 루드밀라도 볼 수 없는 먼 곳으로 왔다. 이제 그녀가 당신을 인도하지 않는다면 당신은 루드밀라와 거울처럼 상반된 이미지를 가진 로타리아를 믿을 수밖에 없다…….

그런데 정말 로타리아일까? "당신이 얘기하는 사람이 누군지 모르겠어요. 난 당신이 말한 이름들을 몰라요." 당신이 지나간 일들을 이야기하려 할 때마다 그녀는 당신에게 이렇게 대답한다. 지하 세계로부터 받은 명령 때문일까? 솔직히 말해 당신은 그녀의 정체를 전혀 확신할 수 없다. 가짜 코린나일까, 아니면 가짜 로타리아일까? 당신의 이야기에서 그녀는 로타리아와 비슷한 역할을 하는 게 분명하다. 따라서 그녀에게 부합하는 이름은 로타리아이고 당신은 다른 이름으로 그녀를 부를 수가 없다.

"여동생이 있다는 걸 부인하는 겁니까?"

"여동생이 있지만 이 일과 상관이 있는 것 같지는 않아요."

"그 여동생은, 심리 상태가 불안하고 복잡한 등장인물이 등장하는 소설을 좋아하나요?"

"내 동생은 항상 기본적이고 원시적이고 흙의 힘이 느껴지는 소설을 좋아한다고 말하죠. 정말 그렇게 말해요. 흙의 힘이라고."

"불완전한 책 때문에 교도소 도서관에 대해 불평을 했다고요." 건너편 높은 책상에 앉은 고위 장교가 말한다.

당신은 안도의 한숨을 쉰다. 간수가 감방으로 당신을 부르러 와서 복도로 데리고 나온 뒤, 계단을 내려가고 지하 통로를 지나 다시 좁은 계단을 올라가 대기실과 사무실 들을 지날 때부터 당신은 불안감으로 몸을 떨었고 온몸이 불타듯 열이 났다. 하지만 그들이 부른 건 그저 칼릭스토 반데라의 『텅 빈 구덩이 주위에서』에 대한 당신의 불만에 답해 주기 위해서였다! 당신의 마음속에 있던 불안감의 자리에 실망감이 되살아났다. 닳고 찢겨져 나간 종이들을 둘로 접은 뒤 함께 모아 엉성하게 제본한 책의 표지를 손에 들었을 때 당신에게 밀려들던 그 실망감이다.

"물론 제가 불평했습니다!" 당신은 대답한다. "당신들은 그 도서관이 모델 교도소의 모델 도서관이라고 자랑합니다. 그런데 목록에 차례로 정리된 책을 빌리러 가면 제본이 다 떨어진 종이 더미만 발견되더군요! 이런 시스템으로 어떻게 수감자들을 재교육할 수 있다고 생각하는지 궁금합니다!"

책상에 앉은 남자가 천천히 안경을 벗는다. 슬픈 표정으로 고개를 젓는다. "당신의 불평이 타당한지 진상을 규명하지는 않겠소. 내 권한에 속하는 일이 아니오. 교도소와 도서관 양쪽 모두와 긴밀한 관계를 맺고 있기는 하지만 우리 임무는 훨씬 더 광범위한 문제들을 다루는 거요. 당신이 소설의 독자라는 걸 알고 당신에게 조언을 구해야겠기에 부른 거요. 군대, 경찰, 사법부 같은 권력 단체들은 소설을 금지해야 할지 허용해야 할지를 판단하는 데 늘 어려움을 겪어 왔소. 광범위한 독서를 할 시간이 부족하고, 판단의 근거가 될 미학적, 철학적 기준이 불확실해서……. 아니, 당신에게 우리의 검열 작업을 도우라고 강요하려는 게 아니니 걱정하지 마시오. 그런 임무들은 현대의 기술로 신속하고도 효과적으로 이행할 수 있을 거요. 우리에게는 글로 쓰인 어떤 텍스트든 읽고 분석하고 평가할 수 있는 기계들이 있소. 하지만 우리가 검사해야 하는 건 바로 그런 도구들의 신뢰성이오. 당신은 평균 유형에 해당하는 독자이며 적어도 부분적으로나마 칼릭스토 반데라의 『텅 빈 구덩이를 주위에서』를 읽었다고 파일에 기록되어 있더군요. 독서 기계의 결과와 당신이 독서를 하고 받은 느낌을 비교해 보는 게 좋겠소."

그가 당신을 장비실로 보낸다. "우리의 프로그래머 실라를 소개하지요."

당신 앞에 목까지 단추를 채운 하얀 가운 차림의 코린나-거트루드-알폰시나가 서 있다. 그녀는 식기세척기 비슷한 매끄러운 금속 기구의 전지를 갈고 있다. "이것들은 『텅 빈 구덩이 주위에서』의 원문 전체를 저장한 메모리 장비들이오. 단말기는 당신이 보다시피 소설을 처음부터 끝까지 한 단어 한 단어 재생산할 수 있는 프린터 장치요." 장교가 설명한다. 긴 종이 한 장이 타자기 같은 기계 밖으로 펼쳐져 나오고 차가운 대문자들이 기관총처럼 재빠르게 그 종이를 뒤덮는다.

"그럼, 괜찮으시다면 저는 이 기회를 이용해서 다 읽지 못한 앞부분을 가져가도록 하겠습니다." 당신은 이렇게 말하고 조밀하게 흐르는 글자들을 조심스럽게 살며시 쓰다듬다가 그 글자 속에서 격리된 당신의 시간을 함께해 준 산문을 발견한다.

"편한 대로 하시오." 장교가 말한다. "실라를 두고 가겠소. 실라가 우리에게 필요한 프로그램을 입력해 줄 거요."

남성 독자여, 당신은 찾고 있던 책을 다시 찾았다. 이제 중단된

선을 다시 이을 수 있다. 당신의 입가에 미소가 떠오른다. 하지만 이 이야기가 계속될 것 같은가? 아니, 소설의 이야기가 아니라 당신의 이야기 말이다! 언제까지 수동적으로 사건에 계속 끌려다닐 셈인가? 당신은 이미 모험의 열정에 가득 차서 행동에 뛰어들었다. 그런 다음엔 어떻게 되었는가? 당신의 역할은 곧 다른 사람들이 결정한 사항을 기록하고 다른 이들의 변덕스러움을 견디고 자신의 통제를 벗어난 사건에 휩쓸려 들어가는 사람의 역할로 축소되었다. 그런데도 당신이 주인공 역할을 한다고 할 수 있는가? 이런 게임을 계속한다면 당신도 전반적인 속임수의 공범자라는 뜻일 것이다.

당신이 여자의 손목을 잡는다. "위장은 이제 그만해, 로타리아! 대체 언제까지 경찰 체제에 이용당할 건데?"

이번에는 실라-잉그리드-코린나가 불안감을 감추지 못한다. 당신에게 잡힌 손목을 빼낸다. "지금 누구를 비난하는지 모르겠군요. 당신 이야기에 대해서는 아무것도 몰라요. 난 아주 분명한 전략을 따르고 있다고요. 반권력은 권력을 전복시킬 수 있는 권력의 구조 속으로 잠입해야 해요."

"그렇고 그런 권력을 재생산하기 위해서 말이지! 위장은 필요치 않아, 로타리아! 제복의 단추를 풀면 항상 그 밑에 또 다른 제복이 있잖아."

실라가 도전적인 분위기로 당신을 본다. "단추를 풀어요……? 해봐요……."

이제 당신은 전투를 하기로 결정한다. 더 이상 뒤로 물러설 수 없다. 당신은 떨리는 손으로 프로그래머 실라의 하얀 가운 단추를 푼다. 그리고 알폰시나의 경찰복을 발견한다. 당신은 알폰시나의 금빛 단추를 떼어 낸다. 그러자 코린나의 후드 달린 점퍼가 나온다. 당신은 코린나의 지퍼를 뜯어내고 잉그리드의 견장들을 본다…….

그녀가 직접 남은 옷을 찢어 버린다. 단단한 멜론 모양의 유방 두 개와 오목하게 살짝 들어간 배, 안으로 들어간 배꼽, 겉으로는 빈약해 보이지만 사실은 풍만한 엉덩이, 무성한 거웃, 탄탄하고 긴 허벅지가 나타났다.

"그럼 이건요? 이건 무슨 제복이죠?" 실라가 소리친다.

당신이 당황해서 중얼거린다. "아니, 이건, 아니지요…….

"아니, 맞아요!" 실라가 외친다. "육체는 제복이에요! 육체는 무장병이에요! 육체는 폭력적인 행위예요! 육체는 힘을 요구해요! 육체는 전투 중이에요! 육체는 스스로를 주체라고 선언해요! 육체는 목적이지 수단이 아니에요! 육체는 의미가 있어요! 의사를 전달해요! 소리를 질러요! 반박해요! 전복시켜요!"

이렇게 말하면서 실라-알폰시나-거트루드가 당신에게 달려들어 죄수복을 찢어 버린다. 당신들의 알몸이 메모리 장비가 든 철제 장비들 밑에서 뒤섞인다.

남성 독자여, 지금 무엇을 하고 있는가? 저항하지 않을 텐가? 달아나지 않을 텐가? 아, 당신도 함께하는군……. 아, 당신도 그녀에게 달려드는군……. 당신은 이 책의 하나뿐인 주인공이다. 맞다. 하지만 그렇다고 여기 등장하는 모든 여성 등장인물과 성관계를 맺을 권리가 있다고 생각하는가? 이렇게 준비도 없이……. 애정 소설의 열기와 사랑스러움은 루드밀라와의 이야기만으로 충분하지 않았던가? 루드밀라의 언니(혹은 당신이 언니와 동일시하는 어떤 여자)와, 잘 생각해 보면 전혀 호감을 느끼지 않았던 이 로타리아-코린나-실라와도 관계를 가질 필요가 있는가……? 페이지 페이지마다 수동적으로 체념하며 사건을 뒤쫓고 난 뒤니 설욕을 하고 싶은 것도 당연하다. 하지만 이런 식으로 하는 게 옳은가? 아니면 이런 상황 역시 당신의 의지와 상관없이 전개되었다고 말하고 싶은 건가? 당신은 이 여자가 머리로 무엇이든 할 수 있으며 이론적으로 생각한 것을 실행에 옮겨 극단적인 결과를 도출할 수 있다는 것을 잘 안다……. 그녀가 당신에게 보여 주고자 했던 것은 사상의 입증이었다. 그 외에는. 대체 이번에는 어떻게 그리 빠르게 그녀의 주장을 납득한단 말인가? 남성 독자여, 조심해야 한다. 이곳에서는 모든 게 보이는 것과 다르다. 모든 게 이중의 얼굴을 하고 있다…….

반복해서 터지는 플래시와 사진기의 찰칵 소리가, 포개진 채 격렬히 움직이는 당신들의 하얀 육체를 집어삼킨다.

"또다시 알몸으로 죄수의 품에 안긴 모습을 들켰군, 알렉산드라 대위!" 눈에 보이지 않는 사진사가 질책을 했다. "이 스냅 사진들이 당신의 개인 서류를 풍부하게 채워 주겠는걸……." 목소리가 낄낄거리며 멀어져 갔다.

알폰시나-실라-알렉산드라가 일어나서 짜증스러운 얼굴로 몸을 가린다. "한시도 가만두질 않는다니까." 그녀가 화를 낸다. "적대적인 두 비밀 정보부를 위해 동시에 일하는 건 이래서 바람직하지 않아. 양쪽 다 계속 협박하려고 하잖아."

당신도 일어서려 한다. 당신은 프린터에서 떨어진 두루마리 종이에 휘감겨 있다. 소설의 첫 부분이 장난을 치고 싶어 하는 고양이처럼 바닥에 펼쳐져 있다. 당신이 지금까지 읽은 이야기들은 절정에 이른 순간 중단되었다. 어쩌면 지금까지 당신이 읽은 소설들의 결말을 볼 수 있을지도 모른다…….

생각에 잠긴 알렉산드라-실라-코린나가 자판을 두드리기 시작한다. 어떤 일을 하든 자신을 완전히 쏟아붓는 원래의 근면한 분위기다. "뭔가 잘못됐는데." 그녀가 중얼거렸다. "지금쯤이면 모두 출력이 되었어야 하는데……. 뭐가 잘못된 거지?"

당신은 벌써 오늘 거트루드-알폰시나가 약간 신경질적이라는 것을 알아차렸다. 어느 순간 자판을 잘못 누른 게 분명했다. 언제든 출력될 수 있게 전자 메모리에 보관된 칼릭스토 반데라의 원문 단어 체계가 회로의 순간적인 자기 소거로 인해 지워져 버렸다. 이제는 색색의 선들이 이제 해체된 단어들을 가루로 분쇄하고 있다. 그 그 그 그, 의 의 의 의, 에서 에서 에서, 것 것 것 것, 각각 빈도수에 따라 줄줄이 이어진다. 책은 가루가 되고 해체되어, 바람에 흩어지는 모래 언덕처럼 다시 원래의 상태로 모을 수가 없게 됐다.

텅 빈 구덩이 주위에서

맹금류들이 날아오르는 것은 밤이 끝나 가는 신호다, 아버지는 내게 그렇게 말씀하셨다. 그리고 나는 어두운 하늘에서 무거운 날갯짓 소리를 들었고 초록 별들을 어둡게 만드는 그 그림자들을 보았다. 그것들은 미적거리며 땅에서, 어두컴컴한 관목에서 겨우 떨어져 나와 힘겹게 비행하는 중이었다. 마치 비행을 할 때에만 깃털들이 뾰족한 나뭇잎이 아니라 깃털이라는 것을 스스로 확신하기라도 하듯이. 맹금류들이 흩어지고 나자 회색 별들과 초록 하늘이 다시 나타났다. 새벽이었다. 나는 오케달 마을 쪽을 향해 한적한 길을 달리는 중이었다.

"나초." 아버지가 말씀하셨다. "내가 이 세상을 뜨거든 바로 사흘 치 식량을 준비하고 내 카빈총을 가지고 말을 타거라. 메마른 개울을 거슬러 올라가 산이레네오 산까지 가거라. 오케달의 테라스 위로 연기가 올라오는 게 보일 때까지."

"왜 오케달로 가야 해요?" 내가 아버지에게 물었다. "오케달에 누가 사는데요? 누구를 찾아가야 하는데요?"

아버지의 목소리는 점점 더 힘이 빠지고 느려졌다. 얼굴은 보랏

빛에 가까웠다. "오랜 세월 내가 간직해 왔던 비밀을 털어놔야겠구나……. 아주 긴 이야기이다……."

아버지는 마지막 숨을 거두면서도 이런 말로 시간을 낭비하고 있었다. 아버지가 주제에서 벗어나길 잘하고, 모든 대화를 이탈과 삽입과 회상으로 윤색해서 이야기하는 경향이 있다는 것을 잘 아는 나는 중요한 사실을 알려 주지 못하고 숨을 거두실까 봐 걱정이 됐다.

"빨리요, 아버지. 제가 오케달에 도착해서 찾아가야 할 사람의 이름을 말해 주세요……."

"네 어머니……. 너는 모르는 네 어머니가 오케달에 살고 있다……. 네가 강보에 싸였을 때부터 한 번도 본 적 없는 네 어머니가……."

아버지가 돌아가시기 전에 어머니에 대해 이야기해 주리라는 것은 알고 있었다. 낳아 준 여인의 얼굴도 이름조차도 모르는 채, 젖먹이였던 나를 어머니의 품에서 빼앗아 와 자신의 방랑과 도주의 삶 속으로 끌어들인 이유도 모르는 채 어린 시절과 청소년기를 보내게 했으니, 아버지는 그렇게 해야만 했다. "제 어머니가 누굽니까? 이름을 말해 주세요!" 내가 아직 어머니에 대한 질문을 지치지 않고 하던 시절, 아버지는 어머니에 대해 많은 이야기를 들려주었다. 하지만 모두 꾸며 낸 이야기여서 앞뒤가 맞지 않았다. 어떤 때는 가난한 거지라고 했다가 어떤 때는 빨간 자동차로 여행을 다니던 외국의 귀부인이라고도 했다. 폐쇄 수녀원의 수녀라고도 했고 서커스단의 곡예사라고도 했으며 어떤 때는 나를 낳다가 돌아가셨다고도 했고 지진으로 실종되었다고도 했다. 그래서 어느 날 나는 더 이상 질문을 하지 않고 아버지가 말해 줄 날을 기다리기로 마음먹었다. 내가 열여섯 살이 되고 얼마 되지 않아 아버지는 황열병에 걸렸다.

"처음부터 이야기하게 내버려 둬라." 아버지가 숨을 헐떡였다. "오케달에 올라가거든 이렇게 말하거라. '나는 돈 아나스타시오 자모라의 아들 나초입니다.' 아마 나에 대해 많은 이야기들을 들을 거다. 사실이 아니라 꾸며 낸 이야기야. 거짓말이고 중상모략이지. 네가 알아줬으면 하는 것은……."

"이름이요, 어머니 이름이요, 빨리 말해 주세요!"

"지금. 네가 알아야 할 때가 왔다……."

아니, 그때는 오지 않았다. 쓸데없는 서론을 길게 늘어놓은 뒤 아버지의 장황한 말들은 신음으로 흩어졌고 그렇게 영원히 사라져 버렸다. 지금 어둠 속에서 산이레네오 산의 가파른 길로 말을 달리는 젊은이는 여전히 자신이 어떤 뿌리를 만나게 될지 알지 못했다.

나는 마른 개울가를 따라, 깊은 골짜기 위쪽으로 난 길로 접어들었다. 들쑥날쑥한 윤곽을 드러낸 숲 위에 머물러 있는 새벽빛은 내게 새로운 날이 아니라 다른 모든 날 이전에 왔던 날을 열어 주는 듯이 보였다. 인간이 하루란 게 어떤 것인지를 이해하게 된 첫날처럼, 모든 날들은 새날이라는 시간의 의미에서는 새로운 날이다.

건너편 개울가가 보일 정도로 날이 충분히 밝아졌을 때 나는 그쪽 개울가에도 길이 하나 있고 장총을 어깨에 멘 한 남자가 나와 나란히 같은 방향으로 말을 달리고 있다는 것을 알아차렸다.

"이봐요!" 내가 소리쳤다. "오케달까지는 얼마나 더 가야 하죠?"

남자는 뒤도 돌아보지 않았다. 아니, 더 정확히 말하면 그보다 더 심했다. 잠시 내 목소리를 듣고 고개를 돌렸지만(그렇지 않았다면 난 그가 귀머거리라고 생각했을 것이다.) 곧 다시 앞을 바라보더니 내게 대답도 인사도 하지 않은 채 계속 말을 달렸다.

"이봐요! 당신한테 말한 거예요! 귀 안 들려요? 벙어리예요?" 내가 소리를 질렀지만 그의 몸은 검은 말의 달리는 속도에 따라 안장 위에서 흔들거릴 뿐이었다. 그렇게 어둠 속에서 깊이가 깊은, 가파른 개울을 사이에 두고 얼마를 나란히 달렸는지 모른다. 내가 탄 암말의 불규칙적인 말발굽 메아리가 건너편 개울가의 울퉁불퉁한 석회암 바위에 부딪혀 되돌아오는 것처럼 느껴졌는데 사실 그것은 나와 나란히 달리는 그 말의 발굽 소리였다.

등과 목만 보이는 그는 젊은 사내로 너덜너덜하게 해진 밀짚모자를 쓰고 있었다. 그의 무례한 태도에 상처받은 나는 눈앞에서 그를 보지 않기 위해 그를 추월하려고 말에 박차를 가했다. 어떤 영감 때문이었는지 모르겠지만 나는 그를 추월하자마자 그 남자 쪽으로 고개를 돌렸다. 그는 어깨에서 총을 벗어서 마치 나를 겨냥이라도 하듯 높이 들어 올리고 있었다. 나는 즉시 안장의 권총집에 꽂아 둔 내 카빈총의 개머리판으로 손을 내렸다. 그가 다시 아무 일도 아니라는 듯, 자신의 장총을 어깨에 멨다. 그 순간부터 우리는 반대쪽에서 서로에게서 눈을 떼지 않으며, 서로 등을 보이지 않으려 애쓰며 비슷한 속도로 달렸다. 상황을 파악한 듯 내 암말이 남자가 탄 검은 말의 속도를 조절했다.

이야기는 발굽에 편자가 박힌 말이 과거와 미래의 비밀을 간직한 장소, 안장 머리에 매달린 올가미 밧줄처럼 스스로 감기는 시간을 간직하고 있는 장소를 향해 오르막 오솔길을 느릿느릿 걸어가도록 그 속도를 조절한다. 오케달로 나를 데려다 줄 그 먼 길도, 사람들이 사는 세상의 경계에, 내 삶의 시간의 경계에 있는 마지막 마을에 닿기 위해 가야 할 길보다는 훨씬 짧다는 것을 나는 이미 안다.

"저는 돈 아나스타시오 자모라의 아들 나초라고 합니다." 나는 교회 벽에 등을 대고 웅크리고 앉은 인디오 노인에게 말했다. "집은 어딥니까?"

'아마 이 노인은 알고 있을 거야.' 나는 생각했다.

붉은 기가 도는, 칠면조 눈까풀처럼 울퉁불퉁한 노인의 눈까풀이 올라갔다. 손가락 하나(종종 불쏘시개로 사용되는 가느다란 나뭇가지처럼 마른 손가락)가 판초 밑에서 나오더니 알바라도 가문의 저택을 가리켰다. 진흙을 굳혀 만든 집들뿐인 오케달 마을에서 유일한 저택이었다. 저택의 정면은 바로크식이었는데 실수로 그곳에 서 있는 듯도 했고 버려진 극장 무대의 한 장면 같기도 했다. 수백 년 전 누군가가 이곳이 황금의 땅이라고 믿었던 듯하다. 그리고 자신의 실수를 깨달았을 때, 막 신축된 저택에는 느릿한 파멸의 운명이 시작되었으리라.

내 말을 돌봐 준 하인의 발걸음을 쫓아 저택 안쪽이 틀림없을 듯한 어떤 장소들을 지나는데 내 생각과는 반대로 갈수록 저택 밖으로, 이쪽 안뜰에서 다른 쪽 안뜰을 지나고 있다. 이 저택의 문들은 죄다 안으로 들어가는 게 아니라 밖으로 나가는 데 사용되는 듯하다. 이야기는 내가 처음으로 보았던 장소들, 그러나 내 머릿속에 기억이 아니라 공간만을 남겨 놓았던 장소들에서 느꼈던 당혹감을 전달해야 할 것이다. 지금 이미지들이 이런 공간들을 다시 차지하려 하지만 그 이미지들 역시 나타나는 순간 잊히는 꿈의 색들로 채색될 뿐이다.

안뜰이 연달아 이어졌고 그곳에는 먼지를 털어야 할 카펫들이 널려 있다.(나는 기억 속에서 호화로운 집의 요람에 대한 추억을 찾아가는 중이다.) 두 번째 안뜰은 알팔파[31] 자루들로 발 디딜 틈이 없다.(아주 어린 시절 농장에서의 기억을 되살려 보려 애쓴다.) 세 번째 안뜰에는 마구간들이 늘어서 있다.(내가 마구간에서 태어났나?) 대낮이 틀림없을 텐데 이야기를 감싼 그림자가 흩어질 기미를 보이지 않는다. 이야기는 시각적인 상상력을 통해 또렷한 형상들로 보완될 수 있는 메시지를 전달하지 않는다. 말이 아니라 뒤섞여 알아듣기 힘든 목소리들, 웅얼거리는 노래들을 전한다.

세 번째 뜰에 이르러서야 감각들이 형태를 취하기 시작한다. 처음에는 냄새와 맛이, 그 뒤에는 불빛이 아나클레타 히구에라스의 넓은 부엌에 모여 있는, 나이를 가늠할 수 없는 인디오들의 얼굴을 환히 비춘다. 매끈한 피부로 보아 나이가 아주 많을 수도 있고 젊을 수도 있다. 아버지가 이곳에 있던 시기에 벌써 노인이었을 수도 있고, 어쩌면 아버지와 동년배들이어서, 그들의 아버지가 우리 아버지를 바라보았듯이, 지금 그들이 아버지의 아들, 아침에 말을 타고 카빈총을 차고 도착한 이방인인 나를 바라보는 것일 수도 있다.

검은 벽난로와 불길을 배경으로 황토색과 분홍색 줄무늬 담요를 둘러쓴 키가 큰 여인의 모습이 두드러졌다. 아나클레타 히구에라스가 나를 위해 매운 미트볼을 준비한다. "먹어라, 아들아. 이 집으로 오는 길을 찾기 위해 십육 년을 걸었구나." 그녀가 말한다. '아들'이라는 호칭이 나이 든 여자가 젊은이에게 말을 걸기 위해 항상 사용하

---

31 콩과의 여러해살이풀.

는 말인지 아니면 그 말이 의미하는 뜻을 지닌 것인지 자문해 본다. 마치 그 요리의 맛이 극단으로 이어질 수 있는 모든 맛, 나는 구별할 줄도 이름을 붙일 줄도 모르는 맛, 그리고 지금 불이 붙은 것처럼 내 입천장에서 뒤섞이는 맛을 다 포함해야 한다는 듯이, 아나클레타가 자신의 요리에 넣은 매운 향신료 때문에 입술이 타는 듯하다. 이 다양한 맛의 정체를 알아내기 위해 나는 내가 평생 맛보았던 모든 맛을 하나씩 떠올려 본다. 그리고 어쩌면 갓난아기가 먹는 젖과 정반대의, 그러면서도 똑같은 느낌에 도달한다. 모든 맛을 품고 있는 최초의 맛이기 때문이다.

나는 나이를 알려 주는 단 하나의 주름이 굵게 자리 잡은, 그러나 깊이 새겨지지는 않은, 인디오 아나클레타의 잘생긴 얼굴을 본다. 담요를 두르고 있는 거대한 몸을 본다. 그리고 지금은 축 늘어진 그녀의 풍만한 가슴에 아기였던 내가 매달려 있었을지 자문해 본다.

"그러니까 제 부친을 아시죠, 아나클레타?"

"차라리 그를 몰랐더라면, 나초. 네 아버지가 오케달에 발을 들이민 날은 좋은 날이 아니었다……."

"무슨 이유 때문이죠, 아나클레타?"

"그가 온 뒤로 인디오에게 나쁜 일만 생겼으니까……. 백인에게도 좋지는 않다……. 그리고 사라졌지……. 하지만 그가 오케달을 떠난 날도 좋은 날은 아니었다……."

인디오들의 눈길이 모두 내게 고정되어 있다. 어린아이들처럼 용서가 없이 영원한 현재를 바라보는 눈이다.

아마란타는 아나클레타 히구에라스의 딸이다. 눈은 옆으로 갸름했고 예리한 코는 끝이 팽팽했으며 얇은 입술은 선명한 곡선을 그

리고 있었다. "나하고 아마란타가 정말 닮지 않았나요?" 내가 아나클
레타에게 묻는다.

"오케달에서 태어난 사람들은 모두 비슷하다. 인디오와 백인의
얼굴이 섞였으니까. 우리 마을은 몇 안 되는 집안끼리 산 위에 고립되
어 살고 있다. 수세기 전부터 우린 우리끼리 결혼해 왔어."

"제 부친은 외부에서 왔는데……."

"그렇다. 우리가 이방인을 좋아하지 않는 데는 우리 나름의 이
유가 있다."

인디오들이 느린 한숨을 쉬며 입을 벌린다. 해골 같은 그 입 사이
로 잇몸도 없이 다 썩고 누런 이가 몇 개 보인다. 두 번째 뜰을 지나면
서 보았던 초상화가 있었다. 올리브 빛 사진으로, 사진 속의 젊은이
는 화관을 쓰고 있었고 작은 등잔불이 그를 환히 비추었다.

"저 초상화 속의 고인도 이 집안 분인 듯하군요……." 내가 아나
클레타에게 말했다.

"그 사람은 파우스티노 히구에라스야. 주님, 자비를 베푸시어 그
가 주님의 대천사들 품에서 평안하게 해 주소서!"

"당신 남편인가요, 아나클레타?" 내가 묻는다.

"내 동생은 우리 마을과 우리 마을 사람들의 창이자 방패였다.
적이 내 동생이 가는 길을 가로막기 전까지……."

"우리는 눈이 똑같아요." 내가 두 번째 뜰의 자루들 사이로 가는
아마란타를 따라잡으며 말한다.

"아니요, 내 눈이 더 커요." 그녀가 말한다.

"대 보면 되겠네요." 그리고 윗눈썹들이 서로 마주치게 내 얼굴

을 그녀의 얼굴에 가까이 가져간다. 그리고 내 윗눈썹으로 그녀의 눈썹을 누르며 관자놀이와 뺨과 광대뼈가 딱 붙을 수 있게 얼굴을 움직인다. "봐요. 우리 눈꼬리가 똑같은 지점에서 끝나잖아요."

"난 아무것도 안 보여요." 이렇게 말하면서도 아마란타는 얼굴을 떼지 않는다.

"그리고 코." 나는 코를 약간 비스듬히 그녀 코에 대며 우리 얼굴의 반을 일치시키려 애쓴다.

"그리고 입술……." 이제 우리의 입술도 달라붙었기 때문에, 아니, 더 정확히 말하자면 내 입술 반과 그녀 입술의 반이 붙었기 때문에 입을 다문 채 말한다.

"아파요!" 내가 온몸으로 아마란타를 자루들 쪽으로 밀자 아마란타가 말한다. 나는 봉긋이 솟아오른 가슴과 움찔하는 그녀의 배를 느낀다.

"개자식! 짐승 같은 놈! 이런 짓을 하려고 오케달에 왔구나! 네 아비하고 똑같이!" 아나클레타의 목소리가 천둥처럼 울리더니 그녀의 손이 내 머리채를 잡아 기둥 쪽으로 내던진다. 한편 어머니의 손등에 맞은 아마란타는 자루 위에 쓰러져 신음한다. "너, 내 딸에게 손도 대지 마. 평생 동안 절대 손도 대지 마!"

"왜요? 왜 평생 동안 손도 대지 말아야 하죠? 왜 그러면 안 되는데요?" 내가 항의한다. "전 남자고 아마란타는 여자예요……. 오늘이 아니고 어느 날엔가, 누가 알겠어요, 운명이 우리 두 사람이 사랑하길 원한다면 아마란타에게 청혼할 수도 있는 거 아녜요?"

"빌어먹을!" 아나클레타가 소리를 지른다. "그런 일은 있을 수 없어! 생각조차 할 수 없어, 내 말 알았어?"

'그럼 내 동생이란 말인가? 왜 자신이 내 어머니란 걸 인정하지 않는 거지?' 나는 속으로 이런 생각을 하며 그녀에게 묻는다. "왜 그렇게 소리를 지르는 겁니까, 아나클레타? 혹시 우리가 핏줄로 연결된 겁니까?"

"핏줄이라니?" 아나클레타가 다시 옷매무새를 다듬는다. 눈을 가릴 만큼 담요 자락을 들어올린다. "네 아버지는 먼 곳에서 왔다……. 네가 우리와 무슨 혈연관계가 있겠냐?"

"하지만 전 여기서 태어났습니다……. 이 마을 여인에게서……."

"네 핏줄은 다른 곳에 가서 찾아라. 우리 불쌍한 인디오들에게서 찾지 말고……. 네 아버지가 그 말은 안 하더냐?"

"아무 말도 하지 않았습니다. 맹세해요, 아나클레타. 전 제 어머니가 누군지도 모릅니다."

아나클레타가 한 손을 들어 첫 번째 안뜰을 가리킨다. "왜 주인 마님이 너를 받아 주려 하지 않으셨을까? 왜 하인들과 저 아래에서 묵게 했을까? 네 아버지는 우리가 아니라 마님에게 너를 보낸 거다. 가서 도나 하스미나에게 네 소개를 하고 이렇게 말해라. '저는 나초 자모라 이 알바라도입니다. 제 아버지가 절 이곳으로 보내 마님 발밑에 무릎을 꿇으라고 하셨습니다.'"

여기서 이 소설은, 숨겨져 있던 내 이름의 반쪽이 오케달 귀족 가문의 것이며, 여러 지방을 합친 듯 광대한 농장이 내 가족 소유라는 사실을 알게 되어, 허리케인이 불 때처럼 요동치는 내 정신을 묘사해야 할 것이다. 하지만 시간을 거슬러 올라가는 내 여행이 어두운 회오리 속에 나를 집어넣은 듯했다. 그 어두운 회오리 속에서 계속 이어지는 알바라도 저택의 뜰은 차례로 이어져 나타났는데 내 황량한 기억 속에서 모두 친숙하면서도 낯설었다. 내게 떠오른 첫 번째 생각은 아마란타의 땋은 머리를 잡으며 아나클레타에게 이렇게 선언하는 것이었다. "이제 내가 당신의 주인이고 당신 딸의 주인이오. 그러니 내가 원할 때 당신 딸을 데려갈 거요!"

"안 돼!" 아나클레타가 소리친다. "네가 아마란타에게 손을 대기 전에 내가 먼저 널 죽일 거다!" 그러면 아마란타는 신음을 하는 건지 미소를 짓는 건지 모르게, 이를 드러내고 얼굴을 찡그리며 뒤로 물러선다.

오랜 시간 동안 촛농이 덕지덕지 붙은 촛대의 촛불을 켜 놓았어도 알바라도 가문의 식당은 어둑어둑하다. 어쩌면 떨어져 나간 석회와 누더기가 된 커튼의 레이스가 선명히 드러나지 않게 하려고 이렇게 어둡게 해 놓은 것인지도 모른다. 나는 집주인에게 저녁 식사 초대를 받았다. 도나 하스미나는 얼굴에 하얀 분을 두껍게 바르고 있었는데 그 분이 금방이라도 얼굴에서 떨어져 나와 접시로 떨어질 것만 같다. 구릿빛으로 머리를 염색하고 고데기로 웨이브를 낸 그녀 역시 인디오다. 숟가락을 움직일 때마다 무거운 팔찌가 반짝인다. 그녀의 딸 하신타는 기숙학교에서 교육을 받아 하얀 테니스용 스웨터를 입고 있었지만, 눈빛이나 행동은 인디오 아가씨들과 똑같다.

"그 당시 이 식당에 게임 테이블들이 있었지." 도나 하스미나가 말한다. "이 시간쯤이면 게임이 시작돼서 밤새도록 계속됐어. 자기 농장을 몽땅 잃는 사람들도 있었네. 돈 아나스타시오 자모라가 여기 머문 건 다른 게 아니라 바로 그 게임 때문이었어. 항상 이겼기 때문에 우리 사이에는 그가 속임수를 쓴다는 소문이 돌았지."

"그렇지만 아버지는 농장 같은 걸 손에 넣은 적이 없습니다." 나는 정확히 밝혀야 할 의무를 느낀다.

"자네 아버지는 밤에는 게임에 이겼다가 새벽이면 벌써 다 잃고 마는 그런 사람이었어. 그리고 복잡한 여자 관계 때문에 자기에게 남겨진 얼마 안 되는 것을 차지하는 일에도 시간을 별로 쓰지 않았지."

"아버지가 이 집에서 정사를, 여자들과 정사를 벌였나요……?" 내가 당돌하게 물어본다.

"저쪽, 저쪽으로, 다른 뜰로, 밤이면 여자들을 찾아가곤 했지……." 도나 하스미나가 인디오들의 숙소를 가리키며 말한다.

하신타가 두 손으로 입을 가리고 웃음을 터뜨린다. 그 순간 나는 하신타가 아마란타와 똑같다는 것을 알아차린다. 옷차림새나 머리 모양은 전혀 다르지만.

"오케달 사람들은 모두 비슷해요. 두 번째 뜰에 있는 초상화는 모든 사람들의 초상화라고 할 수 있겠죠……." 내가 말한다.

두 여자가 약간 당황한 얼굴로 나를 본다. 어머니가 말한다. "그 사람은 파우스티노 히구에라스야……. 피로 보면 반쪽만 인디오이고 다른 반쪽은 백인이지. 하지만 정신은 완전히 인디오였어. 인디오들과 살았고 그들 편을 들었지……. 그러다가 세상을 떴어."

"백인이 아버지 쪽이었나요, 어머니 쪽이었나요?"

"알고 싶은 게 아주 많군……."

"오케달에서 연애는 전부 이런 식이지 않습니까?" 내가 말한다. "백인 남자는 인디오 여자를 만나고…… 인디오 남자는 백인 여자를 만나고……."

"오케달에서는 백인과 인디오가 비슷해. 정복 시대부터 피가 섞였지. 하지만 지주와 하인이 섞여서는 안 돼. 우리는 원하는 건 뭐든 할 수 있어. 누구든 만날 수 있지만 하인은 안 돼, 절대……. 돈 아나스타시오는 지주 가문에서 태어났지. 비록 가난뱅이보다 더 가난했지만……."

"우리 아버지가 이 모든 일과 무슨 관계가 있습니까?"

"인디오들이 부르는 노래가 설명해 줄 거야……. 자모라가 지나간 뒤…… 게임은 동점이 되었어……. 요람에 든 아기…… 그리고 구덩이의 시체……."

"당신 어머니가 한 말 들었죠?" 단둘이 이야기할 수 있게 되자 내가 곧 하신타에게 말한다. "당신과 나는 원하는 일을 뭐든지 할 수 있어요."

"우리가 원한다면요. 하지만 우리는 원하지 않아요."

"난 원하는 게 있어요."

"뭔데요?"

"당신을 깨무는 것."

"그거라면 나도 당신을 물어뜯어 뼈로 만들 수 있어요." 그러더니 이를 드러냈다.

방에는 하얀 시트가 있는 침대가 있다. 시트 정리를 하지 않은 건지 밤이어서 걸어 놓은 건지 분명하지 않다. 캐노피에서 늘어진 조밀한 모기장이 침대를 감싼다. 늘어진 모기장 사이로 하신타를 밀자 그녀가 저항을 하는 것 같기도 하고 나를 끌어당기는 것 같기도 하다. 옷을 벗기려고 하니 그녀가 내 버클과 단추를 뜯으며 방어를 한다.

"오, 당신도 여기에 점이 있군요! 나도 똑같은 자리에 있어요! 봐요!"

바로 그 순간 누군가 내 머리와 등에 폭풍처럼 주먹질을 해 댔다. 도나 하스미나가 격분한 듯 우리에게 달려들었다. "떨어져, 제발! 이런 짓 하지 마. 절대 안 돼! 떨어져! 너희들이 무슨 짓을 하는지도 모르는구나! 너도 네 아비만큼이나 악당이야!"

나는 최대한 옷매무새를 가다듬는다. "왜 이러십니까, 도나 하스미나? 무슨 말씀이세요? 제 아버지가 누구와 했나요? 당신과?"

"버릇없는 놈! 하인들에게 가! 눈앞에서 사라져! 네 아비처럼 하녀들하고 해! 네 어미에게 돌아가, 가라고!"

"제 어머니가 누굽니까?"

"아나클레타 히구에라스. 파우스티노가 죽은 뒤엔 그 사실을 인정하려 하지 않지만."

어둠 속에서 오케달의 가옥들은 땅에 납작하게 붙어 있다. 불길한 안개에 싸인 채 낮게 뜬 달의 무게에 짓눌린 듯이.

"내 아버지에 대한 노래는 뭔가요, 아나클레타?" 교회 벽감 안의 석상처럼, 열린 출입문 앞에 가만히 서 있는 아나클레타에게 묻는다. "죽은 사람, 구덩이 얘기를 하던데……."

아나클레타가 램프를 떼어 낸다. 우리는 함께 옥수수 밭을 가로지른다.

"이 밭에서 네 아버지와 파우스티노 히구에라스가 결투를 벌였다." 아나클레타가 설명한다. "그리고 둘 중 하나는 이 세상에 불필요한 존재라는 결정을 내리고 함께 구덩이를 팠단다. 한 사람이 죽을 때까지 결투를 하기로 결정한 순간부터 두 사람 사이엔 증오가 사라진 듯 보였어. 그래서 한마음이 되어 열심히 구덩이를 팠지. 그 뒤 각자 오른손에는 칼을 들고 왼손은 판초 속에 집어넣은 채 구덩이 양편에 섰지. 한 사람씩 차례로 구덩이를 뛰어넘어서 상대를 칼로 공격했고 상대는 판초로 공격을 막으면서 적을 구덩이로 떨어뜨리려 했지. 그렇게 새벽까지 싸웠단다. 구덩이 주변의 땅은 피에 흠뻑 젖어서 흙먼지도 일지 않았어. 오케달의 인디오들은 모두 그 텅 빈 구덩이 주위에, 숨을 헐떡이며 피를 흘리는 두 젊은이 주위에 둥글게 모여 있었단다. 파우스티노 히구에라스와 나초 자모라만이 아니라 그들 모두의 운명을 결정할 신의 판단을 흐리지 않으려고 모두들 입을 다문 채 꼼짝도 하지 않았어."

"그런데…… 나초 자모라는 저예요……."

"그 당시에는 네 아버지도 나초라고 불렸어."

"누가 이겼나요, 아나클레타?"

"물을 필요도 없지 않니, 얘야? 자모라가 이겼지. 누구도 주님의 뜻을 평가할 수는 없는 거니까. 파우스티노는 이 땅에 묻혔지. 그러나 네 아버지에게도 씁쓸한 승리였지. 사실 바로 그날 밤 오케달을 떠났고 다시는 마을에 나타나지 않았지."

"지금 무슨 말씀을 하시는 거예요, 아나클레타? 이 구덩이는 비어 있는데요!"

"그날 이후 근방이나 멀리 있는 마을의 인디오들이 줄을 지어 파우스티노 히구에라스의 무덤을 찾았단다. 그들은 혁명을 위해 떠나는 길이었는데 파우스티노의 유해를 금 상자에 담아, 전투 중인 자기들 연대의 선봉에 세우게 해 달라고 부탁했어. 머리카락 한 움큼, 판초 자락, 상처에 응고된 핏덩이를. 그래서 우리는 무덤을 열어 시신을 꺼내기로 결정했어. 하지만 파우스티노는 없었고 무덤은 텅 빈 채였지. 그 이후로 수많은 전설이 생겨났단다. 한밤중에 검은 말을 타고 산을 달리며 잠든 인디오를 지켜보는 걸 보았다는 사람도 있고 낮에만 본다는 사람도 있었지. 인디오들이 평야로 내려간 낮에만 나타나 주랑 위를 달린다고 말이야……."

'그럼 그 남자였군요! 내가 봤어요!' 이렇게 말하고 싶었지만 너무 당황해서 말을 할 수가 없다.

횃불을 든 인디오들이 소리 없이 다가와서 이제, 파 놓은 구덩이 주위에 둥글게 원을 그린다.

그들 한가운데로 긴 칼을 들고 너덜너덜한 밀짚모자를 쓴 젊은이가 나타난다. 여기 오케달 사람들과 윤곽이 비슷하다. 내 말은 눈의 생김새, 코의 선, 입술의 모양이 나와 닮았다는 뜻이다.

"무슨 권리로 내 동생에게 손을 댔지, 나초 자모라?" 그가 말한다. 그의 오른손에서 칼날이 번득인다. 왼쪽 팔뚝은 판초 속에 감춰져 있고 늘어진 판초 자락은 땅에 닿아 있다.

인디오들의 입에서는 웅성거림이라기보다는 숨죽인 탄식 비슷한 소리가 새어 나온다.

"당신은 누구요?"

"파우스티노 히구에라스. 막아라."

나는 왼팔을 판초로 감싸고 칼을 쥔 채 구덩이 건너편에 선다.

IO

당신은 이르카니아[32]에서 지적으로 가장 고상한 인물 중 하나인 아르카디안 포르피리치와 차를 마시고 있다. 그는 자신에게 어울리는 직무, 국립 경찰 공문서 기록원 총책임자를 맡고 있다. 당신은 아타구이타니아 고위 사령부로부터 임무를 받았는데 그들은 이르카니아에 도착하자마자 제일 먼저 이 사람을 접촉하라고 명령했다. 포르피리치는 자신의 사무실이 있는 도서관 접대실에서 당신을 맞았다. 그가 곧 당신에게 그곳에 대해 말했다. "이곳은 이르카니아에서 가장 완벽한 첨단 도서관으로, 압수된 책들이 분류되고, 목록이 작성되고, 마이크로필름에 찍혀 보관됩니다. 모두 인쇄된 작품이거나 등사판으로 인쇄했거나 타이프를 쳤거나 손으로 쓴 작품들이죠."

당신을 감옥에 가두었던 아타구이타니아 당국이 당신에게 멀리 떨어진 나라에 가서 임무(공식적인 면이 있는 비밀스러운 임무일 뿐만 아니라 비밀스러운 면이 있는 공식적인 임무)를 완수하고 오는 조건으로 석방을 약속했을 때 당신이 처음 보인 반응은 거절이었다. 국가적인

---

32 아타구이타니아처럼 가상의 나라인 듯하다.

임무를 수행하는 데 적합한 성격이 아니며 비밀 요원이 될 직업적 소명도 없고 당신이 수행해야 하는 임무에 대한 전망도 불투명하고 불명료하다는 것이, 이르카니아라는 북풍이 부는 툰드라 지방으로의 불확실한 여행보다는 모델 교도소의 독방을 더 선호하게 만든 이유였다. 하지만 그들에게 잡힌 채 최악의 상황을 기다리게 될지도 모른다는 생각과 그들이 '독자인 당신이 흥미롭게 여길 만한 일이라고 생각한' 임무에 대한 호기심, 당신이 관여하는 척하면서 그들의 계획을 수포로 돌릴 수 있다는 계산이 그 제안을 수락하게 했다.

원장인 아르카디안 포르피리치는 당신의 심리 상태까지 완벽하게 아는 듯, 격려하면서도 훈계하는 듯한 어조로 말했다. "제일 먼저 우리 시야에서 절대 놓칠 수 없는 점은 바로 이것입니다. 경찰은 이 세계에서 가장 거대하게 통일된 힘이어서 경찰이 없었다면 이 세계는 무너져 버렸을 겁니다. 서로 다른 체제의, 그리고 적대적인 체제의 경찰들이 함께 관심을 갖고 협력할 만한 일이 있다고 인정하는 건 자연스러운 일입니다. 책의 유통 영역에서……."

"방법을 통일시키는 것이 아니라 균형을 맞추고 서로 지지해 줄 수 있는 시스템을 창조하자는 겁니다……."

원장이 당신에게 벽에 걸린 평면 세계 지도를 보라고 권했다. 다양한 색들은 이런 의미였다.

모든 책이 체계적으로 압수되는 국가들.

출판된 책, 혹은 국가에서 허용한 책만 유통되는 국가들.

조잡한 방법으로 대충, 예측할 수 없게 검열이 시행되는 국가들.

세심하고 교활한 지식인들이 함축된 의미와 암시된 의미에 주의를 기울이며, 섬세하고 박식하게 검열을 행하는 국가들.

합법적인 책 유통망과 불법 유통망을 가진 국가들.

검열도 없고 책도 없지만 잠재적인 독자가 많은 국가들.

책이 없지만, 책이 없다고 불평하는 사람이 하나도 없는 국가들.

마지막으로 전반적인 무관심 속에서, 다양한 취향과 사상을 위해 매일 대량으로 책이 제작되는 국가들.

"체제들이 이렇게 다양한데 검열의 방법이 통일될 수 있을까요?" 아르카디안 포르피리치가 설명한다. "문학을 통제하고 억압하기 위해 세운 예산이야말로, 문학을 진정으로 고려하는 국가를 구별하게 해 주는 자료지요. 문학이 그와 같은 관심의 대상이 되는 곳에서는 문학이, 그것을 무해하고 위험 없는 여가 활동으로 생장하도록 방치하는 국가에서는 상상조차 할 수 없는 특별한 권위를 얻게 됩니다. 물론 억압의 순간에도 때때로 숨을 쉴 수 있는 순간들이 주어지고, 가끔 한쪽 눈을 감아 주기도 하고, 억압과 관용을 교대로 사용하기도 해야겠지요. 변덕스러움으로 인해 예측 불가능하도록 말입니다. 아무것도 억압할 게 없다면 모든 시스템은 낡고 녹슬어 버립니다. 솔직히 말해 봅시다. 모든 체제는, 그것이 제아무리 독재 체제라 해도, 불안정한 균형의 상황에서 살아남습니다. 이 때문에 자신의 억압적인 장치, 그러니까 억압을 하는 무언가의 존재를 계속 정당화할 필요가 있습니다. 확고한 권위를 괴롭히는 것들에 대해 글을 쓰려는 의지는 이런 균형을 유지하는 데 꼭 필요한 요소 중 하나입니다. 그래서 우리 체제와 적대적인 사회 체제를 가진 나라들과의 비밀 조약을 바탕으로 우리는 우리 나라의 금서를 수출하고 다른 나라의 금서를 수입하는 공동의 조직을 만들었습니다. 당신은 그 조직과의 협동 작업을 사려 깊게 수락하셨지요."

"그 말은 저쪽의 금서들이 이곳에서는 허용될 수도 있다는 의미겠군요. 그 반대이거나……."

"그런 일은 절대 없습니다. 여기서 금지된 책들은 저쪽에서 더더욱 금지되고, 저쪽에서 금지된 책은 여기서 더 높은 강도로 금지됩니다. 그러나 적대적인 체제로 금서를 수출하고 그들의 금서를 수입해 오면서 모든 체제는 적어도 아주 중요한 이득 두 가지를 얻습니다. 적대적인 체제에서 그 체제에 반대하는 사람들을 격려하고 경찰들의 경험을 서로 유용하게 교환한다는 겁니다."

"제가 맡은 임무는 이르카니아 경찰 관리들과 접촉하는 것뿐입니다." 당신이 서둘러 분명히 말한다. "당신들의 경로를 통해서만 반대자들의 글이 우리 손에 들어올 수 있기 때문이지요."(내가 맡은 임무 중에 반대자들의 지하 조직망과 직접적으로 관계를 맺는 일이 포함되어 있고, 경우에 따라서는 내가 어느 한쪽에 유리하게, 혹은 그 반대쪽에 유리하게 게임을 할 수 있다는 말을 하지 않으려고 조심한다.)

"우리 기록원은 얼마든지 이용하셔도 좋습니다." 기록원장이 말한다. "매우 희귀한 원고들, 네댓 번의 검열 위원회의 검열을 통과한 뒤에야, 그리고 검열될 때마다 삭제되고 수정되고 의미가 희석되고 마침내 변형되고 완화된 판본으로, 원래의 작품을 알아볼 수 없게 출판되었던 작품들의 원본을 보여 드릴 수 있습니다. 그 원본들을 읽기 위해서는 이곳에 와야 합니다, 선생님."

"그럼 원장님은 읽으셨습니까?"

"직업적인 의무에서가 아니라 그냥 읽었느냐는 말씀이시지요?

그렇습니다. 저는 이 기록원에 있는 모든 책, 모든 자료, 모든 물적 증거를 완전히 다른 독서법으로 두 번씩 읽습니다. 처음에는 서둘러서 간단히 읽지요. 마이크로필름을 어떤 캐비닛의 어떤 표제에 분류해서 보관해야 할지 파악하기 위해서 말입니다. 그러고 나서 밤이 되면 (저는 공식적인 근무가 끝난 뒤에도 여기서 밤을 보냅니다. 선생님이 보시다시피 조용하고 긴장을 풀 수 있는 곳이지요.) 이 소파에 누워 마이크로필름 판독기에 희귀 문서, 비밀 서류의 필름을 집어넣습니다. 나만의 즐거움을 위해 독서의 사치를 누리는 거죠."

아르카디안 포르피리치가 군화를 신은 다리를 꼬았다. 한 손가락으로 장식이 잔뜩 달린 제복의 칼라와 목 사이를 만졌다. 그가 이어서 말했다. "선생님은 정신을 믿는지 모르겠군요. 나는 믿습니다. 정신이 자신과 부단히 이어 가는 대화를 믿습니다. 이러한 대화는 금지된 페이지들을 탐색하는 내 시선을 통해 이루어진다고 생각합니다. 경찰, 내가 봉사하는 국가, 우리 당국이 행하는 검열도 정신입니다. 검열의 숨결은 자신을 드러내기 위해 많은 대중을 필요로 하지 않습니다. 그것은 어둠 속에서, 모반자들의 비밀과 경찰의 비밀 사이에 영속하는 모호한 관계 속에서 번성합니다. 그 정신은 독서만으로도 충분히 살아납니다. 큰 건물의 텅 빈 사무실에서, 제복 상의의 단추를 풀고, 일과 중에는 단호하게 멀리해야 했던 금서의 유령들의 방문에 나를 맡길 수 있게 되는 즉시 이 밝은 전등불 밑에서 읽어 가는, 공평하지만 그러면서도 항상 합법적이거나 비합법적인 의미에 주의를 기울이는 독서 말입니다……."

사실 당신은 원장의 말에서 위로를 얻는다. 이 남자가 독서에 대한 욕망과 호기심을 계속 느낀다면 그것은 글이 쓰인 채 유통되는 종이에, 전지전능한 관료주의에 의해 만들어지거나 위조되지 않은 무언가가 아직 있다는 것을, 이 사무실 밖에 아직 밖이 존재한다는 것을 의미하리라…….

"그런데 위작의 음모에 대해서 알고 계십니까?" 당신이 냉정을 유지하며 전문가 같은 목소리로 말하려 애쓰며 묻는다.

"물론입니다. 그 문제에 대해서는 상당히 많은 보고를 받았습니다. 일정 기간 동안 우리는 모든 것을 통제할 수 있다고 스스로를 속였습니다. 막강한 힘을 가진 비밀 요원들이 사방으로 확장되는 듯 보이는 이 조직을 소탕하기 위해 전력을 기울였습니다……. 그렇지만 음모의 수뇌인 위조의 칼리오스트로[33], 이자는 번번이 빠져나가곤 했습니다……. 우리에게도 잘 알려진 자입니다. 우리 파일에는 그의 자료들이 모두 있습니다. 상당히 오래전에 음모가이자 사기꾼 번역가로 확인되었습니다. 그러나 그가 그런 활동을 하는 진짜 이유는 밝혀지지 않았습니다. 자기가 계획한 음모에 의해 분열된 조직들과는 더이상 관계를 맺고 있지 않는 것 같더군요. 그렇지만 아직도 그런 파벌들의 음모에 간접적인 영향력을 행사하고 있습니다……. 그리고 그를 우리 통제 아래 두는 데 성공했을 때도 우리는 그를 우리의 목적에 맞게 굴복시키기가 쉽지 않다는 것을 알았습니다……. 그의 동기는 돈도 권력도 야망도 아니었습니다. 모두 한 여자 때문인 것 같았지요. 그녀를 정복하기 위해, 아니 그저 복수를 하기 위해서였을지도 모릅니다. 그녀와의 내기에서 이기기 위해서지요. 칼리오스트로의 움직임을 추적하려면 그 여자를 알아야만 했습니다. 그렇지만 그 여자

---

33 Alessandro di Cagliostro, 1743～1795. 이탈리아의 여행가이자 사기꾼, 신비주의자이자 연금술사였던 주세페 발사모의 별명.

가 누구인지 알아낼 방법이 없었습니다. 다만 추론을 통해서 저는 그녀에 대해 많은 것들을 알게 되었습니다. 공식적인 보고서로는 절대 작성할 수 없는 것들입니다. 우리 상부 조직은 그런 미묘함을 파악할 능력이 없으니까요……."

아르카디안 포르피리치는 당신이 자기 말에 얼마나 귀를 기울이는지 보면서 계속 말을 잇는다. "그 여자에게 독서는 모든 의도와 모든 선입견을 벗어 버리는 일이었습니다. 예기치 않게 듣게 되는 목소리, 어디에서 오는지 모를 목소리, 책 너머에서, 작가 너머에서, 글쓰기의 규약 너머에서 들려오는 목소리를 포착할 준비를 하기 위해서지요. 말해지지 않은 것, 세상이 아직 말하지 않았고, 말로 할 단어를 아직 갖지 못한 것에서 나오는 목소리지요. 이와 반대로 그는 쓰인 페이지 뒤에는 아무것도 없다는 것을 그녀에게 증명하고 싶어 했습니다. 세상은 속임수로, 허구로, 오해로, 거짓으로만 존재한다는걸요. 이것뿐이었다면 우리는 그가 원하는 것을 증명할 수 있는 수단을 그에게 제공해 줄 수 있습니다. 제 말은, 다양한 나라와 다양한 체제에 있는 동료를 의미합니다. 우리에게는 그에게 협력할 동료들이 아주 많으니까요. 그리고 그는 그런 협력을 거부하지 않았습니다. 아니, 오히려……. 그런데 우리는 그가 우리의 게임을 받아들였는지, 아니면 우리가 그의 게임에서 졸 역할을 한 것인지 모르겠습니다……. 그는 단순한 미치광이였을까요? 다만 저는 그의 비밀을 밝혀낼 수 있었습니다. 저는 우리 요원들에게 그를 납치하게 해서 이곳 독방에 일주일 동안 가두어 두었습니다. 그런 다음 직접 심문을 했지요. 그는 미친 게 아니었습니다. 그저 절망에 빠진 듯이 보였습니다. 여자와의 내기는 오래전에 졌더군요. 이긴 쪽은 그녀였습니다. 그녀의 독서는 늘 호기심에 넘쳤고 만족을 몰랐습니다. 그로 인해 과도한 거짓 속에 숨어 있는 진실과, 진실이라고 주장하는 단어들 속에 더 무겁게 숨겨 놓은 거짓을 발견할 정도였지요. 우리의 몽상가가 할 수 있는 일이 뭐였을까요? 그와 그녀를 연결한 마지막 끈을 놓지 않기 위해 그는 계속 제목, 저자 이름, 필명, 언어, 번역, 판본, 표지, 속지, 시작 부분, 끝부분에 혼란을 뿌려 놓았습니다. 자기가 존재한다는 그 표시를, 대답이 돌아올 리 없는 자기의 인사를 그녀가 알아볼 수밖에 없도록 말이지요. '난 내 한계를 알았습니다.' 그가 제게 말했어요. '독서를 하는 중에 내 힘이 미칠 수 없는 어떤 일이 일어나는 겁니다.' 저는 가장 전능한 경찰조차 넘을 수 없는 한계라고 그에게 말해 주어야 했을 겁니다. 우리는 독서를 막을 수 있습니다. 그렇지만 독서를 금지하는 법령에서 사람들은 우리가 절대 읽기를 바라지 않는 진실에 대한 무언가를 읽어 냅니다⋯⋯."

"그는 어떻게 됐습니까?" 당신이 급히 묻는다. 어쩌면 그 적수에게 경쟁심을 느끼는 게 아니라 공감하고 이해하기 때문인지도 모른다.

"그 남자는 끝났습니다. 우리는 그에게 무슨 일이든 시킬 수 있었습니다. 강제 노동을 시키거나 우리 특별 부서에서 일상의 임무를 맡길 수 있었지요. 하지만⋯⋯."

"하지만⋯⋯."

"제가 달아나게 했습니다. 위장 탈출, 가짜 비밀 국외 추방이었지요. 그는 다시 종적을 감추었습니다. 가끔 내 눈앞에 보이는 자료들에서 그의 손길을 찾아냅니다⋯⋯. 그의 능력은 향상되었어요⋯⋯. 지금은 위조를 위한 위조를 합니다⋯⋯. 이제 우리는 더 이상 그에게 힘을 쓸 수가 없습니다. 다행히……."

"다행히?"

"우리가 놓친 무언가가 틀림없이 남아 있을 겁니다……. 힘을 행사할 대상을 갖기 위해서는 그 힘을 뻗을 수 있는 공간이 필요하지요……. 속임수에 대한 사랑만으로 속임수를 쓰는 사람이 이 세상이 존재한다는 것을 제가 아는 한은, 독서를 위한 독서를 사랑하는 여자가 있다는 것을 제가 아는 한은 저는 세상이 계속될 거라고 확신합니다……. 그래서 매일 밤 저도 독서에 빠져들지요. 멀리 있는 그 이름 모를 여성 독자처럼……."

터무니없게도 원장과 루드밀라의 이미지가 겹치지만 당신은 바로 머리에서 지워 버린다. 마법이 풀린 아르카디안 포르피리치의 말을 통해 떠오르는 눈부신 여성 독자의 이미지, 신격화된 그녀의 모습을 즐기기 위해서, 그리고 박식한 원장을 통해 확인된 분명한 사실을 음미하기 위해서다. 그녀와 당신 사이에는 더 이상 장애물도 미스터리도 존재하지 않는 반면 당신의 라이벌인 칼리오스트로는 애처로운 그림자로만 남아, 그나마 점점 더 멀어져 가고 있다는 사실을 말이다.

그러나 중단된 독서의 마법을 깨지 않는 한 당신은 완벽하게 만족감을 느낄 수 없을 것이다. 당신은 아르카디안 포르피리치와의 대화에서 이 문제도 화제에 올려 보려 애쓴다. "아타구이타니아에서 가장 인기 있는 금서 중 하나인 칼릭스토 반데라의 『텅 빈 구덩이 주위에서』를 원장님의 소장 도서에 기증하고 싶었지만 우리 경찰의 지나친 열의로 인해 책 한 권이 완전히 조각나 버리고 말았습니다. 그런데 우리가 알기로는 이 나라에서 이 소설이 이르카니아어로 번역되고 비밀리에 등사판 인쇄물로 인쇄되어 이 사람 저 사람이 돌려 보고 있다고 하더군요. 그 책에 대해 좀 아십니까?"

아르카디안 포르피리치가 파일을 확인하려고 일어선다. "칼릭스토 반데라의 작품이라고 하셨습니까? 여기 있군요. 오늘 당장은 이용할 수 없을 것 같습니다. 그렇지만 일주일, 최대 이 주일만 기다려 주신다면 선생이 깜짝 놀랄 일을 준비해 놓지요. 우리 정보원들의 보고에 따르면, 나라의 중요한 금서 작가 중 한 사람인 아나톨리 아나톨린이 얼마 전부터 이르카니아를 배경으로 반데라의 소설을 각색하는 작업을 시작했답니다. 다른 정보에 의하면 아나톨린이『저 아래에서는 어떤 이야기가 결말을 기다릴까?』라는 제목의 새 소설을 거의 끝내 가고 있답니다. 이 소설이 비밀리에 유통되는 것을 막기 위해 경찰은 긴급 압수 계획을 이미 세워 놓고 있습니다. 우리가 그 책을 손에 넣으면 즉시 선생님에게 한 부를 드리겠습니다. 그러면 선생님이 직접 그 책이 찾고 있는 책인지 확인할 수 있을 겁니다."

그 순간에 당신은 계획을 세운다. 당신에게는 이 아나톨리 아나톨린과 직접 접촉할 방법이 있다. 당신이 아르카디안 포르피리치의 요원들보다 먼저 원고를 손에 넣은 뒤 그 작품이 압수당하지 않게 책을 가지고 이르카니아 경찰뿐 아니라 아타구이타니아 경찰을 무사히 피해야 한다.

그날 밤 당신은 꿈을 꾼다. 당신은 기차를 타고 있다. 이르카니아를 횡단하는 긴 기차이다. 여행자들은 모두 두꺼운 책을 읽고 있다. 신문과 정기 간행물이 별 인기가 없는 나라에서는 어디서나 쉽게 볼 수 광경이다. 여행자 중 누군가가, 아니면 모두가 당신이 읽다가 중단해야만 했던 소설들을 읽고 있다는 생각이 든다. 뿐만 아니라 그 모든 소설이 당신이 모르는 언어로 번역되어 거기 그 기차 칸에 있다는 생각이 든다. 당신은 책등에 쓰인 제목을 읽어 보려 애쓴다. 당신이 해석할 수 없는 문장이기 때문에 부질없는 노력인 줄 알면서도.

한 여행자가 복도로 나가며 자리를 맡아 두기 위해, 책갈피가 끼워진 자기 책을 자리에 두고 간다. 그가 나가자마자 당신은 그 책 쪽으로 손을 뻗어 책장을 넘겨 본다. 당신이 찾고 있던 책이라는 확신이 든다. 그 순간 당신은 그 칸의 다른 여행자들이 모두 무례한 행동을 비난하는, 위협적인 눈길로 당신을 돌아보고 있다는 것을 알아차린다.

당신은 당황스러움을 감추기 위해 책을 손에서 놓지 않은 채 자리에서 일어나 창가로 간다. 기차가 선로와 신호기 사이에 서 있다. 아마 어떤 외딴 역 밖에서 선로를 바꾸려는 모양이다. 안개가 끼고 눈이 내리고 있어서 아무것도 보이지 않는다. 옆 선로에는 반대 방향에서 온 다른 기차가 정차해 있는데 차창은 김이 서려 모두 뿌옇다. 당신이 서 있는 차창 앞쪽의 창에서 장갑을 낀 손 하나가 둥근 원을 그리며 움직이자 유리창이 약간 투명해진다. 그리고 거기서 구름 같은 모피에 감싸인 여자의 모습이 나타난다. "루드밀라……." 당신이 그녀를 부른다. "루드밀라, 책." 당신은 목소리보다 행동으로 그녀에게 말을 건네려 애쓴다. "당신이 찾던 책을 찾았어. 여기 있어……." 그리고 두껍게 기차를 뒤덮은 고드름 사이로 책을 건네주기 위해, 창문을 내려 보려 애를 쓴다.

"내가 찾는 책은" 하고 흐릿한 형체의 그녀 역시 당신이 들고 있는 것과 비슷한 책을 내민다. "세계의 종말 이후에 세계의 의미를 부여해 줄 수 있는 책, 세계는 그곳에 존재하는 모든 것의 종말이라는 의미, 이 세계에 있는 것은 세계의 종말뿐이라는 의미를 부여해 줄 책이야."

"그렇지 않아." 당신이 소리친다. 그리고 읽을 수 없는 책에서 루드밀라의 말들을 부정할 수 있는 문장을 찾아보려 한다. 하지만 두 기차는 다시 출발하여 반대 방향으로 멀어진다.

차가운 바람이 이르카니아 수도의 공원을 쓸고 지나간다. 당신은 아나톨리 아나톨린을 기다리며 벤치에 앉아 있다. 그는 당신에게 자신의 새 소설 『저 아래에서는 어떤 이야기가 결말을 기다릴까?』의 원고를 넘겨주어야 한다. 길게 기른 금빛 수염에 검은색 긴 코트를 입고 방수포 모자를 쓴 젊은이가 당신 옆에 앉는다. "자연스럽게 행동하세요. 공원에는 언제나 감시하는 눈들이 아주 많아요."

산울타리가 타인들의 시선으로부터 두 사람을 보호해 준다. 작은 종이 뭉치가 아나톨리의 긴 코트 안쪽 주머니에서 당신의 짧은 상의 안주머니로 옮겨진다. 아나톨리 아나톨린이 상의 안주머니에서 다른 종이들을 꺼낸다. "너무 불룩하면 눈에 띌까 봐 원고들을 여러 주머니에 나눠 왔습니다." 이렇게 말하며 조끼 안주머니에서 둥글게 만 종이들을 꺼낸다. 바람에 종이 한 장이 그의 손에서 미끄러져 날아간다. 그가 급히 그 종이를 줍는다. 그가 바지의 앞주머니에서 다시 종이 한 묶음을 꺼내려는 순간, 산울타리에서 사복 형사 두 명이 뛰어나와 그를 체포한다.

저 아래에서는
어떤 이야기가 결말을 기다릴까?

우리 도시의 대로(大路)를 걸으며, 나는 내가 중요하게 생각하지 않기로 결정한 부분들을 머리에서 지워 나간다. 청사 옆을 지나고 있다. 그 앞엔 여인상 기둥, 둥근 기둥, 난간, 주추, 받침쇠, 메토프[34] 들이 빼곡하게 자리를 차지하고 있다. 그래서 나는 이 부분을 매끈한 수직 표면으로, 불투명 유리로, 시선에 노출되지 않는 공간인 벽으로 바꿀 필요를 느낀다. 그러나 그렇게 단순하게 바꾸는 것조차 부담스럽다는 생각이 들어 그 건물을 완전히 없애 버리기로 한다. 건물 자리 대신 생긴 텅 빈 땅 위로 우윳빛 하늘이 높다. 같은 방법으로 다른 청사 다섯 채와 은행 건물 세 채, 대기업의 고층 빌딩 두 채를 지워 버린다. 세상은 너무나 복잡하고 얼기설기하게 차 있어서, 조금이라도 그 세상을 선명하게 보려면 없애고, 또 없애야 한다.

분주한 프로스페티바 거리에서 나는 계속 사람들을 만난다. 그들의 시선은 다양한 이유에서 불쾌하다. 내 상사들은 내가 자기들보다 아랫사람이라는 것을 상기시키고, 내 부하들은 내가 극도로 싫어

---

34 도리아 건축 양식에서 두 트리글리프(처마 밑 장식) 사이의 벽면.

하는, 어떤 권위를 부여하는 듯한 느낌을 준다. 나는 그런 권위가 하찮게 생각된다. 질투심이나 비굴함, 도발적인 원한이 하찮듯이. 나는 주저 없이 상사와 부하 모두를 지워 버린다. 곁눈질로 그들이 작아지다가 한줄기의 흐릿한 안개 속으로 사라지는 것을 본다.

이런 작업을 할 때는 행인들, 이방인들, 나를 전혀 짜증스럽게 하지 않는 모르는 사람들을 지우지 않도록 조심해야 한다. 사실 아무런 편견 없이 관찰해 보면 그들 중 몇몇 사람의 얼굴에 진지한 관심을 기울여도 좋을 것 같다. 그러나 나를 둘러싼 세계에 남아 있는 수많은 이방인들은 금방 내게 고독감과 당혹감만을 안겨 준다. 그러므로 이들도 전부 지워 버리고 다시 생각하지 않는 게 낫다.

이렇게 세상을 단순화하고 나면 만나면 기분 좋은 소수의 사람들, 예를 들어 프란치스카 같은 사람을 만날 가능성이 훨씬 커진다. 프란치스카는 만나면 아주 유쾌해지는 친구이다. 우리는 만날 때마다 웃으며 재미있는 얘기를 나눈다. 일상적인 이야기들, 그러나 다른 사람에게는 하지 않을 이야기들, 그러나 우리 둘이 이야기를 하다 보면 둘 다 관심을 가지고 있다는 게 드러나는 이야기들을 나눈다. 작별 인사를 나누기 전에 우리는 가능한 한 빨리 다시 만나야 한다고 말한다. 그러다가 그렇게 몇 달이 흐르고 다시 한 번 길에서 우연히 만나면 기뻐서 탄성을 지르고 웃고 다시 만나자고 약속하지만 나도 그녀도 만남을 위한 행동은 하지 않는다. 어쩌면 우리 둘 다 그 만남이 더 이상 같은 만남이 아닐 거라는 사실을 알기 때문일 수도 있다. 이제 세상이 단순해지고 축소되어 나와 프란치스카의 잦은 만남이 우리 사이의 관계를 결정적으로 만드는 상황들, 아마도 결혼을 생각하거나 어찌 됐든 커플로 여겨져서, 각각의 가족에게로, 조상과 후손과 형제와 사촌 들에게로 확장되는 관계, 그리고 살면서 연결되는 환경과 서로가 관여하게 될 수입과 유산의 영역 사이의 관계를 추정하게 만드는 상황들이 제거되었다. 몇 분 이상 지속되지 않았지만 우리의 대화를 둘러싸고 말없이 우리를 압박하던 그런 상황이 모두 사라졌으니 프란치스카를 만나는 일은 더욱 멋지고 즐거울 것이다. 그러니까 내가 지난번 그녀를 보았을 때 입었던 것같이 밝은 색 모피를 입고 있어서 멀리서 보면 그 모피를 보고 오해하거나 실망하지 않도록, 그녀가 틀림없다고 확신하게 만들 그런 밝은 모피를 입은 모든 젊은 여자들과, 프란치스카의 남자 친구일 것 같은 분위기, 그리고 어쩌면 의도적으로 그녀를 만나려 애쓰고 내가 우연히 그녀를 만나야 할 순간에 유쾌한 대화로 그녀를 잡아 놓을 수도 있는 젊은 남자들을 모두 지우는 일을 포함해서, 프란치스카와 내가 가는 길이 일치할 수 있도록 좀 더 유리한 조건들을 만들려고 애쓰는 게 자연스러운 일이다.

개인적인 성질의 이야기를 길고 자세히 했지만 이 때문에 나의 제거 행위가 주로 즉흥적이고 개인적인 관심에서 비롯되었다고 생각해서는 안 된다. 오히려 나는 전체를 위해서(나 자신의 관심도 포함되지만 간접적이다.) 행동하려 애썼다. 이야기를 시작하기 위해 말해 보자면, 나는 내 사정거리에 들어오는 공공 건물을 모두 사라지게 만들었다. 계단, 기둥들이 늘어선 입구와 복도와 대기실과 파일과 회람과 서류 들뿐만 아니라 각 국의 국장, 사장, 부장, 대리, 정직원과 계약직 직원 들도 사라지게 만들었다. 그들의 존재가 유해하거나 전체의 조화를 해친다고 생각하기 때문이다.

수많은 사무원들이 푹푹 찌는 사무실을 나와 인조 가죽 칼라가 달린 외투의 버튼을 잠그고 버스로 몰려드는 시간이다. 내가 눈을 깜빡이자 그들이 사라진다. 멀리 한적한 거리에서 드문드문 오가는 행인들만 보인다. 그 거리에서 나는 벌써 자동차와 트럭과 버스 들을 주도면밀하게 제거했다. 나는 볼링장 바닥처럼 아무것도 없고 매끈한 도로를 보는 게 좋다. 그다음 군대 막사와 초소, 경찰서를 지운다. 제복을 입은 사람들이 마치 처음부터 존재하지 않았던 듯 죄다 사라진다. 어쩌면 내가 감당할 수 없는 상황이 되었는지도 모른다. 나는 소방관, 우체부, 시청 청소부, 그 외 다른 범주의 사람 들도 똑같은 운명을 맞았다는 것을 알아차린다. 그들은 당연히 다르게 처리해 주길 바랐으리라. 하지만 이미 물은 엎질러졌다. 거기서 사소한 일에 지나치게 신경을 쓰고 있을 수는 없다. 불편함을 만들지 않기 위해 나는 화재, 쓰레기, 그리고 결국 짜증스러운 문제만 가져오는 우체국까지 지워 버린다.

병원, 의료원, 요양원 들이 남아 있지 않은지 확인한다. 의사, 간호사, 환자 들을 지우는 게 유일하게 건강을 지키는 일 같다. 판사, 변호사, 피고와 원고 전원을 지워 버린다. 죄수와 간수가 있는 교도소도. 그리고 각 과가 포함된 대학과 과학, 문학, 예술 아카데미, 박물관, 도서관, 각각의 관리자가 있는 유적들, 극장, 영화관, 방송국, 신문사를 지운다. 문화에 대한 존경심을 이유로 그들이 나를 제지할 수 있을 거라 생각한다면 오산이다.

그다음은 경제 구조 차례이다. 그것은 너무 오래전부터 우리의 삶을 결정한다는 말도 안 되는 주장을 계속해 오고 있다. 대체 제까짓 게 뭐라고 생각하는 거지? 나는 불필요한 과소비를 끝내기 위해 가장 먼저 없애야 할 상점부터 시작하여 상점들을 하나씩 없애 나간다. 먼저 진열장을 제거하고 판매대, 선반, 여점원, 계산원, 점장 들을 지운다. 수많은 손님들은 사라지는 쇼핑 카트를 보고 잠시 당황스러워하며 허공으로 손을 뻗는다. 그들도 곧 허공 속으로 빨려 들어간다. 나는 소비에서 생산으로 옮겨 간다. 경공업과 중공업 공장을 모두 없애고 원자재와 에너지원을 소멸시켜 버린다. 그럼 농업은? 이것도 제거해야지! 내가 원시 사회로 후퇴할 생각이라고 말하지 못하도록 사냥과 낚시도 없앤다.

자연은…… 하하, 하하, 이 자연 역시 멋진 속임수라는 걸 내가 모른다고 생각하지 마시라. 자연도 죽어야 해! 발밑에 단단한 지표면 한 층과 사방의 텅 빈 공간이면 충분하다.

나는 프로스페티바 거리를 계속 산책한다. 이제 황량하게 얼어붙은 끝없는 평원 외에는 아무것도 보이지 않는다. 시야가 닿는 곳 어디에도 벽이나, 산, 언덕 같은 것이 보이지 않는다. 강도 호수도 바다도 없다. 평평하고, 현무암처럼 조밀한 회색의 얼음 평원뿐이다. 사물을 포기하는 건 사람들이 생각하는 것보다 어려운 일이 아니다. 모든 건 시작이 중요하다. 꼭 필요하다고 생각했던 그 무엇 없이 살아가는 게 가능하다면 당신은 다른 것도, 그리고 더 많은 다른 물건들 없이도 살 수 있음을 알게 되리라. 그래서 지금 나는 세상이라고 하는 이 텅 빈 표면을 걷는 중이다. 아무것도 없는 땅 위로 바람이 불어와 사라진 세상의 마지막 잔해들을 눈보라와 함께 쓸어 간다. 방금 포도 넝쿨에서 딴 듯 잘 익은 포도 한 송이와, 털실로 짠 아기 신발 한 짝, 기름칠이 잘된 만능 조인트 하나, 아마란타라는 여자 이름이 등장하는, 찢겨 나온 듯한 스페인어 소설책 한 장 같은 것들을. 이 모든 것이 존재하기를 멈춘 게 불과 몇 초 전일까, 아니면 수세기 전일까? 나는 벌써 시간 감각을 잃어버렸다.

내가 계속 프로스페티바 거리라고 부르는, 아무것도 없는 긴 띠의 끝에서 밝은 모피 코트를 입은 날씬한 형체가 걸어오고 있다. 프란치스카다! 긴 부츠를 신고 유연하게 걷는 걸음걸이, 모피로 만든 토시 안에 손을 집어넣은 모양, 그리고 바람에 날리는 긴 줄무늬 스카프를 보고 나는 그녀를 알아보았다. 얼음처럼 차가운 공기와 아무것도 없는 땅으로 인해 시야가 선명한 가운데 나는 그녀를 부르기 위해 팔을 휘둘렀지만 아무 소용이 없었다. 그녀는 나를 알아보지 못했다. 우리는 아직 너무 멀리 떨어져 있었던 것이다. 내가 성큼 앞으로 걸어 나갔다. 적어도 나는 앞으로 간다고 믿었다. 하지만 내게는 기준점이 없었다. 바로 그때 나와 프란치스카 사이에 그림자 몇 개가 나타났다. 남자들이었다. 외투를 입고 모자를 쓴 남자들이었다. 그들은 나를 기다리는 중이었다. 누구일까?

어느 정도 가까이 가서야 그들을 알아보았다. D국 사람들이었다. 어떻게 이곳에 있는 거지? 사무실 사람들을 모두 지우면서 그들도 지웠다고 생각했다. 그런데 왜 나와 프란치스카 사이에 서 있는 걸까? '지금 지워야지!' 나는 정신을 집중하며 이렇게 생각했다. 어림없었다. 그들은 그 자리에 그대로 서 있었다.

"자네 여기 있군." 그들이 내게 인사를 했다. "자네도 우리 편이었나? 좋아! 우리를 잘 도와줬군. 이제 모두 깨끗하게 청소됐어."

"무슨 소리야?" 내가 소리쳤다. "자네들도 지웠단 말이야?"

이전에 나를 둘러싼 세상을 사라지게 하는 연습을 할 때보다 훨씬 멀리까지 간 듯한 기분이 느껴진 이유를 이제야 알 것 같았다.

"그런데 말 좀 해 보게. 자네들은 항상 증대, 강화, 확장을 이야기하던 사람들 아니었나?"

"그런데? 모순될 게 전혀 없는데……. 모두 논리적으로 예측됐던 일이야……. 발전 라인은 0에서 다시 시작하네……. 자네도 상황이 막다른 골목에 이르렀고 악화되고 있다는 걸 알았잖나……. 과정을 돕는 수밖에 없었어……. 단기적으로 볼 때는 부정적인 것도 장기적으로는 자극으로 변환될 수 있지……."

"그렇지만 난 자네들처럼 그럴 생각이 전혀 아니었어……. 내 계획은 달랐다고……. 난 다른 방법으로 지우고 있어……." 나는 항의하면서 이렇게 생각한다. '나를 자기들의 계획에 끌어들일 수 있다고 생각하다니 착각이 대단하군!'

나는 어서 지금까지와는 반대로, 세상의 사물들을 하나씩 혹은 모두 한꺼번에, 다양하고 단단한 벽처럼 손으로 만질 수 있는 원래의 실체로 돌아오게 하여, 전 세계를 무용지물로 만들려는 남자들의 계획에 맞서고 싶다. 나는 눈을 감는다. 그리고 차량이 붐비고, 그 시간쯤이면 늘 그랬듯이 가로등불이 환히 켜지고, 신문 마지막 판들이 가판대에 놓여 있을 프로스페티바 거리에 내가 있다고 확신하며 다시 눈을 뜬다. 하지만 아무것도 없다. 주위의 공간은 더욱 공허했으며, 지평선을 걷는 프란치스카의 모습은 지구의 둥근 면을 걸어 올라오듯 매우 느렸다. 살아남은 사람들이 우리뿐이란 말인가? 공포감이 점점 커지면서 나는 진실을 깨닫기 시작했다. 언제든 불러낼 수 있는 내 머릿속의 결정으로 세상을 지웠다고 생각했는데 세상이 정말 끝나 버린 것이다.

"현실적으로 생각해야 돼." D국 공무원들이 말한다. "주위만 둘러봐도 알 수 있잖아. 그래…… 이 우주 전체가…… 변형 단계에 있다고 할 수 있지……." 그러더니 하늘을 가리켰다. 이제 별자리들을 알아볼 수가 없었는데 한쪽엔 별들이 뒤엉켜 응고되어 있는 반면 다른 쪽엔 별이 거의 없었다. 차례로 폭발하거나 마지막 빛을 발산하다가 사라지는 별들에 의해 천체 지도에 대변동이 일어난다.

"중요한 것은 지금 새로운 사람들이 오고 있다는 거야. 그들에게 D국이 완벽한 임원들과 기능적인 작업 구조를 갖춘 최상의 부서라는 걸 알려 줘야 해……."

"'새로운' 사람들이 누구지? 무슨 일을 하지? 그들이 원하는 게 뭐지?" 나는 이렇게 묻는다. 그러면서 나와 프란치스카를 갈라놓은 차가운 땅 표면에 가느다랗게 금이 가고 불가사의한 덫처럼 확장되는 것을 본다.

"그걸 말하기는 아직 일러. 우리가 우리 언어로 말하기에는. 지금 우리는 그들을 볼 수도 없어. 그들이 존재하는 건 분명해. 게다가 벌써 얼마 전에 우리는 그들이 오고 있다는 것을 알았어……. 하지만 우리도 여기 있지. 그들이 그걸 모를 리 없어. 이전에 있던 세상과의 연속성을 보여 주는 건 우리뿐이니까……. 그들에겐 우리가 필요해. 우리에게 의지하지 않을 수도 없고, 남아 있는 것에 대한 실제적인 지휘를 우리에게 맡기지 않을 수도 없을 거야……. 세상은 그렇게 우리가 원하는 대로 다시 시작하겠지……."

아니, 난 그렇게 생각하지 않아. 내가 나와 프란치스카 주위에서 다시 존재하기를 바라는 세상이 너희들의 세상이어서는 안 돼. 나는 정신을 집중해서 한 장소, 이 순간 프란치스카와 있고 싶은 장소를 자세히 떠올리려 한다. 예를 들어 크리스털 샹들리에 불빛이 반사되고 사방이 거울로 장식된 카페, 오케스트라가 왈츠를 연주하고 바이

올린의 선율이 대리석 테이블과 김이 나는 찻잔과 생크림 케이크 위에서 물결치는 그런 곳을 말이다. 한편 성에 낀 유리창 너머 바깥쪽, 사람들과 사물들로 가득 찬 세상은 자신의 존재를 느끼게 한다. 호의적이기도 하고 적대적이기도 한 세상의 존재, 즐기거나 맞서 싸워야 할 사물들……. 나는 온 힘을 기울여 그런 곳을 떠올리지만 이미 나의 노력만으로는 그것을 존재하게 할 수 없다는 것을 안다. 강한 무(無)의 힘이 온 지구를 차지한 것이다.

"그들과 관계를 맺기는 쉽지 않을 거야." D국 남자들이 계속 말한다. "그리고 실수하지 않도록 조심해야 해. 까딱하면 우리를 자를 수도 있어. 우리는 새로운 사람들의 신임을 얻기 위해서 자네를 떠올렸다네. 정리 단계에서 자네가 그만한 능력이 있다는 걸 보여 주었잖나. 그리고 자네가 구 행정 체제의 사람들 모두와 제일 비타협적이었지. 자네가 자네 소개를 하고 국이 어떤 건지, 꼭 필요하고 긴박한 임무들을 처리하기 위해 그들이 어떻게 이용할 수 있는지 설명해야 해……. 자, 보다 나은 세상을 만들려면 어떻게 해야 하는지 자네도 알 거야……."

"그럼 가 보겠네. 그 사람들을 찾으러 가 볼게." 나는 황급히 말한다. 지금 달아나지 않으면, 지금 당장 프란치스카에게 가서 그녀를 구하지 않으면 일 분만 지나도 너무 늦으리라는 것을 알기 때문이다. 덫이 던져지고 있었다. 나는 D국 사람들이 나를 붙잡고 질문하고 지시를 내리기 전에 그들에게서 멀어져서 달렸다. 프란치스카를 향해 얼어붙은 눈 조각을 던졌다. 세상은 마치 구체적인 모든 명사가 사라져 버린 듯 추상적인 말밖에 쓸 수 없는 종이로 변해 있었다. '항아리'라는 단어만 쓸 수 있어도 '냄비', '스튜', '굴뚝'이라는 말을 쓸 수 있을 텐데. 그러나 텍스트의 문체 공식은 그것을 금지한다.

내 눈앞에서 나와 프란치스카 사이의 바닥에 금이 가고 틈이 벌어지고 균열이 일어난다. 매 순간 내 다리 한쪽이 함정에 빨려 들어간다. 틈새는 점점 커지더니 곧 나와 프란치스카 사이에 절벽이, 심연이 가로놓인다! 나는 심연의 끝에서 건너편으로 뛰어넘는다. 아래쪽 바닥은 전혀 보이지 않는다. 허공만이 그 아래로 끝없이 이어진다. 허공에 흩어진 세상의 조각들 위로 달린다. 세상이 흩어지는 중이다……. D국 남자들이 나를 부른다. 더 이상 앞으로 가지 말고 돌아오라고 필사적인 몸짓을 보낸다……. 프란치스카! 자, 마지막 점프야, 내가 당신 곁으로 갈게!

그녀는 여기, 내 앞에, 추위로 약간 상기된 얼굴에 미소를 지으며 금빛으로 눈을 반짝이며 서 있다. "오, 정말 당신이네! 프로스페티바를 거닐 때마다 당신을 만나는군! 매일 산책만 하는 건 아니겠지! 있잖아, 저 모퉁이에 사방이 거울로 장식되고 오케스트라가 왈츠를 연주하는 카페가 있어. 나하고 거기 가지 않겠어?"

11

남성 독자여, 폭풍우에 시달리던 당신의 배가 항구에 닿을 시간이다. 당신을 맞아 줄 항구 가운데 큰 도서관보다 더 안전한 곳이 있을까? 물론 그 도서관은 여정을 시작했던 도시에 있으며, 당신은 책에서 책을 쫓아 세상을 한 바퀴 돈 뒤 그곳으로 돌아왔다. 당신에게 남은 것은 읽기 시작하자마자 돌연 자취를 감췄던 열 편의 소설이 이 도서관에 있으리라는 희망뿐이다.

마침내 당신에게 자유롭고 평화로운 날이 시작된다. 당신은 도서관에 가서 목록을 뒤적인다. 기쁨의 탄성이, 아니 열 번의 고함이 터져 나오는 걸 겨우 참는다. 당신이 찾던 작가와 제목 들이 모두 목록에 가지런히 정리되어 있다.

대출 신청서를 작성하고 그것을 넘겨준다. 목록에 오류가 있는 것 같다는 대답을 듣는다. 그런 책은 없다고 한다. 어쨌든 그들은 책을 찾아볼 것이다. 곧 다른 책을 신청한다. 대출 중인데 누가 언제 빌려 갔는지 알 수 없다는 답이 돌아온다. 당신이 신청한 세 번째 책은 제본소에 있다. 한 달 뒤 도서관에 돌아올 것이다. 네 번째 책은 지금은 닫혀 있는, 도서관 한쪽의 복원 부서에 있다. 당신은 계속 신청서를 작성한다. 이런저런 이유 때문에 당신은 신청한 책을 하나도 이용하지 못한다.

도서관 직원이 계속 책을 찾는 동안 당신은 책에 푹 빠져 있는, 운 좋은 다른 사람들과 함께 책상에 앉아 차분히 기다린다. 다른 사람들이 읽는 책을 슬쩍 보려고 왼쪽 오른쪽으로 목을 쭉 내밀어 본다. 혹시 그들 중 누군가가 당신이 찾고 있는 책을 읽고 있을지도 모르는 일 아닌가.

당신 앞에 앉은 독자의 시선이 자기 손에 펴 든 책 위에 머무는 게 아니라 허공을 맴돈다. 그러나 멍한 눈길이 아니다. 파란 눈동자의 움직임에는 강렬한 집중력이 담겨 있다. 이따금 당신들 두 사람의 시선이 마주친다. 갑자기 그가 당신에게 말을 건다. 아니, 더 정확히 말하자면 분명 당신에게 하는 말이지만 마치 허공에 대고 말하는 듯하다.

"계속 허공을 맴도는 제 눈을 보고 놀라실 것 없어요. 사실 이게 제가 책을 읽는 방법입니다. 이렇게 해야만 유익한 독서를 할 수 있거든요. 어떤 책에 정말 흥미를 느끼면 제 정신은 대개 몇 줄 읽지 않고, 텍스트가 제시하는 생각이나 감정, 의문, 어떤 이미지를 포착해서, 생각에서 생각으로, 이미지에서 이미지로, 추론과 환상의 여정으로 갑자기 벗어나거나 튀어 올라 버려요. 저는 시야에서 책이 보이지 않을 정도로 책에서 벗어나서 이 여정을 끝까지 따라가 볼 필요를 느낀답니다. 제게는 독서의 자극이 꼭 필요합니다. 내용이 충실한 독서의 자극 말입니다. 모든 책을 몇 줄씩밖에 읽지는 않지만요. 그래도 제가 보기에는 그 몇 페이지 속에 이미 모든 우주가 담겨 있는 듯합니다. 절대로 다 파악할 수 없는 우주가."

"선생님 말씀에 충분히 공감합니다." 다른 독자가 읽고 있던 책에서 고개를 들며 끼어들었다. 눈은 충혈되고 얼굴은 창백했다. "독서는 불연속적이고 단편적인 활동입니다. 아니, 정확히 말하면 독서의 대상은 점과 먼지로 된 재료지요. 글쓰기가 범람하는 광활한 공간에서 독자는 아주 작은 부분들, 언어의 병치나 은유, 구문 결합 관계, 논리적 진행, 극도로 집중된 의미의 강도를 드러내는 어휘의 특성들을 구별합니다. 그것들은, 작품의 핵심을 구성하는 소립자 같은 것들입니다. 나머지 텍스트들은 모두 이 핵심을 중심으로 돌아가지요. 혹은 해류를 빨아들이고 삼켜 버리는, 소용돌이 밑바닥에 있는 공간 같은 것이라고도 할 수 있지요. 순식간에 거의 보일락 말락하게 책이 담을 수 있는 진실, 그것의 궁극적인 본질을 드러내는 건 이런 틈들이 있기 때문입니다. 신화와 신비는 나비의 발에 남아 있는 꽃가루처럼 감지할 수 없는 미립자로 이루어져 있습니다. 이것을 이해한 사람만이 계시와 계몽을 기대할 수 있습니다. 이 때문에 저는 선생님과 반대로 단 한순간도 글이 쓰인 줄에서 눈을 떼지 않습니다. 귀중한 암시들을 놓치지 않으려면 한시도 방심해서는 안 되거든요. 의미의 덩어리에 부딪힐 때마다 저는 계속 주위를 파 봅니다. 혹시 금맥이 멀리까지 뻗어 있는 게 아닌지 보기 위해서지요. 이 때문에 제 독서는 끝나질 않습니다. 문장들 굽이굽이에서 새로운 발견을 확인해 보려 애쓰며 읽고 또 읽습니다."

"저도 이미 읽었던 책을 다시 읽을 필요를 느껴요." 세 번째 독자가 말한다. "그렇지만 다시 읽을 때마다 새 책을 처음 읽는 것 같아요. 이전에는 알아차리지 못한 것들을 새롭게 바꾸고 발견하는 게 저일까요? 아니면 독서라는 게 수많은 변수들을 함께 모아 형태를 만들어 가며 동일한 구성으로 두 번을 되풀이할 수 없는 구조인 걸까요? 이전에 느꼈던 독서의 감동을 되살려 보려 할 때마다 전혀 다른, 예기치 않은 인상을 받게 돼서 이전의 느낌을 찾을 수가 없어요. 어떤 때는 독서와 독서 사이에서 진보가 일어난 것 같은 기분도 들어요. 예를 들어 텍스트의 정신에 더 깊이 들어간다거나 비판적인 거리가 더 벌어진다는 의미지요. 반면 또 어떤 때는 같은 책을 여러 번 읽은 기억, 열광적으로 혹은 냉담하게 혹은 반감을 가지고 읽은 기억을 간직하고 있는 것 같기도 해요. 그러한 독서들은 미래 없이, 그 독서를 이어 주는 하나의 끈 없이 시간 속에 흩어져 버리죠. 제가 도달한 결론은 독서는 목적이 없는 행위라는 겁니다. 아니면 진정한 목적은 독서 그 자체라고 할 수 있지요. 책은 장식적인 보충물, 아니 핑계라고 할 수 있어요."

네 번째 독자가 끼어든다. "독서의 주관성을 주장하고 싶은 거라면 저는 선생의 의견에 동의합니다. 하지만 선생처럼 텍스트의 중심에서 멀어지는 게 독서의 속성이라고 생각하지는 않습니다. 어떤 책을 새로 읽든 그 책은 종합적이고 단일한 한 권의 일부분이 되는데, 이 책이 바로 제 독서의 총체입니다. 노력 없이는 일어날 수 없는 일이죠. 그런 보편적인 책을 만들기 위해 각각의 책은 변형되어야 하고, 그동안 읽은 책들과 관계를 맺어야 하며, 그 보편적인 책의 부록이 되거나 새롭게 전개된 부분이나 반박, 주해, 참고 문헌이 되어야 합니다. 저는 수년간 이 도서관에 드나들었습니다. 그래서 서가 하나하나, 책한 권 한 권을 다 탐색했지만 제가 계속해서 한 일은 한 권의 책을 읽는 것뿐이었습니다."

"저 역시 제가 읽은 모든 책이 단 한 권의 책으로 이어집니다." 다섯 번째 독자가 쌓아 놓은 책 더미 뒤에서 얼굴을 내밀며 말한다. "하지만 너무 오래전에 읽어서 기억의 수면 위로 흐릿하게만 떠오르지요. 물론 다른 어떤 이야기들보다, 제가 읽은 모든 이야기들 중에서 가장 먼저 떠오르는 이야기입니다. 제가 읽은 이야기들은 모두 메아리가 되어 금방 사라지는 것 같은데 말이지요. 제가 책을 읽으면서 하는 일은 어린 시절에 읽었던 그 책을 찾는 일뿐입니다. 그렇지만 기억이 너무 희미해서 다시 찾기가 쉽지 않군요."

서가 옆에 서서 고개를 쳐들고 책을 하나씩 살펴보던 여섯 번째 독자가 책상 옆으로 다가온다. "제가 가장 중요하게 생각하는 순간은 독서를 시작하기 바로 전의 순간입니다. 어떤 때는 제목만 봐도 마음속에, 어쩌면 존재하지 않을 수도 있었을 그 책에 대한 욕망이 불처럼 타오릅니다. 책의 제목, 첫 문장만 봐도 그럴 때가 있습니다…… . 간단히 말하자면 이렇습니다. 여러분이 상상력을 가동하기 위해 약간은 애를 써야 한다면 저는 그런 노력을 할 필요가 거의 없다는 거지요. 독서에 대한 기대만으로 충분합니다."

"저한테는 오히려 결말이 중요합니다." 일곱 번째 독자가 말한다. "그렇지만 제가 말하는 결말은 진짜, 궁극적인, 어둠 속에 감춰진 결말, 책이 독자를 데려가고자 하는 종착점을 의미합니다. 저 역시 독서를 하면서 그런 틈들을 찾습니다." 눈이 빨갛게 충혈된 독자에게 고개를 끄덕이며 말한다. "그렇지만 제 시선은 멀리, '끝'이라는 말 너머로 확장되는 공간 속에서 어렴풋이 나타나는 게 뭔지를 알아내려고 언어를 파헤칩니다."

이제 당신이 말할 차례다. "선생님들, 저는 책 속에 쓰인 것만 읽기를 좋아한다는 말씀을 먼저 드려야 할 것 같습니다. 그리고 전체와 세부 사항을 연결하거나 어떤 책들을 읽으며 그게 가장 확실한 독서라고 생각하는 것도 좋아해요. 그리고 한 책을 다른 책과 분리하는 것을 좋아합니다. 개개의 책은 각기 다르고 새로운 무언가를 담고 있으니까요. 그리고 무엇보다 저는 책을 처음부터 끝까지 읽는 걸 좋아합니다. 그런데 얼마 전부터 모든 게 엉망이 됐어요. 제가 보기에 이 세상에는 이미 중단된 이야기, 그리고 길을 잃은 이야기들만 남은 것 같습니다."

다섯 번째 독자가 당신에게 대답한다. "제가 여러분에게 말했던 그 이야기도 시작은 분명하게 기억이 나는데 나머지는 까맣게 잊어버리고 말았어요. 『천일야화』의 이야기였던 것 같아요. 지금도 다양한 판본과 여러 언어로 번역된 책들을 비교해 보는 중이에요. 비슷한 이야기도 많고 다양하게 변형된 이야기도 많지만 그중 어떤 이야기도 제가 찾는 이야기는 아니랍니다. 제가 꿈을 꾼 걸까요? 어쨌든 그 이야기를 찾을 때까지, 결말이 어떻게 되는지 알게 될 때까지는 평화를 찾지 못할 겁니다."

"칼리프 하룬 알 라시드[35]는" 당신이 호기심을 보이자 다섯 번째 독자가 당신을 위해 이야기를 시작한다. "어느 날 밤 잠이 오지 않아서 상인으로 변장을 하고 바그다드 거리로 나갔습니다. 배를 타고 티그리스 강을 건너 어느 정원의 문에 이르렀지요. 달님처럼 어여쁜 아가씨 하나가 연못가에 앉아서 류트를 연주하며 노래를 하고 있었습니다. 노예 여인이 하룬을 저택 안으로 들어오게 해서 그에게 진노란색 망토를 두르게 했습니다. 정원에서 노래를 부르던 아가씨는 은색

---

14 Hārūn ar-Rashìd. 아바스 왕조 제5대 칼리프. 『천일야화』의 주인공.

의자에 앉아 있었습니다. 주변의 방석에 역시 진노란색 망토를 두른 남자 일곱 명이 앉아 있었습니다. '당신 자리만 비어 있었어요. 늦으셨군요.' 아가씨가 말하며 자기 옆 방석에 앉으라고 권했습니다. '여러분, 여러분은 제가 무슨 말을 해도 그 말에 따르겠다고 맹세하셨어요. 이제 그 말을 시험해 볼 때가 됐습니다.' 그러더니 목에 걸린 진주 목걸이를 풀었습니다. '이 목걸이는 일곱 개의 하얀 진주와 한 개의 흑진주로 되어 있어요. 지금 제가 이 목걸이 줄을 잘라서 오닉스 컵에 진주를 담을게요. 검은 진주를 잡은 분이 칼리프 하룬 알 라시드를 죽여 제게 그 사람의 머리를 가져와야 합니다. 그 상으로 그분에게 저를 맡기겠어요. 하지만 그 임무를 거부하면 다른 일곱 분에게 죽임을 당할 거고 그 일곱 분은 다시 검은 진주 뽑기를 하게 될 거예요.' 하룬 알 라시드는 몸을 떨며 손을 폈고 그 안에 든 검은 진주를 보았습니다. 그래서 여자에게 말했지요. '칼리프가 당신에게 어떤 모욕을 주었기에 그를 그렇게 증오하는지 이야기해 준다면 운명과 당신의 뜻에 따르지요.' 그는 초조하게 이야기를 듣고 싶어 하며 물었지요."

어린 시절 책에서 읽었던 이런 기억 역시 당신의 중단된 책 목록에 들어 있을 것이다. 그런데 제목이 뭘까?

"제목이 있었다 해도 저는 그것마저 잊어버렸을 겁니다. 선생님이 하나 붙이시지요."

당신이 보기에는 방금 들은 이야기가 중단될 때의 말이 『천일야화』의 정신을 잘 표현하고 있는 듯하다. 그래서 도서관에 신청했지만 빌리지 못한 책 제목의 목록에 '그는 초조하게 이야기를 듣고 싶어 하며 묻는다'라고 적어 넣는다.

"저 좀 보여 주시겠습니까?" 일곱 번째 독자가 물어본다. 제목이 적힌 목록을 받은 그는 근시용 안경을 벗어 안경집에 넣고 다른 안경집에서 원시용 안경을 꺼내 큰 소리로 읽는다.

"어느 겨울밤 한 여행자가, 말보르크 마을을 벗어나, 가파른 해변에서 몸을 내밀고, 바람도 현기증도 두려워하지 않으며, 어둠이 짙어지는 아래를 내려다본다. 그물망처럼 연결되는 선들 속에, 그물망처럼 교차되는 선들 속에, 달빛이 환히 비추는 은행잎들 위에, 텅 빈 구덩이 주위에서, 저 아래에서는 어떤 이야기가 결말을 기다릴까, 그는 초조하게 이야기를 듣고 싶어 하며 묻는다."

그가 안경을 이마 위로 들어올린다. "맞아요, 이렇게 시작되는 소설이었어요." 그가 말한다. "이 소설을 틀림없이 읽어 본 적이 있어요……. 시작 부분만 가지고 있어서 뒷부분을 찾고 싶은 거죠, 맞죠? 문제는 예전에는 소설들이 다 이렇게 시작되었다는 겁니다. 어떤 사람이 혼자 길을 걷다가 관심을 끄는 무언가를 보게 돼요. 비밀이나 예언을 숨기고 있는 듯한 어떤 것이지요. 그래서 설명을 요구하고 긴 이야기를 듣게 되는데……."

"그런데 오해가 있군요." 당신이 그에게 알려 주려 애쓴다. "이건 소설이 아니라……. 그냥 제목이에요……. 그 '여행자'……."

"아, 여행자는 초반에만 등장해요. 그리고 나선 여행자 이야기는 더 이상 안 나와요. 역할이 끝난 거지요……. 그 소설은 여행자 이야기가 아니라……."

"어떻게 끝나는지 알고 싶은 건 그 이야기가 아닙니다……."

일곱 번째 독자가 당신의 말을 가로막는다. "선생은 모든 이야기에 시작과 끝이 있을 거라고 생각합니까? 예전에는 이야기를 끝내는 방법이 딱 두 가지뿐이었어요. 남녀 주인공이 모든 시련을 겪은 뒤 결혼하거나 죽는 거였지요. 모든 이야기가 말하고자 하는 궁극적인 의미는, 삶의 연속성과 죽음의 불가피성이라는 두 가지 면이었던 거예요."

당신은 잠시 이 말을 생각해 본다. 그리고 그 순간 루드밀라와 결혼하고 싶다는 생각이 든다.

12

이제 남성 독자와 여성 독자, 당신들은 부부이다. 넓은 부부용 침대에서 나란히 독서를 한다.

루드밀라는 책을 덮고 자기 쪽 불을 끄며 베개에 얼굴을 묻고 말한다. "당신 불도 끄지. 책 읽는 거 피곤하지 않아?"

그러자 당신. "조금만 더 보고. 이탈로 칼비노의 『어느 겨울밤 한 여행자가』인데 거의 다 읽었어."

작품 해설

이탈로 칼비노는 1970년대 후반에 이르러 새로운 형식의 글쓰기에 도전했다. 『어느 겨울밤 한 여행자가』는 이런 도전을 통해 탄생한 작품이다. 현대 세계는 다양한 요소들이 결합하여 탄생한다는 생각을 바탕으로 하나의 텍스트는 그것을 읽어 가는 독서 과정에 따라 새로운, 그리고 원래의 텍스트와는 전혀 다른 텍스트로 변할 수도 있다는 것을 보여 주려 시도한다. 칼비노는 이 작품을 '하이퍼 소설'이라고 부르는데, 사후 출판된 『미국 강의』에서 이 작품에 대해 이렇게 이야기한다.

나는 『어느 겨울밤 한 여행자가』에서 이 '하이퍼 소설'의 전형을 보여 주려고 했다. 나의 의도는 열 개의 '시작'으로 시작되는 소설 속에서 소설의 정수를 보여 주는 것이었다. 각각의 시작은 공통된 핵심을 축으로 전혀 다른 방향으로 전개되어 나가며, 그 시작들을 결정짓기도 하고, 시작 자체가 결정에 영향력 미치기도 하는 틀 안에서 움직이게 된다.

그러니까 이 소설은 독자를 작품 속으로 끌어들여 소설의 주인공으로 참여시킬 뿐만 아니라 텍스트 자체가 무한히 확장되는 하이퍼텍스트의 성격을 띠고 있다. 특히 이 책의 주인공은 바로 '남성 독자'이며 이 남성 독자가 '중단된 열 편의 소설'을 찾아 나서는 탐색 과정이 소설의 줄거리를 형성하는데, 이 과정에 다양한 독자들이 등장한다. 남성 독자가 탐색에 나서게 되는 것은 독서에 대한 욕망 때문이다. 이탈로 칼비노의 새 소설 『어느 겨울밤 한 여행자가』를 서점에서 사서 독서를 시작한 남성 독자는 소설의 첫 장을 읽고 난 뒤, 소설이 중단된 것을 발견하고 책을 바꾸러 간다. 이러한 시작과 더불어 탐색이 시작되는데 찾아낸 소설이 또다시 중단됨으로써 다시 탐색을 시작해야 하는 추리소설 구조로 이야기가 전개된다.

이 소설은 남성 독자가 여성 독자 루드밀라와 책을 찾는 1장에서 12장까지의 이야기가 하나의 틀을 형성하고 각 장과 장 사이에 열편의 소설이 삽입되는 액자 소설 형식을 띤다. 그러나 일반적인 액자 소설과 달리 외부 서사의 화자와 내부 서사의 내용이 상호 작용하는 구조를 보여 준다. 여기서 공통된 핵심 축이 되는 것은 외부 서사, 즉액자의 틀로, 이 외부 서사가 '시작'을 결정짓기도 하고 또 반대로 '시작'이 외부 서사에 영향력을 미쳤다가 다시 '시작'의 내용에 반영되기도 한다. 실제로 첫 번째 소설만 제외하면 소설은 모두 외부 서사의 여주인공인 여성 독자 루드밀라가 읽고 싶어 하는 주제를 담고 있다. 덕분에 독서에 대한 루드밀라의 기대는 모두 충족되는데, 이런 식으로 칼비노는 독자의 기대에 부응하는 글쓰기 진행 방식에 오래전부터 몰두해 왔다. 예를 들어 남성 독자와 처음 만난 2장에서 그녀는 "소설은 모든 것이 정확하고 구체적이고 매우 상세한 것들의 세계로 금방 들어갈 수 있게 해 주죠.”라고 말하는데 여기서 이어지는 삽입 소설『말보르크 마을을 벗어나』가 바로 그와 같은, 정확하고 농밀한 감각적 경험을 다루고 있다.

외부 서사에서 화자(내포 저자)가 주인공을 ‘남성 독자-당신’으로 부르는 것은 이 책을 읽는 실제 독자가 자신을 주인공과 오버랩할 수 있도록 칼비노가 선택한 서사 전략이다. 작가는 책을 읽는 독자가 ‘읽히는 남성 독자’와 자신을 동일시할 수 있게 주의를 기울였다. 따라서 이 책을 읽는 독자는 앞으로 전개될 남성 독자의 모험에 함께하는 듯한 기분을 느끼게 된다. 또한 외부 서사에서 화자인 나는 글을 읽는 독자인 ‘당신’ 앞에서 책을 쓰는 척하며 어떻게 책을 쓰는지를 설명하면서 독자를 대화 상대로 격상시킨다. 독자가 글쓰기의 모든 행위에서 작가와 함께하며 그렇게 쓰인 세계의 주체 역할로 깊숙이 들어가게 만들려는 장치이다. 그런데 칼비노의 소설인 줄 알고 남성 독자가 읽게 되는 첫 번째 소설『어느 겨울밤 한 여행자가』의 화자는 다시 ‘당신’에게 말을 걸며 이야기를 시작함으로써 마치 외부 서사의 작가가 다시 내부 서사에서 이야기를 진행하는 듯한 착각을 불러일으킨다.

역은 어디나 비슷비슷하다. 뿌연 전등이 전구 밖으로 밝은 빛을 비추느냐 아니냐는 별로 중요하지 않다. 그러니까 이곳은 당신이 기억하는 분위기, 기차가 모두 떠난 뒤에도 기차 냄새가 나고 마지막 기차가 떠나고 나면 역 특유의 냄새가 나는 그런 곳이다. 역의 불빛과 당신이 읽고 있는 문장들은 어둠과 안개의 베일 너머에서 어렴풋이 모습을 드러내는 사물을 가리키기보다는 그것들을 해체할 임무를 지닌 듯이 보인다.

이렇게 외부 서사와 내부 서사의 경계가 불분명해지며 독자는 작가와 함께 내부 서사를 관찰하는 것 같은 기분을 느끼게 된다. 그와 동시에 독자는 내부 서사에서 한 발 떨어져서, 주의 깊게 그러나 거기에 끌려가지는 않은 채 이야기를 바라보게 된다. '당신'의 행동을 화자가 서술하면서 외부 서사의 행동 주체는 '당신-남성 독자'가 되는 반면 내부 서사 중 첫 번째 이야기를 제외한 나머지 소설의 화자는 모두 1인칭으로, 결국 외부 서사의 '남성 독자(실제 독자)'가 내부 서사인 '나'의 이야기를 읽는 형식이 된다. 이렇게 시작된 남성 독자의 독서는 자꾸 중단된다. 그가 읽는 책들은 첫 장만 되풀이되는데 남성 독자는 자신을 사로잡는 독서의 욕망을 충족시키기 위해 중단된 소설을 찾아 나섰다가, 곧 정체가 불분명한 작가들이 꾸미는 국제적인 음모에 의해 발생한 불운한 사태를 조사해야 하는 긴장된 상태에 놓이게 된다. 이러한 추리소설적 기법은 독자의 호기심을 사로잡으며 독자의 상상력이 작동할 수 있는 기회를 제공한다. 소설의 진행 과정은 다음과 같다.

  1. 1. 남성 독자인 당신은 서점에서 이탈로 칼비노의 신작 소설을 구입해서 읽는다.
  2. * 칼비노의 소설, 『어느 겨울밤 한 여행자가』.
  3. 2. 당신은 책의 제본이 잘못된 것을 발견하고 서점으로 가서 새 책으로 바꾸던 중, 여성 독자 루드밀라를 만난다. 그리고 서점에서 교환한 책을 읽는다.
  4. * 『말보르크 마을을 벗어나』.
  5. 3. 당신은 다시 책이 중단된 것을 발견하고 대학에서 우치투치

교수를 만나 그가 번역하여 읽어 주는 소설을 듣는다.

  6. *『가파른 해변에서 몸을 내밀고』.

  7. 4. 당신은 로타리아의 세미나에 참석해 새로운 원고를 읽는다.

  8. *『바람도 현기증도 두려워하지 않으며』.

  9. 5. 당신은 다시 소설이 중단되자 출판사를 찾아갔다가 편집자인 카베다냐로부터 이런 혼란의 원인이 에르메스 마라나라는 번역자로부터 시작되었다는 말을 듣고 그가 준 책을 읽는다.

  10. *『어둠이 짙어지는 아래를 내려다본다』.

  11. 6. 당신은 마라나가 출판사로 보낸 편지들을 읽고 이 모든 혼란이, 위조된 책을 만드는 거대 국제 조직을 만들었던 마라나에게 있다는 것을 알게 되며, 그 조직에서 주시하는 유명 작가 실라스 플래너리의 소설을 읽는다.

  12. *『그물망처럼 연결되는 선들 속에』.

  13. 7. 루드밀라의 집을 방문한 당신은 마라나가 루드밀라의 옛 애인이었다는 것을 알게 되며 플래너리가 루드밀라에게 선물한 책을 읽는다.

  14. *『그물망처럼 교차되는 선들 속에』.

  15. 8. 실라스 플래너리의 일기.

  16. *『달빛이 환히 비추는 은행잎들 위에』.

  17. 9. 당신은 마라나를 찾으러 남미에 갔다가 모든 게 거짓인 나라, 아타구이타니아에서 체포되어 수감 생활을 하던 중 검열을 돕기 위해 소설을 읽는다.

  18. *『텅 빈 구덩이 주위에서』.

  19. 10. 아타구이타니아 당국에서 부여한 임무를 맡아 이르카니

아에 온 당신은 국립 경찰 공문서 기록원장과 만나 인터뷰하는 과정에서 마라나에 대해 자세히 알게 되고 압수당할 위기에 처한 소설을 읽는다.

20. *『저 아래에서는 어떤 이야기가 결말을 기다릴까?』

21. 11. 당신은 고향으로 돌아와 사라진 열 편의 소설이 있으리라는 희망으로 도서관을 찾았다가 다양한 독자들과 대화를 나눈다.

22. 12. 당신은 여성 독자 루드밀라와 결혼해서 나란히 독서를 하며 칼비노의 『어느 겨울밤 한 여행자가』를 읽는다.

이상에서 보듯이 남성 독자의 탐색을 이끄는 동력은 '읽는' 행위, 즉 '독서'이다. 남성 독자는 중단된 소설의 뒷부분을 찾으러 자신의 집에서 스위스로, 남미로, 북유럽으로 다닐 뿐만 아니라 이 책 저 책을 찾는다. 그런데 앞서 밝힌 대로 남성 독자가 찾는 책은 모두 여성 독자 루드밀라가 읽기 원하는 책으로, 루드밀라는 외부 서사와 내부 서사를 연결하고 관통하는 역할을 한다. 그녀는 3장에서 "읽는 것들이 모두 소설에 들어 있고 (중략) 아직 뭔지 모를 어떤 것의 존재를 (중략) 내가 모르는 표시를" 느낄 수 있는 책을 읽고 싶다고 말하는데, 상징적-해석적 소설인 『가파른 해변에서 몸을 내밀고』가 이어진다. 4장에서는 "개인의 운명과 함께 역사적인 이야기가 담긴 이야기, 아직 이름도 없고 형태도 없는 격변을 겪고 있다는 느낌을 주는 소설"을 읽고 싶어 하고 로타리아의 세미나에서 『바람도 현기증도 두려워하지 않으며』를 읽는데 이 소설은 정치적-실존적 소설이다. 5장에서 루드밀라가 읽고 싶어 하는 소설은 "이야기하고자 하는 바람, 이야기를 계속 축적하고자 하는 바람을 원동력으로 하는 소설"로 냉소적, 야

수적 소설인데 『어둠이 짙어지는 아래를 내려다본다』의 성격이기도 하다. 6장에서는 마라나가 인도양에서 만난 여성 독자가 "첫 페이지부터 불편함을 전하는 그런 소설"을 좋아한다고 말하며 여섯 번째 삽입 소설 『그물망처럼 연결되는 선들 속에』가 등장하는데 이 소설은 고통의 소설이다.

그러니까 남성 독자가 중단된 책을 탐색하는 것은 어찌 보면 여성 독자의 욕망을 찾는, 그리고 중단된 책처럼 자꾸 모습을 감추는 여성 독자를 추적하는 일과 맞닿아 있다고도 할 수 있다. 6장에서 남성 독자가 읽는 마라나의 편지와 그가 번역한 소설 속에는 다양한 모습의 여성 독자들이 등장하는데, "여성 독자가 여러 명이라 해도 당신은 그들 모두를 루드밀라로 생각한다." 남성 독자는 이제 책뿐 아니라 여성 독자의 실체까지 탐색한다.

7장에서 남성 독자와 여성 독자는 사랑을 시작한다. 두 사람의 독서는 이제 상대방을 읽는 것으로 변한다. 남성 독자는 에르메스 마라나가 루드밀라의 애인이었다는 사실을 알게 된다. 여기서 루드밀라는 "모든 미스터리와 고뇌가, 체스를 두는 사람의 정신처럼 정확하고 차갑고 그림자 없이 통과하는 책"이 좋다고 밝혀서 일곱 번째 소설로 논리적이고 기하학적인 소설인 『그물망처럼 교차되는 선들 속에』가 삽입된다. 8장의 '실라스 플래너리의 일기'에는 전 세계에서 위작의 대상이 되고 있는 베스트셀러 작가 플래너리가 직접 등장한다. 예술적 창의력이 고갈되어 소설을 쓰지 못하는 위기의 작가(칼비노의 또 다른 자아) 플래너리는 망원경으로 한 여성 독자가 독서하는 모습을 관찰하며 그녀가 읽는 것과 같은 소설을 쓰고 싶다고 생각한다.

그 여성 독자는 루드밀라이다. 그녀는 플래너리에게 자신이 "아주 어둡고 잔인하고 사악하게 인간관계들의 매듭을 둘러싸고 명료한 환영이 만들어지는 소설들"을 좋아한다고 말한다. 이에 따라 '에로틱한' 소설 『달빛이 환히 비추는 은행잎들 위에』가 이어진다. 9장에서는 루드밀라의 언니인 로타리아가 "내 동생은 항상 기본적이고 원시적이고 흙의 힘이 느껴지는 소설들을 좋아한다."고 말하고 이에 따라 땅과 관련된 원시적인 이야기 『텅 빈 구덩이 주위에서』가 등장한다. 10장에서는 루드밀라가 "세계의 종말 이후에 세계의 의미를 부여해 줄 수 있는 책, 세계는 그곳에 존재하는 모든 것의 종말이라는 의미, 이 세계에 있는 것은 세계의 종말뿐이라는 의미를 부여해 줄 책"을 읽고 싶다고 말하고, 그에 이어 종말론적 소설 『저 아래에서는 어떤 이야기가 결말을 기다릴까?』가 선보인다.

이렇듯 삽입 소설은 철저하게 루드밀라의 소망을 충족시키는 방향으로 진행되며 외부 서사는 내부 서사의 밀도를 높여 주는 역할을 한다. 그리고 외부 서사가 전지적 화자가 등장하는 전통적이고 역동적인 서사를 만들어 낸다면 각기 다른 형식의 소설 열 편이 외부 서사를 보완하기도 한다. 또 외부 서사와 내부 서사 모두 '여성 인물의 유혹과 닥쳐올 총체적인 적들의 위협 때문에 출구 없는 위급한 상황에 빠져, 원래 자신의 것이 아닌 역할을 맡게 된 남성 인물'을 그린다는 공통점을 보여 준다. 남성 독자는 빠져나갈 수 없는 미궁을 헤매는 테세우스 같은 역할을 맡고 있으며 남성 독자의 독서 행위는 미궁의 공간 속으로 떠나는 여행에 비유할 수 있다. 이런 주제가 외부의 틀과 내부의 틀에서, 특히 열 개의 삽입 소설로 다양하게 전개되는 양상을 보이는데, 각기 다른 작가의 각기 다른 이야기와 문체와 주제가 서로를 반영한다. 그러다 보니 삽입 소설 열 편의 제목과 11장에서 이야기되는, 끝나지 않은 『천일야화』의 마지막 문장을 연결하면 또 다른 소설이 탄생하는 구조이다.

어느 겨울밤 한 여행자가, 말보르크 마을을 벗어나, 가파른 해변에서 몸을 내밀고, 바람도 현기증도 두려워하지 않으며, 어둠이 짙어지는 아래를 내려다본다. 그물망처럼 연결되는 선들 속에, 그물망처럼 교차되는 선들 속에, 달빛이 환히 비추는 은행잎들 위에, 텅 빈 구덩이 주위에서, 저 아래에서는 어떤 이야기가 결말을 기다릴까, 그는 초조하게 이야기를 듣고 싶어 하며 묻는다.

이 소설은 이와 같은 구조를 통해 독자의 독서뿐 아니라 현대 소설 역시 끝없이 확장될 수 있음을 보여 준다. 즉 '시작' 속에 '다양하고 고갈되지 않는' 소설들의 잠재적 가능성이 담겨 있는 것이다. 10장에서 남성 독자는, 루드밀라와 마라나의 대결에서 마라나가 자신의 패배를 인정했다는 것을 알게 된다. 마라나는 진실과 거짓의 차이는 우리의 편견에 불과하다며 쓰인 페이지 뒤에는 아무것도 없다는 것, 세상은 속임수로, 허구로, 오해로, 거짓으로만 존재할 뿐이라는 것을 증명하기 위해 위서를 계속 제작했다. 그러나 루드밀라는 독서 중에 "거짓 속에 숨어 있는 진실과, 진실이라고 주장하는 단어들 속에 더 무겁게 숨겨 놓은 거짓을 발견"한다. 호기심을 가지고 만족을 모르는 채 독서하는 그녀에게 "독서는 모든 의도와 모든 선입견을 벗어 버리는 일"이었다. 즉 글로 쓰인 페이지의 여백에서, 줄 사이의 공간에서 제어되지 않은 예측 불가능한 목소리가 항상 튀어나와 저자가 예상치 못한 여행으로 독자를 끌고 가기 때문에, 독자는 진실을 읽어 낼 수 있기에 마라나의 계획은 모두 수포로 돌아갈 수밖에 없었던 것이다.

　12장에서 이제 부부가 된 남성 독자와 여성 독자는 침대에 나란히 누워 책을 읽는다. 루드밀라는 독서를 끝내기로 하는 반면 남성 독자는 아직 책을 다 읽지 않았다. 아마 계속 책을 읽거나 다시 시작할 것이다. 남성 독자의 "조금만 더 보고. 이탈로 칼비노의 『어느 겨울 밤 한 여행자가』인데 거의 다 읽었어."라는 말로 소설은 끝을 맺는데, 여기서 소설은 1장의 장면과 연결되는 순환 구조를 갖는다. 소설 속의 남성 독자는 시작 부분에서처럼 다시 실제 독자와 오버랩되며 허구와 현실 세계의 경계를 무너뜨린다. 그러나 소설은 실제 독자에게 이 상황을 받아들일 것인지, 독서를 중단할 것인지, 계속할 것인지의 질문을 던지고, 이야기가 계속될 수도 있다는 여운을 남기며 열려 있게 된다. 책이 마무리되는 그 순간에 '틈'이 열리며 이야기를 계속할 공간이 생긴 것이다. 중단된 책의 결말을 찾아 위조된 책의 미로를 헤맨 남성 독자의 모험은 또 다른 미로 앞으로 이어진다. 그렇다면 남성 독자의 모험은 실패한 것일까? "미궁을 가로지르는 사람에게 미궁은 존재하지 않는다."는 칼비노의 말에서 그 답을 찾을 수 있을지 모른다. 세상의 다양성과 그것을 이야기할 수 있는 잠재적 가능성을 각기 다른 열 개의 소설을 통해 상징적으로 표현한 이 소설은 실제 세계의 거울이라 할, 소우주와 같다. 즉 여기서 보이는 소설의 미궁은 바로 복잡하게 얽힌 실제 세계이고 이 미궁을 가로지르는 도구는 독서가 된다. 한편 칼비노에게 이야기하는 것, 글을 쓰는 것은 여행을 하는 것, 미궁으로 들어가 삶의 의미를 찾음으로써 그 여행을 완수하는 것을 의미한다. 그 미궁 속에는 항상 출구, 문, 닫히지 않은 고리가 있어 우리를 진실로 이끌 수 있다고 믿기 때문이다. 다양성 속에 자리 잡은 진실은 단편적이고 불연속적이며, 항상 고리가 빠져 중단되는 여정을 통해 탐구된다. 이런 불연속적이고 중단되는 여정에 다리를 놓는 것이 문학의 역할이라는 자신의 생각을, 칼비노는 『어느 겨울밤 한 여행자가』에서 소설에 대한 반성을 통해 보여 주고 있다.

2014년 6월

이현경

작가 연보

1923년 10월 15일 쿠바의 산티아고데라스베가스에서 출생. 아버지
        마리오 칼비노는 이탈리아 북부 산레모의 유서 깊은 가문
        출신 농학자로 멕시코에서 이십 년을 보낸 뒤 쿠바에서 농
        학 연구소와 농업 학교를 맡아 운영. 어머니 에벨리나 마멜
        리는 사사리 출신으로 자연과학부를 졸업한 뒤 파비아 대
        학교에서 식물학 조교로 재직.

1925년 가족 모두 고향인 산레모로 돌아옴. 아버지가 화훼 연구소
        인 '오라치오 라이몬도'의 소장이 됨. 은행 도산으로 연구 자
        금을 잃은 뒤 활동을 계속하기 위해 자신의 저택 '라 메리
        디아나'의 정원을 사용. 이 연구 활동을 통해 수많은 화초를
        산레모에 소개.

1927년 동생 플로리아노 출생. 플로리아노는 후에 집안의 과학적 전
        통을 따라 지질학자가 됨. 칼비노는 부모의 뜻대로 종교 교
        육을 전혀 받지 않고 자라남. 카시니 중고등학교 시절부터
        시를 쓰고 풍자적인 그림과 자화상을 그리기 시작. 학창 시
        절 칼비노는 까다로운 편이었지만 친구들 사이에서 논쟁이

벌어질 때마다 재미있는 해석을 곁들이며 논쟁에 끼어듦.

1941년 토리노 대학교 농학부에 입학. 단편 몇 편을 쓰지만 출판되지는 않음. 발표되지 않은 단편 가운데 네 편(「가치에 대한 논의들」, 「행복한 사람」, 「자신을 믿지 않는 게 좋다」, 「노새를 탄 재판관」)은 칼비노 사후 1주기 때 고등학교 동창 에우제니오 스칼파리가 일간지《라 레푸블리카》에 발표.

1943년 무솔리니가 이끄는 이탈리아 사회 공화국 군대에 징집되지 않으려고 동생과 함께 알프스로 피신. 그 후 공산주의자 부대 '가리발디'의 제2공격대에 자원.(『거미집으로 가는 오솔길』, 『까마귀는 마지막에 온다』라는 유격대 소설에서 이때의 경험을 찾아볼 수 있음. 특히 「피와 똑같은 것」은 독일군에게 인질로 잡힌 어머니 이야기를 다룸.)

1945년 해방 후《우리들의 투쟁》,《민주주의의 목소리》,《일 가리발디노》에서 저널리스트로 활동. 이탈리아 공산당에 가입해 산레모와 토리노에서 당원으로 활동. 9월 토리노 대학교 문학부에 재등록.《폴리테크니코》,《아레투사》,《루니타》에 기고. 에이나우디 출판사 편집부에 근무하던 파베세, 비토리니, 펠리체 발보 등과 교제. 「지뢰밭」으로 '루니타' 상 수상.

1947년 조셉 콘래드에 관한 논문으로 졸업. 몬다도리 출판사의 공모에 참가하기 위해 썼던 『거미집으로 가는 오솔길(Il sentiero dei nidi di ragno)』출간. '리치오네' 상 수상.

1948년 다음 해까지 에이나우디 출판사 재직. 공산당 일간지《루니타》의 편집자가 됨. 공산당원이자 저널리스트로 활동.

1949년 『까마귀는 마지막에 온다(Ultimo viene il corvo)』출간.

1951년 파베세의 책 『미국 문학과 논문들』의 서문 집필. 아버지 사망. 어머니가 화훼 연구소의 책임을 맡아 1959년까지 운영.

1952년 비토리니가 첫 소설의 '리얼리즘적-사회 참여적-피카레스크적' 노선을 계속하기보다는 동화 작가의 영감을 따르라고 충고. 『반쪼가리 자작(Il visconte dimezzato)』 출간. 소련 여행. 바사니가 주관하는 잡지 《보테게 오스쿠레》에 「은빛 개미」 발표. 《루니타》에 「마르코발도」 연재 시작.

1954년 『참전(L'entrata in guerra)』 출간. 좌익 지식인들이 주관하는 《치타 아페르타》에 기고 시작.

1956년 이탈리아 각 지방에 전해 내려오는 이야기를 모아 『이탈리아 민담(Fiabe italiane)』 출간.

1957년 《치타 아페르타》에 「나무 위의 남작」 발표. 《보테게 오스쿠레》에 「건축 투기」 발표. 8월 공산당을 탈퇴하고 신좌익 사회주의자들과의 논쟁에 참여.

　　　 1950년 1월부터 1951년 7월에 걸쳐 써 놓았던 「포 강의 젊은 이들」을 1957년 1월부터 1958년 3월에 걸쳐 《오피치나》에 연재.

1958년 「스모그 구름」 발표. 『단편들(I racconti)』 출판. 세르지오 리베로비치의 곡에 '독수리는 어디로 날아가는가'라는 제목의 가사를 붙임.

1959년 『존재하지 않는 기사(Il cavaliere inesistente)』 출간. 「다리 저편에」, 「세상의 주인」이라는 칸초네 작사. 루치아노 베리오의 음악을 위해 희극 「자 어서」 집필.

　　　 1960년까지 미국과 소련 여행. 두 나라의 지리적, 역사적 중요성을 강조하면서 문화를 비교하는 글을 《루니타》에 기고. '우리의 선조들(I nostri antenati)' 3부작 출간.

1967년까지 비토리니와 함께 《일 메나보 디 레테라투라》발행. 이 잡지에 「객관성의 바다」(1959), 「미궁에의 도전」(1962), 「노동자의 안티테제」(1967) 발표.

1963년 세르지오 토파노의 그림을 넣어 『마르코발도 혹은 도시의 사계절(Marcovaldo ; ovvero, le stagioni in città)』 출간. 프랑스에서 체류. 『어느 선거 참관인의 하루(La giornata d'uno scrutatore)』 출간.

1964년 '키키타'라는 애칭으로 불리는 통역사이자 번역가인 에스터 싱어와 결혼하여 파리에 정착. 프랑스 아방가르드 예술가들과 교류하고 과학과 문학 사이의 가설에 관한 자신의 이론을 그들의 이론과 비교해 봄. 《카페》에 『우주 만화(Le cosmicomiche)』 중 네 편 발표.

1965년 딸 아비가일 탄생. 「우주 만화」와 함께 「스모그 구름」, 「은빛 개미」를 단행본으로 출간.

1967년 레몽 크노의 『푸른 꽃』 번역 출간.

1968년 밀라노 출판 클럽에서 『세상에 대한 기억과 우주 만화적인 다른 이야기들(La memoria del mondo e altre storie cosmicomiche)』 출간. 《누오바 코렌테》에 논문 「조합 과정으로서의 소설에 대한 메모들」 발표.

1969년 『교차된 운명의 성(Il castello dei destini incrociati)』 출간.

1970년 『힘겨운 사랑(Gli amori difficili)』 출간. 「이탈로 칼비노가 들려주는 루도비코 아리오스토의 광란의 오를란도」 집필. 그림 형제의 『동화들』 소개.

1971년 란차의 『시칠리아의 무언극들』 소개. 샤를 푸리에의 『네 가지 운동 이론』, 『새로운 사랑의 세계』 번역.

1972년 『보이지 않는 도시들(Le città invisibili)』 출판. 《카페》에 「흡혈귀의 왕국」 발표.

1973년 『교차된 운명의 성』 재출간.(결론 부분을 수정하고 「교차된 운명의 선술집」 수록.) 『보이지 않는 도시들』로 '펠트리넬리' 상 수상.

1974년 「게 왕자와 다른 이탈리아 민담들」 발표. 영화감독 페데리코 펠리니를 위해 『한 관객의 자서전(Autobiog rafia di uno spettatore)』 집필. 잠바티스타 바실레를 위해 논문 「메타포의 지도」 집필.

1975년 일간지 《코리에레 델라 세라》에 「팔로마르」를 발표하기 시작. 「피에르 파올로 파솔리니에게 보내는 마지막 편지」를 같은 신문에 발표.

1976년 독일 '슈타트프라이스' 수상.

1978년 스피나촐라가 편집하는 《푸블리코 1978》에 「1978년과 문학, 네 작가에게 보내는 다섯 가지 질문」 발표.

1979년 『어느 겨울밤 한 여행자가(Se una notte d'inverno un viaggiatore)』 출간. 여러 신문에 여행기 기고. 「나도 한때 스탈린주의자였나?」라는 글을 《라 레푸블리카》에 기고하기 시작.

1980년 가족과 함께 파리에서 로마로 이주. 칼비노는 이전부터 에이나우디 로마 지사의 자문 역할을 해 왔음.

1981년 어린이를 위한 『숲-뿌리-미궁』 집필. 프랑스의 레지옹 도뇌르 훈장 받음.

1982년 베리오와 함께 2막으로 된 오페라 「진실된 이야기」를 라 스
칼라 극장에 올림.

1983년 『팔로마르(Palomar)』 출간. 「오디세이 속의 오디세우스들」,
「나일 강을 거슬러 올라가다」, 「신화, 동화, 알레고리」 발표.

1984년 가르찬티 출판사로 옮겨 『모래 선집(Collezione di sabbia)』 출
간. 베리오와 함께 「이야기를 듣는 왕」을 잘츠부르크에서 공
연. 피렌체에서 '현실의 차원들'이라는 주제로 열린 세미나
에서 「문학과 다양한 차원의 현실들」 발표.

1985년 카스틸리오네델페스카이아에서 뇌일혈로 쓰러짐. 9월 6일
시에나의 산타마리아델라스칼라 병원에 입원. 같은 달 18일
과 19일 사이에 사망.

1988년 미완성 유고 『미국 강의(Lezioni americane)』, 『민담에 대하여
(Sulla fiaba)』 출간.

1991년 『왜 고전을 읽는가(Perché leggere i classici)』 출간.

옮긴이 **이현경**

한국외국어대학교 이탈리아어과를 졸업하고 동 대학원에서 이탈로 칼비노 연구로 비교문학과 박사 학위를 받았다. 현재 한국외국어대학교 이탈리아어 통번역학과 교수로 재직 중이다. 이탈리아 대사관에서 주관하는 제1회 번역 문학상과 이탈리아 정부에서 수여하는 국가 번역 문학상을 수상했다. 옮긴 책으로 이탈로 칼비노의 『거미집으로 가는 오솔길』, 『반쪼가리 자작』, 『나무 위의 남작』, 『존재하지 않는 기사』, 『모든 우주만화』, 『힘겨운 사랑』, 『보이지 않는 도시들』 외에 『이것이 인간인가』, 『침묵의 음악』, 『바우돌리노』, 『권태』, 『단테의 모자이크 살인』, 『미의 역사』, 『애석하지만 출판할 수 없습니다』 등이 있다.

이탈로 칼비노 전집 10

어느 겨울밤 한 여행자가

1판 1쇄 펴냄 2014년 6월 30일
1판 6쇄 펴냄 2023년 1월 18일

지은이   이탈로 칼비노
옮긴이   이현경
발행인   박근섭·박상준
펴낸곳   (주)민음사

출판등록   1966. 5. 19. 제16-490호
주소   서울특별시 강남구 도산대로1길 62(신사동)
           강남출판문화센터 5층 (우편번호 06027)
대표전화   02-515-2000 | 팩시밀리   02-515-2007
홈페이지   www.minumsa.com

한국어 판 ⓒ (주)민음사, 2014. Printed in Seoul, Korea

ISBN 978-89-374-4340-4 (04880)
     978-89-374-4330-5 (세트)

* 잘못 만들어진 책은 구입처에서 교환해 드립니다.

Questo libro è stato tradotto grazie a un contributo alla traduzione assegnato dal Ministero degli Affari Esteri e della Cooperazione Internazionale Italiano.
본 책은 이탈리아 외교 및 국제협력부에서 수여한 번역 지원금으로 번역되었습니다.